MOU SUAN
谋算

田涯坤 ◎ 著

（本故事纯属虚构，如有雷同，纯属巧合！）

广东旅游出版社
GUANGDONG TRAVEL & TOURISM PRESS
悦读书·悦旅行·悦享人生

图书在版编目（ＣＩＰ）数据

谋算／田涯坤著．—广州：广东旅游出版社，2013.8

ISBN 978-7-80766-551-9

Ⅰ．①谋… Ⅱ．①田… Ⅲ．①长篇小说—中国—当代 Ⅳ．① I247.5

中国版本图书馆 CIP 数据核字 (2013) 第 156451 号

责任编辑：何　阳
封面设计：张金花
责任校对：李端苑
责任技编：刘振华

广东旅游出版社出版发行

（广州市越秀区先烈中路 76 号中侨大厦 22 楼 D、E 单元　　邮编：510095）

邮购电话：020-87348243

广东旅游出版社图书网

www. tourpress. cn

印刷：北京毅峰迅捷印刷有限公司

地址：（通州区潞城镇南刘各庄村村委会南 800 米）

710 毫米×1000　16 开　20 印张　413 千字

2013 年 8 月第 1 版第 1 次印刷

定价：38.00 元

CONTENTS 目录

第一章 风起云涌 / 01

第二章 血色将至 / 13

第三章 诛灭 / 27

第四章 狙击 / 43

第五章 蝮蛇 / 60

第六章 秘密武器 / 75

第七章 血夜行动 / 92

第八章 迷雾 / 107

第九章 叛徒 / 123

第十章 单刀会 / 139

CONTENTS 目录

第十一章　血与刀 / 154

第十二章　猛虎离山 / 170

第十三章　谋中谋 / 187

第十四章　计中计 / 204

第十五章　猛虎出笼 / 222

第十六章　滴血的玫瑰 / 240

第十七章　真相 / 259

第十八章　复仇 / 275

第十九章　最后一战 / 288

第一章　风起云涌

1943 年 2 月，上海，日本宪兵司令部。

这一年上海的冬天，似乎格外的寒冷。

此时的藤田一郎，正静静地坐在他的位置上，细心地擦拭着他那把闪亮的武士长刀，森冷的刀锋映衬着他阴沉的国字脸，显得格外的诡异。

这个毕业于日本帝国陆军大学特勤班的高材生，此时正在等待一个神秘的电话。

忽然间，电话响了。藤田的眼睛猛地睁大，似有闪电射出。

他一把抓过电话，仔细聆听着里面的话语。

片刻后，他挂掉电话，扬声喝道："玉川！"

"在！"门外，等候多时的玉川少佐飞快地跑了进来。"大佐阁下，您有什么吩咐！"

"传令，捕猎行动，开始！"藤田一郎站了起来，淡淡的杀气开始在空气中荡漾。

"是！"玉川猛地一点头，又飞快地跑了出去。

片刻后，原本死气沉沉的日本宪兵司令部忽然间变得喧哗了不少。一队队全副武装的日军士兵从营房里鱼贯而出。脚步声，哨子声，军官们的呵斥声，响成一片。随后，第一辆卡车的车灯亮了起来，紧接着几辆挂着太阳旗的摩托车呼啸而出，随后，宪兵司令部的大门打开，庞大的车队开始向目标进发。

藤田坐在自己的指挥车上闭目养神，但他的内心可不像表面一样平静，他毕业于陆大特勤班，这个班，当年就是日军明日之星的代名词。十几年的时光转瞬即逝，当年和他一起毕业的二十几名同学早已跨入了日军将军的行列，唯有他还在一个大佐的位置上蹉跎，但他蹉跎得心甘情愿，因为这是他熟悉而迷恋的舞台——谍战！

他以中尉军衔加入日军特务机关，十余年立下无数汗马功劳，才能荣任上海特务机关长的职位，而今，他又将捕获一条前所未有的大鱼，很有可能，他将自此迈入将军的行列！

谍战领域的将军啊，这可绝对不是陆军那些廉价的将官们所能比拟的。

忽然间，藤田睁开了眼，喝道："停车！"

坐在他旁边的玉川少佐愣了一下，但还是马上发布了命令，车队缓缓地停了下来。

"命令所有人员下车，步行前往目标区域，不得喧哗！"

"是！"玉川少佐点了点头，走下车，开始传达藤田的命令。

"所有人员下车！机枪组，前面开路，如遇抵抗，立刻进行火力突击！狙击组，随后跟进,到达目标区域后,立刻占领周围制高点,封锁目标区域!突击组,随我行动!"

日军士兵们跳下车来,开始有条不紊地组织队形,随后如鬼魅般扑向他们的目标,就如同暗夜里的一群豺狼。

月黑杀人夜,风高放火天!

马忠国在房间里来回踱步着,有点心神不宁。

他穿着一身灰色的长袍,脚上踏着一双布鞋,一眼看上去,很像一个有点儒雅风范的商人,没有人会想到,他就是国民党军统上海站的站长!统管着上千名潜伏特务的军统上校。

但此时的他,没有了以往的镇定,而显得有些手足无措。因为他手里握着一个秘密,一个关系到整个上海的所有军统人员性命的秘密,一个各方势力都欲得之而后快的秘密。

就在这时,一声清脆的枪声响起。

开枪的是负责保卫他的一名军统特工,下一秒,他被日军狙击手的子弹打碎了脑袋。

"八嘎!"玉川少佐狠狠地骂了一声,他没想到,支那人的特工居然如此狡猾,居然布置了三重暗哨。他在解决了两重哨岗之后终被发现,枪声终究还是暴露了他们的行动。

"突击!"玉川顾不了那么多了,直接拔出指挥刀向前一指,随后日军的十余名机枪手组成的火力突击队开始疯狂地火力压制,数十名突击队员排着散兵阵形开始向目标——一所坚固的公寓推进。

但敌人的强悍似乎远超他们的想象,只见数十名男子冲出房间,他们穿着形式各样的衣服,门房、马夫、服务生,随后开始用各色武器向日军部队还击,更有甚者,居然拖出了好几挺机关枪,对着楼下的日军猛烈扫射,顿时枪声大作,子弹横飞,沉睡中的上海已经被唤醒过来。

"嘭!嘭!"日军狙击组飞快地射击着,压制着敌人的防守火力,但敌人当中也有高手,躲在阴暗处不断还击,双方一时打得难分难解,不相上下。

藤田一郎坐在指挥车内,听着前方激烈的枪声,脸色阴沉。他没想到,敌人居然会在市中心构筑这么一个堡垒,整整一座楼里面全是支那人的特工,居然还藏有如此多的重型武器却没有被发现,难道平时日军的搜查部队都是吃干饭的吗?!

"命令特工队加入攻击,记住,马忠国,一定要捉活的!"

"是!"站在他身旁的一名军官猛地一点头,率领着一支装束明显区别于其他日军的特工队,向前扑去。

而此时的马忠国正在慢条斯理地整理着自己的上校军服,他很慢,很细心,外面已经逐渐稀疏下来的枪声似乎并没有影响到他的心绪,直到他的房间门被一名浑身是血的手下撞开为止。

"长官！小鬼子的火力太猛，我们快顶不住了，你快走吧！"

"走？走哪去？"马忠国无奈地笑了笑，似乎为了验证他的话，楼下已经响起了急促的脚步声和日军的呼喝声。马忠国最后一次理了理自己的军装，随后说道："该是我们履行誓言的时候了！"

"是！"手下也不废话，提着冲锋枪又跑了出去。

又是一阵急促的枪声，随后世界平静了下来。

"嘭"的一声，马忠国的房间门被再次撞开。一个敏捷的身影滚了进来，是一名日军的特工队员。几乎同时，左右两边各有一名士兵闪身而进，三支"百人"式冲锋枪封锁了整个房间，但他们看见的，却是马忠国冰冷的尸体。

民国三十二年二月，军统上海站站长马忠国上校服毒殉国，时年四十三岁。

"八嘎！八嘎！"藤田一郎疯狂地咆哮着，用力地挥舞着自己的手臂，发泄着心中的愤怒。此时的他早已没有了以往的冷静和风度。有的只是一张狰狞而扭曲的脸庞，他很伤心，很失望，自己筹划已久的行动居然就换来了这么一个结局，除了击毙数十名军统特工外几乎一无所获。马忠国这个死人对他也毫无用处，因为他需要一个秘密，一个只有马忠国才知道的秘密！

"大佐阁下，接下来…"玉川少佐冒着被挥上一耳光的危险，轻轻地提醒道。

藤田一郎深吸了几口气，努力地平息了一下心中的愤怒之后才说道："给我搜！就是挖地三尺，也要找到东西！还有，派人和地鼠接触，告诉他，皇军需要他表达更多的忠心！立刻向驻军司令部申请，调动人马，严格检查所有的车站，码头和机场，拘捕一切可疑人员，绝对不能让军统的残留分子把东西带出去！"

"嘿！"玉川猛地点了点头。

"马忠国，你赢了一局，但游戏，才刚刚开始！"藤田一郎在心里恨恨地说了句，随后转身离开了这个让他感到郁闷和失望的房间。

重庆，戴笠府。

"老板，上海那边的事您打算怎么办？"书房内，王秘书殷勤地为戴笠点上一支香烟，轻轻地问道。

戴笠没有说话，他闭着眼睛，手指轻轻地敲击着红木制成的书桌。王秘书恭敬地站在一旁，大气不敢出上一口，他知道，当自己的老板这么做的时候，往往就是思考的关键时刻，这个时候打扰他，和找死没有太大的区别。

"明诚，你觉得我们应该如何？"良久之后，戴笠方才睁开眼睛，低声问道。

"老板，属下觉得，眼下情况复杂，上海乃重心之地，我们是否尽快派人前去主持大局？"

"藤田一郎不是等闲之辈。33年我曾经在南京见过他一面，当年他还只是个小小的上尉。但我就觉得，终有一日，此人会成为我们的心腹大患，没想到啊没想到，这一次，我们还真的栽在了他的手上。明诚，你说那东西，会落到藤田手上吗？"

"老板，马忠国乃是党国栋梁，向来以做事沉稳谨慎著称，此次虽然马失前蹄，但料想他已做好万全准备，眼下，我们还是尽快派人前往上海主持大局为好。"王秘书想了想，仔细地斟酌了一下自己的话语，方才缓缓道来。

"言之有理，那明诚认为，我们该派何人前去？"

"此非常时期，该派何人前往，老板您不是早有定计了么？"王秘书露初一个略显暧昧的笑容说道。

"话虽如此，然此人似乎锋芒太露啊？"

"大智若愚而已。"

"好！好！明诚言之有理！"戴笠忽然放声大笑起来，

王秘书轻轻地出了口气，眼光逐渐变得迷离起来，他的眼前，正在逐渐浮现出一个朦胧的身影。

上海，某公寓。

阴暗的房间里，一个男人正在阅读一份电报，他脸上阴沉的表情显现出他的情绪似乎并不良好。

因为电报上写着他不是很想看到的内容："地鼠，大日本皇军需要你展现更多的忠诚。"

良久之后，男子开始回电。

"收到，不久之后，自有大鱼上门。"

回复电报以后，他靠在椅子上，眼角的余光中，一把匕首跳入眼帘，匕首上的一行小字忽然间是如此的刺眼。

忠于党国，忠于领袖！

他的眼中，寒芒闪烁。

1943 年 2 月，上海码头。

"呜——"一艘轮船呼啸着，扯着悠长的汽笛慢慢地驶进了码头。

东方云站起身来，理了理自己的风衣，准备上岸。

他是一个十分英俊的年轻人，清秀的脸上透着淡淡的书生气，身材匀称，十指修长，惹得身边的大姑娘们心欢肉跳，一个劲地红着脸往他这边看，秋波频送。

东方云没有关心身边这些春心萌动的姑娘们，他神色凝重地望向码头，在那里，站满了日军士兵和汉奸特务，正在严厉地盘查来往行人，看来如今的上海，真的是山雨欲来风满楼啊。

片刻后，东方云的双脚踏上了上海的土地。

这是东方云第二次来上海，第一次，是上海陷落的时候，他奉命率队撤出上海战场，，这一别，就等了整整四年。

"你，干什么的，有没有证件，箱子里面什么东西，打开看看！"刚刚上岸，迎面就走来一个穿着黑色衬衫的汉奸，挥舞着手里的手枪说道。随后两名日军士兵也走了上来，他们袖口上的特殊标志提醒着东方云，这不是普通的日军士兵，而是日本宪兵！

东方云掏出证件递了过去，汉奸接过一看，一见是日中双文，立马殷勤地递给了自己身边的一名日本宪兵，宪兵反复看了看，随后"啪"的一个立正，向东方云敬礼。

因为东方云手持的，是伪造的汪精卫政权高级官员的证件，他自己戏称为"汉奸证"。

东方云接回证件，一言不发地往外走，他脸色阴沉，因为他意识到，上海的局势，似乎比自己想象中的还要复杂。

刚走出码头，一个老头就迎了上来，他穿着一身长袍，袖口上却不伦不类地别了一支钢笔，他走到东方云面前，低声问道："先生，算命吗？"

东方云瞄了一眼他袖口上的钢笔，说道："不算命，有几个问题想要请教先生。"

"请讲！"

"日出何方？"

"日出于西而落于东。"

"日落何时？"

"日升于夜而落于日。"

"先生平生最佩服何人？"东方云紧了紧自己的手指，紧紧盯着老头说道。

"老夫一生，最佩服者莫过于后羿。"

"此是为何？"

"只因其能射日也！"

"先生果然高人，我与先生如此有缘，不如去先生家中小酌一杯如何？"

"老夫正有此意，请！"东方云微微一笑，跟在老头身后，两人叫来黄包车，随后离开了码头。

七转八转，一路上，他们总共换了四次车，随后又步行了一段时间，也不知道过了多久，方才来到一所略显破旧的公寓面前。

"就是这里，先生请。"老头对东方云说道。

东方云点点头，手腕一翻，将手中的镜子收进了袖口里。一路上他都在把玩着这块镜子，这倒不是因为他有多么在意自己的形象，而是在观察后面是否有人跟踪。

老头叩开了门，一个门房把门打开，用警惕的眼光盯着东方云，一只手别在自己的身后。老头说道："这是我们的客人，从西边来的！"

门房点了点头，让开一条道，老头带着东方云走了进去，随后门房又飞快地关上了门。

"长官，军统上海区第三分站站长楚超，向您报到！"进了客厅，老头的腰忽然直了起来，随后"啪"的一个立正，向东方云敬了个标准的军礼，声音也洪亮了不少，完全不似一个老人。

"免礼了。装化的不错！"

"谢长官，我就知道这些雕虫小技逃不过长官的法眼。"老头说完，三下五除二地在自己的脸上擦了擦，又一把拔掉了自己的胡须，立马变成了一个三十余岁的汉子，哪里还有半分老头的模样。

"这房子里有多少人？"

"回长官，自从接到重庆来电，属下就已召集人马，完成准备，现在连同属下在内，共有三十四人，战斗成员二十九名，非战斗成员五名！"

"那么多人？"东方云皱了皱眉头，问道，"是否安全？"

"长官放心，属下对外的身份是上海第七区侦缉队长，和日本人的关系还可以，他们历次盘查都没有查过这里，绝对安全。"

"嗯！"东方云点了点头说道，"立刻向我汇报最新的情况。"

"是！"楚超顿了顿，嘴角浮现出一丝苦笑，说道，"长官，您来晚了，昨天，刚出了事。"

上海宪兵司令部。

藤田一郎端起手中的杯子，美美地品尝了一口杯子里的美酒，发出一声满足的赞叹。此时，他的心腹、年轻英俊的玉川少佐走了进来。

"长官，地鼠来电！"

"哦？"藤田一郎放下手中的杯子，说道，"念！看看我们这位朋友，又给我们带来什么惊喜！"

"是！"玉川点了点头，打开手中的文件念道，"据西方消息，大鱼即将抵达，可撒钩。"

"好！很好！对了，抓回来那几个人，招了么？"

"已经打死了一个，剩下的两个人，还是不招。"

"想不到啊，支那人里面，还真有几根硬骨头！"

"支那人的骨头再硬，也抵挡不了大日本皇军的刺刀！"玉川应声说道，眼睛里有掩盖不住的狂热凶光。

藤田一郎皱了皱眉头，玉川是他着重培养的目标。虽然他也有着出色的天赋，要不然也不会年纪轻轻就坐到了少佐的位置，但终究是锋芒太露，有时还略显急躁，谍战是一门在地下斗争的艺术，讲究静如处子，动若脱兔，玉川的这些缺点如果不加改正的话，会有相当的危险。

"玉川，我们是帝国军人，但不是一般的军人，有时候，你应该做些改变！"

"是，属下谨记大佐阁下教诲！大佐，那两个剩下的支那人，我们是否继续用刑？"

"暂时不用，要是打死了他们，我们钓鱼可就没有鱼饵可用了。回电给地鼠，要他密切注意那边的情况，随时通报！"

"是！"玉川一点头，走了出去，藤田一郎重新拿起酒杯，美滋滋地品尝起来。

"嘭"的一声，东方云将手里的茶杯捏了个粉碎。

他心情很不好，非常不好。

因为根据楚超回报，就在他来的前一天，上海军统总站副站长张建飞居然擅自调动总站人马伏击藤田一郎的车队，结果中了埋伏，全军覆没，总站还被日本人给捣毁，逃出生天者寥寥无几。

但更让东方云无法忍受的是，居然有三名"鸽子"被日军给活捉了！

所谓"鸽子"，就是军统内部培养的高级密码人员，他们属于绝对保护对象，因为他们负担着整个军统内部的联络和通讯。以上海为例，在这座人口上百万的大都会里，军统总共有一个总站，七个分站。单核心的特工就多达上千人。这还不算无数外围成员和自行发展的下线与暗桩。分站与分站之间互不统属，所有特工全部采用单线联系，行动之时由总站站长下达命令，随后由总站发出密码电报，召集各站人马行动。而今"鸽子"被活捉，密码一旦泄露，后果不堪设想！

"我们有几套备用密码？"东方云沉思片刻后问道。

"只剩下一套，但保密性不强，随时有被破译的可能。"

东方云无奈地叹了口气。谍战是中国的老本行，几千年前的《孙子兵法》上就有关于"用间"的详细阐述。此时的军统，有着世界上最庞大、最完善的间谍组织，有着世界上最先进的密电技术，，当初珍珠港事件爆发之前，军统率先截获并破译了日军的情报，随后传递给美国，但美国没有引起重视，后来发生的事情，地球人都知道。

与之相比，后来声名显赫的CIA、KGB，此时就如还穿着开裆裤的小孩一般。

但正因如此，军统在密码研制上耗费了大量的资源，所以显得后继无力。何况密布于整个上海的谍报网络，其联系密码不是说换就换的，正所谓牵一发而动全身！

东方云感到一阵无力，他没想到，自己刚到上海，就遇到了这种事情。他临危受命，来到上海主持大局，一是要重振军统的谍报网络，更重要的是要找到一样的东西，一样事关数千名军统特工人员的东西！

什么东西，总部没说，他也没问，因为这件东西，只有死去的马忠国一人知道。

谁知刚来上海，就成了前门有虎，后门有狼，如一步踏错，会满盘皆输！

"'鸽子'随身配有毒药，又都是党国的忠诚之士，怎么可能被活捉！"东方云的声音里已经饱含怒气。

"长官，分站与总站之间互不统属，除了最高长官之外无人可以调动各站人马，所以总站的事情，我们不是很清楚。"

"你们第三站专门司职打入敌人的内部，可有'鸽子'的最新消息？"

"有！根据内线的回报，已有一名'鸽子'在日军酷刑下殉国，另外两人还没有屈服，日军也没有再用刑！"

"哦？"东方云站起身来，来回走了几步后问道："总站还有没有幸存人员？"

"有！已经有人在驿站向我们发出暗号，请求接头。我们没有前往，等待长官指示！"

东方云点了点头。他知道，所谓驿站，就是一些相对安全的公共场合，当紧急情况发生的时候，可以通过驿站留下暗号，要求与附近的组织接头，寻求帮助。但接头的时间、地点和人物，就不是要求者所知道的了，甚至可能根本就无人回应。这也是军统在严格执行无最高长官命令，绝不横向联系的铁律！

"派人接头，一定要注意安全！一旦可疑，格杀勿论！"

"是！"

"还有，严密监视'鸽子'的动向，随时准备更换密码！"

"明白！"

东方云挥了挥手，楚超走了出去，东方云点燃一支香烟，烟雾袅袅中，他英俊的脸庞若隐若现。

上海，某公寓。

阴暗的光线里，一只微微颤抖的手发出一封电报。

"我已放线，静待鱼儿上钩。"

"立刻回电！要他做好完全准备，等待我的指示！"日军宪兵司令部内，藤田一郎拿着电报狠狠说道。

"是！"玉川少佐点了点头，开始指挥手下忙碌起来。

姜太公钓鱼，愿者上钩！

上海，军统第三分站。

东方云坐在位置上，目光森冷地看着眼前的四个男人。

这四个男人，便是至今能够联系到的军统总站的幸存人员。虽然血战一场，但依然目光坚毅，衣着干净，和平常人似乎没有什么区别。东方云不禁赞赏地点了点头，要知道，如果他们一脸硝烟、全身是血地出现在自己的面前话，东方云毫不怀疑自己会直接拿枪毙了他们，因为他们已经没有存在的必要了。

间谍的准则便是，无论何时，都要把自己当做一个正常人来对待。正常到放进人堆里，就永远找不出来的那种。

所谓大隐隐于朝，小隐隐于市。

但赞赏归赞赏，该算的账，终究还是要算的。

"张建飞中校，我需要你给我一个解释！"东方云站起身来，盯着四人里面一个站位略微靠前，年纪约莫在四十岁上下的中年汉子说道。

"长官，属下擅自出击，导致总站损失惨重，属下无话可说，还请长官责罚！"

张建飞回答得中规中矩，倒让东方云有些无法下手。

东方云来回走了几步，他意识到，对待张建飞的处理不能太过直接简单。张建飞是军统上海总站的副站长，身份非同小可，此时军统上海站又正是风雨飘摇的时刻，如果处理不当，极有可能引来军心浮动，杀一人是小，万一触动了整个局面，就不好收拾了。

沉思片刻，东方云方才开口说道："你也是党国的老人了，怎能如此轻率。我知道，马忠国上校殉国，我们都很悲痛，但党国大业当前，怎能意气用事，这件事情，你负有不可推卸的责任！自今日起，剥夺你上海总站副站长之职务，除中校衔，戴罪立功！"

"是！"张建飞应了一声，其他人也暗中松了口气。要知道，张建飞犯下的错误，是够得上杀头的，现在东方云主动放了张建飞一马，大家也都把提起的心给放了下来，毕竟此时临阵斩将，不算是一个好的选择。

"各位！日寇如今看似猖獗无比，但已是秋后蚂蚱，蹦跶不了几天了。现在全世界都已经集成了反法西斯同盟，西线，德军已经是强弩之末，只要西线战情一旦缓和，美英等国就会带头介入亚洲战场，日本再强，也强不过全世界！何况他们北方还有老毛子在虎视眈眈。我们现在，就是在为日后党国的全面大反攻打下基础！由于党国的坚持抗战，拖住了日军数百万的兵力，所以才成功地遏制了日军对东南亚的进攻，援助了欧洲战场，遏制了德军的攻势！如今，世界的重心在亚洲，亚洲的重心在中国，中国的重心在上海！谁能控制上海，谁就能控制战争的命脉！我等身为党国精英，此时要精诚团结，不成功，就成仁！"

"党国万岁！"大厅里，一干人等低声咆哮着，眼光中闪烁着淡淡的泪花。

血染刀锋，万千英灵化孤鬼。

十年抗战，重头收拾旧河山。

"众人听令！"东方云下达了自己到上海来的第一个正式命令。

血染的舞台，帷幕拉开。

东方云布置的命令很简单，也很复杂。

一方面，他要求第三站竭尽全力地打探"鸽子"的下落；另一方面，他通过第三站向军统其余六个分站发出命令，要他们做好万全准备。

随后，东方云离开了第三站的秘密公寓。

他要去一个地方，一个很重要的地方。

此时已经是中午的时候了，冬天的阳光显得格外的阴冷，小田浩二不由得打了个寒战。

他是一个二十多岁的年轻人，长的还比较清秀，看起来很让人你能产生好感，普通人根本就不知道，就是这样一个如邻家男孩般的年轻人，竟然会是心狠手辣的日本间谍。

但事实如此，小田浩二不但是间谍，还是一名非常出色的间谍。

此时他正躲在一个阴暗的角落里，死死地盯着前方的一处公寓。

这所公寓，就是上海军统总站前站长马忠国殉国的地方。

小田浩二是这支小队的队长，在他的周围，还有其余七名小队成员在暗中潜伏。他们静静等待着，如深夜中的恶狼，等待着猎物的上门。

如果有军统特工想要回到这所公寓发现些什么的话，就会成为他们嘴里的甜食！

此时的阳光逐渐有些刺眼起来，小田动了动，身体往前移了一下，不知道为什么，他总感觉有种不好的预感在自己的心里挥之不去。

忽然间，一只手，一只有力的手，死死的捂在了他的嘴上！

"敌人！"小田条件反射般地将手伸向怀里，准备掏出武器。

太晚了，伴随着肌肉的爆发，小田只觉得自己的脖子发出咔嚓一声碎响，随后无尽的黑暗淹没了他的意识。

在他身后，东方云抖了抖手，放下了他的尸体。

这是东方云解决的第八名日本特工，不出他所料，日军果然在公寓周围布置了埋伏，只可惜，这些特工对他而言，显得还稍微嫩了一点。

东方云抬起头，四处观察了一下，确定没有遗漏掉什么地方以后，他向公寓走去。

一面走，他一面打量着公寓。公寓的墙壁上布满看了弹孔，上面还有残留的血迹，显示出不久以前，它刚刚经历了一场血战。就是在这里，马忠国上校连同数十名军统特工全部战死，无一人投降。

东方云又四处看了看，确定没有危险后他飞快地冲到墙下，随后一闪身，便翻了进去。

公寓的门上了锁，但这难不倒他，他绕到房子后面，敏捷地爬上了二楼的阳台，随后他掏出手枪，开始仔细的搜索。

阳光很森冷，气氛很阴沉，透露出淡淡的诡异与恐怖，片刻后，东方云来到了马忠国殉国的房间——213！

东方云走了进去，看见的是一片狼藉。

日军特务如蝗虫过境一般席卷了这里，几乎能动的地方他们全都动了个遍，但依然没有找到他们想要的东西。

东方云走到墙壁面前，掏出一瓶蓝色的药水涂抹在手上，开始沿着墙角仔细地抚摸。他坚定地相信，不管情况是多么的紧急，马忠国肯定会留下"东西"的线索。他曾经和马忠国有过接触，马忠国对俄罗斯特工的隐形药水是推崇备至，他相信，马忠国肯定会以自己最欣赏的手段，留下最重要的线索！

果然，当他快要把药水用光的时候，他找到了线索。

那是一处毫不起眼的墙角，药水过处，一行小字显现出来——东方红！

"东方红？"东方云轻轻地念了一遍，马忠国秉着小心为上的策略，没有直接留下关于"东西"的线索，而是采用了暗语。

只可惜，这个暗语，东方云有点不甚明白。

但不管怎样，有线索总比没有强，东方云拿出匕首，将墙角上的字迹刮掉，随后准备起身离开公寓。

谁知他刚走到窗前，就看见一队队日本宪兵正杀气腾腾的朝公寓走来。

东方云骂了一声，飞快地跑下楼，转到后门，飞身跃出墙外。

与此同时，"嘭"的一声枪响，一颗子弹以毫厘之差贴着他的耳朵飞过。

只见后门不远处，数十名日军士兵端着武器在一名上尉的指挥下直冲过来。

"嗒嗒嗒嗒！"三八式机关枪开始疯狂咆哮，东方云连滚带爬地扑到一辆轿车后面，掏出手枪开始还击。

但枪身立刻惊动了周围的日军，呼喝声由远而近。

"难道今天要死在这里？"东方云一面还击，一面观察着周围，忽然，他看见就在不远处，有一个下水道的井盖！

"拼了！"东方云掏出三枚手雷，拉开拉环，一股脑地全扔了出去。

"轰轰轰！"手雷的爆炸声，日军的惨叫声，响成一片。

借着这个空当，东方云往前一扑，顺势一滚，就已滚到下水道面前。他双腿一蹬，蹬飞了井盖。随后掏出手枪，扣动扳机。

"嘭嘭嘭"三声枪响，三名悍不畏死直冲而来的日军士兵应声而倒。

与此同时，东方云条件反射般的一侧身，一枚子弹打穿了他的左臂。

东方云一扭头，见一个戴着皮质头盔，装束明显区别于其他日军的士兵正在拉动枪栓。

东方云怎么可能再给他开枪的机会，他就地一滚，已经滚进了下水道。

与此同时，一枚手雷飞出，正好落到了轿车下面。

"轰！"一团烈火腾起，爆炸的轿车碎片如机枪子弹一般四处横飞，猝不及防之下，四周蜂拥而来的日军倒下一片。

"八嘎！给大佐阁下发电，伏击计划失败！"刚刚赶到的玉川少佐气急败坏地说道。

"嘿！少佐，我们是否追击！"一名上尉问道。

玉川一巴掌抽在上尉脸上吼道："滕野君，你的脑袋是猪的吗？下水道错综复杂，怎么追！难道你还想再赔上几个帝国的勇士吗？"

"嘿！"被称为滕野的上尉恭敬地迎接着玉川少佐的训斥。

"哼，支那人有句古话，跑得过初一，跑不过十五，我们走着瞧！"玉川望着黑幽幽的下水道入口狠狠地说道。

上海，某公寓。

一双阴沉的眼睛紧紧盯着一份翻译过来的电报。

电报上面写着：伏击计划失败，期待新的线索！

良久，火机点燃，火苗燃起，电报被烧成了灰烬。

杀机弥漫！

第二章　血色将至

东方云紧咬着牙关，豆大的汗珠从他的额头滑落，他的喉咙里发出古怪的咯咯声，这一切都显示着他在忍受着非人的痛苦，终于，在楚超关怀的眼神中，他封上了线，打了个结，完成了自己的手术。

日军的军工产品一直不敢恭维。除了他们的军刀以外其他都是乏善可陈。就以枪支为例，日军枪械的穿透力排在世界前列，然而停滞性和破坏性却实在不怎么样，因而东方云的肩膀只是受了点轻伤，并不是很严重，但纵然如此，不用麻药来进行手术，还是相当痛苦的。

东方云不喜欢使用麻药，因为这会影响他的神经，在关键时刻，有可能要了他的命！

"长官，您擦擦！"楚超递给东方云一块毛巾，随后说道，"您看，这次日军的伏击，是不是……"

东方云知道楚超要说什么，他挥手打断了楚超的述说，随后说道："这个问题暂时搁置，有没有'鸽子'的消息？"

"属下无能，日军对'鸽子'的防卫十分的严密，我们还没有得到最新的消息。"

"哎！"东方云轻轻地叹了口气，灯光之下，他的身影显得异常的消瘦而坚毅。

楚超也沉默了下来，当他接到通知，得知重庆方面会派人来主持大局的时候，他完全没想到居然会是这样一个年轻人，起初他还起了轻视之心，然而刚才他看见东方云自己缝合伤口居然不用麻药的时候，他不由得肃然起敬，他感觉到，上海，军统，必然会因为这个年轻人的到来，而产生巨大的改变。

就在这时，一阵急促的脚步声响起，随后张建飞走了进来。

"长官，有'鸽子'的消息了！"张建飞说话的声音很轻，然而东方云却感觉，似乎在这一刻，这个世界只有他的声音存在！

"什么消息？"

"根据情报，日军将在两天后将'鸽子'送到秘密基地？"

"秘密基地？"东方云沉吟了起来，"日军的秘密基地在哪里？"

"不知道，但我们知道他们会从南面出城！就在两天后的下午！"

"这个情报，你从哪里来的？"东方云抬起头问道，仅仅一天的时间，张建飞就拿到了如此详细的情报，实在是让人费解。

"以前我和马忠国上校一起发展了一个内线，他是日军宪兵司令部的高级参谋，也是日本左翼联盟的骨干成员！"

"哦！"东方云点了点头，日本左翼联盟他也知道，是日本内部一个反对战争，反对天皇独裁专制的组织，听说还有日本共产党掺合在内，其中有一批人就活跃在中国，以实际行动来履行自己的诺言。军统内部也有日本教官，他们就都是日本左翼联盟的成员，就连共产党那里也有一些。

"如此重要的棋子，你们为什么不向总部汇报？"

"我们刚发展不久，正准备汇报，马忠国上校就殉国了，我一时慌乱，也没有想起来。"

"那人是否可靠？"

"长官放心，我愿意以脑袋担保！长官，两天后就是我们抢人的唯一机会，机不可失，时不再来啊！"

"话虽如此，但日军的防护肯定异常严密，我们还是要小心从事。这样，张建飞，你立刻和那名内线联系，搞到日军详细的行动路线和人员配置。楚超，你去准备武器，随时准备行动！"

"是！"两人点了点头，走了出去。

东方云关掉灯，点上了一支香烟，黑暗中，他的烟头若隐若现。

第二天下午，张建飞传来了具体情报，情报声称，为了不引起注意，日军总共出动了一个宪兵排，两辆汽车，对外宣称是押送药品，将于晚上七点出发，从南面出城。

当天晚上，东方云召集手下开会。

"你们看，纵观日军的整个行军线路，我们唯一能够下手的地方就是这里，我将它命名为A点！"东方云指着地图说道。

"A点？"

"不错！这里路况相对而言比较狭窄，不太适合兵力的展开，两边的林木比较深，适合隐藏兵力和火力点。日军没有想到情报会泄露，为了避免我们注意，他们派出的押送兵力不多，只有一个排，这里是路口的交叉点，得手之后有利于我们快速撤退，我决定就在这里展开伏击，你们意下如何？"

"我赞成！"楚超想也没想就说道。

"我也赞成，我请求亲自参加这次行动！"张建飞将身躯挺得笔直，忠心耿耿地说道。

"你们觉得呢？"东方云又向其余几名军官问道。

既然三个长官都没有意见，其他人自然也不会反驳，纷纷点头表示支持东方云的建议。

"那好！兵贵精而不贵多，我们也不用调动其他站的人马，就在第三站派出二十名好手参与行动。其余人马留守本部即可。"

"长官，我请求随队参加行动。"张建飞猛地上前一步说道。

"我也是！"楚超也连忙往前迈了一步。

东方云看了他们一眼说道："不用，这次行动由我亲自指挥，你们我另有安排！"

"长官这……"

"不用说了，这是命令！好了，你们下去吧，好好休息！等候我的安排！"

"是！"众人应了一声，走了出去。

滴滴答，滴滴答，深夜里，淡淡的电波声在夜空中轻轻地回荡。

很快，一封电报变发了出去。

电报的内容是：鱼儿已上钩，可以行动！

上海，日本宪兵司令部。

玉川少佐从翻译人员手里接过电报，随后急急忙忙地推开了藤田一郎的房间。

藤田一郎此时正在摇头晃脑地听着一名艺伎唱歌，见玉川进来，他挥挥手，艺伎鞠了一躬，迈着碎步走了出去。

"玉川，我告诉过你多少次了，不管发生什么事情，一定要冷静！"

"是，大佐阁下！"

"那你连敲门都忘了吗？"

"对不起，大佐阁下！"玉川一低头，走出去，关上门，随后又轻轻地敲了敲门。

"进来吧！"

玉川走进门，点头说道："大佐阁下，最新的电报！"

"哦？"藤田一郎接过电报仔细看了看，露初一个得意的微笑，"好！很好！玉川，这次行动，就由你来负责吧！"

"是，大佐阁下！感谢大佐提拔，属下定然不负大佐阁下期望！"

"你错了，玉川，这不是我对你的期望，而是帝国对你的期望，是天皇陛下对你的期望！"

"嘿！天皇万岁！大日本帝国万岁！"玉川奋力地嘶吼着，万岁声在日本宪兵司令部的上空不断地回荡。让这天气，变得更加的森冷和肃杀。

刀锋森冷，刺刀见红的时候，快到了。

玉川穿着笔挺的军服，腰杆挺得笔直，锐利的眼神在自己手下的面前不断扫视着。

在他面前，是四十名日军特工队的身影。

这是藤田一郎一手训练的强悍武装打击力量，总人数一百六十人，有四个小队，分别是火力组、狙击组和第一、二突击组，这一次藤田一郎从各个小队抽调了十名精锐队员交由玉川指挥，可见这次他们是势在必得！

这些队员都穿着最新式样的军服，掌握着最新式的武器，可以说，他们是这个时代最精锐、最具有战斗力的日本军人。

看着他们，玉川就感到一种由衷的自豪。

"诸君！"玉川深吸一口气，紧了紧自己的指挥刀，朗声说道，"前段时日，我们在大佐阁下的指挥下，一举捣毁了支那人的谍战总部，击毙支那人的最高指挥官，取得重大胜利。但支那人贼心不死，这次又派遣人马前来，你们说，我们该怎么做！"

"干掉他们！杀死他们！"四十名特工队齐声狂吼。

"好！现在，我们已经有了详细的情报，支那人的一举一动都在我们掌握当中，今天我们要让他们再见识下一大日本帝国的武士是什么样子的！天皇陛下，班塞（万岁）！"

"班塞！班塞！班塞！"疯狂的嘶吼声回荡在天空中，透露出无尽的杀意。

与此同时，东方云也在检阅着手下的人马。

相比于日军特工队的统一，军统的人马多少显得有些杂乱。他们并没有统一的装束，用的也不是统一的武器，唯一统一的，是他们脸上坚毅的表情。

东方云没有做热血沸腾的战前动员，他只是淡淡地说了句："听我命令，准备出发！"

"是！"二十名汉子一起挺起胸膛，向他们尊敬的长官展示着他们内心沸腾的热血。

时间，在一分一秒地过去。

下午七点，一支由两辆封闭式卡车、六辆摩托车所组成的车队，非常低调地开出了日军宪兵司令部的门口，日本人还极为风趣地在车顶上挂了一面红十字旗，让这一幕看起来显得非常的讽刺。

日本人，可是世界上最不遵守国际公约的国家。美国总统罗斯福对日本人曾经有过一句非常经典的评价："我从来没见过如此卑鄙无耻的国家和民族。"

7点30分，日军车队驶出上海。

7点45分，日军车队接近A点。

此时的玉川少佐正趴在A点的一处小山冈上，他身上披着厚厚的伪装，与整个山冈融为了一体。他们提前五个小时到达这里，进行了地毯式的搜索，随后开始布置埋伏。如今，日军特工队分为四个小组已经彻底控制了A点的所有要点，只等军统特工一动手，就将他们一网打尽。

奇怪的是，玉川直到现在都没有发现军统特工的身影，他不相信支那人会放弃这么一个千载难逢的机会，所以他只能在暗中佩服一下军统特工们神出鬼没的潜伏能力了。

远远的，日军车队慢慢地驶了过来。

"准备作战！"玉川少佐在无线电中下达了命令。

四十名日军特工瞪大了自己的眼睛，等待着目标的出现。

终于，日军车队完全驶入A点。

玉川紧握着指挥刀，手上的青筋根根凸显。

但奇怪的是，直到现在，没有响起一声枪响。

玉川就这么目瞪口呆地看着日军车队从自己的眼皮下安然无恙，大摇大摆地开了过去，半天没有回过神来。

"少佐！少佐！目标没有出现，目标没有出现，请指示！请指示！"

"八嘎！怎么回事！立刻给大佐阁下发电，出现异常情况！特工队，跟我来！"

玉川站起身来，扯掉伪装，他现在已经顾不得会暴露自己了，他有种很不好的预感，非常不好！

玉川带领特工队员们拔腿直追车队，可是两条腿怎么能跑得过四个轮子，为了保密，他们也没有将军统特工的伏击地点告诉车队指挥官，因而他们只能目送着车队越开越远。

十分钟后，日军车队大摇大摆地开进了东方云的伏击圈。

"打！"东方云一声令下，"嘭"的一声，产自德国的 K98 步枪清脆的声音响起，不同的是，它此时已经安装上狙击镜，成了一把狙击步枪！

只听"咔"的一声，第一辆卡车的挡风玻璃上已经出现了一个大洞，日军驾驶员的脑袋已经飞了一半，身子一歪，卡车就失去了控制，一个横扫，将前面的两辆日军摩托车给卷进了底盘里，凄厉的惨叫声刺耳无比。

"嘭嘭嘭！"狙击步枪的声音不断响着，一个个日军还没反应过来就去见了他们的天照大神，随后机枪的声音爆响而起，东方云集中了六挺机关枪对准车队猛烈扫射，车队周围的日军士兵如触电一般在机枪子弹所组成的耀眼金线中不断抽搐着，成为了一摊烂泥。

此时的日军指挥官还没反应过来，不是该有我们的伏击队员出现吗？还没有人回答他这个问题，他就被一枚冲锋枪子弹打碎了脑袋。

端着美式和德式冲锋枪的军统特工们从各个潜伏点冲了出来，开始冷静地点射。残余的日军很快就被击毙，展现在他们面前的，只剩下两辆孤零零的封闭式卡车。

令人震惊的事情发生了，军统特工们在东方云的指挥下并没有冲上去打开车门营救自己的同伴，而是纷纷掏出手雷，向卡车扔去。

"轰轰轰轰！"剧烈的爆炸声响起，火光冲天，卡车被炸得四分五裂，伴随着卡车碎片漫天飞舞的还有包裹着黄色布条的尸体碎块。血如雨下，原来卡车里面根本就没有东方云要营救的"鸽子"，而全是严阵以待的日本宪兵！

五分钟后，玉川带着跑得上气不接下气的日军特工们赶到伏击地点，看到的只是已经被炸成碎片的卡车和满地的日本宪兵的尸体。

此战，东方云率领二十名军统特工击毙日本宪兵上百人，自身无一伤亡，在藤田一郎的脸上狠狠地抽了一耳光。

时间倒回到半个小时前，日军车队即将驶进 A 点的时候。

军统第三分站内，张建飞坐在椅子上对着墙壁出神，不知道在想些什么。

这时，一名军统特工走了进来，轻轻说道："长官，楚超长官请您过去一趟？"

张建飞的脸上浮现出了一丝不满。他身为上海军统站的副站长，级别是要高于楚超的，虽然现在被东方云暂时剥夺了职务，但楚超毕竟是他的老部下，怎么说也该是他来找自己才对。但现在也不是在乎这些的时候，张建飞哼了一声，站起来，走向楚超的卧室。

他看见楚超背对着他，他走了进去，张口就要说话。

这时，从门后忽然闪出一人，随后一根渔线就死死地勒在了他的脖子上。

"呜！"他闷哼一声，就要挣扎，但刚才来叫他的那名军统特工一个箭步上前，抓住他的双脚，让他再也没有了挣扎的可能。

楚超转过身来，脸上带着诡异的微笑，轻轻地说道："东方云长官向你问候！"

张建飞的脸上浮现出绝望的表情，三十秒后，他变成了一具冰冷的尸体。

"该死的叛徒！"楚超恨恨地骂上了一句，随后下达了行动命令。

军统特工们飞速地忙碌起来，一分钟内，他们将汽油浇满了公寓的每一个角落。

又过了一分钟，二十几名军统特工从各个方向离开了公寓。

两分钟后，杀气腾腾的日军特工队和数百名宪兵将这里围了个水泄不通。

但他们看见的，只是熊熊燃烧的房子，沸腾的火苗似要将天上的太阳都给吞噬。

刺刀见红的时刻，结束了。

上海，日本宪兵司令部监狱。

戒备森严的宪兵司令部监狱内，高桥上尉正在朝着关押两名军统特工的牢房走去。

他是一个很清秀的年轻人，虽然谈不上英俊，却总有种淡淡的书卷气，他身躯挺拔，穿着皮靴的脚步踏得异常的沉稳有力，"嗒嗒"的脚步声在监狱四周轻轻地回荡着，有些悦耳，也有些嘲讽。

因为高桥，他是一名中国人。

准确说，他是一名有着日本血统的中国人。

但高桥从来没认为自己是日本人，也没有为身上的日本血统而感到自豪。因为从他出生的那一天，他的父亲就反复地告诉他，你是中国人！你的祖国是中国！

后来，他的父亲死于日本人的枪击。

再后来，她年轻美貌的母亲带着年仅五岁的他回到了日本，嫁给了一名日军高级军官。

顺理成章的，高桥继承了那名军官的衣钵，在他的庇护下，高桥有着一半中国血统的事情被隐瞒下来，他顺利地考入了帝国陆军大学，以优异的成绩毕业，成为了日军上海宪兵部的一名作战参谋，还是一名很受宠的参谋。

但他从来没有忘记，自己是中国人，自己最敬爱崇拜的父亲是死在日本人的枪下。

仇恨的火焰一直在他心目中燃烧，他加入了军统，通过第三站向外面传递消息，递送情报。

而今天，他要执行一次很特殊的任务。

高桥走到管辖"鸽子"的牢房前说道："我奉松井司令官阁下的命令，前来提审犯人！"

"长官，请出示证明！"站在门前的宪兵并没有因为对方是将军阁下的爱将而有丝毫的松懈。

高桥掏出一张宪兵司令部开出的证明，门口守卫的宪兵仔细看了看，随后说道："对不起长官，还请您交出您的武器！"

高桥将自己的军刀和手枪交到了宪兵的手上，宪兵这才打开牢门，让高桥走了进去。

高桥迈进牢门的刹那，一股恶臭夹杂着血腥味扑面而来，他看着两个躺在地上的人，但高桥却觉得，他们更像是两堆烂肉。

这两个人，已经看不清长什么样子了，身上也没有什么完好的衣物，几乎可以用赤身裸体来形容。暴露在空气中的每一块肌肤都是血肉模糊，有些已经化脓，甚至还有蛆虫在伤口中涌动，高桥只觉得自己浑身颤抖，喉结在不断的打滚，极想呕吐。

高桥忍住呕吐的冲动，忽然冲上去，狠狠一脚踹在一名"鸽子"身上，大骂道："八嘎！"

随后又是一耳光扇在另外一人的脸上，接着发疯般对着两名"鸽子"拳打脚踢，门口的宪兵见状，连忙冲上去，死死抓住高桥的胳膊。

"长官！您是来奉命提审的，打死了他们，如何交代！"

"哼！"高桥挣脱出来，狠狠说道，"这些支那人，不识天威，不服王化，只配给我们高贵的大和民族当狗！死一个少一个！把他们给我带走！"

说完，高桥转身离去。

没有人看见，他的脸上浮现出一丝转瞬即逝的悲伤。

因为就在刚才高桥对着两名鸽子拳打脚踢的时候，已经悄悄地将两枚致命的药丸塞进了他们的手里，随后说出了那句致命的暗语。

高桥知道，他们的生命，就要结束了。

上海，军统第四分站。

没有人想到，军统的第四分站，居然会是个规模不大的棺材铺。

不同于第三站的是，第四分站并没有隐藏太多的战斗人员，相反，里面留守的军统特工寥寥无几，连同门房伙计在内，也不过七八人。为了尽量保持隐秘，东方云也只带了两三个人进入，居住在棺材铺的后院里，其他人手都被他分散在外围，与据点遥相呼应。

其实东方云名为上海军统总站的站长，但他真正见过的手下是少之又少。军统在上海有上千名特工，无数的外围成员和下线，他们的身份错综复杂，分布各行各业。上至体面的商场老板，下至街边的工人铁匠，有青楼里的妓女，有教堂里的神父。东方云是不可能一一和他们见面的，甚至他们有可能一辈子都碰不上一面。在绝大多数时候，东方云就是通过一部电台和一套密码，与他们保持着联系，指挥着这个如蛛网般密集而复杂的谍报系统。

东方云的理念是，他不需要总站，他走到哪里，哪里就是总站。

但东方云并没有因此而懊恼，此时的他正坐在属于自己的房间里，悠闲地品味着一杯浓浓的香茶，心头忽然浮现出一句话："糖水虽多万人尝，香茶一杯我独品。"

他心情不错，来上海这几天，他总算是在同日本特工的争斗中扳回了一局，顺手还解决了叛徒张建飞，也算是个不小的胜利。

其实早在他来上海之前，他就已经怀疑内部有叛徒，因为马忠国上校的藏身地是绝密，没有一定级别的人是不可能知道的。而且马忠国做事向来谨慎，怎么可能被日军发觉，连逃跑的时间都没有，只有服毒殉国。唯一的可能，便是有叛徒出卖。当他知道军统总站出事，张建飞擅自策划袭击藤田一郎的车队的时候，他立刻将怀疑目标锁定在了张建飞身上。因为他作为一名资深间谍，居然会采取如此贸然的行动实在是可疑，何况"鸽子"本为死士，又怎么可能那么轻易地被日军活捉，东方云推测，他们应该是在准备自杀之前，就已经被人伏击了！

于是东方云设了个套，结果张建飞立刻迫不及待地钻了进来。

就在东方云思量的时候，楚超走了进来，轻轻地说道："长官，'鸽子'有消息了！"

"什么消息？"东方云问道。

"内线回报，剩下的两名'鸽子'，已经吃了我们送去的东西，殉国！"楚超的声音变得低沉了起来，还带有一点轻轻的颤动。

东方云站起身来，缓缓摘下了自己的帽子，向死者致敬。因为这两名"鸽子"，是他下令毒死的。

东方云不是没想过要营救他们，但在日军的严密防守下，营救行动必然要付出惨痛的代价，一失足成千古恨，东方云不敢冒这个险，党国也不敢冒这个险！所以，为了防止密码泄露，东方云唯一能做的，就是杀了他们！

"东洋倭奴似豺狼，屠我百姓血汪洋。我辈当伸医国手，天日昭昭地煌煌。楚超，你要相信，他们的死，是值得的，所有人的死，都是值得的！只要能将日寇赶出中国，重振我中华河山，纵然是肝脑涂地，我等也在所不惜！"

"是，属下明白！"楚超点点头说道。

就在这时，军统第四分站的站长，穿着马褂，叼着烟嘴，如一个土财主般的中年人走了进来，轻声说道："长官，总部急电！"

"八嘎！"藤田一郎一巴掌拍在桌子上，猛地立起身子，如饿虎扑食般将身躯倾斜到离玉川少佐的脸庞不到一厘米的地方，双目之中似有熊熊火焰在疯狂燃烧。在藤田一郎骇人的鄙视下，玉川少佐只能羞愧地低着脑袋，大气都不敢出一口。

"玉川君！那两名支那特工乃是我们的最佳诱饵，是重中之重！我再三强调一定要保护住他们，维持他们的生命！现在连刑都没给他们上了，他们却忽然死了！你说，你该负何等责任！"

"对不起，大佐阁下，玉川无能，有负大佐阁下重托，有负帝国和天皇陛下的栽培，玉川请求大佐阁下能准许玉川自裁！"玉川低着头大声嘶吼着，脸涨得通红，似乎此刻自己正在遭受巨大的侮辱。对于他这种死心塌地效忠天皇的帝国军人而言，犯了如此严重的错误，他觉得除了切腹以外，似乎没有更好的办法来洗刷他的耻辱，弥补他的罪过。

藤田一郎听了玉川的话，略微地愣了一下，随后冷静下来，缓缓坐了下去，轻轻地说道："玉川，你太让我失望了。"

"大佐阁下，我……"

"好了，你不要说了！"藤田挥了挥手，感慨道，"你毕竟还是太过年轻啊！我问你，那两名支那特工，是怎么死的？"

"回大佐阁下，我们的医官已经进行了检验，他们是死于心肌梗死！导致呼吸困难，突然猝死。"

"心肌梗死？"藤田一郎皱了皱眉头说道，"在此之前，有哪些人接触过他们！"

"没有！我们的防卫工作做得非常的严密，任何人想要进入必须要有宪兵司令部开具的特别证明。就连送给他们饭菜，我们也是做过活体检查之后才会给他们食用，鉴于他们有绝食倾向，我们派专人强行喂食，但一直有宪兵从旁监视，不可能有任何问题。"玉川想了想，又接着说道，"对了，今天早上，松井司令官想要提审那两名支那特工，派的是高桥上尉前去提人，宪兵回报，高桥上尉和那两名支那特工发生了冲突！"

"冲突？"

"是的！高桥上尉殴打了那两名支那特工，十分钟后，松井司令官刚要审问，他们就死了！"

"玉川少佐，你是要告诉我，那两名支那特工是被高桥上尉活活打死的吗？"

"属下不敢！属下无能，还请大佐阁下责罚！"玉川在藤田一郎锐利的鄙视下，再次低下了自己骄傲的头颅。

"行了，这件事情到此为止。你也不用自裁，如今帝国处于多事之秋，正值用人之时，你自裁没有任何用处，还是想想怎么将功赎罪吧！你下去吧！"

"是！属下明白！"玉川一点头，转身走了出去。

"高桥上尉？"藤田一郎轻轻地复述了一遍这个名字，眉头深锁，随后他拿起了电话，拨通了一个神秘的电话。

"喂！接南京特工科，我要找田川大佐！"

当藤田一郎结束自己的神秘通话，放下话筒的时候，一名卫兵走了进来说道："大佐！南京特务机关的绝密电报！"

"嗯？"藤田一郎忽然觉得有些好笑，他刚打电话到南京特务机关下属的特工科去，结果就来了一份电报，这也太巧了。但他接过电报一看，他马上就笑不起来了。

良久之后，藤田一郎才看完电报，对卫兵说道："回电，藤田遵照一切指示，保证万无一失！"

"是！"卫兵敬了一个礼，转身走了出去。

藤田一郎坐回了位置上，抬起头看着天花板，自言自语地说道："多事之秋，多事之秋啊！"

与他发表同样感慨的却是他的死敌——东方云。

当然，东方云现在可不知道自己的强悍对手正在因为同一件事情而苦恼，相反，他现在还有点期待帷幕的掀开。

东方云接到的电报内容和藤田一郎的大同小异，都是关于一个人的。

一个神秘的人——廖敬凯。

廖敬凯曾经是军统特工里面最出色的人才，军统高官，号称是戴笠戴老板的内定接班人。没有人知道，为什么这样一个杰出的人物，竟然会跟着汪精卫投靠日本人。

所不同的是，他投靠日本人后，并没有回到内地，而是留在了香港，替日本人主持谍报网络，为日本人进攻东南亚的"辉煌"胜利立下了汗马功劳。

与之相对的，是军统上下对他背叛的无比愤怒和痛心，几年来军统共派出七拨人马刺杀他，但廖敬凯毕竟是高手，刺杀计划无一成功，军统损兵折将。随着在华战事的日渐紧张，军统也逐步放弃了对廖敬凯的刺杀，廖敬凯就如同黑暗中的灯塔一般，立在高处，对着军统这个号称是亚洲第一、世界前三的间谍组织发出无尽的嘲笑。

几年来，廖敬凯在军统内部，几乎成为了被忌讳的名字，但无数人也不得不感慨，他确实是个人才。

谁知道，天赐良机，廖敬凯居然离开了香港，回到了上海，军统接到消息后第一时间就对东方云发出指令，不惜一切代价干掉他！

干掉廖敬凯，摘掉军统头上耻辱的帽子，以正党纪国法，成了眼下东方云的主要工作。至于那个只有一点点线索的神秘东西，就只能暂时靠后了。

但事情并没有想象中的那么简单，对于廖敬凯这样的人物，抛开他本身就是个高手不谈，他所代表的政治意义已经远超于他的谍战价值，因而日军对廖敬凯的防卫工作肯定做得非常严密。而且廖敬凯所得罪的，可远远不是军统一家那么简单。

正因为廖敬凯的卓越才能，才导致日军在东南亚的势如破竹，如蝗虫过境般横扫英美等国的殖民地。廖敬凯的成功，不仅仅是在嘲笑军统，还是在嘲笑那些西方列强。他们的特工们，一样欲将廖敬凯置之死地而后快。

但军统是绝对不想让其他国家的特工将廖敬凯除掉，中国人很重面子，这个面子上升到国家的高度那就叫做国际地位。如果中国连一个叛徒都要外人帮助清理的话，那么在国际上的影响力就会大大降低，甚至会影响到战后的利益分配。

中国为了抗击日本，付出了前所未有的剧烈代价和惨痛牺牲，这一切，绝对不能毁在一个叛徒的手上。

一时间，东方云感觉到，整个上海滩，必将因为廖敬凯的到来而产生一个巨大的漩涡，在谍战这个领域里拼杀的所有人都将被扯进去，无一幸免。

树欲静而风不止，一场牵扯各方间谍博弈的大战，即将开始。

东方云的心中，忽然间充满了期待。

他不是意识不到军统将为这次行动付出怎样的代价，他也不是意识不到这样的行动有多么巨大的风险，但他依然压制不住自己内心沸腾的鲜血。金无足赤人无完人，无论东方云的天赋多高，能力多强，说到底，他依然还没到而立之年，还是个年轻人。

何况，和一个绝顶高手过招，是每一个剑客的期望。

间谍也是一种剑客，他们的剑更利，锋更冷，在他们特殊的领域里，他们惨烈搏杀，杀机暗藏。

他们的剑也很特殊，特殊到剑锋一出，血流千里，伏尸百万！

东方云的剑，已经因为廖敬凯这个神秘来客到来，而在轻轻地颤抖着，等待着。

上海，日本宪兵司令部，剑道房。

"杀！"暴喝声中，两把雪亮的武士长刀狠狠地撞在了一起。

火花飞溅中，藤田一郎和玉川少佐彼此凝视着对方的脸庞，武士长刀那森冷的刀锋隔在他们中间，散发出丝丝的寒意。

猛然，藤田一郎大喝一声，将玉川少佐猛地抵开，随后挥舞着武士刀当头砍下。

"锵"的一声，玉川少佐猛地将刀一举，挡住藤田的劈砍，随后猛然挥刀，雪亮的刀锋直奔藤田的咽喉。

"呼！"在一旁观战的日军特工们不由得惊呼出声。这一刀要是砍实了，那藤田就只能是头断命丧的下场。

关键时刻，只见藤田将身一仰，硬生生使出一个铁板桥，躲过了玉川致命的一刀，玉川倒也干脆，直接抬起脚，就向藤田狠狠踩去。

只可惜他还是晚了一步。

就在他旧力已尽新力未生的时候，藤田已经抢先一步踢翻了他的双脚。

玉川还没从地上爬起来，藤田的战刀就已经搁在了他的咽喉上。

随后藤田退步收刀，玉川也从地上爬起来，两人一起鞠躬敬礼。

"啪啪啪啪"热烈的掌声响了起来，周围观战的日军特工们纷纷鼓掌，就在这电光石火之间，他们看到了一场精彩的剑道比武，受益匪浅。

"玉川，你的剑术进步了不少啊！"藤田接过手下递过来的手帕，擦了擦脸上的汗珠说道。

"谢大佐阁下赞赏，全赖大佐阁下的栽培！"玉川恭敬地一鞠躬说道，言语中有发自肺腑的真诚。对这个亦师亦父的上司，他有种别样的情怀。

"玉川，你要记住，谍道，乃生死之道也，就如这剑道一般，三尺青锋之上，万千怨鬼哭嚎。我等的成败，直接关系到帝国的兴衰，所以在任何时刻，你都要记住，冷静，冷静，再冷静！只有冷静，你才能从对手的剑招中发现敌人的破绽，然后一击必杀！"

"是！属下谨记大佐阁下教诲！"

"对了，今天下午你就要去接那个人，准备得怎么样了！"

"大佐阁下放心，一切准备就绪！"

"好，很好！"藤田一郎满意地点了点头，随后将脑袋凑到玉川的耳边，用只有他们两人才能听到的话语轻声说道，"该是给我们的朋友发电报的时候了！"

"嘿！属下明白！"

上海，某公寓。

"滴滴答，滴滴答"轻轻的电波声在并不宽敞的房间中回荡着，一只纤细的手接过电报，随后开始仔细地阅读，破译。

良久之后，电报的内容出现了。

"毒蛇，地鼠已经死亡，大战将至，密切监视，注意安全。"

片刻后，一封电报随着跳动的音符飞到了日军宪兵司令部内。

"收到！正密切注意目标动向！"

上海码头。

"呜——"悠长的汽笛声中，一艘挂着太阳旗的日军军舰缓缓驶进港内。

"终于到了啊！"船舷上，一名穿着长衫、留着淡淡胡须的中年人感慨道。

他，便是各国特工都欲杀之而后快的传奇间谍——廖敬凯！

廖敬凯站在船舷上，看着人潮汹涌的码头。日军在码头上建立了三道警戒线，还有大量的便衣特工穿梭在人群之内，保卫工作做得异常的严密。

"先生，日军派人来了！"在他身后，一个女子如幽灵般地出现，她长得十分的美丽，黑色的眼睛就如一汪深不见底的湖水，粉白的脸蛋好似蜜桃一般让所有人都忍不住想咬上一口，出类拔萃的身材更是能让全天下的男人都想入非非，她不用故作姿态，也不用卖弄风骚，只需要往地上一站，就能吸引所有男人的眼球。用妖媚入骨来形容她，真的是恰到好处。

唯一可惜的是，她的脸上挂着如冰山般的表情，一副拒人于千里之外的模样，你要走进她的身边，你会觉得天气格外的寒冷。

至少玉川少佐是这么觉得的。

他刚才走上舷梯前来迎接廖敬凯，却忽然发现廖敬凯的身边居然有这么一个美人，一时愣神之下，被美女狠狠瞪了一眼，居然打了个寒战。

"玉川少佐，好久不见。1941年香港见你的时候你还只是个少尉，真的是士别三日，当刮目相看啊！"廖敬凯微笑着说道。

"在下惭愧。在下谨代表松井司令官和藤田一郎大佐前来迎接先生，先生一路辛苦！还请下船！"震惊过后，玉川还是很快恢复了一个日本军官应有的风度，恭敬地说道。

"别急别急，还有好戏没看呢！"

"好戏？什么好戏？"

廖敬凯摆了摆手，没有再解释，而是转身对身后的美女说道："玫瑰，去给我端两张椅子来！"

"是！"叫玫瑰的女子很快端来了两张椅子，还给廖敬凯拿来一杯热气腾腾的香茶。廖敬凯微笑着说道："玉川少佐，请坐，好戏开演了！"

话音未落，枪声已响。

听见枪声，玉川少佐本能的就要趴下，忽然看见廖敬凯正好整以暇的看着自己，他又生生忍住了冲动，极不自在地坐到了椅子上。

只是枪声已经激烈了起来，交战的地方就在码头不远处。机枪声、手枪声、冲锋枪声响成一片，偶尔还夹杂着手雷的爆炸声，远远看去，远方已经是火光冲天，打得好不热闹。

此时码头已经有些慌乱起来，人群开始逐渐失控，哭喊声和呵斥声就如交响乐般在码头上方回荡，忽然一片哨子声响，只见角落里冲出大批皇协军的士兵，拿着警棍就对着人群劈头盖脸地狂抽，一边抽一边吼："大家不要慌，原地站好，乱动者枪毙！"

直到此时，日军宪兵和便衣特务们才反应过来，加入了维持秩序的行列，在强力弹压之下，总算没有酿成大乱。

玉川少佐看着这突如其来的变故，又扭头看了看怡然自得喝着香茶的廖敬凯，忽然间不知道该说什么。

忽然"嗖"的一声，一枚流弹飞来，竟直直打穿了廖敬凯的帽子，玉川大惊失色，正要呼喝手下排人墙，却见廖敬凯不慌不忙地站起来，捡回了自己被打飞的帽子，看了看上面的窟窿，惋惜地说道："可惜了，多好的帽子。将就吧！"随后又将帽子戴在了自己的脑袋上。

玉川一时无语，片刻后，一名中年汉子高举着通行证冲破人群的重重阻拦，跑上舷梯，来到廖敬凯面前，一鞠躬说道："禀报先生，敌特十六名，全部击毙，无一人漏网！"

"哦！他们是哪方面的人？"廖敬凯一面说着，一面轻轻地吹着自己手里的香茶，还十分享受地闻了一下浓浓茶香，似乎他真的是在看一出好戏一般。

"他们说的都是英语，但口音比较混杂，不好分辨。"

廖敬凯此时可没有在乎玉川少佐的想法，他慢条斯理地站起身来，随后向玉川一点头，自顾自地走下舷梯向轿车走去。那名叫玫瑰的美女和前来报告的中年汉子恭敬地跟在他身后，就如影子一般。

冥冥中，廖敬凯那被枪打穿的帽子似乎格外的刺眼。

玉川少佐静静地坐在椅子上，目送着廖敬凯的汽车离开，久久不语。

第三章 诛 灭

一代倾城逐浪花，吴宫空自忆儿家。

效颦莫笑东村女，头白西边上浣纱。

这是古代诗人描写绝代美女西施的句子，真的称得上是入骨三分，刻画无穷。

而如今，在那昂贵的琉璃梳妆台前，一名堪比西施的美女，正坐在椅子上，静静地端详着自己堪称绝世的容貌。

这个女人，就是上海滩乃至整个中国最有名的交际花——司徒婉！

正所谓回眸一笑百媚生，三千粉黛无颜色。

司徒婉十七岁浪迹上海滩，转瞬之间，就以风卷残云之势席卷了整个上海滩的名利场。她绝色无双，才艺双全，琴棋书画样样精通，诗词歌赋无一不晓，不知道有多少富家公子、王公贵族拜倒在她的石榴裙下，想当年，她曾经创下过一千块大洋陪人喝一杯茶的惊人纪录！

那时的司徒婉，就是整个上海滩的女神。

没有人会想到，她会嫁给一个汉奸。

虽然位高权重，但汉奸，终究还是汉奸。

她嫁的人，就是如今正如日中天的汪精卫伪政权上海滩特务机关机关长——易宁山。

一入侯门深似海，自从她嫁给易宁山之后，上海滩女神的神话就破灭了，剩下的是欲望、藐视、唾弃和吃不了葡萄而说葡萄酸的嫉妒。

司徒婉叹了口气，缓缓站起身来，她的身躯就如鬼斧神工一般，简直就是一件精致的艺术品，几乎将人类的曲线美体现到一种极致。她美丽的脸庞上充满了致命的诱惑，同时又有着神圣不可侵犯的圣洁，两种截然相反的气质混合起来，构成了一种无法抵挡的魅力，就如滔滔海水，不断将你的灵魂所腐蚀。纵然你是百炼精钢，依然躲不过那绕指柔肠。

樱桃樊素口，杨柳小蛮腰。司徒婉轻轻地抚摸着自己完美的身躯，眼光中划过无限的惆怅。

这时，一名丫鬟走了进来，轻声说道："太太，易先生回来了，还带来几个客人！易先生要您下去见一见！"

"哦!"司徒婉的眉毛往上挑了一挑,要知道,她可是易宁山的心肝宝贝,捧在手里怕冻了,含在嘴里怕化了,这种接待客人的琐碎事情是绝对不可能让她来做的。难道今天来了什么了不起的大人物?

司徒婉只顾着思考,却没看见自己丫鬟看自己的样子都已经快痴了。

迷倒男人的美女很多,但能把女人都迷倒的美女那就是寥寥可数。而司徒婉,恰好是其中一个。

"小翠,去告诉老爷,说我马上下来!小翠!小翠!"司徒婉连着呼喝了几声,叫小翠的丫鬟才反应过来,连忙躬身退了出去。

看着小翠失魂落魄的样子,司徒婉感到一丝无奈,她对着镜子仔细照了照,才迈着优雅的步伐朝客厅里走去。

还没进客厅,就听见易宁山的笑声传了出来:"哈哈哈!廖兄来得正好,虽然廖兄在上海只是暂留,但有廖兄相助,我可是如虎添翼啊!"

"廖兄?难道是他?"司徒婉的心中猛地一惊,但脸上依然平静如常,她理了理自己的心绪,走进了客厅。

客厅里,易宁山和三个人相对而坐。一男两女。男人年龄在四十岁左右,穿着一身灰色的长衫,留着淡淡的胡须,一派儒雅风范。两名女人一左一右陪在他身边,都是难得的美女。其中一名美女面无表情,如冰霜般寒冷,眼光不断往四周扫视。另外一名美女,却是个外国人,金发碧眼,丰乳肥臀,显得异常的性感和妖娆,偏偏一双蓝色的眼睛美丽得如纯净的湖水,几乎找不到任何的杂质。

此时易宁山也看见司徒婉走了进来,他的脸上浮现出难以掩饰的爱意,他几步上前,牵住司徒婉的小手,走到客厅中间说道:"来,我来介绍一下,这一位是我的内子司徒婉!"

廖敬凯的脸上浮现出欣赏的表情,他站起身来,摘下帽子,很有绅士风度的微微鞠了一躬,随后说道:"早闻易兄在上海滩是金屋藏娇,今日一见,果然非同凡响,这哪里是藏娇,简直就是藏宝啊!倾国倾城,倾国倾城啊!"

司徒婉微微一欠身,见了一礼说道:"先生过奖了,先生身旁的两位小姐也都是倾城绝色,可见先生实在是一方豪杰啊!"

"哈哈!说得好,说得好!婉儿,你还真说对了,知道这位先生是谁么,他就是大名鼎鼎的廖敬凯!此番廖兄回南京,必然得到汪主席的青睐有加,到时候可别忘了兄弟哦!"

"哪里哪里,易兄过奖了,易兄如今帮助汪主席主持上海大局,干得也是风生水起,威名赫赫啊!"

"哈哈哈哈!"两个同样手握重权、奸诈狡猾的男人对视一眼,随后开怀大笑起来。

司徒婉的脸上也挂着魅人的笑容,但她的心,却在不断地波动。

"廖敬凯，果然是他！"司徒婉在心中默默地说道。

上海，霞飞路三号公寓。

这里是东方云置办的新居，也是暂时性的军统总站。

东方云命令手下一名有着商界背景的特工出面购买下了这座四层洋楼，随后从第四分站和第三分站抽调了一些人马搭建了新的总站班子。当然，现如今已经充分得到东方云信任的楚超也被免去了第三分站站长的职务，出任了军统总站的副站长，作为东方云的亲随，随时听候调遣。

此时的东方云，正在分析最新的战报。

今天中午十六名英国特工对廖敬凯发动袭击的详情已经被军统通过各个渠道集中到了东方云的手上，东方云当即召集心腹人马，进行了一次全方位的推演，推演的结局是令人沮丧的。他们发现，那十六名英国特工几乎就是这么硬生生地跳进廖敬凯的圈套里去，结果全军覆没。廖敬凯似乎是要以身作饵，把上海作为鱼塘，来好好地钓一次鱼。

那些鱼，就是想要把他置于死地的各方间谍们，包括东方云率领的军统在内。

"廖敬凯，不愧是玩转各国特工的'笑面修罗'，真的是名不虚传！"良久之后，东方云也不得不发出这样的感慨。他很少佩服人，但此时他却不得不心悦诚服。

面对着这样一个人，他竟然会感到一种无力感。他知道，这一次行动，是真正的踩钢丝！

稍有不慎，就是万劫不复！

"长官，总部急电！"就在东方云思考的时候，楚超走了进来，将一份电报递到了东方云面前。

东方云仔细看了看，挥了挥手，让楚超退了出去。

他站起身来，来到窗前，点燃一支香烟，烟雾袅袅中，他透过玻璃注视着大上海的万千霓虹，纸醉金迷，缓缓说出一个名字，一个曾经代表着大上海绝代风华与无比魅力的名字。

"司徒婉！"

上海，易宁山公寓。

"嘭！"一声清脆的枪响打破了黑夜的宁静，也惊醒了沉睡中的易府。

"哪里打枪？"还未就寝的司徒婉放下手里的书，走出房门，正好碰见易宁山。

"不要紧张！"易宁山把司徒婉抱在怀里说道，"是廖先生在处决奸细！"

"奸细？什么奸细？"

"今天廖先生带来的那个外国美女，她是个苏联特工，想要暗杀廖先生，没有得手，廖先生怜香惜玉，不想给她上刑，把她处决了！没有吓到你吧！"

"哦！没有！"司徒婉不置可否地点了点头，脑海里却浮现出那名外国美人如水一般清澈的眼眸。

忽然，她感到极为的不适。

她四下望了望，忽然看见楼下角落里，廖敬凯身边的那名东方美女——玫瑰，正在冷冷地打量着自己。

凉风微起，寒意袭人！

上海，郁金香大剧院。

车水马龙，灯火人家。

当东方云来到郁金香大剧院的时候，看到的就是这么一幅景象。

商女不知亡国恨，隔江犹唱后庭花。

或许是开放得太久，上海似乎完全没有作为一个敌占城市的耻辱和自觉。依然是歌舞升平，夜夜笙歌，只看在这郁金香大剧院门口穿梭的人流车流，即可看出，上海的生命力是何等的强大。

纵然日寇的铁蹄凶猛，也踏不翻它的万千繁华。

不过东方云此时可没有心情来感慨，他穿着一身黑色的西装，外面套了件呢子风衣，还戴了双黑色的手套。他的帽子压得很低，几乎挡住了他的半个脸，他眼睛中的余光透过帽檐四处打量着，看似不经意间，已经将周围的一切情况尽收眼底。

这一切，都源自于军统总部的一封密电，要他到这里来和一个人接头。

那个人，就是司徒婉！

司徒婉的大名东方云也曾如雷贯耳。曾经他在上海驻扎过一段时间，那时候这位"上海之花"的芳名早已是无人不知无人不晓。只可惜东方云对事业的执著远超于对情欲的热情，因而从来就未萌生过结识的想法，没想到，几年后，在这个特殊的时间，特殊的地点，他们居然还会见上一次。

他更没想到的是，司徒婉，居然还会是一名军统特工，而且从今以后，她将受自己所制。

有时候命运，就是这么奇妙。

服务生殷勤地鞠躬，开门，东方云跟随着人群走入剧院，一边走一边仔细地打量着周围的布局，虽然几天前他们就已经对这里的构造进行了详细的研究，这里面也已经埋伏了二十名军统特工，准备随时掩护东方云逃走，但小心无大错，仔细一下总是好的。

司徒婉定的包厢在三楼，东方云一路走上去，此时剧院的节目还没有开场，人群显得有些喧闹，但这却给东方云提供了最好的掩护。当他走上三楼的时候发现，司徒婉定的包厢外，竟然站着好几个穿着便衣的汪伪特务！

虽然这一切早已在东方云的意料之中，他还是禁不住在心里骂了一声，他不动声色地走了过去，在几名特务警惕的眼光中走过司徒婉的包厢，走进了旁边的四号包厢里去。

包厢里，楚超和几名军统特工已经等待多时了。

"老板！"见东方云走进来，楚超连忙迎了上去，隔墙有耳，他没有再称呼长官，东方云点了点头，顺手把门锁死，随后问道："准备得怎么样了？"

"老板放心，一切准备就绪，五分钟后行动开始！"

"嗯！"东方云点了点头，坐在包厢的沙发上，闭上眼睛，开始闭目养神。

见自己的老板如此镇定，楚超不由得又暗中佩服了一把。

时间在一分一秒地过去，楚超紧紧盯着自己的手表，不敢有丝毫的懈怠。四分三十秒的时候，他刚要叫东方云，东方云却猛地睁开了眼睛。

他没有看表，但对时间的感觉却和手表分毫不差！

这就是真正的特工。

东方云站起身来，打了个手势，楚超和几名特工全都凝神静气，等待着行动的开始。

三十秒后，只见一瞬之间，就如世界末日一般，所有的灯光全部熄灭，刹那间沉入一片黑暗。顿时惊呼声、吼叫声、脚步声、呼喝声响成一片，中间还夹杂着小姐夫人们的尖声惊叫，此起彼伏，刺耳无比。

与此同时，楚超带着几名特工一个箭步冲了出去，口中还叫着："不要慌不要慌！大家不要慌！"随后和司徒婉包厢门口看门的特务狠狠撞在了一起。

"哎呀！"顿时惨叫声、打闹声、怒骂声又混杂在一起，给原本就无比嘈杂的剧院增添了不少色彩。黑暗中伸手不见五指，谁也看不见谁，双方就这么死死纠缠在一起，与此同时，东方云紧紧贴着墙壁，几个箭步摸索到包厢门前，沿途还踩了好几个人的脚，又引起几身惨叫，可是看不见摸不着，只能双手乱挥，毫无作用。东方云来到门边，轻轻一推，包厢门已经裂开一条缝，东方云闪身而入，又轻轻地把门关上，随后反锁，就如同一切都没发生过一般。

与此同时，剧院再次灯火通明。

三十秒，从断电到恢复光明，东方云只用了三十秒的时间，就成功地进入到了司徒婉的包厢内，神不知鬼不觉。

门外，楚超还在和几名汪伪特务纠缠，他的媚笑声和大洋的叮当声在东方云的耳中显得格外的清晰。随后一名特务的声音在门外响起："夫人，您没事吧！"

"我没事，你们继续站岗吧！"

此时的东方云还没有转过身来，一个甜美的声音就在他的身后响起，他忍不住转身一看，一个绝色的美人就这么映入自己的眼帘。

北方有佳人，绝世而独立，一顾倾人城，再顾倾人国。

当东方云震惊于司徒婉的美艳的时候，司徒婉也在惊讶于东方云的年轻。

她没想到，能够蒙军统总部看中，前来上海主持大局的人，竟然会是如此的年轻。

两人就这么默默地对视着，时间似乎停止，空间近乎凝固。

直到剧院里悠扬的音乐声响起，两人才从各自的情绪中恢复过来。东方云脱下帽子，非常绅士地鞠了一躬，而司徒婉则站起身来，敬了一个标准的军礼。

随后，两人相对而坐，司徒婉拿出事先准备好的纸笔，开始写字。

司徒婉的字写得很好看，非常地娟秀玲珑，但写的内容就不是那么令人赏心悦目了，只见她在纸上写道："廖敬凯居住在易宁山家中，有随员十四人，皆是高手。"

东方云接过笔，开始写字，他的字异常地刚稳有力，却又带着淡淡的飘逸感，只见他挥笔写道："廖敬凯行程如何，防守力量如何，如果展开伏击，需要多少人手。"

"廖敬凯平时极少出门，然每次出门必将兴师动众，至今已有三组各国特工对他展开刺杀，全部失败，无一生还，我怀疑其是故意为之！"

东方云点了点头，看来自己猜得不错，廖敬凯确实是想以自己为饵，钓各国特工上钩，可惜那些特工们，自信满满地伏击廖敬凯的时候却不知道，自己早已经掉入了别人所设的圈套之中。

东方云继续写道"易宁山住宅防御情况如何，若有你接应，有没有暗中潜入的可能？"

司徒婉犹豫了一下，继续写道："防守极为严密，可能性不足百分之一。以目前而论，唯有我最有可能对廖敬凯进行刺杀！"

看见司徒婉写的话，东方云明显愣了一下。他没想到，眼前这位绝色女子，竟然会主动请缨，来完成这个几乎必死的任务。

司徒婉见东方云没有说话，又提起笔在后面加了一句："我已有为党国献身的觉悟。你可向总部请示，我等待你的命令！"

东方云点了点头，从怀里掏出一个火机，放到司徒婉面前，随后在纸上写道："此火机乃特制，里面藏有一枚毒针，连续拨动火石三下，毒针即可射出，中者必死。记住，必须有我的命令，才可行动！"

司徒婉点了点头，接过了火机，东方云才纸上又写上一句话："十分钟到了，我该走了！"

话音未落，周围再次一片漆黑。

东方云飞速起身，闪到门后，顺手打开了锁，与此同时，司徒婉非常配合地叫了起来："来人！来人！"

"夫人！什么事！"门外的特务听到司徒婉的叫喊，连忙推开门冲了进来，只听司徒婉说道："你们在这陪着我，我害怕！"

就在这时候，东方云悄无声息地从门后闪出，离开了司徒婉的包厢。

片刻后，剧院再次灯火通明，剧院的经理站在大台上，满头大汗，点头哈腰地向强烈不满的观众道歉。

东方云回到自己的包厢，好整以暇地看起演出来。

只是不知道为什么，司徒婉那美丽的容颜却始终浮现在东方云的脑海里，久久挥之不去。

上海，军统总站。

东方云坐在自己的房间里，弹着一首古曲。

他的面前摆着一张古琴，只见他闭着双眼，白皙的手指在琴弦上跳着欢快的舞蹈，悦耳的琴声在整栋公寓里轻轻地回荡，只是不知为何，在悠扬的琴声中，却总让人感到一丝的不适。

因为琴声里，包含着淡淡的杀机。

"噌"的一声，只听见一声脆响，琴弦，居然断了。

东方云睁开眼睛，看了看那自己略微有些流血的手指，发出一声长叹。

山雨欲来风满楼，剑锋冷，几时休！

这时急促的脚步声响起，楚超走了进来，说道："长官，总部急电！"

东方云接过电报一看，只见上面写着："准许执行！"

总部批准了东方云的方案，派遣司徒婉刺杀廖敬凯。

平心而论，东方云并不想让司徒婉来执行这样近乎必死的任务。于公，司徒婉是隐藏多年的高级间谍，这样一次性的报废掉实在是可惜；于私，司徒婉这样的绝世红颜，就这么香消玉殒，实非东方云之所愿。

可惜，东方云没有选择，任何人都没有想选择。

"派人和她联系，准许她采取行动，记住，万事小心，没有百分之百的把握，不能下手！我们的机会，只有一次！"

"是！"楚超一躬身，退了下去。

东方云重新接上琴弦，继续弹了起来，这一次，琴声要清淡了许多，只是，带着那淡淡的伤感与无限的忧郁。

上海，某公寓。

"滴滴答，滴滴答"手指飞动，电波悦耳，一封绝密的情报已经发出。

"据悉，军统已秘密布置针对廖敬凯之暗杀计划，详情不详。"

上海，日本宪兵司令部。

"玉川，你说我们要不要提醒廖敬凯一声？"司令部内，藤田一郎拿着刚收到的电报，颇有些风趣地调侃道。

"属下不知，一切听从大佐阁下吩咐！"

"没事，我想听听你的意见！"

"是！"玉川少佐想了想，说道，"属下认为，既然军统想要暗杀廖敬凯，我们不如坐山观虎斗，以享渔翁之利。何况廖敬凯本身便是高手，他将自己作为鱼饵也纯属自愿，若我们提前通知他，难保没有打草惊蛇之患！"

"嗯，言之有理！玉川，你成熟了不少，我很欣慰，那么你下去布置吧！"

"是！"玉川少佐点了点头，转身就要离开。

"对了，高桥上尉那里，你多注意一点，记住，不要引起任何人的注意！"

听了藤田一郎的话，玉川少佐明显地愣了一下，随后点了点头。

藤田一郎看着玉川远去的背影，嘴角，露出一丝阴险的笑容。

倾城绝国色，对镜梳妆台。

司徒婉今天打扮得十分美丽，她坐在椅子上，任凭自己的贴身丫鬟小翠轻轻地抚弄着自己的头发。

三千青丝如墨，小翠拿着昂贵的檀香木梳，轻轻地在司徒婉的头发上梳理着，她的动作是那样的小心和温柔，似乎自己正在侍弄一件昂贵的国宝一般。

在她的心目中，或者说在很多人的心目中，司徒婉，也确实配得上国宝一词。

"太太，您真漂亮，先生他真有福气！"小翠一边梳理着司徒婉的发丝，一边望着司徒婉在镜中的绝世容颜，极为迷醉的说道。

"你这个小丫头，嘴巴越来越会哄人了！"司徒婉微笑着说道。小翠虽然是她的贴身丫鬟，但她一直把她当做自己的小妹妹来看待。这个单纯、可爱的女孩，给了她很多的欣慰和快乐。

"我可没有撒谎，我见过的人都这么说！还有人说太太你就是天上的七仙女下凡呢！"

"那些下人，你别听他们在那里乱嚼舌头。倒是你，出落得越来越水灵了，再过两年啊，我就给你找个好人家，把你风风光光的嫁过去！你说好不好？"

"我才不嫁呢，我要伺候太太一辈子！这个世界上，除了我爹娘，就是太太对我最好。给我买衣服，首饰，好吃的！也从来不打小翠，不骂小翠，太太对小翠的恩情，小翠就是几辈子也还不完呢！"小翠的脸上露着幸福的笑容，不知道为什么，司徒婉忽然觉得此时的小翠异常的美丽，几乎与自己不相上下！

看着小翠清纯的脸庞，司徒婉没来由地一阵心痛。她站起身来，抚摸着小翠的脸说道："傻孩子，女人总是要嫁人的，哪能就这么一辈子。女人很容易老，也很容易碎，所以一定要抓紧时间找个好男人，知道吗？"

"就像易先生那样吗？"小翠天真地问道。

司徒婉露出一个苦笑，说道："对，就像易先生那样。"

"可是小翠还是不想嫁！"

"呵呵，不嫁就不嫁，反正你还小，才十六岁呢！"

"嗯，以后就是小翠嫁了，也要伺候太太！小翠一定要伺候太太一辈子！"

就在这时，一个老妈子走上来，在门外轻声叫道："太太，易先生叫您下去吃饭了！"

"嗯！"司徒婉应了一声，对小翠说道，"下去告诉老爷，说我马上就来！"

"是！"小翠点点头，走了出去，司徒婉忽然感受到一丝眷恋，她闭上眼，稳了稳心神，打开抽屉，拿出了东方云送她的火机。

随后，她慢慢走下楼去。

"小婉，以后快一点，别让廖先生等急了！"

她刚进饭厅，易宁山就迎了上来，一面爱怜地牵着她的玉手，一面轻轻的责备道。

"没事没事，易兄太过了，迟到是女人的专利，何况是司徒小姐这样的倾城绝色，等待乃是我辈中人的福分哪！"

"廖兄说笑！廖兄说笑！"易宁山哈哈大笑着，眉目间有隐藏不住的得色，他牵着司徒婉走到饭桌前，随后安排她坐到了廖敬凯的对面。而司徒婉的贴身丫鬟小翠，也站在一旁伺候。

司徒婉抬起头，看见那名叫玫瑰的美女依然如幽灵一般站在廖敬凯的身旁，眼角的余光还在不断地朝她打量。

此时厨房才开始上菜，借着这个空当，司徒婉拿出一支香烟，然后掏出火机，对准了廖敬凯。

她开始慢慢地拨动火石。

一下。

两下。

"等一下！"忽然廖敬凯说了一声，声音有点高，司徒婉的手一抖，差点把打火机掉到了地上。

"有什么事吗？廖先生？"司徒婉露出一个极具魅力的笑容问道。

"没事，我觉得司徒小姐的打火机很是精致啊，能否给我看一下？"廖敬凯脸上挂着似笑非笑的笑容，轻声问道。

司徒婉还在忧郁，易宁山却说话了："小婉，既然廖先生想看，就给他看看吧！"

司徒婉无奈，只能将火机递给了廖敬凯。

廖敬凯接过火机，称赞了两声，随后抽出一支香烟，拿起打火机开始点火。

火机的方向，正好就是司徒婉！

司徒婉心里一惊，仍然强制自己坐在凳子上，但手心已经满是汗珠。她眼角的余光看到，廖敬凯的身旁，玫瑰，正在死死地盯着自己。

就在这诡异的气氛中，廖敬凯轻轻地拨动了火石。

一下。

两下。

三下！

谁知就在拨动第三下的时候，上菜的下人却不小心碰到了廖敬凯的手。

"混账，你是怎么上菜的！"易宁山拍案而起，指着下人臭骂道。

"哎哎哎！易兄，不要动气，不要动气，没事，没事！"廖敬凯摆摆手，示意惶恐无比的下人退了下去，随后将火机递给司徒婉说道："谢谢！这个打火机很漂亮！"

司徒婉点点头，点燃一支烟，将打火机放进包里。

她知道打火机里的毒针只有一枚，刚才廖敬凯已经把它射出。但那名下人让廖敬凯手中的打火机偏离了自己的方向，却不知道，它到底射向了哪里。

司徒婉吃完了饭，随后借口不舒服回到了自己的房间。

"它到底射到了哪里呢？"直到司徒婉快要睡着的时候，她还在思考这个问题。

她不知道的是，毒针射向了一个她绝对想象不到也不愿想象的地方！

司徒婉早上起来的时候，易宁山已经离开了公寓。

她从床上坐起来，条件反射般的想要呼喊小翠来伺候自己，想了想，却还是自己把衣服穿上，然后开始梳妆打扮。

就在她为自己迷人的嘴唇涂上那一抹嫣红的时候，她的房门被嘭的一声撞开了。一名老妈子神色惶恐地跑了进来。

"太太！太太！不好了，不好了！"

"什么事情那么慌张？"司徒婉诧异地问道。

"太太，小翠，小翠她死了！"

"什么！"司徒婉手一抖，手里的胭脂红掉到了地上，好似那浓浓的鲜血。

半个小时后，医生匆匆地赶到易府，随后很快地完成了初步的验尸工作。

"太太，结果已经出来了！"司徒婉坐在客厅的沙发上，双目无神，医生轻轻地走到司徒婉的身边，低声说道。

"怎么样？"

"是死于呼吸麻痹，我想她可能心脏或者肺部上有问题，具体的，要进行尸体解剖才知道！"

"不用了！"司徒婉无力地摆了摆手，她知道小翠是怎么死的，是那枚毒针，那枚本来应该射向廖敬凯，见血封喉，中者必死的毒针。

如果不是上菜的下人碰了一下自己，那枚毒针，则会射向她的方向。

司徒婉闭上眼睛，两行清泪自她的美目中流出，见者动容。

医生无声地退下了，老妈子走了上来，轻声说道："太太，小翠的后事……"

司徒婉擦了擦自己脸上的眼泪说道："告诉管家，让他负责厚葬小翠，出了任何问题，我唯他是问！"

"是！"老妈子轻轻地离开了，司徒婉忽然站起身来，走到了小翠的房间。

房间很森冷，小翠静静地躺在床上，脸色显得非常的苍白。但她的脸上却还挂着淡淡的微笑，或许，是昨天司徒婉说要为她找个好人家，所以她芳心萌动，在梦中梦见了自己的白马王子，只可惜，这一梦，就再也没能够醒来。

司徒婉伸出手，轻轻地抚摸着小翠那清纯的脸庞，这个女孩儿，曾经是她最为疼爱的小妹妹，她本来应该有着美好的年华，本来应该有着许多的幸福；她本来应该在尝到爱情的欢乐后生儿育女相夫教子，安乐一生。而如今，她只是一具冰冷的尸体！

"太太！小翠要伺候一辈子！小翠一定要伺候你一辈子！"

冥冥中，小翠的声音似乎又在司徒婉的耳边回荡。

司徒婉没有再流泪，虽然她很心痛，但她知道，这是谍战所要付出的代价。小翠的死，只不过是这个惨痛代价当中微不足道的一部分。她不是第一个死的人，也不会是最后一个。

一寸山河一寸血，流尽鲜血复河山！

忽然，司徒婉感到有谁站在自己的身后。

司徒婉扭过头，看见廖敬凯的心腹，那名叫玫瑰的女子，正在冷冷地凝视着自己。

这一次，司徒婉没有逃避，她直起身子，毫不闪躲地同玫瑰对视。

良久，玫瑰收回自己的眼光，面无表情地离开了。

司徒婉深吸一口气，她知道，在这个特殊领域的战争才刚刚开始！

上海，军统总站。

东方云挥动着手中的豪笔，在报纸上练习着书法。

他喜欢书法，喜欢一切能够让他的心神宁静，稳定下来的东西。

就在这时，楚超走了进来，说道："长官，'候鸟'回报，任务失败！"

楚超所说的"候鸟"，就是司徒婉。虽然楚超和少数心腹知道东方云在汪伪特务里有一个隐藏极深的暗线，代号"候鸟"，但他们都不知道司徒婉的真实身份。就连每一次的情报传递，都是只需要他们将情报送到某个指定的地点，然后司徒婉会定期想办法将情报取走。东方云如此做，是为了最大限度的保护司徒婉不受到任何的伤害。

听了楚超的话，东方云并没有动容，而是屏住呼吸，写完了最后一笔。他写的，是一个剑字。

笔锋如刃，寒芒锐现，杀气逼人！

字如人心，此时东方云的心，已经不如表面的宁静。

唯一能让他感到欣慰的是，司徒婉还活着，不然她也不会给自己传递情报。

"传令，军统上海站所有潜伏特工，暂停一切行动，改为密切监视廖敬凯之动向。但无我命令，不得有任何进一步的动作！"

"是！"楚超应了一声，转身走了出去。

东方云重新提起毛笔，又练起字来，只是不知为何，他的手在微微地颤抖。

上海，某公寓。

香烟，火苗，袅袅烟雾。

烟雾里，电波跳跃，一封密电已经发出。

"军统刺杀行动已经失败，正密切关注中。"

上海，日本宪兵司令部。

"支那人对廖敬凯的行动失败了？玉川，廖敬凯方面发生过情况吗？"办公室内，藤田一郎拿着电报向玉川少佐问道。

"没有！廖敬凯那边并没有汇报，我们的人也没有发现任何刺杀迹象和行动。"

"这还奇怪了！"藤田一郎不由得皱起了眉头，随后说道，"玉川，你有没有感觉，虽然我们重创了支那人的特工站，击毙了他们的最高长官，但支那人反而变得更厉害了！"

"是！大佐阁下所言甚是。属下觉得，这次支那人派到上海来的首脑，是难得的高手！"

听了玉川少佐的话，藤田一郎嘴角浮现出一丝微笑，随后问道："玉川，我交代给你的事情你办得怎么样了？"

"没有什么进展，我……"

他话音未落，一名少尉急急忙忙地走过来说道："大佐阁下，南京特务机关特工科急电！"

"拿过来！"藤田一郎猛然起身，一股凌厉的杀气让人为之肃然。

藤田一郎接过电报，飞速看完，随后挥挥手示意少尉出去，紧接着，在玉川少佐的耳边一通耳语。

"嘿！属下明白！"玉川猛地一点头，疾步走了出去。

随后，藤田一郎拿起电话，拨了几下后说道："喂，给我接松井司令官！"

上海宪兵司令部司令办公室。

高桥上尉走进办公室的时候，看见自己的老上司、对自己爱护有加的松井次郎司令官正在看着一份报纸。

他是一个年近六十的老人，两鬓的头发已经花白，厚厚的老花镜上写满了世俗的沧桑，虽然他一如既往的威严，然而岁月的无情侵蚀依然在他的额头上留下了衰老的痕迹，然而，就是这么一个老人，却承担着上海这个亚洲重心的沉重负担。

高桥上尉走到松井次郎面前，随后敬了一个标准的军礼，问道："司令官，您找我？"

"嗯！"松井次郎放下报纸，推了推自己的老花镜，一脸严肃地问道："高桥君，我想问你个问题。"

"请司令官训示！"

"不知道高桥君对廖敬凯这个人怎么看？"

"廖敬凯？"听到这个名字，高桥心里猛地一紧，随后说道，"属下和这个人从无接触，但也曾听说他的光辉战绩，属下想来，他必然是如藤田大佐一般，是一个谍战高手！"

"不错！"松井次郎赞赏地点了点头，说道："他不但是一个谍战高手，为大日本帝国作出了辉煌的贡献，而且，他本身，已经具备了十分重大的政治意义。所以，不惜代价地保护他的安全，是帝国交给我们的光荣任务。而且，他这次来上海，身负十分重要的秘密使命！高桥君，他今天下午就会到宪兵司令部与我会谈，届时藤田一郎大佐也会参加。为了防止有敌国特工狗急跳墙，我决定，由你和玉川少佐来执行防卫任务！"

"司令官，这……"

松井次郎摆摆手，打断高桥的话继续说道："我已经决定了，由玉川少佐负责外围防御，你直接负责保护会谈现场的安全。除了你们所率领的防卫人员以外，任何人不得携带武器，我已经发布了命令，从今天下午三点开始，凡是擅自携带武器的人，无论是谁，一律就地处决！"末了，松井次郎语重心长地说道，"高桥君，这次任务极为重要，你可千万别让我失望啊！"

"司令官放心！高桥保证完成任务！"

"好！你下去准备吧！"

"是！"高桥转身离去，但一个疯狂的念头已经在他心目中悄然升起。

上海宪兵司令部。

高桥坐在床上，静静地擦拭着自己那把黑色的勃朗宁手枪。

日本军官的标准配枪是南部造，俗称"王八匣子"。它继承了日本军工业产业技术匮乏的传统特点，受到所有军官的鄙视。因而高桥对自己的勃朗宁手枪是钟爱有加，珍惜无比。

他擦得很轻，很温柔，似乎正在怜爱地抚摸着自己心爱的情人。他用手仔细地抚摸着手枪的曲线，感受着上面黑亮的光泽，心中觉得无比的宁静。

哪怕今天，是他献出自己生命的时候。

说来这把枪还是松井次郎送给他的生日礼物，恐怕松井次郎从来就没想到，他送高桥这把枪，却让他射出了反法西斯的子弹。

作为军统的高级内线，高桥自然知道军统已经对廖敬凯发出了不惜一切代价将其诛除的绝杀令。高桥决定，这个震惊世界谍战界的任务，将由自己来完成。

因为廖敬凯活着一天，对世界反法西斯力量都是莫大的威胁。

高桥不怕死，他一直认为，生命的意义在于它的宽度而不在于它的长度。高桥自从加入军统开始，就随时随地准备好了献出自己的生命。

如夏花般绚烂，如流星般辉煌！

因为高桥是中国人，他的心中，流着龙的血！

高桥擦拭完手枪，将它放在床上，然后拿出一把小钢锯，开始小心翼翼地在子弹头上刻十字。这是一种增加子弹威力的常用方法。在弹头上刻上十字划痕后，子弹射入人体会产生爆炸，留下无法愈合的创口，可谓中者必死。

冬日的阳光就这么透过窗户照射进来，在高桥的身上洒出一层金色的光辉，竟显得无比的圣洁。似乎高桥现在正在侍弄的，不是一件杀人的利器，而是一件精雕细琢的艺术品。

时间就这么一分一秒地过去，当高桥完成所有工作后，他看了看表，恰好是两点四十分，还有十五分钟，廖敬凯就会到达宪兵司令部，和松井次郎举行会谈，而那个时候，就是他动手之时。

风萧萧兮易水寒，壮士一去兮不复还！

高桥最后一遍检查了自己的枪支弹药，随后把它们藏在自己的身上，然后他站起身来，走到镜子面前，最后一遍整理自己的仪容。他的动作很慢，很细心，等到一切满意以后，他从衣柜里拿出一张照片。

照片上，樱花灿烂，一个美丽的女孩笑语盈盈，温柔如水。

这是他在日本的恋人惠子，他曾经答应过，等战争结束后，会回日本娶她。

但他知道，自己再也回不去了！

高桥深情地凝视着照片，眼光中有掩藏不住的眷恋，他双手捧起照片，就如捧着一件稀世珍宝一般，他轻轻地，轻轻地将照片捧到自己跟前，随后慢慢地俯下身，在照片上，留下深深的、深深的一吻。

一颗清泪，自高桥的眼角滑过。

"别了，吾爱！"

高桥长叹一声，将照片郑重地放进自己的胸口，脸上重新出现了一往无回的坚决。

他打开房门，挺直身躯，头也不回地走了出去。

窗外，阳光耀眼。

两点五十五分，高桥上尉和玉川少佐正式完成了防卫布置。

三点整，廖敬凯的车队开进了日本宪兵司令部的大门。

为了表达对廖敬凯的重视，松井次郎带着包括藤田大佐在内的一干日军高官亲自在司令部会议室的门口列队迎接。

挂着日本国旗和汪伪旗帜的轿车缓缓驶了过来，随后在百步开外停下，廖敬凯和他的随从们走下了车，其中包括玫瑰和那名率队歼灭英国特工的中年汉子。

"立正，敬礼！"负责会场安全的高桥"刷"的一声抽出自己的指挥刀，猛然大喝道。

"啪！"整齐划一的声音响起，日军仪仗队向廖敬凯敬着标准的持枪礼。

这是只有将军规格的人才能享受的崇高待遇。

由此可见，廖敬凯在日本人的心中是何等的重要。

"哈哈哈！廖君，一别两年，君可安好？"松井次郎率队迎了上来，他亲切地拉着廖敬凯的手，脸上堆满了笑容。

"多谢司令官挂怀，廖某一切都好，两年不见，司令官依然是英姿勃发，风采依旧啊！"廖敬凯的日语出奇的标准，让人几乎要怀疑他本身就是日本人。

"哪里哪里，廖君过奖！廖君过奖！来来来，我给你介绍一下，这位是藤田一郎大佐！"

话音未落，廖敬凯的脸色已经严肃起来，他拉着藤田的手说道："久闻大佐阁下大名，今日一见，果然名不虚传！"

"廖先生过奖，廖先生的大名藤田如雷贯耳，还请廖先生多多指教。"

随后，松井次郎又给廖敬凯引见了日军的一干高官，见面仪式结束，廖敬凯和松井次郎手拉手，肩并肩地走进了会议室。

高桥带着卫队，守在会议室外面，警戒放哨，他的身躯挺得笔直，目光如电，称得上是恪尽职守，军人典范！

约莫过了十分钟，高桥忽然上前两步，将一起站岗的绍川中尉拉到一旁说道："绍川中尉，我要交给你一件秘密任务！"

绍川虽然不明白为什么高桥会忽然间变得这么神秘，但他知道高桥是松井次郎将军宠幸有加的大红人，他有秘密任务交给自己，不正是自己升官发财的好机会么？想到这里，绍川只觉得热血沸腾，他压低声音说道："请长官吩咐！"

"我们收到线报，玉川少佐有通敌嫌疑！"

"啊？这……"

"嘘，小声点！"高桥往四周看了看继续说道，"玉川少佐军衔比我高，又是藤田大佐的爱将，无论是经验资历都远高于我，可是为什么将军却要派他去负责外围防守呢？"

"这个……"

"我告诉你，这是松井司令官的安排。玉川少佐有通敌嫌疑，所以不能接触内线，不但如此，松井司令官还要我派人暗中监视玉川少佐，一旦情况不妙，立刻抓捕！绍川中尉，这可是你立功的大好机会啊！"

绍川直听得心花怒放，连连点头，说道："长官放心，我保证完成任务。"

"好！"高桥拍了拍绍川的肩膀，继续说道，"你把这里的弟兄都带过去，在玉川的后面建立防线，严密监视，记住，没有我的命令，不许放一个人进来！"

"是！可是这里的防御……"

"笨蛋！你们卡死了外围，谁还能进来，这里防不防御不是一样么！"

"嘿！下官愚钝！"

"好了，快去吧，悄悄地告诉他们，不要打扰了松井司令官他们开会！"

"嘿！"绍川点点头，叫过自己的卫兵，在他的耳边低声说了几句，随后，数十名日军士兵就如说悄悄话般互相传达完命令后，轻手轻脚地离开了他们的防御阵地，去监视可怜的玉川少佐去了。

高桥见防守的卫兵走远，他掏出手枪，推上子弹，随后走上前去，推开了会议室的大门。

他在所有人复杂的眼光中走了进去，一眼就看见了坐在松井次郎身旁的廖敬凯。他看见高桥走进来，脸上没有任何的表情，依然在怡然自得地品着杯中的香茶。高桥顾不得多想，举枪对准廖敬凯，就要扣动扳机。

忽然，斜向的角落里闪电般冲出一人，将高桥的手往上猛地一抬，"嘭"的一声，高桥的子弹已经打穿了会议室的房顶。

高桥一击不中，正要再开枪，但那人却是一名高手，顺手一扣，高桥的手指已经被他生生扭断，随后玫瑰从门后闪出，将手枪对准了他的脑袋。

"啪啪啪啪！"这时廖敬凯才慢条斯理地站起来，他轻轻地鼓着掌，说道："高桥君果然是忠义之士，居然亲身犯险，没想到啊，没想到！"

高桥汗如雨下，但依然倔强地直着自己的身子，与廖敬凯毫不服输地对视。

松井次郎黑着脸走到高桥身边，心痛地说道："高桥，你太让我失望了！藤田大佐查出你有一半中国血统的时候我还在为你辩护，可是你……你说！你怎么对得起帝国对你的栽培，怎么对得起你父亲对你的期望！难道你忘记了，你是日本人了吗！"

高桥但脸上忽然浮现出极度嘲讽的笑容，他轻轻地，慢慢地，一字一句地说道："我是中国人！"

随后，他咬破了藏在舌下的毒囊。

见血封喉，一抹鲜血流出，恍惚中，高桥又看见了那个美丽的身影。

"惠子，对不起！"高桥微笑着，闭上了自己的眼睛。

"我是中国人！"在场的所有人都没有说话，因为高桥的这句话，似乎还在他们的耳边回荡。

良久，松井次郎缓缓摘下了自己的帽子。

随后，廖敬凯、藤田一郎，以及在场的所有日本军官都肃然起立，他们看着高桥年轻的脸庞，心中五味杂陈。

民国三十二年三月，上海军统站高级特工高桥上尉，殉国。

第四章　狙　击

"嘭"的一声脆响，高桥的房门被一名日本宪兵狠狠地踢了开来。

"八嘎！"跟在后面的玉川上尉一个箭步上前，一耳光挥到宪兵的脸上，暴喝道，"松井司令官已经说了，高桥君虽是敌手，但是真正的勇士，不得无礼！"

"嘿！"宪兵低下头，恭敬地说道。

玉川少佐环视四周，虽然高桥是敌人，但他不得不承认，高桥确实是一名出色的军人。高桥的房间简单而整洁，一张床，一副桌椅，一个带着镜子的衣橱，和一个简易的书柜，这就是他房间里所有的陈设。战争进行到现在，无数的日本军官已经堕落腐化，住的地方装饰得金碧辉煌不说，就连在军队里，还会随身带着女人。像高桥这样纯粹的军人，已不多见了。

想到这里，玉川少佐不由得又多出几分敬佩，他轻轻地一挥手说道："搜！"

或许是受到玉川少佐内心肃穆的感染，或许是害怕如自己的同僚般被狠狠挥上一耳光，宪兵们的动作温柔了许多，也肃穆了许多。他们迅速而细致地搜查着房间的每一个角落，但是没有一个人说话，房间里，多了一点异样的庄严。

其实他们都不知道，玉川之所以会这样做，除了他内心里对高桥的敬佩以外，还有一个原因，那便是高桥在日本的父亲，曾经是他的恩师。

玉川出身贫寒，但在士官班里展现出了良好的天赋，因而被当时的一名帝国陆军大学的高官看中，亲点他免试进入帝国陆大深造，并一直在各方面予以资助，直到他毕业为止。这个人，就是高桥的日本父亲——岛丸钟一。

这是一个秘密，就连高桥都不知道。

但玉川并没有忘记岛丸钟一的恩情，相反，他一直想要回报。当他知道岛丸钟一的儿子高桥也和自己一样在宪兵司令部任职的时候，本想全力结交，暗中帮助，可惜高桥对他并无好感。此时的高桥正是松井次郎的红人，玉川也不想将自己同岛丸钟一的关系说出来，以免被人认为是想要攀附权贵。本想大恩日后再报，谁知道，却换来这样的一个结局。

命运弄人，莫过于此。

这时，一名搜查的宪兵随手将一本书扔在了地上，发出"啪"的一声，玉川正要发火，忽然上面的四个字吸引了他的注意——《孙子兵法》！

玉川挥挥手，示意想上来捡书的宪兵退下，他拿起书，翻来看了看。他并不是很精通中文，因而也只能十分勉强的随意翻翻，随后，一个念头忽然间不可阻挡地冲上了他的脑海。

"这也算是高桥君的遗物，不如日后将他还给岛丸老师吧！"想到这里，玉川少佐顺手把书塞进了自己的怀里。

他永远也不会想到，他这个看似无心的举动，在日后，会给上海滩，给谍战界，掀起多么巨大的风浪！

房间搜索完毕，玉川却没有发现任何有价值的东西，他带领宪兵们离开了这间让他感到有些阴郁的房间，随后向藤田一郎的办公室走去。

当他走进藤田一郎的办公室的时候，看见自己尊敬的长官正在专心致志的下棋。

自己和自己下棋。

这是藤田一郎的一大爱好，每当他这么做的时候，就代表他正在激烈地思考。

而每当他激烈思考的时候，就代表有一出大行动即将上演。

"报告！"玉川少佐挺直身子，大声喊道。

"进来！"藤田一郎头也不抬地应了一声。

玉川少佐走进去，敬礼完毕后说道："大佐阁下，搜查任务已经执行完毕！"

"有什么发现没有？"

"没有任何发现！"

"没有就算了。反正是例行公事，高桥君也算是人中翘楚，如果真有什么发现还就奇怪了！"

"大佐阁下，属下有一事不明！"

"说！"

"我们为什么不封锁高桥的死亡消息，然后借此诱骗支那特工上当呢？"

听了玉川的话，藤田一郎终于放下了他的棋子，微笑道："玉川，你成熟了不少，我很欣慰。但是，你要记住，我们除了自己，不能相信任何人！"

"大佐阁下，属下不太明白。"

藤田回到自己的位置上，坐下来，好整以暇地看着玉川，然后说道："不明白没关系，我问你，你能够保证，今天在场的所有人里面，就没有支那人的奸细么？"

"这个……"

"这就对了。你无法保证，我也无法保证，谁都无法保证。既然不能保证，我们就不能冒险。我们现在的首要任务，是保护廖敬凯的安全，他在上海的事情做得已经差不多了，过几天会离开上海前往南京，这段时间是非常时刻，如果我们传出假消息反而被支那人利用的话，那才是得不偿失！"

藤田一郎还有一个理由没有告诉玉川，那便是高桥上尉是松井次郎司令官的爱将，他的父亲岛丸钟一现在更是在陆军部居于高位，这样一个有着特殊身份的人居然是个支那人的间谍，这对于大日本陆军而言是个莫大的耻辱和天大的笑话。所以宪兵司令部对外已经发出公告，称高桥染病暴死，并且已经下令厚葬。

任何事情，一旦扯上面子，或者说是政治，那就不再是一件事情，而是一堆事情。

"玉川，你要记住，谍战，就好比是在沙中淘金，金中有沙，沙中有金，敌中有我，我中有敌。我们的任务，就是要把无数沙粒中的那一点点金子给找出来。百万沙中方有一粒金啊，我们不但要慎之又慎，还要防止金子重新潜进沙中，你明白吗？"

"是，属下明白！"

"嗯！"藤田一郎欣慰地点了点头，随后说道，"廖敬凯到上海，成功吸引了各国特工的眼球，到现在为止，总共有美、英、苏、共等六方特工对他发动了十三次暗杀袭击。包括神秘的支那军统，我们已经击毙各方特工近两百人，活捉了十余人，顺藤摸瓜捣毁了各方谍报站三十余处，可谓收获颇丰啊。廖敬凯的任务完成得十分完美，这一次他可是实实在在的钓了一次大鱼。但他的任务并不是如此，他到上海，是要为我们即将进行的大行动提供一次掩护！"

"大行动？"

"不错，这个行动乃是绝密，只等廖敬凯一离开上海就开始执行。如果顺利的话，我们能够将整个上海的敌人连根拔起，彻底铲除！我将这次行动命名为血夜行动，玉川，这可是建功立业的好机会啊！"

"大佐阁下放心，属下定然不辜负大佐阁下的期望！"

"嗯！好，很好！"藤田一郎满意地点了点头，眼神中包含着淡淡的期待。

上海，军统总站。

东方云静静地听完楚超的报告，久久不语。

高桥死了，军统在敌人心脏里深埋的一把尖刀，就这么折断了！

世事艰难，暗流汹涌啊！

如今，那个关系军统大业的东西还是毫无着落，刺杀廖敬凯的计划又连连碰壁，东方云只感觉自己面前是一片黑暗，似乎看不到一丝光明。

但他没有放弃，他也不会放弃。

"你下去吧！告诉弟兄们，今晚上关上窗户，拉上窗帘，都不要开灯了，点蜡烛！"

楚超低沉地应了一声，慢慢地退了出去。

"高桥君，一路走好！"东方云面向西方，肃穆而立。

当夜，军统总站内烛光点点，默然无声。

丝竹入耳，琴声入心。

东方云此时正在离总站不远的一家茶楼上吃早餐，他一面吃着糕点，品着香茶，一面好整以暇地听着前台歌女的吴侬软语，倒也觉得十分的惬意。

他需要放松，这样才能让他变得清醒。

就在这个时候，一个人悄无声息地坐到了他的对面。

这是一个女人，虽然她是作着男人的装扮，穿着一身蓝黑色的长衫，嘴角也贴了几缕胡须，但还是掩盖不了她娇媚的面容，来者不单是一名女人，还是一名非常漂亮的女人。

东方云看了看她，表面上毫无表情，实际上他的手已经悄悄地往左面移了一点。

在他的左面，有一筒筷子在那里静静立着。

就在那名女人坐在他面前的时候，他就已经开始估算。他预计到，如果自己拔枪，完成拔枪、抬手、射击这三个动作最快也需要两秒钟的时间，而用筷子，他有信心在1.5秒以内刺穿来者的咽喉。

0.5秒，这在旁人可以忽略不计的时间，在特工的领域里，就足以决定一个人的生死。

随后，来客对着东方云打出了一连串的手势。

东方云心下一惊，因为那名美丽的女人对自己打出的手势正是军统高级特工的联络暗号。

"难道她是自己人？"东方云马上在心里否定了这个念头。他虽然是军统上海站的总站站长，但他的身份在军统乃是绝密，没有几个人知道。何况，如果真是自己的手下，难道不会用电台和自己联络么？何必用直接接头这样风险极大的方式。

"难道是重庆派来的人？"东方云的脑海里闪电般划过这个想法，随后又被自己否决，因为如果是重庆派来的人，肯定要事先和自己联系，怎么可能如此冒失的就跑了上来，电光石火间，好几个念头已经从东方云的脑海中掠过，他心中杀意萌生，往筷子的手，又近了两分。

随后，女人站起身来，朝着茶楼的包厢走去。

东方云略一犹豫，也立刻站起来跟在她的身后，随手将两只筷子收进了自己的袖子里。

与此同时，茶楼周围，有四名军统特工开始悄悄地往东方云的方向靠拢。

但立刻，六七名汉子也悄无声息地围了过来，双方顿时剑拔弩张，一个不好，就是血拼一场。偏偏表面上又显得风平浪静，周围的普通客人也完全没有感觉到，只要刹那之间，这里所有的宁静就会被打破，变得血流成河，尸横遍地。

东方云默然注视着周围的一切，背对着自己的手下们打出了一个手势，让他们不得擅自行动。

东方云已经看出，对方在茶楼里起码隐藏了十名以上的好手，人数远多于自己，如果他们真的有敌意，早就可以动手了。而且东方云对对方为什么会打出军统高级特工才会的联络手势也非常的好奇。

东方云跟随着女人走进茶楼的包厢，在进门的刹那，他已经闪电般地观察完了周围的地形，与此同时，脑海中已经勾画出了进攻和撤退的路线，但在表面上，他依然平静如水，优雅地坐在凳子上。

包厢里并没有其他人，女人坐在他的对面，扯掉了假胡须，她也知道，这种下三滥的伎俩并不能瞒过东方云。她拿起桌子上的香茶，品了一口，随后说道："擅自请东方先生前来，实在是冒昧，还望先生见谅。"

"你知道我是谁？"东方云不动声色地说道，袖中的筷子已经悄悄地滑到了他的手上。

"那是当然，军统的天才人物，人称'九尾狡狐'的东方云，我们早已如雷贯耳。实不相瞒，此次请先生冒昧前来，是想和先生做笔交易。"

"你们是什么人？怎么知道我的身份和军统的联络暗号？"

"这个就不能告诉东方先生了，先生不觉得您这个问题有点低级吗？"女子露出一个妩媚的笑容问道。

"如果你们不告诉我，那么我觉得我们没有什么交易的可能。"

"先生严重了，我们的条件，是先生无法拒绝的？"

"哦？什么条件？"东方云的表情依然十分的平静，但在内心，还是起了一点波澜。

"难道和廖敬凯有关？"

立刻，女子就证实了他的猜测，她微笑着说道："我们知道东方先生对廖敬凯十分的有兴趣，恰好，我们在他身边有人，我们已经获悉，几日之后廖敬凯就会秘密地离开上海，前往南京。如果东方先生愿意交易，我们愿意将廖敬凯的出发时间、路线和随同人员等等所有情报双手奉上！"

"你们要什么？"

"武器！"

"武器？"

"是的，武器！"

女子说着，将一份清单抛在了东方云的面前。

东方云接过清单看了看，不由得皱起了眉头。只见清单上面写着："美式冲锋枪三十支，德式冲锋枪二十支，机枪十挺，手雷一百枚，子弹另计。"

"阁下认为我们是开军火库的吗？再说，我为什么要相信你们？"

"因为您没有选择！廖敬凯是军统必须除去的心腹大患。而直到现在，先生还是无从下手，难道先生要眼睁睁地看着廖敬凯就这么扬长而去么？那后果可是很严重的！"

听了女子的话，东方云也沉默了下来，她的话很有道理，东方云不得不认真的考虑，如果真的放任廖敬凯安然无恙地离开上海的话，他，和他所代表的军统，会面临怎样一个结局。

从某种程度上来讲，女子的话，他确实无法拒绝。何况军统在上海有好几个地下军火库，损失一些武器，对东方云而言并不是什么无法接受的事情。东方云真正忧虑的，是他们到底是什么身份，什么来历，以及他们到底想要做什么！

女子见东方云沉默不语，随后又说道："为了表示我们的诚意，我们愿意先将情报双手奉上，等先生大功告成以后，再来交易！"

"哦？难道你们就不怕我反悔？"

女子微微一笑，说道："先生乃是人中豪杰，再说我们已经显示了我们的诚意，我们也会表现出我们有和先生合作的力量。以后合作的机会还有很多，我相信先生是不会以小失大的！"

东方云点了点头，站起身来说道："既然如此，那在下就恭候佳音。不知小姐芳名？"

"你可以叫我旭日！"

"旭日？"东方云愣了一下，因为他忽然间想到了马忠国上校留下的关于那件"东西"的暗语——东方红！

旭日初升，不正就是东方红的时候么？

难道他们之间有什么特殊的联系？

东方云内心思量，表面上却不动声色地微鞠一躬，随后小心翼翼地退出了房间。

见东方云安然无恙地走了出来，大堂里的军统特工们不由得暗暗舒了一口气，随后互相掩护着，跟在东方云的身后，飞快地离开了茶楼。

"派人盯着这里！"走出茶楼后，东方云拉过一名特工低声吩咐道。

与此同时，一名汉子也走进了茶楼的包厢，在旭日面前恭敬地问道："组长，总部已经同意了我们的要求，只是我不明白，我们花费如此大的代价，是否值得？"

旭日放下自己手中的茶杯，郑重地说道："东方云乃人中龙凤，若能争取到此人的效忠，对将来的发展有极大的好处。更何况，总部还有更深的安排！"

话音未落，东方云那英俊的身影又重新浮现在了旭日的眼前。

是如此的朦胧，又是如此的清晰！

东方云在自己的房间里，仔细地研究着一份地图。

这份地图，是军统特工们费劲九牛二虎之力搞到的机场图。准确地说，是几张地图拼凑成的机场图，为了防止计划泄密，接受任务的特工都只负责自己需要的那部分，随后将几个特工所搞到的部分结合起来，就成了一份完整的日军野战机场的地图。

根据旭日传来的消息，廖敬凯将在两天后，秘密地通过野战机场，乘机离开上海，直抵南京。

东方云不得不信旭日的情报，但又不能全信，他不知道旭日是不是真的要帮助自己，也不知道廖敬凯是不是还要通过这次行动来"钓鱼"，所以在仔细分析以后，他觉得，唯一能够下手的地方，就是机场！

最危险的地方最安全，同样，最安全的地方最危险。

等廖敬凯一行到达机场后，就算其别有所谋，但一路的平安无事也会大大地降低他的警惕，到时候，就能给他致命一击。

但要达到这个效果，就必须让执行任务的人躲过日军戒备森严的警戒线，潜入到机场腹地，同时要有一击得手的身手和决心。

倘若一击不中，那么就绝对没有再来的可能。可以说，这是东方云唯一的机会，也是军统唯一的机会！

遍观整个军统上海站，东方云觉得适合这些条件的只有一个人！

那便是他——东方云！

东方云之所以如此的自信，是因为，他不仅是一名特工，同时还是一名特种战士。

很少有人知道，其实东方云有着一段异常特殊的经历。

九一八事变后，国民政府秘密地进行整军计划，并在1934年与德国达成最终协议，以中国的稀有矿产来换取德国在军事上的支持。与此同时，国民政府秘密派遣一批优秀军官前赴德国深造。

而东方云，也在这批军官里面。

那时的东方云，时年二十岁，刚刚从军校毕业以中尉军衔赶赴德国慕尼黑特种兵学院，学习特种作战。

1937年，就在抗日战争爆发前夕，东方云以全校第一的成绩学成归国，在中央教导总队担任教官，虽然那时中德关系已经接近破裂，但在毕业仪式上，德国元首希特勒还是亲自给东方云授勋，并感慨可惜你不是德国人。

获得过外国元首授勋的中国军人只有两位，一位是曾经获得日本天皇亲赠皇室佩刀的国防部长蒋百里将军。可惜他英年早逝，在日本天皇的赠刀仪式上，他曾经豪情万丈地说，中国从日本学到的两样最差的东西里面，有一样就是陆军。

于是他的后辈东方云，继承他的遗愿，赶往号称世界陆军第一的德国，学习最先进的特战技术并在中央教导总队中任职。

中央教导总队，绰号"民国宪兵"。它是希特勒亲自派遣的纳粹党卫军的精锐军官帮助蒋介石训练的亲卫队，羽林军。抗日战争爆发后，曾经有人向蒋介石建议，将教导总队划分为若干小队，奔赴日军后方，发展力量，搅乱日军的后方大本营。然而这个正确的意见却被蒋介石一口拒绝。在他的眼里，教导总队只是他的私产，他的忠犬。

后来南京战役，日军最精锐的师团在南京城下被区区一个教导营打得落花流水，横尸满地。日军至此方意识到教导总队的恐怖，于是在间谍的指引下，他们出动战机，将教导总队的驻地夷为平地，仅有少数人幸免于难，中国近代史上最精锐的部队，至此灰飞烟灭。

而东方云，就是这些幸运儿中的一个。

幸存下来的东方云意识到，在这样一个古老而守旧的国家，在这样一支还在依靠步兵为主要战斗力量，缺乏陆海空军的协同配合作战，没有任何远程打击和运输能力的军队里，谈什么特种作战，只是一个笑话。

于是东方云毅然加入军统，特种战的生涯让他具有了普通特工所不具备的强大的战斗能力和指挥艺术，在军统的多次秘密行动中屡立奇功，青云直上，最终在马忠国出事后被派到上海，指挥上海谍战全局。

所以，东方云认为，如果真的要派遣人马潜入机场腹地进行狙击的话，他只能依靠自己。

但又谈何容易，机场的警戒线达一千米，首先东方云要带着装备混过第一道封锁线，避开沿途的所有岗哨和巡逻队后前进五百米，然后冲破铁丝网和地雷阵的拦阻，进入机场的核心地区，并在两百米外潜伏下来，最终一击得手。

两百米，这是狙击的极限，出了两百米，谁也没有把握能够一击必中。

要完成这些举动，简直可以用难如登天来形容。

但东方云没有选择，他也不能选择。

东方云拿着放大镜俯在地图上，仔细地观察这地图的每一根线条，每一处标记。他看得是那样的仔细，就像是在深情地注视自己的爱人。他的身躯越来越往前倾，几乎是要将整个人都钻进地图里，他就这么看啊看啊，也不知道过了多久，看了几遍，随后他扔掉放大镜坐到了椅子上。

他是在记忆，他要记清楚每一条道路，每一个哨卡，每一处可以用来进行掩护的地点。

良久良久之后，东方云方才睁开眼睛，叫道："楚超！"

"属下在！"脚步声响，在门外等候多时的楚超快步走了进来。

"召集核心干部，现在举行会议！"东方云猛然起身，整个人焕然一新，透露着一往无回的坚决与惨烈。

"是！"楚超努力地站直身子，挺起胸膛，敬了一个军礼后，快步走了出去。

东方云走到窗户前，点燃一支香烟，袅袅烟雾中，他透过窗户，往外凝视。

天很深，夜很浓。

天黑杀人夜，风高放火天！

上海，某公寓。

跳动的手指在发报机上按完最后一个键后，静静地停在了桌子上。

电报带着一封情报，飞出了窗外。

"据悉，军统已经布置针对廖敬凯之新行动！"

螳螂捕蝉，黄雀在后！

上海，易宁山公寓。

司徒婉在睡梦中被一阵杂音给吵醒。

她侧耳听了听，觉得楼下的声音十分嘈杂，而且大有越来越大之势，于是从床上起身，披上外衣，走到了走廊上。

她俯身一看，只见下人们楼下忙成一团，一旁的角落里，廖敬凯和易宁山正在说些什么，他发现两人的余光一直在朝着自己这边打量，不由得升起一丝极为不好的预感。

这时易宁山也发现了司徒婉，随后他和廖敬凯握了握手，走上楼来，拉着司徒婉的手深情地说道："小婉，你怎么起来了，是不是吵到你了？"

"嗯！下人的声音也太大了，他们在干什么啊？"

易宁山充满爱怜而又略显歉意地摸了摸司徒婉的头发说道："没什么，在收拾东西，廖先生今天就要走了！"

"要走了？"司徒婉的心中一紧，问道，"什么时候！"

"就是中午。我会亲自送廖先生坐火车离开！"

"哦！"司徒婉点了点头，不由得有些紧张起来。廖敬凯就要走了，军统方面却毫无动静。司徒婉忽然觉得，不管付出怎样的代价都要把消息给传递出去，一定要让东方云知道，所以她定了定神，用无比惹人疼爱的声音说道："宁山，我想等会儿去虹口公园散散心。我不想带你分给我的那些人，都是些大男人，跟在我后面烦死了！"

"好的，你去吧，不带就不带！"

"真的？"司徒婉心中一喜。

"真的！我叫玫瑰和你同去！"

"玫瑰？"司徒婉的心再次被提了起来，想到那个如幽灵般注视着自己的女人，她就感到十分的不适。她问道："她不和廖先生一起走吗？"

"不！廖先生让她留在上海做事情。我想你平时也够闷的，就让她住在我们家里，以后你想去哪，就让她跟着你，都是女人，方便互相照顾，你说呢？"

"嗯！"对于易宁山如此周到的考虑，司徒婉自然找不到反驳的借口，但不知道为什么，她心里总有一丝阴影在不断地徘徊。不仅仅是因为那名叫玫瑰的女子从此以后会不断地出现在自己的身边，更是因为一丝说不出、讲不明的忧虑。

忽然间，易宁山的那句话又浮现在了她的耳边。

"廖先生今天中午会坐火车离开！"

而此时，已经在暗中突破了日军几道封锁线的东方云，正披着厚厚的茅草伪装趴在草堆里，一点一点地向着机场的狙击地点移动！

上海，日本宪兵司令部。

藤田一郎的心情非常的不错，可以说非常好，因为今天，他终于要将自己最大的对手、那个神秘的军统上海站的新首脑给一举擒获！

此时，玉川少佐走了进来，一鞠躬说道："大佐阁下，廖敬凯的车队已经离开易宁山公寓，驶向机场！"

"廖敬凯呢？"

"他将随后坐易宁山的汽车前往火车站！"

"好！很好！"藤田一郎的手在空中轻轻挥舞着，好像一个杰出的指挥家，正在指挥着一支庞大而优秀的乐队。

死亡的乐队！

"机场那边布置得怎么样了？"

"一切准备就绪！"

听了玉川少佐的话，藤田一郎满意地点了点头，自言自语地说道："好戏，就要开始了！"

一把枪，一个人，一个世界！

这就是东方云目前最好的写照。

此时的他正趴在距离机场跑道两百米远的草丛里，他的身上披着厚厚的茅草伪装，脸上和手里的狙击步枪上面都涂满了伪装油彩，他已经和整个天地融为了一体，除了他那双紧紧盯着机场跑道的眼睛。

东方云的潜入行动，只能用痛苦两个字来形容。

突破日军最外围的警戒线并不是什么难事情，最为困难的是，是要在突入五百米警戒区域后不被无数的巡逻哨给发现，同时还要避开广阔的地雷场和隐秘警报系统。

东方云提前两天出发，只用了半天就突进了五百米区域内，随后他用钳子剪断铁丝网，用匕首在地雷场里给自己开出了一条窄得不能再窄的通道，接着避开了十三处游动哨，破坏了二十余处警铃，然后一点一点地移动到了狙击地点。

总的算来，至少有上百名日军士兵从他眼皮子下面走过，还有几个人在他的身上撒过小便。

他默默地忍受着这一切，最为痛苦的时候，是在接近三百米区域时，为了躲避高楼上哨兵的监视，他硬生生地花了十几个小时，只为了移动一百米！

他的每一次移动，可以用毫米来估算。

终于，他来到了事先标注好的绝佳的狙击地点，这里草木茂密，视野开阔，可以观察到从登机处到跑道的所有景物。

风很大，也很冷。

如此大的风速，难免会给狙击带来一些困难，东方云轻轻地呼吸着，双目紧紧盯着两百米开外的跑道，如山般沉寂，如水般阴冷。

一个人，一支枪，孤独地面对着，一个残酷的世界。

良久之后，一支车队缓缓地驶进了东方云的视野。

东方云拉开枪栓，塞上一枚改造后的子弹，随后推弹上膛，感受着那一丝轻微的跳动，他打开狙击镜的镜罩，将眼睛移到了狙击镜上。

一个十字的世界出现在他的眼前，这一刻，死神露出了它锋利的镰刀。

狙击镜中，车队里的人已经纷纷下车，最先走下车的是几名保镖，他们分开站定后，东方云的目标——廖敬凯和一名日本军官走下车来。

在他们身后，是为数众多的各类随行人员。

而不远处，一架日军飞机，已经蓄势待发。

东方云将十字架移动到廖敬凯的脸上，廖敬凯的照片他看了不下五百次，因而对他这张脸是再熟悉不过了。他慢慢地将手指放在扳机上面，他知道，自己只要一扣动扳机，这个军统的叛徒，各国特工的心腹大患，就将在自己的眼前化为一朵耀眼的血花！

而此时，玉川少佐也静静地趴在一处隐秘的瞭望楼里，用望远镜仔细地搜索着他眼下的每一寸土地。

他没有找到东方云，他不得不佩服这个军统上海站站长的潜伏能力。但他没有担忧，他有足够的耐心来等待。

他在等待着东方云开枪，只要东方云一开枪，就会立刻暴露出他的位置。

到那时候，在机场各个方向埋伏的一百六十名日军特工队员和数百名日本宪兵就会一拥而上，让他插翅难逃！

上海，火车站。

火车站内，已经没有一个平民的身影。

数百名荷枪实弹的日本宪兵和无数身穿便衣的汪伪特务将这里围得水泄不通。他们警惕地注视着视线可及的每一寸角落，随时防范着可能发生的袭击。

在这里，真正的廖敬凯将同他的手下们一起，乘坐火车前往南京。

远远的，几辆黑色的轿车开了过来，守在外围的宪兵连忙迎了上去，当他们看见车里面的藤田一郎时，立正敬礼，随后挥手放行。

车队驶进了火车站，沿途的日军士兵和汪伪特务纷纷敬礼，随后车队停在了一列蓝钢专列面前，廖敬凯在藤田一郎和易宁山的陪伴下，走下车来。

"廖兄，此番前去南京觐见，廖兄的前途必当不可限量，到时廖兄可千万不要忘了小弟啊！"

"易兄说笑！易兄说笑！若在下能有所成，必然不会忘记易兄的！"

"如此，就多谢了！"廖敬凯和易宁山对视一眼，两人同声大笑，随后，廖敬凯转过身，对一旁的藤田大佐说道："大佐阁下，此番前来上海多有打扰，预祝大佐阁下的血夜行动圆满成功，武运长久！"

藤田一郎连忙微微鞠躬，平心而论，虽然他鄙视廖敬凯的人品，但对廖敬凯的能力还是相当敬佩的。他郑重地说道："廖先生言重了！此番若非廖先生，我们也不会取得如此重大的战果。廖先生甘愿以身犯险，藤田是感激不尽！还望廖先生一路顺风！"

"多谢大佐阁下吉言，不知道大佐阁下在机场的布置是否妥当？"

"先生放心，一切准备就绪！"

廖敬凯听了，点了点头，叹息道："东方云啊东方云，也算人中龙凤，当年我还在军统的时候就早知他不是池中之物，可惜各为其主，哎，遗憾啊遗憾！"

廖敬凯说完，最后向易宁山和藤田一郎拱了拱手，就准备离开。

"钟汉，我们走！"廖敬凯对着手下挥了挥手。

所谓钟汉，就是廖敬凯抵达上海时，那名带队歼灭了英国特工的特战高手。

钟汉点了点头，带着手下们蜂拥而入，很快占据了车厢的各个要害角落。

随后廖敬凯向藤田一郎与易宁山点了点头，走上了火车。

"立正！敬礼！"仪仗队的指挥官"刷"的一声抽出了自己的指挥刀，火车附近的日本宪兵纷纷持枪敬礼。

随后，在悠长的汽笛声中，火车缓缓启动，慢慢地向车站外面驶去。

藤田一郎和易宁山目送着火车驶向站外，随后藤田一郎对易宁山点了点头，转身就要离开。

易宁山上前一步，为藤田一郎拉开车门，藤田一郎也没有拒绝易宁山的示好，低下头准备上车。

忽然间，一阵急促的枪声响起。

枪响的地方，正是火车的方向！

而此时，在机场，东方云，已经准备开枪。

东方云将十字架锁定在了廖敬凯的脑袋上，手指已经缓缓地压着狙击步枪的扳机。

轻轻地，只要轻轻地这么一按，从此以后，世界上就不会再有廖敬凯这个人。曾经闻名世界的强悍特工也会变为一具冰冷的尸体，并随着时间的流逝变为枯骨与黄土，最终彻底地消失在人们的记忆里。

可是不知道为什么，东方云总觉得有一丝不祥的预感在自己的心中徘徊。搭在扳机上的手指仿佛重若千斤，无论他如何努力，就是按不下去。

东方云努力地控制着自己的心跳，压制着自己的神经，然而这不祥的预感，却怎么也挥之不去。

这是直觉，是在刀锋上跳舞，在枪口上漫步的直觉。

曾经，这样的直觉无数次地挽救了东方云的生命，所以东方云迟迟不敢开枪，因为他知道，自己有如此强烈的感觉，肯定有它的道理。

他闭住呼吸，将十字架离开了廖敬凯的头部，用狙击镜观察着廖敬凯的周围。

忽然，他意识到一丝不妥。

因为无论是廖敬凯的随员还是廖敬凯的保镖，都站得非常的稀松，似乎是有意地在他的身边留出一片空当，虽然这个空当非常小，但对于一枚子弹而言，已经足够了。

作为一名资深的特工，东方云不相信如此出色的廖敬凯竟然会犯这么低级的错误。

要知道，对于特工而言，从进入这个行业开始，就已经和安全说了再见。在他们的心目中，没有任何一个地方是安全的！

他们有一只手，始终在时刻准备！

杀人的手！

但仅仅是这点，还不足以让东方云下达准确的判断。狙击廖敬凯的机会只有一次，失去了这一次机会，就前功尽弃。

东方云的手指重新回到了扳机上。他决定，如果还看不到其他的破绽，那么他就开枪！

就在东方云的手指即将扣动扳机的刹那，一朵紫罗兰跳入了他的眼帘。

随后，是一名女子美丽而熟悉面容！

"旭日？"东方云心里一惊，手不由自主地抖了一下，差点让步枪走火。

但东方云顾不得这些，他忽然感到事态的复杂远远超出他的想象，旭日，这个向自己提供廖敬凯情报的女子，怎么会出现在这里？

东方云再次用狙击镜看了看，确定是旭日没错。她穿着一身伪军的军服，还挂着一个中尉的军衔，一头长发飘逸，显得绝美无比，几乎吸引了在场人士的一半目光。她手里拿着一个文件夹，看上去像是一个文职人员。

但她头顶上插的那朵紫罗兰，在东方云的眼中却异常显眼。

因为旭日在向东方云传递情报的时候曾经告诉东方云，如果在狙击目标的周围看见紫罗兰，那么就代表事情出了变故，必须停止行动。

如今，东方云相信，旭日肯定知道自己就埋伏在附近，正在用狙击步枪上的十字架窥视着这一切。而她则用头上那多鲜艳的紫罗兰，将取消行动的信息给传达过来。

可是东方云想不到的是，廖敬凯就在自己的眼前，为什么要取消行动。难道是因为日军有埋伏？

东方云轻轻地抬起步枪，开始用狙击镜窥视跑道周围的情况。

这时，太阳已经开始升高，阳光正好照向跑道的方向。

阁楼里，拿着望远镜严密监视的玉川少佐只觉得眼前花了一下，不由得轻声骂了句："该死的太阳！"

玉川少佐毕竟还是太年轻了。他比起东方云和藤田一郎这种绝顶高手而言，还存在着不小的差距。他完全没想到，就是那一花，已经暴露了他的信息。

因为东方云从狙击镜里看见了，他手中望远镜发射出的反光。

虽然只是短短一瞬，但却仿若永恒。

因为就是这一下，东方云已经判断出，自己落入了日军的埋伏。

无数的日军在等待着，等待着他开枪，只要枪声一响，他就插翅难逃。

想到这一切，东方云的心重又平静下来。如果旭日只是提醒自己周围有日军的埋伏的话，那么他不会畏惧。杀死廖敬凯的任务必须执行，无论是刀山火海，还是身败名裂，他都不会皱一下眉头。

虽千万人吾亦往矣。

东方云重新将十字架移回到廖敬凯的头上，准备开枪。

就在这时，镜头里的廖敬凯恰好将头偏了偏。

这一偏，让东方云找到了破绽！

因为他看见，廖敬凯的耳朵下面，居然有一颗痣！

虽然不是很大，虽然不是很明显，虽然那颗痣长得真的很隐秘，如果不是那廖敬凯恰好偏了一下头，他根本就不可能看到。

一切都是偶然，一切都是巧合。

然而就是这巧合，让在两百米外凭借着高度放大的狙击镜，拥有着刀锋一样锐利目光的东方云，发现了这个破绽。

早在廖敬凯叛变的时候，东方云就已经对他有了兴趣。他对廖敬凯的研究已经可以出版一本专集，廖敬凯的容貌更是无数次地出现在他的脑海中。他敢肯定，真正的廖敬凯，绝对没有这颗痣！

这是个陷阱，是个圈套！那正站在飞机上和日本军官谈笑风生的廖敬凯是个假货！

所以旭日会在头上别上一朵紫罗兰，就是为了提醒他这是一处日军精心导演的戏剧！

东方云已经意识到，自己的身边肯定埋伏下了无数的日军特工，这不是日军预防万一的防护措施，而是一个事先预谋，精心准备的圈套！

东方云慢慢地放下手中的步枪，随后紧紧地趴在地上，不敢移动分毫。他已经在盘算，自己该如何离开这个该死的地方。

看上去最佳的选择，莫过于以静制动，等假的廖敬凯离开后，让日军以为计划失败，再寻机离开。

但万一日军一不做二不休，反而出动兵力来个地毯式的搜索，那可就是弄巧成拙！

刹那间，无数的念头在东方云的脑袋中划过，又被他所否决。

汗水，几乎快要模糊东方云的双眼。

而此时，在阁楼上，玉川少佐正在兴奋地舔着自己的快要干裂的嘴唇，表达着自己对鲜血的渴望。

就在这时，一声清脆的枪声，打破了这诡异的寂静。

当枪声响起的时候，东方云的第一个想法，就是自己的枪走火了。

但他立刻打消了这个念头，因为他发现自己的枪还静静地躺在自己的手里。

谁在开枪？

但此时东方云已经顾不上思考这个问题了，在他的前方，那个假冒的廖敬凯已经消失在了十字架组成的世界里。狙击镜里，廖敬凯的随员们在慌乱的奔跑，有经验的军人已经趴在了地上，拿出了自己的武器。而那些文职人员，则如蚂蚁般乱窜。在地上，假冒的廖敬凯还在不断地抽搐，任无数双脚从他的身边踏过，将他的鲜血带走，在他的身边留下一串串血红的足迹。

东方云意识到，想到这里来送廖敬凯上路的人，远远不止他一个。

随后，凄厉的警报声响了起来，紧接着，就如变戏法一般，茫茫的荒草地里，刹那间冒出了无数的日军士兵，他们身上还披着厚厚的茅草，双目血红，发疯般地吼叫着，端着武器，组成一个巨大的包围圈向枪声响起的地方围拢过来。

非常不幸的是，开枪的地方离东方云所在地只有几百米，东方云也被囊括进了日军的包围圈里。

"嘭，嘭！"狙击枪的声音不断响起，在岗楼上的日军一个接一个的中弹身亡，神秘的刺客也发现自己落入了日军的圈套中，准备先解决制高点上的日军，血战突围。

"哒哒哒哒哒！"自动武器的声音也响了起来，七八条火舌喷出，冲过来的日军顿时倒下了一大片。东方云侧耳一听，立刻听出是美制汤姆森冲锋枪的声音，难道刺客是美国人。

珍珠港一役，美军伤亡三千余人，随后日军如蝗虫般席卷东南亚全境，美军节节败退，丧失大片地方，同时还造成了重大的人员伤亡。

而美军的投降部队，及成千上万的伤员和俘虏，则受到了惨无人道的对待，日本人用几乎残忍的方法，来发泄他们对白种人深入骨髓的恐惧。

就如同他们恐惧中国人一般。

而这一切，廖敬凯功不可没，所以说，美国派遣特工来暗杀廖敬凯，也是理所当然。

东方云调过狙击镜，透过十字架看去，只见远处有几处草堆才涌动，火舌就不断地从草堆里面喷出。十字架上，只能勉强看清对方的皮肤，是白人！难道真的是美国的特工？

此时军队的素质就显现出来了，冲在最前面的日本宪兵，丝毫不顾及对方雨点般的子弹，依然悍不畏死地往前冲去。他们都是最狂热的武士道精神信仰者，也是最精锐的战士。但因为长期作为占领部队存在，主要负责城市作战，所以在开阔地面的实战经验比起野战部队低了不止一个档次，在对方凶猛的火力下，一片片地扑倒。

相比之下，玉川少佐所率领的日军特工队就要机敏上了许多。他们在日军狙击手的掩护下，有条不紊地沿着包围圈步步推进。

玉川少佐在阁楼上，手里已经多了一把狙击枪，他闭住呼吸，瞄准一处正在疯狂喷吐火舌的草堆，扣动了扳机。

"嘭！"一声枪响，硝烟弥漫，一个带血的钢盔飞上了半空。钢盔上覆盖的茅草随风飘落，好似那无根的浮萍。

玉川少佐迅速地退掉子弹，瞄准了下一个目标，就要再次扣动扳机。

"嘭!"呼啸声中,玉川少佐的钢盔飞到了一旁。

"妈的!"玉川大惊失色,他没想到刺客精锐如此,连忙就地一滚,与此同时,又一枚子弹打在了他刚才趴着的地方。

枪声大作,火舌喷吐,子弹横飞。那些美国特工们在作战能力上无疑是占据了绝对的优势,无论日军怎么闪躲,还是不断有人倒在地上。但日军实在是太多了,包围圈在不断地缩小,制高点上,还有日军的狙击手在虎视眈眈。

激烈的战斗中,不断有子弹贴着东方云的脑袋飞过,而他只能紧紧地趴在地上,不是他不想战斗,而是他一个人,一支枪,在这样的大混战里,除了杀掉几个日军士兵外,起不到任何的作用。

眼下,自保才是他唯一的出路!

至于那些美国特工,只有听天由命了。

主意打定,东方云扔掉步枪,拔出手枪,开始往前爬动。

他的方向,正好是那个假冒的廖敬凯站立的地方。

这是能够突围的唯一方向!

他按照蛇形轨迹,飞快地挪动着自己的身体,只见他离跑道越来越近,越来越近,忽然间,一枚子弹呼啸而来,擦着他的脑袋没入土中,灼热的温度几乎烧焦了他的头发。

只需要听声音,东方云就知道这不是流弹,而是实实在在冲着他飞过来的!

他已经被日军的狙击手发现了!

来不及思考,东方云就地一滚,随后一个鱼跃,接着猫着腰开始飞奔。

枪声如雨,不断有子弹朝着东方云飞来,他在地上作着令人眼花缭乱的战术动作。翻滚,鱼跃,前扑后翻,曲线移动,将特种部队的作战素质发挥到了极致,终于冲到了跑道边上。

"八嘎!"一名还趴在地上的日军军官见一个脸上涂着油彩,浑身是草,杀气腾腾的"草人"向自己冲来,立刻从地上跳起,掏出枪就要开打。

"嘭!"东方云看也不看,抬手就是一枪,那名日军军官的动作猛然停止,头盖骨混合着红色的鲜血和白色的脑浆飞上了天空。

狂吼声中,十余名跑道上的日军一边拉着枪栓,一边朝着东方云冲了过来。

"嘭嘭嘭!"东方云一边翻滚一边开枪,日军接二连三地倒地,东方云已经离他的目标越来越近。

他的目标,就是那个假冒的廖敬凯所乘坐的汽车!

就在这时,撞针撞击空膛的声音响了起来。

这声音是如此的清晰,似乎快盖过那激烈的枪声。

"没子弹了!"东方云的心中一凉。

"啪啪啪啪啪!"就在这时,一个靓丽的身影一跃而起,向周围的日军不断射击。

是旭日！只见她手里拿着一支驳壳枪，已经开成了全自动，朝着日军飞速点射，她的枪法出奇地准，剩下的日军眨眼间就被她送上了西天。

腥风血雨中，她头上那朵紫罗兰，显得异常的娇艳。

随后她从军装里掏出两个手雷，拔出保险，就扔在了离自己不远的地方！

下一刻，白烟弥漫，将他们周围的一切都笼罩起来。

与此同时，一枚子弹呼啸着，射穿了东方云的手臂。

一朵血花绽放。

"叮"的一声，玉川少佐拉动枪栓，一颗弹壳划出一道美丽的金线欢快地跳出了枪膛。他飞快地推弹上膛，再次瞄准，但浓浓的白烟已经弥漫了他的视野！

玉川扔掉狙击枪，就往楼下狂奔。

他绝对不容东方云逃脱！

然而已经晚了，他刚跑下楼，就看见轿车已经开动，随后如离弦之箭般往前狂冲。

"你怎么样？"旭日头发散乱，两只手紧紧抓着方向盘，双目紧盯前方，头也不回地问道。

"死不了！"东方云没有废话，直接撕掉自己的一块衣料，随后口手并用地往自己的胳膊上系。

就在这时，履带轰鸣，大地颤抖。

前方拐角处，一辆坦克正露出它狰狞的面容！

第五章　蝮　蛇

前无进路，后有追兵！

虽然，日军坦克的质量差劲到连德国的巡逻车都比不上，虽然就是集中机枪火力进行扫射也有可能击破它的装甲，但现在，旭日除了一辆车，一把枪，和一个受了伤的东方云以外，一无所有！

"坐稳了！"危急关头，旭日亡命的本质彻底显现出来，她娇媚的面容上写满了狰狞与凶狠，她也不顾东方云的反对，大喝一声，猛踩油门，向坦克直冲而去。

此时，日军坦克已经逐渐转过拐角，随后炮塔开始缓缓地转动。

旭日毫不减速，依然发疯般向日军坦克冲去。

东方云死死抓住自己身边能够抓住的东西，咬紧牙关，看着日军的坦克在自己的瞳孔中不断地放大。

风在吼，人在啸，旭日驾驶着轿车，带着一往无回的惨烈，带着有我无敌的悲壮，如飞蛾扑火般向坦克冲来。

"轰！"此时坦克的炮塔已经完全转过来，立刻射出一发炮塔，巨大的轰鸣声中，整个坦克都因为强大的后坐力而往后顿了一下。白烟弥漫，炮弹呼啸着，从轿车上方冲过，落在了后面，溅起无数的尘土。

一击不中，轿车还在飞速逼近，其距离已经不在坦克的有效射程之内，坦克上的日军机枪手"哗"的一声推上子弹，就准备开始暴风雨般的猛烈扫射。

"坐稳！"就在这时，旭日再次狂吼一声，随后猛转方向盘，同时一只脚死死踩在刹车上。在轿车痛苦的声音和刺耳的摩擦声中，轿车硬生生地甩出一个九十度的弧度，随后伴随着旭日狠踩油门的动作，咆哮着，冲上了左面的一处小土坡。

这下日军的坦克手措手不及，连忙手忙脚乱地掉头，但坦克不比轿车，等他们调转过来时，旭日早不知道跑到哪里去了。

但这并不代表日军没有其他的办法。

轰鸣声中，三辆摩托车飞驰而来，他们一直隐藏在坦克的后面，见旭日掉头逃跑，连忙死死跟上。

烟尘四起，三辆摩托车从三个方向向旭日和东方云直扑而来。

"趴下！"东方云猛地将身子一低，随手将旭日的身体按倒。

"哒哒哒哒哒！"火舌喷吐，摩托车上的日军机枪手对着轿车猛烈扫射，只听哗啦声中，轿车的玻璃眨眼间变成了无数的碎片。轿车上面立刻布满了弹孔，犹如蜂窝一般。

唯一能够庆幸的，就是这辆从德国进口的轿车质量实在是过关。车身都是用防弹钢板制作，轮胎也是实心的，不然旭日和东方云会在日军的疯狂扫射下变成蜂窝！

纵是如此，凶猛的火力依然压得旭日抬不起头，旭日唯一能做的，就是死死趴在方向盘上，用眼角的余光观察着前方，随后发疯般地踩着油门，力量之猛，似乎要将整个地球都踩在自己的脚下。

发动机发出了自诞生以来最大的咆哮声，它的负荷已经达到了极致，坎坷不平的道路上，它所掀起的烟尘铺天盖地，仿若世界末日。但后面，日军的摩托车还在紧追不舍。

"把枪给我！"东方云一声嘶吼，一把抓过座位上的驳壳枪，随后左手持枪，顶着日军凶猛的火力，趁着一个短暂的空隙，微微抬起身子，就是一个漂亮的长点射。

"哒哒哒！"三发子弹飞出，两发子弹打在了摩托车上，一发打飞了驾驶员的脑袋，失去控制的摩托车在机枪手凄厉的尖叫中四处乱窜，随后化为一团烈火。

就算是在逃命，旭日也不得不敬佩地看了东方云一眼，左手持枪还能打得那么准，不愧是组织极力想要拉拢的人才！

东方云转过身，趴在座位上，拿起枪对准后面就是一通扫射。肉眼可见的金线从后排被打碎的窗户中飞出，纵然后面的日军摩托车左右晃动，意图躲避，但还是有几发子弹打在了机枪手身上。刚刚换好子弹的机枪手往后一倒，手不由自主地扣在了扳机上，失去了准心的机枪猛烈扫射着，正好将左面的另一辆摩托给打了个稀烂！

"轰！"战斗如疾风劲火，看似长久，其实是短短一瞬，直到此时，日军的坦克才笨重地转过身来，开始炮击。

炮弹呼啸着，落在离轿车不足五米的地方，沙石横飞，弹片混合着石块下起了死亡的暴雨，旭日和东方云完全缩在了方向盘下面，听着防弹车上如暴雨般的叮当声，只感觉自己是处在阿鼻地狱。

轿车飞奔着，在旭日的操纵下作着复杂而赏心悦目的动作，拼命地躲避着周围日军的炮火，一公里的距离，在此刻，忽然间变得无比的漫长。

终于，他们离出口不到一百米。

高楼上，日军的重机枪正在虎视眈眈。

"咔嚓，"子弹上膛，日军的机枪手将准心锁定在了轿车上，准备扣动扳机。

"快！快！"另一旁，在军官的咆哮声中，光着膀子的日军士兵冲出营房，奔到自己的阵地上，扯掉一块块黑布。

阳光下，迫击炮的光泽是如此的阴沉，又是如此的耀眼。

"目标！轿车，三发连放，准备射击！"

"锵"的一声鸣响，战刀出鞘，一名中尉军官嘶吼着，双目血红地盯着正在飞驰的轿车。

"预备，放！"

上海，易宁山公寓。

司徒婉站在窗前，静静地看着窗外，不知道在想些什么。

她一如既往的美丽，哪怕她就是这么站着一动不动，她的美，也足以让人感觉到窒息。

在司徒婉身后，总有下人在不断地走过。当他们接近司徒婉的时候，他们总会不由自主地放轻自己的脚步，似乎惊扰了这样一个美人，都是一种无法饶恕的罪过。

每一个人都会为易宁山感到由衷的羡慕和钦佩。

然而，没有一个人知道司徒婉的内心，是何等的惊涛骇浪。

虽然她并不知道东方云所策划的暗杀行动，但她心中有一种直觉，她感觉得到，廖敬凯正在策划一场阴谋。

而这场阴谋的对象，极有可能就是东方云所率领的军统。

偏偏司徒婉还无能为力，她既不知道现在该如何联系东方云，也不知道该如何才能化解这场危机。

因为，那名叫玫瑰的女子，始终如影随形地跟着她。

思量间，她回头望去，只见美丽的玫瑰正穿着一身红色的旗袍在客厅的沙发上喝茶，但司徒婉感觉得到，她眼角的余光，从来就没离开过自己。

想到这里，司徒婉不由得心烦意乱。

就在这时，门外忽然响起了"老爷、老爷"的呼喊声。

玫瑰也站起身来，随后易云山脸色阴沉神色匆匆地走了进来。

在他背后，跟着几名神色肃然的汪伪特务，门外，还隐约看得见日本宪兵的身影。

"把她给我抓起来！"易云山狂喝一声，将手直直扬起。

他指的方向，正是司徒婉站的地方。

当第一名日军炮兵将炮弹拿起，对准膛线准备开炮的时候，高楼上的日军机枪手，也扣动了自己手中的扳机。

"哒哒哒哒哒！"咆哮声中，无数的子弹在地上打出一条肉眼可见的泥土长龙，向旭日驾驶的轿车直扑而去。

就在这时，一枚子弹击中了他的脑袋。

正在开火的日军机枪手只觉得自己眼前一黑，似乎被谁给狠狠地推了一把。随后黑暗淹没了他的意识，他的半边脑袋已经消失不见，整个人因为子弹的强大冲力而往旁边飞去，同时带着他身旁的重机枪也偏离了方向，调转的枪口正好扫向日军的迫击炮阵地。

此时日军才打出第一枚炮弹。

"轰！"炮弹呼啸着，打在了轿车的左面，溅起一米多高的尘土。随后更大的爆炸声传来，呼啸而来的机枪子弹在天空中划出一道金色的镰刀，将三名日军炮兵齐齐拦腰斩断，随后在弹药箱上摩擦出美丽的火花，紧接着化为一团升腾的火球。

"小心！"旭日嘶嚎着，驾驶着轿车在血与火的世界里冲击，灼热的气浪扑面而来，她已经快要睁不开自己的双眼。

火焰翻腾，浓烟滚滚，没有人注意到，一枚又一枚的狙击子弹就在这灼热的世界里飞舞，钻进高楼上一个又一个日军士兵的脑袋里。不然日军在这个方向的四处岗哨里布置有六挺轻重机枪，就算旭日的车技再怎么了得，也会在交叉火力下被打成筛子。

终于，旭日驾驶的已经破烂到极点的轿车冲断了栏杆，冲出了机场，往前飞驰而去。

在他们身后，枪声已经逐渐稀疏下来。

不远处的小山坡上，一名男子披着伪装趴在地上，手里的狙击步枪还散发着淡淡的余温。

在他的身旁，躺着两名日军狙击手的尸体。

草地上还有几枚金黄色的弹壳，正是这几枚子弹，收割了岗楼上日军机枪手的生命。

男子透过狙击镜，在十字架的世界里看着旭日驾驶的轿车绝尘而去，嘴角，露出一丝复杂的微笑。

上海，易宁山公寓。

司徒婉看着易宁山笔直的伸向自己的手，心中冰凉一片。

她第一个念头便是，自己暴露了！

随后她的手飞快地伸向自己的美丽长发，长发上，有一支精致的金钗。

她绝对不能被活捉。所以她要用这支金钗来结束自己的生命。

就在这时，风声狂响，在易宁山的呼喊声中，一个人影直扑而来，随后一把小巧而闪亮的手枪顶在了司徒婉的头上。

司徒婉用眼角的余光一瞄，发现是一直负责在内堂照顾的老妈子——何妈！

但此时这位年近五十的老太太已经没有了往日的谦恭和慈祥，她紧紧握着自己手中的手枪，双目中凶光毕现，显得异常狰狞。

"你们全都让开，不然我杀了她！"何妈那老迈而略显单薄的身躯躲在司徒婉的身后，凄厉地尖叫道。

司徒婉此时才明白，原来易宁山要抓的并不是自己，而是离自己不远的何妈。只是，不知道她到底是哪个势力的人。

"何妈！你不要乱来！"眼见自己心爱的人被劫持，易宁山也不由得慌了手脚，他在内心狠狠地骂着自己，居然如此的性急，一时慌乱，就造成了这个局面。看来今天还真的不是一个好日子。

但这也怪不了他，已经现在出了一件很严重的事情。

易宁山还在胡思乱想，何妈已经尖叫了起来："让你的人都让开！不然就等着给她收尸吧！"她对易宁山毫无意义的恐吓无动于衷，她知道司徒婉是易宁山的心肝宝贝，她也知道，自己一旦落入易宁山的手里，就是一个死字而已。所以她根本就无所畏惧，何况，自从她踏入这个领域的那一天，就已经做好了死的准备。

何妈是旭日的人，她和旭日同属一个组织，廖敬凯的情报，就是她想办法刺探到的。

"对不起了，司徒小姐！"眼见易宁山还没有任何反应，何妈用只有司徒婉才听得到的声音轻声说道。随后拿起手枪，对准司徒婉的手臂就是一枪！

"啊！"司徒婉一声惨叫，鲜血横飞。

"你干什么！"易宁山双目血红，头发几乎要根根竖起，他现在早已没有了平日的斯文儒雅，扭曲的表情看上去好像一头择人而噬的野兽！

"我再说一遍，叫你的人让开！不然下一枪就是她的脑袋！"

何妈凄厉地叫喊着，声音中充斥着毁灭一切的疯狂，易宁山使劲地平复着自己的心绪，随后说道："何妈，你想清楚，司徒小姐一直待你不薄，这件事情与她无关。再说，就算我放你出去，外面还有日本人！放了司徒小姐，我保证不会伤你分毫！"

"让开！"何妈一声嘶嚎，拔枪就打，子弹飞出，易宁山身边的一名特务猛地一顿，脑袋后面冲出一股血雾，随后一头倒在了地上。

"我再说最后一遍，让开！不然就一起死！"

"让开！退下！"眼见何妈如此疯狂，易宁山再也不敢多说，连忙命令手下退后。

"把枪扔掉！"何妈推着司徒婉，将她当做人体盾牌一步一步地往前挪。

"扔掉枪！"易宁山第一个把枪甩掉，他身边的特务们连忙纷纷丢掉武器。

"退后！"何妈在司徒婉的"掩护"下，慢慢地往前推进，易宁山指挥着特务们一步步地往后退，双方在这奇怪的状态中紧张地对峙，空气中弥漫着血腥与硝烟的味道。

就在这时，一道白光闪过。

随后何妈猛地一愣，紧接着倒在了地上。

她的额头上插着一枚麻醉针，这枚针的速度实在是太快了，何妈只觉得眼前一花，随后就什么都不知道了。

在她的左前方，玫瑰还保持着射针的姿势。

"小婉！"眼见司徒婉脱险，易宁山不顾一切地冲了上去，一把抱住司徒婉，焦急地说道："你怎么样，没事吧！医生！医生！"

易宁山一把抱起司徒婉，发疯般地往外冲去。在他背后，特务们一拥而上，将何妈死死地捆了起来。

玫瑰看着易宁山夺门而出的背影里，眼神复杂无限。

受伤的司徒婉躺在易宁山的怀里，看着这个抱着自己的男人疯狂地奔跑着，粗重地喘息着，他脸上流露着无限的焦急，他眼光中有着掩藏不住的担心与爱意，司徒婉知道，易宁山是真的真的很爱自己。

一日夫妻百日恩，十年修得同船渡，百年修得共枕眠。

她和易宁山三年夫妻，眼见如此，她心中五味杂陈。

只可惜，他们生不逢时；只可惜，他们各为其主。

东风恶，欢情薄，一杯愁绪，几度离索。

错！错！错！

上海郊外。

"吱"的一声脆响，旭日将车停在了一处比较隐蔽的地方。

"你怎么样，没事吧？"旭日将车停住，扭头想问东方云，看见的却是东方云冰冷的枪口。

"说！这是怎么回事！"东方云冷冷地问道，持枪的手却在微微的颤抖。在他的右臂上，还不断有鲜血在慢慢地渗透出来。

"你以为我想害你？如果我想害你，我还那么拼命地救你干什么！"旭日直视着东方云的眼睛，片刻后，东方云慢慢将枪放下。

旭日顿了顿说道："我们的内线传出情报，说廖敬凯改坐火车离开，去机场的是他的替身。我立刻知道有问题，所以才在机场用暗号提醒你。我的身份现在也暴露了，损失巨大。"

"廖敬凯为什么会突然改变计划，是谁泄露的情报？"

旭日不知道从哪里摸出一盒烟，扔了一支给东方云，自己点燃一支，深吸了一口之后才说道："不知道，可能是你的人！也可能是我的人！最有可能的，是这本身就是个廖敬凯设的圈套。如果没意外的话，在机场袭击廖敬凯的另一批人，多半已经死光了！你的伤怎么样？"

东方云嘴角抽动着，深吸一口烟，慢慢说道："很疼，但还死不了。子弹卡在了骨头里，我已经止住了血，但要尽快把子弹取出来，不然手就废了。只是可惜，我还是没完成任务。"

旭日忽然露出一个古怪的笑容，问道："你是说廖敬凯么？不用担心,他已经死了！"

是的，廖敬凯死了。

时间要倒回到东方云还没有发现日军的圈套，而准备给那个假冒的廖敬凯致命一击的时候。

这时候，在上海火车站，易宁山和藤田一郎大佐正准备上车，而廖敬凯所乘坐的火车才刚刚驶出站台。

随后，枪声大作，忽然间有人暴起发难。

发难的不是别人，正是廖敬凯的心腹——钟汉。

这个平时沉默寡言的汉子，这个杀人不眨眼的剑子手，这个让各国特工又恨又怕，被称之为"毒牙"的顶尖特工。

他在廖敬凯进入车厢后，在火车缓缓开动时，在廖敬凯的身后，掏出了自己的手枪,没有任何废话地扣动了扳机！

经过改造后的子弹从黝黑的驳壳枪中射出，瞬间没入了廖敬凯的头颅。他的脑袋如西瓜一般在钟汉面前不到二十厘米的地方爆裂开来，白色和红色刹那间淹没了整个世界。

没有人知道，钟汉其实是卧底，而且还是旭日的手下。

他一直是卧底，平时间，他为廖敬凯鞍前马后地卖命，手上沾满了鲜血，但同时，他又源源不断地将情报送给自己神秘的组织，帮助组织在一次又一次的较量中占据着上风。

他一边杀人，一边救人；一面手握屠刀，一面吃斋念佛。

这就是讽刺，间谍的讽刺，特工的讽刺，整个谍战领域的讽刺。

钟汉就这么卧底在廖敬凯的身边，受到他的重用和提拔，原本他还将一直这么下去，直到他到上海以后，收到了组织的消息。

组织要他除掉廖敬凯。

于是，他一直等待着一个机会。

钟汉身材彪悍，五大三粗，孔武有力，很容易给人一种蛮夫的感觉。其实他很聪明，聪明到他一直都知道廖敬凯从来就没有真正地毫无保留地相信过自己，聪明到他知道廖敬凯的内心深处对任何人都心存戒备。

除了玫瑰，除了那个美丽而恐怖的女人。

玫瑰号称是廖敬凯的影子，廖敬凯走到哪她跟到哪，无论廖敬凯是上厕所、吃饭、睡觉，还是和别的女人上床，玫瑰都会如幽灵般地跟随在他的身边，有玫瑰在，钟汉就迟迟不敢动手。

他知道玫瑰的实力。虽然玫瑰很少出手，也从来没使用过全力，但钟汉亲眼所见，在一次突发的近身作战中，赤手空拳的玫瑰只用了五秒钟，就解决了六名特战高手。

五秒！平均每一人还不到一秒钟。

自那时候开始，钟汉就对这个变态的女人心存忌惮，只要有这女人在的一天，刺杀廖敬凯的计划就绝无可能！

就在钟汉逐渐失去耐心，准备孤注一掷的时候，廖敬凯忽然准备启程离开南京，更美妙的是，他竟然将玫瑰留在了上海。

于是，机会来了。钟汉毫不客气地抓住了这个机会，将廖敬凯的脑袋打成了碎片。

廖敬凯所有的才华，所有的思维，所有的惊艳，都化为了漫天飞舞的血雨。

而直到廖敬凯只剩半边脑袋的身躯倒下的时刻，周围的特务们都还没有反应过来。

因为他们不敢相信，一向忠心耿耿的钟汉居然会对自己的主子下手。

这就给钟汉留下了足够的时间。

喊口号的时间。

组织上命令他得手后大喊一句口号，钟汉很遗憾，因为他不能喊着组织的口号而死。

他只能违背着自己的心愿，高喊一声——军统万岁！党国万岁！

随后他举枪打穿了自己的头颅。

他知道自己逃不掉，就算他能杀光这节车厢的所有特务，车里车外，还有无数的敌人。

当钟汉倒下的那一刻，他的嘴角挂着一丝满足的微笑。

他成功了，作为一个死士，他成功地完成了任务，体现了他的价值。

只是可惜，有些他一直所向往的东西，他再也看不到了。

一九四三年四月，上海，军统总站。

时光如梭，转眼间，一个星期就这么过去了。

这是腥风血雨的一个星期。

廖敬凯的死让日军大为光火，因为刺客临死前高呼军统万岁，所以很自然的，这笔账就算在了军统的手上。日军特工和汪伪特务倾巢而出，大肆搜捕军统特工，弄得整个上海鸡飞狗跳，枪声不断。虽然东方云及时命令手下暂停一切行动，或撤退或转移，但还是遭受了一些损失。好在准备工作做得充分，还在东方云能够忍受的范围之内。

所谓塞翁失马，焉知非福。虽然暗杀廖敬凯的刺客钟汉临死前还不忘记嫁祸一把军统，但东方云却因此占到了便宜。重庆高层对廖敬凯的死感到非常的满意，三月末，重庆正式来电，提升东方云为军统少将。

刚刚接近三十的东方云，自此迈入了将军的行列。

将军是所有军人的向往，它是军人事业巅峰的象征。但东方云却并没有多少欣喜。相反，他的内心十分的平静，甚至，还有些淡淡的忧虑。

不以物喜，不以己悲。

此时的东方云正站在二楼的窗户前，静静地看着从他窗下走过的芸芸众生。春天已经到来，阳光也变得温暖起来，暖洋洋地洒在马路上。虽然时局混乱，但一点也没妨碍到上海的勃勃生机，大街上依然是车水马龙，有时候东方云还会幻觉，自己还是在三十年代的上海，这里还是中国的领土。

只是大街上不断走过的日本士兵和汪伪特务，无情地粉碎了他的幻想。

东方云略微艰难地抬了抬自己的右臂，他已经做了手术，取出了子弹，但伤口的愈合还要一段时间。虽然天气已经转暖，但手臂还是有些隐隐作痛。

"长官，您该吃药了！"轻轻的，楚超来到东方云的身后，恭敬地说道。他现在对这个年轻的上司越发地恭敬和崇拜，毕竟能在不到三十之龄就坐到少将的位置，还是没有几个人能做到的。

东方云点了点头，接过消炎药，也不喝水，就直接扔进了嘴里咀嚼起来。感觉着药片的苦涩，东方云慢慢说道："我们上街走走吧。"

"可是您的伤……"

东方云摆了摆手，没有说话。楚超也不再坚持，转身取过他的风衣，披在东方云肩上，随后跟随着东方云走了出去。

东方云和楚超漫无目的地在大街上闲逛着，后面远远跟着几个手下。就在这时，一位美丽的女郎与东方云擦肩而过，却脚下一滑，就要摔倒。

东方云闪电般地伸出手，将女郎扶了起来。

"谢谢，谢谢先生！"东方云还没来得及欣赏女郎美丽的容颜，她就道了声谢，匆忙离去。

东方云笑了笑，转头看向楚超，却看见自己的手下正在发呆。

一个年近四十的汉子发呆的样子可是毫无美感可言。

"你怎么了？看见人家漂亮就傻了？"东方云在楚超面前摆了摆手，还难得地开了个玩笑。

"长……少爷，我觉得她好面熟！"

"面熟，你见过她？"东方云眉头一皱，他隐隐感到，似乎有什么问题。

果然，楚超苦着脸仔细想了想，忽然低呼一声，急切地说道："我以前在马上校那里见过她！"

"什么？什么时候！"东方云大吃一惊，他忽然间觉得，楚超的话就如黑暗中的闪电一般，似乎要为自己将那重重黑暗给劈开！

"有一次我们开会的时候，她的相片从马上校的衣服里掉了出来。当时马上校见我们看见马上就把相片给收了起来。但我敢肯定，就是她！"

"追！"东方云不再废话，他不管楚超说的是真是假，先追了再说。他感觉到，或许自己苦苦寻求的那个事关军统上海站特工生死的东西，和那个女子有着极大的关联。

两人一路狂奔，然而茫茫人海，又哪里去寻那女子的身影。

两人只能懊恼地站在街上，毫无办法。

在远方，一个男人默默地注视着他们。

这个男人，就是在机场用狙击枪消灭掉日军的岗哨，将东方云和旭日救下的男子。

男子目送着东方云离开，随后低头看了看自己的手。

他的手上有着一个文身，文着一条蛇。

这是他的代号——"蝮蛇"。

"蝮蛇"者，蛇中毒王，见血封喉！

"蝮蛇"抬起头，看着东方云离开的方向，诡异地笑了。

上海，日本宪兵司令部。

办公室内，玉川少佐正在和藤田一郎下棋。

玉川眉头紧皱，神色沉重，一看就知道他正处于下风。相反，藤田一郎则是气定神闲，还时不时地抬起头打量一下自己这个下属的脸色，显得胸有成竹，一切尽在掌握之中。

终于，当藤田一郎落下最后一子的时候，玉川的大龙已经被彻底地扼杀在了腹心地带，上天无路，入地无门。

"玉川，你输了！"藤田一郎拿起茶杯抿了一口，缓缓说道。

"嘿！大佐阁下棋艺高绝，属下万分敬佩。"

"你可知你为何会输？"

"还请大佐阁下赐教。"

藤田一郎看了看自己这个亦徒亦子的下属，目光中闪过一丝柔情，他慢慢说道："你做事喜欢剑走偏锋，棋局开始，你便以奇子狂飙突进；初期固然能大获全胜，形势大好。然则一旦遇到对手先稳后攻，你的进攻就显得绵薄无力，最终失败在对手蓄势而发，绵绵不绝的反攻之下。玉川，你要记住，棋道就是人生之道，在于步步为营，稳扎稳打；在适当之时再辅以奇兵相助，切不可贪功冒进，孤军深入。谍战虽是诡者之道，然而万变不离其宗，在绝对的实力面前，任何计谋都是一个笑话，你明白吗？"

听了藤田一郎的话，玉川猛然起身，恭敬地说道："嘿，属下恭记大佐阁下教诲！"

藤田一郎赞赏地点了点头，跟着说道："廖敬凯被刺杀，虽然与我们并无多大责任。但毕竟还是输了一筹，南京方面也是异常恼怒。好在你率队歼灭了美国人的精锐人马，我们方能免于处罚。所谓别人敬我一尺，我必还人一丈，现在也该是我们出手的时候了。三天之后，我们的东西就要到了，到时候，就是'血夜行动'开始之时！玉川，三天后，我们要让整个世界都为之震动！"

"天皇万岁！大日本帝国万岁！"玉川低声地嘶吼着，目光中的狂热似要将眼中的一切都化为灰烬。

上海，军统总站。

东方云坐在凳子上，手里拿着一张画像细细端详。

画像是素描而成，上面是一个女人，应该算一个美丽的女人，这个女人，就是东方云和楚超在街上碰见，与军统前任马忠国有着神秘关系的女子。

东方云希望能在她的身上，获得"东西"的线索。

过目不忘是特工的擅长本领，虽然与那名女子只是一面之缘，但东方云还是将她的相貌记在了脑海中。随后将女子的相貌画了下来，散布给了军统的其他几个分站，军统在上海庞大的谍报网已经全部启动，寻找着这个神秘的女子。

可惜的是，到现在，还没有什么消息。

作为东方首屈一指的大都会，要在这茫茫人海中寻找一个女子，就算军统是此时世界上最为庞大、最有效率的间谍组织，也是难上加难。

就在这时，楚超走了进来，低声说道："长官，旭日派人和我们联系了？"

"旭日？"东方云愣了愣，他的眼前又浮现出了那飘逸的长发，娇媚的面容，和那朵鲜艳的紫罗兰。

东方云没有说话，似乎他已经忘记了这个人。或者说，他根本就不想回忆起这个人。因为他知道，当他再一次听到这个人的消息的时候，他将被迫作出一个自己不想做出的选择。

楚超也没有打扰东方云的思考，他只是静静地等待着东方云的答复。片刻后，东方云方才缓缓说道："她说了什么？"

"她要求我们履行诺言，今天晚上在黄浦江边交货。"

忽然间，东方云发出一声长叹，他问道："楚超，你对这件事情，怎么看？"

楚超犹豫了一下，方才说道："属下觉得，旭日及其背后的组织，实力强劲，然而，居心难料！"

楚超说中了东方云的心事。旭日虽然救了他，但东方云直到现在都不明白旭日及她后面的组织到底想干什么。东方云并不认为他们会缺少什么武器，那么这个交易看来本身就是个阴谋。何况，东方云直到现在还在怀疑，在机场发生的事情，根本就是旭日一心安排好的。她故意提供假情报，让东方云去转移廖敬凯和日军的视线，趁机把廖敬凯杀死，再嫁祸给军统，自己从中渔利！

虽然是怀疑，仅仅是怀疑，但东方云不得不作出自己的决断。

他是在钢丝上跳舞，他不能容忍任何的失误。不然就是粉身碎骨，万劫不复。

忽然间，东方云的眼前又浮现出了旭日那美丽的容颜。

"你下去准备吧！今晚我要亲自带队。"东方云悠悠地说道。

"敢问长官，属下该如何准备？"楚超小心翼翼地问道。

"有杀错，没放过！"刹那间，东方云的表情变得无比的凶狠乃至扭曲。

"是！"东方云的样子把楚超也给吓了一跳，他连忙点了点头，随后飞快地退了出去。

待楚超走出去以后，东方云如失去了全身力气般趴在桌子上，双手轻轻地抚摸着自己的头发，不知道在想些什么。

上海，虹口大道十三号。

这里是旭日在上海的总部。

此时的她正在阳台慢条斯理地修剪着自己的指甲，她穿着一件淡黄色的旗袍，显得异常的娇艳，一杯热腾腾的咖啡在她的身边散发着浓郁的香气，她面前的桌子上还放着一本书，是《少年维特之烦恼》。

如果有外人进来看见这一幕，马上就会被吸引。此时太阳已经要落山，阳光正好照射向阳台的方向，在阳台上洒上了一层美丽的绯红。斜阳，美人，幽香，这一幕是如此的美丽，充斥着浪漫的情怀，而旭日，在这一刻，似乎也化身成了一个大家闺秀，贤良淑女，让每一个君子都为之倾慕绝倒。

虽然，在本质上，她依然是个冷血的特工。

这时，一名手下走了进来，说道："组长，您安排的事情都已经准备好了！"

"很好！叫弟兄们好好休息，准备行动！"

"是！"手下躬身退走，旭日自言自语地说道："东方云啊东方云，今天晚上，我们可有得玩了！"说完，她的嘴角浮现出一丝微笑，有几丝调皮，也有几丝诡异。

终于，太阳极不情愿地结束了属于它的世界，让夜幕踏着它的余晖缓缓降临。

军统总站内，二十几名特工人员正在检查自己的武器。冲锋枪，步枪，机关枪。咔嚓声夹杂着撞针撞击枪膛的声音不绝于耳，扣动扳机的声音也是响成一片。军统特务们认真地检查着自己的枪支，谁也没有说话，气氛显得异常的浓重。

而东方云，则在自己的房间里抽烟，烟雾很多，很浓，还有几分呛人。

楚超穿过重重的烟雾来到东方云身边，说道："长官，那边的弟兄已经准备好了！"

"出发！"

东方云扔掉香烟，冷冷地说道。

上海，某公寓。

滴滴答，滴滴答，电波轻快地跳动着，传递着，送出了一封情报。

"据悉，军统已经寻找到有关'东西'之重大线索，请尽快处理！"

群雄逐鹿！

夜静如水，寒风似刀。

东方云躲在暗处，楚超在他的身边，其余的数十名军统特工埋伏在黑暗中，等待着旭日的上门。

黄浦江上，孤零零地漂浮着一只小木船，江水哗哗地作响着，小木船就随着波浪这么一上一下的轻轻晃动。微弱的月光照射在木船的周围，竟然凭空添加了些诗意的感觉。

虽然这一夜，并不是个适合作诗的夜晚。

远远望去可以看见，小木船上堆满了箱子，两名军统特工守护在木船的左右，警惕地注视着周围的一举一动。

在更远处，还有军统的潜伏哨在暗中监视，一旦发生异常情况，他们就会打出信号弹，通知东方云撤退。

这就是东方云布下的杀局。军统总站和其余几个分站总共六十名精锐好手，在暗中组成了一个巨大的包围网，将交货地点围得水泄不通。只要旭日和她的手下前来接货，那就是绝对的有死无生。

为了麻痹旭日，东方云甚至在木船上的箱子里装着真正的军火。

只待旭日见到货物，放下心来，放松警惕的时候，这里就会血流成河，成为阿鼻地狱。

东方云不想杀旭日，但他没有选择。

虽然时间已经入春，但上海的夜依然十分地寒冷。此时已经是凌晨，选择的交货地点又显得格外的僻静。似乎就连风，也变得更加肆虐起来。楚超不由得紧了紧自己的大衣，他将枪放在自己的胸口，以避免寒冷对武器造成意外的损害，他轻声问道："长官？他们还来吗？"

东方云用大衣捂住手电，低下头，看了看自己的手表。两点五十分，约定的交货时间是三点，还有十分钟，旭日他们就要到了。

东方云打了个手势，是准备行动的暗号。

随后，寂静的夜里，响起了轻微的咔嚓声。

就在这时，异变突生。

"嗖"的一声，远远的，一颗绿色的信号弹飞上了天空。

这是潜伏哨在传递消息，前面有敌人！

"嗖嗖"！又是两声嘶鸣，随后一红一绿两种颜色的信号弹接连升空。

事态紧急！立刻撤退！

这是双色信号弹所代表的含义。

刹那间，寂静的夜被打破了，人喊狗吠，手电的光束好似利剑般刺破了重重的黑夜，如繁星点点，晃得人眼花缭乱。脚步声，呼喝声，还夹杂着日语的叫骂声，响成一片。

"长官！有鬼子，我们中埋伏了，快走！"楚超一把拉住东方云急切地说道。

"等等！这可能是对方的诡计！"东方云站在原地没有动，虽然依然沉静如水，但心中却也在暗自掂量。

"长官！我们不能冒这个险！这里集中着我们所有的精锐，万一真的是日军的埋伏，我们必将损失惨重。长官身为主帅，更不该以身犯险！"

此时，脚步声已经越来越近。前方，已经响起了枪声。

东方云看着楚超脸上的表情，咬了咬牙，叫道："撤退！"

一声呼啸，周围的军统特工们交替掩护着，飞快地消失在了夜色中。在木船上的两名军统特工，迅速地拿出手榴弹，在军火箱上布置了一个诡雷，随后扔掉枪，脱掉鞋子，"扑通"一声跳进了滚滚黄浦江中。

紧接着，二十几名日军赶到了木船边。

为首的一名日本军官，面目娇媚，脸上还浮现着淡淡的笑容，正是喜欢以紫罗兰为暗号的旭日。

东方云没有猜错，这其实就是旭日的计谋。然而东方云就算知道，他也不能冒险拆穿。因为他不敢赌，他不敢拿军统的精锐和自己的安危来赌，如果这真的是日军的埋伏，那军统所承受的损失，将是不可想象的。

旭日正是抓住了东方云的这个软肋，大胆地实施了自己的计谋。

世界上最高明的计策，不是阴谋，而是阳谋。也就是别人给你设了个套，你得看见，摸得着，但却不得不捏着鼻子往下跳。

现在就是这样，旭日给东方云挖了个坑，东方云却不得不蒙着脑袋跳下去。

在这一场暗战中，旭日胜了一筹。

"那两个军统特工怎么样？"旭日摘掉头上戴着的日军帽子问道。

"死不了，只是受了点轻伤，我们下手很有分寸的！"一名手下说道。

"嗯！"旭日点了点头，她不由得更加佩服起东方云来。明知道发射信号弹会暴露自己的位置，那些军统特工们依然毫不犹豫，没有丝毫动摇；由此也可看出，东方云实在是驭下有方。

"船上肯定有诡雷，把它拆了，然后把东西全都搬走！"

"是！"手下们应了一声，开始做起事情来。

"东方云，我们的游戏，才刚刚开始！"旭日在心里默默地说了句，随后脸上浮现出妩媚的笑容。

上海，易宁山公寓。

司徒婉在沉睡中被一阵刺耳的电话声给吵醒。

"谁呀！这么晚了还打电话。"她刚刚抱怨了一声，她身边的易宁山已经飞快地爬起来，走到桌子旁接过了电话。

"嗯！嗯！好！"易宁山一边说一边点头，脸上的表情也阴晴不定。随后他挂掉电话，开始穿衣服。

"这么晚了，你要去哪儿？"司徒婉穿着真丝睡衣，优美的身材半隐半现，将"勾魂夺魄"四个字演绎到了极致。她走到易宁山身后，轻轻抱住易宁山问道。

这一刻，纵然你心如钢铁，也成绕指柔肠。

易宁山的心中浮现出无限的疼爱，他转过身来，吻了吻司徒婉，说道："南京那边来了批货，很重要，松井司令官要我和藤田大佐一起去接。今天晚上你就自己睡吧，乖！要不我叫玫瑰来陪你？"

"不用了，反正我又不是第一次自己睡。晚上天冷，多加件衣服。"

"嗯！"易宁山点了点头，再一次低下头吻了吻司徒婉的红唇，随后拿起衣服，走出门去。

她看见易宁山走出公寓的大门，公寓的门外，几辆轿车正在静静地等候。看见易宁山走出门来，中间那辆车门前的日军宪兵连忙敬礼，随后为他拉开车门。接着，易宁山钻进汽车里，车队缓缓开动，离开了公寓。

不知道为什么，司徒婉没由来的一阵担忧，一个不祥的预感始终围绕着她，阴魂不散。

她没有注意到的是，在另一边的阳台上，玫瑰，正在冷冷地窥视着她。

轿车上，藤田一郎为易宁山点燃一支香烟，随后略带歉意地说道："半夜三更的将易先生从温柔乡里叫起来，实在抱歉，还望易先生海涵。"

"哪里，军令如山，何况为帝国做事，是我应尽的责任。"

在前排开车的玉川少佐听了易宁山的话，不由得露出一个鄙视的表情。但他没有回头，而是一边开车，一边听着自己的上司和易宁山的对话。

藤田一郎抽了口烟，忽然问道："易先生没有将此行的目的告诉别人吧？"

"没有！"易宁山应了一声，但不知道为什么，他说这话的时候，心理忽然浮现出司徒婉的身影。

易宁山笑了笑，将这个看起来不切实际的念头抛出脑外，问道："我们到底去接什么货？"

藤田一郎露出一个笑容，说道："易先生，我可以很荣幸地告诉你，'血夜行动'，即将开始！"

第六章　秘密武器

上海，日军军用码头。

刺刀如林，寒芒如雪。

码头内外，上千名日本宪兵将码头团团包围，每一个人的脸上都写满了警惕两个字。在码头的最外围，已经添加构建了临时的岗哨和防御阵地，十几挺轻重机枪布置在各个方位，对着前方虎视眈眈。大地上，皮靴的声音响成一片，一队队的日军士兵在月光下往来奔跑，奔赴向自己的岗位。冰冷的钢盔上，铁质的光在淡淡地闪烁，配合上巡逻狼犬那雪白的獠牙，让人感觉到几点阴森，几分恐怖。

远远的，藤田一郎一行的车队驶了过来。

几声脆响，驾驶在码头入口处的探照灯猛地亮了起来，雪亮的光束立刻将近百米的地区变成了一片白昼。随后咔嚓声中，日军的轻重机枪手们纷纷推上了子弹，巡逻士兵的狼犬也开始低低的咆哮。

"立刻停车，接受检查！立刻停车，接受检查！"广播里，响起了指挥军官的呼喊声，守卫在门口的日本宪兵纷纷刀出鞘，枪上膛，组成了防御阵形。只要前方的车队稍有异常，就要将他们送下地狱。

虽然他们已经看见了车子上挂着的日本国旗，也知道这是藤田一郎的车队。

但今晚任务的重要性，让他们不敢有丝毫的松懈。

虽然早有准备，但玉川少佐还是被自己人所摆出的庞大阵仗给吓了一跳，特别是探照灯那雪亮的光芒刺得他眼睛发痛，让他非常的不舒服。他不由得骂了一声，随后缓缓将车停住。

紧接着，一个排的日军士兵在机枪手的掩护下，冲了过来，将车队包围。

藤田一郎走下车，领队的一名少尉军官连忙立正敬礼，随后歉意地说道："对不起，大佐阁下，奉命行事！"

藤田一郎点了点头，然后拿出了自己的证件，接着玉川少佐和易宁山也走下车来，少尉在检查完他们的证件后，鞠了一躬，随后摆摆手，一个军曹走了上来，敬礼说道："大佐阁下，请跟我们来！"

藤田一郎点了点头，带着易宁山和玉川少佐往前走去，军曹领着十几名士兵围成一个圆圈，将他们包围在中间。而那名少佐，则带着自己手下们将车队围住，警惕地注视着车子里面的一举一动。

今夜，注定了是一个不寻常的夜晚。

看见藤田等人走来，日军却没有丝毫要移开障碍物的意思。藤田等人只好在路障和铁丝网组成的障碍物之间左右穿梭，一步步地挪进了码头。

码头内，戒备森严。是真正的三步一岗，五步一哨。几乎所有的制高点上，都有日军的机枪手和狙击手用冰冷的枪口对准着他们，似乎对藤田军服上的大佐肩章视而不见。整个码头内，到处是带着MP袖章的日军宪兵在往来巡逻，脚步声，钢盔与枪械的碰撞声不断作响，还有军犬那绿莹莹的眼睛在他们的身上不断的转悠。藤田一郎带着易宁山和玉川少佐，在军曹的护送或者说监视下，又经过了三道哨岗，接受了四次检查，随后才来到了码头的核心地带。

在这里，日军显得更加的忙碌，一些大型的装卸机器已经在严阵以待。江面上，还不断有日军的巡逻艇在往来穿梭，在码头的轰鸣声中，溅起洁白的水花和层层的波浪。远远的，有几个庞大的黑影在轻轻地漂浮，随着水浪一上一下，那是日本海军的大型军舰，它们奉命封锁江面，同时为即将到来的同伴引航。

而最引人瞩目的，是站在码头上的一批日军士兵。他们全身上下都脱得赤条条的，只在下身围了张围裙，肩上还搭了条白色的毛巾，看这阵势，很有点民工的味道。

确实，他们今天晚上，就是要客串一把民工的角色。

在他们的周围，一名上尉军官带着一个宪兵中队警戒四周，同时也警惕地打量着他们，似乎完全没有把他们当做是自己的同伴，而是随时准备暴起发难的敌人。

在这么紧张肃然的气氛下，易宁山和玉川少佐也不由得有些局促起来。他们觉得，似乎身边每一个人看向自己的眼光都充满了怀疑和警惕，他们不知道，到底是什么东西需要如此大的阵仗和如此严密的防守。周围的一切都让他们感到非常的压抑。

唯有藤田一郎静静地站立在他们的中间，似乎完全没有受到任何的影响。风缓缓吹来，将他的头发轻轻地吹起，他就这么笔直地站立着，唯有眼光中闪烁着点点的寒芒。

忽然间，两颗照明弹从远处的江面上升上了天空，远远地挂在天边，好似两颗明亮的星星。

随后各种颜色的信号弹接二连三地升起。

紧接着，远方的军舰上，探照灯亮了起来，不断地闪烁着，开始通过灯语向码头传达信息。

"来了！"藤田一郎轻轻地说道。

易宁山和玉川少佐忽然间感到一种莫名的紧张，不由得也直起了自己的身子。

远远的，一艘军舰露出了它朦胧的影子。

码头上的日军开始忙碌起来，在高处架设的探照灯也纷纷打开，把江面照得犹如雪地一般。在江面上巡逻的日军快艇也如箭一般飞射而出，向远方冲去。

也不知道到底过了多久，一艘军舰缓缓驶进了日军的军用码头。

一番忙碌，待军舰完全停住以后，哨音中，一队日军率先从军舰上冲下了甲板，他们的军装和肩章都在告诉周围的人，他们不是日军的普通部队，而是海军陆战队！

雪亮的刺刀映衬着他们严肃的表情，让气氛不由得又添加了几分沉重。

随后，一个男人的身影出现在了甲板上。

他身材挺拔，面目坚毅，一身白色的海军军官服在黑夜中显得异常的显眼。脚上的皮靴已经被他擦得锃亮，然而，他的手臂上，却缠着一丝黑纱。

此时被军舰吸引了全部注意力的人们才观察到，这些海军陆战队的士兵们，手臂上都缠着黑纱。

藤田一郎缓缓摘下了自己的军帽。

紧接着是玉川少佐，随后不约而同的，似乎是有谁在发布着无声的号令般，码头上的日军们纷纷摘下了自己的帽子。就连高处的日军机枪手和狙击手也取下了自己的钢盔。这个动作就如瘟疫般不断蔓延，眨眼间，整个码头上千名日军士兵，全都让自己的脑袋暴露在了空气之中。

就连一直躁动不安的狼犬似乎也被这诡异的气氛所感染，变得安静无比。

"欢迎回来，勇士们！"藤田一郎轻轻地说道。

"敬礼！"锵的一声，一旁的玉川少佐忽然抽出了自己的战刀。

手臂如云，上千名日军士兵齐刷刷地举起自己的手臂，敬着标准的军礼。

空气中，弥漫着一丝莫名的悲壮。

此时，海军军官走下了甲板，来到了藤田一郎的面前，回了一个礼，随后说道："藤田君，你要的东西我给你带来了！"

"嗯！"藤田一郎点了点头，拉着军官的手说道："介一君，一路辛苦！"

介一点了点头，说道："为了这批东西，海军付出了惨痛的代价，还望你们不要辜负我等将士的苦心！"

"请海军将士放心，藤田一定会用敌人的鲜血，来祭奠他们的英魂！"

介一点了点头，站到了他的身旁。随后藤田一郎一挥手，客串民工的士兵排着队走向军舰，虽然他们除了一块遮羞布外一无所有，然而就是这样，他们也要经过陆战队员的检查后方能登舰。

片刻后，他们一人抱着一个箱子走出军舰，箱子上还贴着封条，上面写着"绝密"。

藤田一郎看着忙碌的手下们，忽然转头对易宁山说道："易先生，你应该感到荣幸，因为今天，你看到了……"

藤田一郎顿了顿，方才说道："希望！"

易宁山默然无声，内心深处，已是惊涛骇浪。

上海，七纵总部。

七纵，是南京国民政府第七纵队的简称。

当然，现在的南京国民政府，自然是大汉奸汪精卫领导下的傀儡政权。

而七纵，则是专职负责上海及其周边地区情报作战的特务组织，他们的领导者不是别人，正是易宁山。

此时易宁山正坐在椅子上闭目养神，房间的光线很暗，显得有些森冷。而他还穿着一件黑色的西装，领带也是黑色的，同周围的环境契合起来，使整个人看起来都变得阴沉了不少。

在他的隔壁，不断有惨叫声和特务的咆哮声响起。

皮鞭刺耳，惨叫破空，撕心裂肺的尖叫似乎要将整个空间都生生刺穿，让人的耳膜隐隐作痛，然而易宁山却如什么都没听见一般，依然静静地坐在自己的红木椅子上。似乎他现在不是身在有着"上海魔窟"之称的七纵总部，而是在自己的家里。

忽然间，惨叫声戛然而止。

易宁山也睁开了他的眼睛。

一名特务匆匆走了进来，低头说道："长官，所有刑都上了一遍，她还是没招！"

听了特务的话，易宁山感动一阵莫名的烦躁。他不知道到底是什么力量能让一个年近五十的妇人有着如此坚贞的信仰，七纵的刑房号称鬼见愁，花样百出，就连日本人也要自叹弗如；然而这个妇人居然还挺了过来，不得不让易宁山感到惊讶。

难道世界上不怕死的人，就真的那么多么？

易宁山不相信，在他看来，没有任何事情比自己的性命更重要。

"或许，她能让自己例外吧！"忽然间，易宁山想到了司徒婉，也只有这个女人，能让他的心中有片刻的柔情。

"长官？长官？"特务的呼喊声将易宁山的思绪给拉了回来，易宁山站起身，径直走向隔壁的刑房。

刑房里，一股浓浓的血腥味充斥在空气中，让人作呕。各式各样的刑具随意地丢弃在地上，上面还有厚厚的暗红色锈迹，一看就知道沾满了不少的鲜血。地上，墙上，到处都是残留的鲜血和人体的部分组织。一个人被固定在了墙上，如果她还能被称为人的话。

"弄醒她！"易宁山挥了挥手，一旁的特务提起一桶冷水，对着墙上的那个人狠狠地泼了过去。

那个人，就是何妈。

自从她被玫瑰的毒针射倒，被易宁山的手下活捉后，她就在这里度过了不堪想象的十天。

十天，十天里，汪伪特务们为了让她开口想尽了所有能够想到的办法。打断了她的手脚，拔光了她的指甲，老虎凳、辣椒水、竹签、烙铁等等五花八门的刑具全都在她身上试了个遍。似乎她就是一块上好的试验品，专门来检验汪伪特务们的刑讯水平。

这十天，她是生活在地狱的第十九层。

但她还是什么也没说。

易宁山走到何妈面前，用不无惋惜的语气说道："何妈，事已至此，你又是何必呢？"

何妈没有说话，用沉默来对抗着淫威。

易宁山并没有因为何妈的沉默而放弃，他轻轻地说道："多的话我就不说了。我很佩服你，真的，那么多刑具你都挺过来了，还真没几个人能够做得到。为了奖励你，我不会再对你用刑了，我会治好你，然后把你送进日本人的慰安营！"

易宁山的脸上浮现出森冷的微笑，然而让他失望的是，何妈还是低着头，一动不动。

易宁山忽然感到一丝不妥，他连忙伸出手将何妈那已经快认不出模样的头颅抬起来，看见的，只是一丝乌黑的血迹。

易宁山随手拿起一根铁签，塞进何妈的嘴里，将嘴撬开，他发现，何妈的半截舌头已经消失不见了。

"妈的！"易宁山感到一种极端的失望，他转过身，狠狠一耳光抽在手下脸上，怒吼道："你们是怎么办事的！她已经死了！"

手下恭敬地站在原地，一动不动地迎接着易宁山火山般的怒火。

易宁山顺手抄起一支皮鞭就要往下抽，看见手下恭敬而畏惧的模样，他没来由地感到一阵无力，缓缓放下手，扔掉皮鞭，走了出去。

临到门口的时候，丢下了一句话——把尸体剁碎了喂狗！

易宁山不知道的是，就在他处决别人的时候，别人也在处决他的人马。

中午，阳光刺眼。

不知道为什么，今天中午似乎特别的热，让王金奎感到异常的难受。

王金奎是个四十多岁的男人，身材比较矮小，脸上架着一副宽框眼镜，看上去实在是让人生不出什么好感。然而就是这么一个人，却是易宁山的机要秘书。

他的外貌同易宁山的风度翩翩，英俊潇洒比起来，简直是不值一提。

然而他却深得易宁山的信任，参与了很多机要事情的筹划，并亲手处决了大批被俘的国共特工人员；许多易宁山都不想做的事情全部是由他来完成，他的双手，沾满了自己同胞的鲜血。

军统也曾刺杀过他，然而他为人机警，连续躲过了好几次军统的暗杀行动，伴随着上海谍战形式的日渐严峻，军统针对他的行动也逐渐沉寂下来，这更让王金奎感到得意忘形。

平心而论，能够成为易宁山的机要秘书，王金奎也是有几分本事的。平时间他几乎是足不出户，每次出门都是前呼后拥，带有大批保镖，以保护他的安全。偏偏无巧不成书，他最近喜欢上了一个日本女人。

这个女人是一个寡妇，她的丈夫是一名日军大佐，战死在前线，她也没有回国，而是在上海滩开起了酒吧。有一次藤田一郎和易宁山带着人去照顾她的生意，王金奎也在其中；只和那寡妇一面之缘，就已失魂落魄。

那寡妇其实也不算倾城之色，偏偏极对王金奎的胃口，她也是寂寞难耐，再加上王金奎虽然外表普通但对女人却是手段无数，花样无穷，只几天的时间就和那寡妇眉来眼去，翻云覆雨，打得火热无比。

然而勾搭一名日本军官的遗孀可不是什么值得炫耀的事情，特别是这名军官还是藤田一郎朋友的时候。

所以王金奎每次和那日本寡妇的幽会都是偷偷摸摸的进行，一向谨慎的他出于无奈也只带了四名心腹手下保卫自己的安全。

不过他自信，在如今的上海，他的安全是能够得到保证的。

只可惜，他还是错了。

就在他思量着等下见面后该如何好好整治整治那个小寡妇的时候，前方拐角处忽然冲出两名穿着风衣的高大男子。

在四月份穿风衣，实在是显得有些扎眼。

几乎条件反射般，王金奎和他的手下们全都探手入怀准备掏枪。

然而终究还是晚了一步，双方的距离实在是太近了。不到二十米开外，那两名男子衣服一掀，早已准备好的"汤姆森"冲锋枪顿时疯狂咆哮起来。

转瞬之间，数十发子弹呼啸而出，王金奎和他的四名手下就如触电般在无数横飞的金线中跳舞，身上绽放出一朵又一朵艳丽的鲜花。

打光一个弹夹，两名男子将冲锋枪一扔，脱掉风衣，掏出手枪对着王金奎的脑袋又补了两枪，把他的脑袋轰得稀烂以后，迅速消失在尖叫、奔跑和慌乱的人潮中。

从刺客冲出到王金奎生死，整个刺杀过程不到一分钟。

然而王金奎的死，仅仅是个开始。

下午三时，上海市政府日本顾问石洋介三在咖啡厅里喝茶的时候，被人用狙击枪从大街对面轰掉了脑袋。

他的脑浆正好溅进了他的咖啡里，生生将一杯苦咖啡变成了牛奶咖啡。

这一幕成为了不少人的噩梦。从此以后，这家咖啡厅可以用门可罗雀来形容。

下午六时，百花楼的二楼包房里忽然飞进来几颗美式手榴弹，正抱着名妓颠龙倒凤的上海市警察局局长曾建成被炸得血肉横飞，惨不忍睹。

下午八时，上海第七纵队副队长、有着"吸血鬼"之称的吴兴财在回家的路上遭到袭击。刺客居高临下，先用自动武器给他的车队来了一次暴风雨般的洗礼，随后扔下数十枚手榴弹和燃烧弹，将整个车队化为一片火海后扬长而去。路上还顺便袭击了一支赶来支援的日军宪兵中队，打死打伤了二十余人。

刺客也有伤亡，除开行动时的损失，在最后掩护的五人里，三人被打死，两人喊着"党国万岁！军统万岁！"的口号拉响烈性手榴弹，和上来抓他们的日军士兵同归于尽。

短短半天时间，数名重量级的人物遭受到刺杀。似乎一场精心策划、严密行动的血腥杀戮已经开始，顿时整个上海风声鹤唳，人人自危。几乎所有的有关人士，都被军统雷厉风行到近乎疯狂的举动震惊。

然而作为上海军统站负责人的东方云，此刻却还蒙在鼓里。

骇浪，越来越近。

上海，日本宪兵司令部。

藤田一郎坐在椅子上，轻轻地揉搓着自己的太阳穴。他坚毅的脸庞上有着掩饰不住的疲倦，两鬓的头发上也添上了点点白色；而玉川少佐则恭敬地站在他的面前，等待着他的指示。

片刻后，藤田一郎停下了自己的动作，睁开双眼问道："玉川，你对昨天发生的刺杀事件怎么看？"

"属下以为，这肯定是支那人的军统特工所为，我们应该予以犀利还击，以打击支那人之嚣张气焰！"

"哦？你为什么认为是军统干的？"藤田一郎颇有些好奇地问道。

"从现场遗留的痕迹来看，所有刺客使用的都是美式武器，而且进退有素，战力强悍，组织严密。在上海，能够做到这一点的，非军统莫属！"

听了玉川少佐的话，藤田一郎笑了笑，说道："玉川，你说得很对，分析得很透彻。可惜你的眼光还是太过局限，始终围绕在一块小地方，你应该跳出来，往更大处去想！"

"属下愚钝，还请大佐阁下训示。"

藤田一郎直起了身子，脸色也变得严肃起来，他慢慢说道："玉川，你要记住，我们是间谍，不是杀手。我们的根本任务是窃取情报，而不是暗杀破坏。暴力只是一种必要时刻的手段，而不是目的。倘若对敌人不加选择地大开杀戒，表面上是占尽上风，实则是本末倒置。因为你杀得越狠，敌人的防御就会越严密，情报工作就会越困难。有时候你传递出一封至关重要的情报，能够改变整个战争！所以这种疯狂的袭击行为是杀鸡取卵，得不偿失。眼下军统为攻，我们为守，我们可以杀掉每一个知道的军统特工，但军统却不能这么对待我们。因为他们需要我们松懈，需要我们犯错，这样，他们才能获得有价值的情报。那个叫东方云的军统首脑是一名高手，我不相信他会连这个道理都不知道。"

"那大佐阁下的意思是……"

"是有人想看坐山观虎，尽享渔翁之利！"

"那我们应该如何应对？"

藤田一郎没有马上回答玉川的话，他拿起桌子上的茶喝了一口，思索了一下，方才说道："我们现在的任务，是尽快为'血夜行动'的开始做好准备。海军送来的东西远比我们想象中的要复杂，我们的技术人员到现在还没有克服障碍。我估计最快也要一个星期左右，所以我们现在不能分神去和军统交战，这会正中某些人的下怀。"

"难道我们就任由刺客猖獗？"

藤田一郎微微一笑，缓缓说道："玉川，接下来怎么做，还要我教你么？"

望着藤田一郎的笑容，玉川也马上回过神来，立刻说道："嘿！属下立刻通知易宁山，命令他全力清剿军统势力！"

"嗯！"藤田一郎满意地点了点头说道，"支那人最喜欢做的事情就是窝里斗，既然如此，那就让他们斗个够就是了。你率领特工队从旁协助，同时多加留心，最好能够找到真正的刺客。我很是好奇，到底是谁这么想来当这个渔翁呢！"说完，藤田一郎的嘴角浮起了阴险的笑容。

"嘿！属下明白！"

上海，易宁山公寓。

玫瑰站在自己的窗前，往外凝视，不知道在想些什么。

这个如谜一般的美丽女子，身上实在是有着太多的神秘。但此刻的她只是这么静静地站立着，春风轻轻地吹拂着她的长发和那身暗红色的旗袍，带出一种别致的韵律之美，一眼望上去，就好似一尊东方的维纳斯。

就在这时，一个白色的身影飞到了窗子前，打破了这美丽的宁静。

这是一只信鸽。

它停在玫瑰的窗台上，发出轻轻的咕咕声，就如在呼唤玫瑰一般。

玫瑰伸出手，轻轻地抚摸着鸽子洁白的羽毛，随后从鸽子腿上的信管里抽出一张小纸条，她没有马上打开，而是从抽屉里拿出一点饼干的碎屑放进了自己的手心里，直到鸽子将碎屑吃光后，她才一扬手，看见鸽子消失在蓝色的天空中。

恍惚间，望着鸽子破空而去的身影，她的眼中闪过了一丝渴望。

多余的感情转瞬即逝，玫瑰冷静地打开纸条，看着上面的一行小字。

"暂时放松对司徒婉之监视。"

落款：蝮蛇！

玫瑰拿出火机，面无表情地看着纸条在自己的面前化为一团升腾的火焰，随后拿起自己的红色皮包离开了房间，向外面走去。

当玫瑰走出易宁山公寓的时候，正好被阳台上的司徒婉看见。

司徒婉看着这个神秘的女人消失在自己的视线里，随后按铃叫来了守门的下人。

"玫瑰小姐要到哪里去？"

"不知道，她只说出去走走，还特别交代，晚上不回来吃晚饭了。"

"哦，她没有要车吗？"

"没有！"

"好，你下去吧！"司徒婉挥挥手，命令下人退下，随后站在阳台上沉思。

她感觉到，这是一个机会。

虽然不明白玫瑰为什么会忽然出门，但她知道，这是眼下自己传递情报的绝佳时机。

至于这会不会是玫瑰的陷阱，那就不是她所能够考虑的了。因为她没有更好的选择。

司徒婉连忙收拾完毕，随后提着包离开了易宁山的公寓。

她并没有直接去自己想去的地方，而是叫了一辆黄包车，随后开始漫无目的乱转。又在中途换了两次车，接着上了一辆电车，半途又下车步行返回，直到她确定没有人跟踪以后，她才开始向自己的目的地——万德茶楼进发。

为了在保证情报时效性的同时尽可能地掩护司徒婉，东方云创造了一个十分独特的方法。他抽调了二十一名互不来往的军统特工，将他们分为七组，每一组负责一天的情报传递。而每组的三个人，会在早中晚三个不同的时段到某个指定的地点查看，领取情报。隔一天，换一组人，换一个地点。再隔一天，再换组人，再换个地点。以此类推。

而且东方云还在七个不同的接头地点布置了大量的暗哨，他们并不认识司徒婉，但接到的任务是查看周围是否有异常情况，必要的时候，只要司徒婉发出约定暗号，他们就会现身掩护司徒婉撤退。

七个小组，二十一名互不接触的特工，七个不同的接头地点，再加上周围布置的大量暗哨，构成了一个以司徒婉为中心的独特的情报网络，来完成情报的传递工作。

今天是星期二，因而司徒婉的传递地点就是万德茶楼！

司徒婉坐着黄包车，七拐八拐，穿过大街小巷，绕了一大圈以后才来到茶楼的所在地。服务生殷勤地为司徒婉打开大门，司徒婉的帽子压得很低，脸上还戴着墨镜，她直接上楼，来到了二号包厢。

二号包厢是军统在这里订的长期包厢，除了军统的人之外，没有人能够进入这里。

司徒婉低头看了看表，时间还早，才刚刚十一点。她坐在包厢里喝了一会茶，然后小心翼翼地将情报放在了包厢的暗阁里，接着离开了茶楼，隐没在了茫茫人海中。

她不知道的是，在大厅里，有一个人已经将她的一举一动看在了眼里。她目送着司徒婉上楼，下楼，随后离开茶楼走到外面，嘴角始终露着一丝若有若无的微笑。

他的手背上文着一条蛇——蝮蛇！

十二点整，一名军统特工来到二号包厢，取走了司徒婉的情报。随后离开茶楼，将情报交到了一处隐秘的中转站。

下午一点，楚超亲自从中转站取走司徒婉的情报，将他交到了东方云的手里。

情报上这样写道："日军已有秘密货物抵达上海，具体不详。"

"秘密货物？什么货物？武器？药品？黄金？"望着手里的情报，东方云陷入了沉思。

而此时，旭日的秘密行动也即将开始。

上海，虹口大道十三号。

旭日在自己的房间里，用一块丝绸轻轻地擦拭着自己的手枪。

一把黑色的勃朗宁手枪。

旭日似乎对黄色有一种偏执的喜爱，就连她手中那块擦枪的丝绸也是橘黄色的，色调很柔和，让人感觉很舒服。

但是当这种颜色在冰冷的铁器，或者说是兵器上擦拭的时候，在那黑色的死亡光泽的对比下，就完全没有美好可言，相反，还显得着实有些怪异。

是的，枪是兵器。这是枪最大的特点。兵器不同于凶器，凶器除了杀人以外还可以做很多事情。就比如刀，它除了杀人外还有很多其他的功能。

而枪只能用来杀人。

这就是兵器和凶器最本质的区别。

就如一个真正的谍战高手和一个普通特务之间的差距一般。

就在这时，她的房门响了。

"进来！"旭日头也不抬地喊道。

一名手下走了进来，低声说道："组长，时候到了！"

旭日点点头，将枪收了起来，走到窗户前，拉开窗帘打开窗户，随后她抬起头看了看窗外的天空。

此时的天空，才刚刚泛起一丝隐约可见的白色。

"敌人那里是否有动静？"

"根据我们的内线回报，到现在为止，日军和汪伪特务还在全力'清剿'军统势力，组长的计划非常成功！"

旭日点了点头。其实东方云怀疑她居心不良也不是完全没有道理，因为她从一开始就有利用军统的想法。从她和东方云第一次见面开始，她就是在撒网，她一次又一次地利用军统来转移日军和汪伪特务的视线，就是为了能让自己成功地捞到一条大鱼。

而今天，是收网的时候了。

"出发！"望着还有些黑暗的天空，旭日下达了命令。

上海市政府。

当清晨的阳光透过窗户照进来的时候，恒浅渡边还在一堆资料中埋头工作。

作为日本派遣在上海国民政府的首席顾问，恒浅渡边实在是有太多的事情要处理。整个上海的民生、经济、军工生产和社会治安，都是由他来负责策划和实施。他是整个上海市的太上皇。

可以说，离开了他，整个上海在短时间以内就难以按照日本希望的方式正常运转，他才是真正意义上的上海市市长。

也不知道过了多久，恒浅渡边才从资料堆里抬起头，露出一张苍老的面容。

他摘下自己的眼镜，使劲地揉了揉已经有些昏花的双眼。他已经快六十岁了，却每天都在进行超负荷的工作。作为日本帝国最优秀的经济行政家之一，他参与了整个帝国对华政策的谋划，如今更是负担起了上海这座亚洲最为繁华的城市的运转，实在是有些不堪重负。但没有办法，帝国需要他，圣战需要他，他也只能将这把老骨头献给帝国神圣的事业。至少，他自己是这么认为的。

恒浅渡边很喜欢《三国》，他最为喜欢诸葛亮。他觉得，自己他日死后如果能担得上"鞠躬尽瘁，死而后已"这八个字的评价，那也就是死而无憾了。

想到这里，恒浅渡边不由得叹了口气。

随着时间的推移，帝国的战争机器运转得也越来越困难。在中国，在东南亚，在整个亚洲，大日本皇军再也没有了以往的战无不胜，攻无不克，而是被局限在各个地方无法动弹。似乎眨眼之间就从一个年轻气盛的大力士变成了一个垂垂老矣的老不死。这让恒浅渡边心急不已。

可惜，国运之战，不是他凭一己之力就能够扭转的，他所能做的，就是尽可能压榨支那人的血汗，让他们为帝国生产更多的枪炮，更多的飞机和军舰，为帝国的圣战服务。

至于那些支那人的生死，在恒浅渡边的眼中，和地上一只蚂蚁的生死没有多大的区别。

终于，处理完了手中的事务，他站起身来，长长地出了口气，简略地收了收东西，然后走了出去。

他还不能休息，他还有很多事情要做。

一路上，不断有人向他敬礼，他就如同一个在自己的王国里巡视的国王一般，挺直着自己的身躯，高昂着自己的头颅，就连他的步伐，也异常地沉稳。他是用自己的行动来告诉所有的人，自己是这里的占领者，日本帝国和天皇陛下，才是这里真正的主人。

门外，一支车队在静静地等待着他。

由于恒浅渡边的重要性，因而在平时就有十几名全副武装的精锐保镖为他保驾护航。而在这个非常时期，宪兵司令部还专门拨出一支宪兵中队来护卫他的安全，但却被恒浅渡边傲慢地拒绝了。虽然同为帝国服务，但出身名门的恒浅渡边对这些武夫并没有多大的好感，对日本军部一再干涉国政的行为更是感到深恶痛绝。他时常感慨，如果不是军队的这些混账武夫欺骗天皇陛下，擅自发动对美国的战争，帝国也不会走到今天这一步。他们统统都是帝国的罪人！

当然，恒浅渡边也不是傻瓜，他也感觉到上海形势的严峻。他在暗地里把自己在上海的妻子转移到了南京，平时的吃住也都在上海市政府里，绝不外出。但今天，他必须要去一座工厂视察，他要去看望在那里孜孜不倦、辛勤工作的日本工程师们，鼓励他们为帝国生产更多的武器，为圣战贡献自己的力量。同时他也要借此行动向上海或者说整个世界表示，在他的治理下，上海依然是十分的安宁！

他知道，越是在非常时期，作为上海首脑的他越要做足面子。上海不能乱，所以不管形式发展到何等恶劣的地步，他都必须要尽力地展现出一派胸有成竹的风范，否则，暗流只会更加汹涌。

他知道这是作秀一场，但却是不得不进行的秀。

太阳此时已经升高，阳光变得有些灼热起来，保镖们撑着黑色雨伞簇拥着恒浅渡边上了汽车，这倒不是他娇贵得连太阳都不能晒，而是为了防范狙击手的突然袭击。

上了车，拉上窗帘，车队缓缓开动，很快消失在某个人的视野中。

这个人，就是仿佛无处不在的"蝮蛇"。

只见他慢慢摘下帽子，用带着点幽默味道的语气说道："再见，渡边先生，我提前为你送行了。"

"哈哈哈哈！"忽然间，"蝮蛇"夸张地大笑起来，诡异的笑声在整个房间里不停地回荡。

上海，黄埔路。

这里离恒浅渡边的目的地，大概还有一公里的路程。

而旭日率领的刺杀队伍，则在暗中静静地等待。

由于这里临近工厂，平时间日军驻扎了近一个中队的兵力来防范有可能发生的袭击。然而旭日冒充军统特工所展开的血腥杀戮让整个上海的形势变得异常紧张起来。各处的防卫都大大加强，一些次要地方的防御力量都被大量抽调，毕竟这已经不是日军疾风如火的 41 年了。美军在太平洋战场上的反攻一日紧似一日，为了保住日本的生命线，日军已经开始从中国战场上大规模地抽调部队南下参战，就连以往雷打不动的关东军也派遣了参战部队。兵力吃紧是日军现在最大的弱点，上海也没有例外。

所以，这里的一个中队变成了一个小队。而今，他们已经变成了冰冷的尸体。

远远的，恒浅渡边的车队驶进了旭日的视线。

旭日趴在一处楼房的顶层上，居高临下地看着恒浅渡边的车队开进自己的伏击圈，随后下达了行动的命令。

刹那间，十几枚手榴弹和燃烧弹从楼房上扔了下去。

"轰轰轰！"一连串的爆炸声响起，火焰腾空，只在眨眼之间，恒浅渡边的车队就变成了一片火海。

"冲过去！"恒浅渡边的保镖头子怒吼道。他满脸是血，碎裂的玻璃渣子在他的脸上划出了无数道细细的伤口，在他旁边还有名被弹片刺穿喉咙的同伴，鲜血就如泉水一般从他喉咙上的大洞里冒出来，在他的脚下汇聚成了一条血色的溪流。

恒浅渡边毕竟是日军的重要人物，他的车队所使用的汽车都是从德国进口的防弹汽车，因而这一轮的攻击看起来恐怖无比，其实除了击碎了车队的玻璃和杀掉了几名保镖外，并没有取得多大的战果。恒浅渡边也被抢先一步的保镖按在了座位下面，至于他那名保镖，已经被弹片和玻璃扎成了刺猬。

伴随着保镖头子的怒吼，司机开始猛踩油门，有辆汽车上面的司机已经死亡，幸存的保镖自动顶替了他的位置，就如协奏曲般，三辆汽车同时加速，怒吼着想要冲出旭日的伏击圈。

"哒哒哒哒！"楼房上，机关枪和冲锋枪的声音爆响而起，子弹如雨点般铺天盖地洒向车队，叮当声中，整个车队上下顿时多出了无数的弹孔。但恒浅渡边的手下们已经躲到了座位下面，就连司机也是埋着身子，只管狂踩油门，因而这一轮的袭击实际上并没有收到什么实质性的效果。

几乎一瞬间，打头的车辆就已经冲出了包围圈，离街道拐角仅有几十米。

在他后方的楼房上，一名旭日手下的特工拉过一个箱子，狰狞的面容上充满了杀气，他看见汽车从一个垃圾桶边冲过的时候，猛地在箱子上面的开关上狠狠一拧。

"轰！"一声震耳欲聋的巨响，几乎是同一时间，街道两旁的窗户玻璃齐齐破碎，天空中顿时下起了洁白色的"暴雨"。

而那辆汽车，则是整个的燃烧着变成了碎块飞上了半空，随后狠狠地砸下。

恒浅渡边的车在中间，眼见打头的车辆粉身碎骨，司机一个漂亮的甩尾，随后猛踩刹车就想把车停住。巨大的惯性使汽车还在不断地侧着身子往前滑动，而此时，最后面那辆汽车已经狠狠地撞在了恒浅渡边的车子上。

顿时一声巨响，剧烈的撞击下，恒浅渡边的座驾又往前滑动了一段距离，而此时，半个被炸碎的汽车身子则直直地落了下来，狠狠地砸在了轿车的车头上；在轿车痛苦的呻吟中将整个车头砸得直接凹陷下去，前排的司机眨眼间就变成了一摊烂肉。

第三辆车的驾驶员还来不及检讨自己的错误，机枪火力再一次狂泻而入，这一次好运气已经消失殆尽，子弹暴雨般地冲入没有了玻璃的窗户里，将里面坐着的人打成了破布。

浓浓的血从车子上流出，染红了整个大地。

"和他们拼了！"保镖头子抽出手枪，怒吼一声，带着两个幸存的手下冲下车来。只可惜旭日不是武士，没有和他们公平决斗的心思，几声枪响，保镖头子带着不甘与愤恨，和他的手下们倒在了地上。

旭日扔掉狙击步枪，站起身来，与此同时，她的手下们从各个角落里冲了出来。

就在保镖冲出车外要和敌人一决生死的时候，恒浅渡边就已经知道了要发生的事情。

他将为自己的傲慢和大意付出代价。

一瞬间，恒浅渡边显得更加的苍老。他从怀里拿出一张照片，上面是一个可爱的男孩。

那是他的孙子。

恒浅渡边正想说点什么，无数的子弹就已经飞射而入。拿着"汤姆森"冲锋枪的特工们对着轿车整整扫光了一个弹夹，恒浅渡边连同着他对帝国的忠心与幻想，走到了他生命的尽头。

奇迹般的是，在如此密集的扫射中，他手中的照片竟然没有受到任何的打击，伴随着恒浅渡边生命的结束，照片就这么缓缓的飘落下来，随后飘进浓浓的鲜血里，变成了一片艳丽的红色。

看着目标毙命，轿车周围的特工们不由得松了口气。

就在这时，脚步繁杂，车声作响。

"嘭！"一颗信号弹飞上天空，布置在周围警戒的特工发出了紧急信号。

紧接着，枪声、呼喝声、汽车刹车声、日语叫骂声，响成一片。

如果这时有人能够站在一个足够高的地方往下看的话会发现，以旭日和她手下的特工为中心，在方圆五百米内已经形成了一个巨大的包围圈，在包围圈外面，无数的日本军人蜂拥而至，密密麻麻。

"撤退！"

没有时间作无谓的思考，旭日立刻下达了行动的命令。

二十多名手下将旭日围在中间，开始往街道外狂奔。在刺杀行动之前，为了不引人瞩目，他们将汽车停在了三条街道以外。也就是说，他们必须要拼杀三条街，才有逃出生天的把握。

将近一个排的高大汉子在大街上奔跑的景象实在是异常的扎眼，何况他们手里还拿着闪亮的武器。

刚刚冲过拐角，他们就和一队日军撞了个正着。对方显然是匆匆赶来，许多日军士兵的钢盔都跑得歪到了一旁，有些士兵还在手忙脚乱地拉着枪栓。

不过他们再也没有整理自己仪容的机会了，因为同一时间，反应比他们快得多的特工们纷纷扣动了武器的扳机，密集的弹雨瞬间将十几名跑在前面的日军打倒在地。

但这批日军终究还是精锐，巷战经验也是极为丰富；剩下的人用同伴的生命换来的时间飞快地躲到了掩护物后面，开枪还击。

双方在大街上展开枪战，日军机枪的怒吼声，三八大盖的点射声，夹杂着"汤姆森"冲锋枪的咆哮声响成一片。

"一小组，前面开路，四小组，返身掩护！"没有多余的时间同对方纠缠，旭日干净利落地下达命令。此时的日军包围圈正在越缩越小，他们的后方已经出现了日军士兵的身影。

听到旭日的话，七八名汉子头也不回地返身冲了回去，和从后面追上来的日军激烈的交战在一起，而第一组的六名特工也顾不得掩护自己，从地上爬起来，就开始朝自己前方的阻击部队冲锋。

"哒哒哒哒哒！"一名日军机枪手躲在一处垃圾桶后面，架着一挺三八式机枪对着冲上来的特工疯狂扫射，特工们左扑又滚，不断地作着战术规避的动作。与此同时，旭日抄起步枪，看也不看的就是一个点射，直接将日军机枪手的脑袋打成了碎片。

汤姆森冲锋枪吼叫着，喷出一道又一道艳丽的火舌，将子弹无情地倾泻在那些年轻士兵的身上。虽然日军是匆忙而来，并没有携带重型武器，大部分士兵手里只有一杆性能不强的三八式单发步枪，在火力上落在绝对的下风。但他们依然顽强地抵抗着，希望能用自己的生命为大部队的合围赢得时间。

但无论他们是多么的顽强，在实力的巨大差距面前还是无力回天。无论是单兵作战能力，还是武器火力，他们都比不上旭日手下的精锐特工。在付出了两条性命以后，旭日的人马终于将前面挡道的日军歼灭，随后他们再次开始疯狂奔逃。

旭日他们燃烧生命一般奔跑着，一路神挡杀神佛挡杀佛，看见大部队就躲，看见小队日军就是手榴弹加冲锋枪的招呼。日军人数虽多，但因为来得匆忙，一则火力不强，二则指挥混乱，相互之间形不成有效的掩护，无法达成合围，硬是让旭日找到一个缝隙给杀了出来。

这时，在他们身后，响起了震耳欲聋的爆炸声。

旭日知道，她安排殿后的手下们，已经拉响了炸药，和日军同归于尽了。

旭日带领着手下们在枪林弹雨中闪躲，寻找着生命的出路。她没有流泪，也没有哭泣，只是紧咬着牙关，双目闪烁着嗜血的光芒。

当人们见惯了鲜血，鲜血就不会再让人感动。

当人们习惯了死亡，死亡就不会再让人悲伤。

唯有仇恨的火焰一如既往地熊熊燃烧着，直到将敌人或者自己烧为灰烬！

此时，跟在旭日身边的汉子还有十余人，旭日手下近四十人的刺杀部队，已经有二十多人倒在了突围的路上。他们都是组织多年培养的精锐特工，如今却接二连三地倒在了这片充满了血泪的土地中。

旭日所蒙受的巨大损失，已经不能仅用"惨痛"两个字来形容。

但事情还没完。就在旭日他们以为能够缓上一缓的时候，"百人"式冲锋枪和机关枪的声音骤然响起。

刹那之间，无数的子弹组成了一股死亡的风暴，席卷了目光所及的所有区域。末路狂奔的旭日手下们就如一头撞在了一堵无形的墙壁上一般，整个队伍在快速的奔跑中都齐生生的为之一顿，随后十几个铁骨铮铮的汉子就这么直直地倒了下去。

"不！"旭日发出一声撕心裂肺的嚎叫，挥舞着冲锋枪就要往上冲。

"组长快走！我来掩护！"一名手下狂吼着，将旭日推倒在地，随后他的脑袋整个的爆裂开来，高大的身躯还在地上站立了几秒后，才缓缓倒下。

"天皇陛下，班塞！"狂吼声中，玉川少佐指挥着特工队冲了出来。

他们接到命令的时候稍微晚了一点，玉川少佐知道如此匆忙地加入战场并不是合适的举动，他当机立断，将兵力埋伏在了日军包围圈的薄弱之处。旭日果然带着人从这里冲了出来，正好一头撞进了他的圈套中。

"和小日本拼啦！"旭日的手下们吼叫着，趴在地上用武器拼命还击，但对方同样也是精锐特工，在高处还有日军的狙击手居高临下的不断袭击，玉川少佐带领日军特工队逐渐逼近，而旭日的手下们，只剩下不到十人。

远方，已经响起了日军追兵的吼叫声。

"完了！"旭日绝望地闭上了双眼，拔出手枪对准了自己的脑袋。

就在这时，汽车轮胎与地面剧烈的摩擦声响了起来。

随后，一辆汽车在火红的马达那震耳欲聋的轰鸣声中冲入了人们的视线，它的速度实在是太快了，就如火箭一般，眨眼间就冲进了战圈。

"哒哒哒哒哒！"汽车内部忽然伸出几支冲锋枪，对准日军就是一通狂扫。随后几枚手雷就飞了过来。

猝不及防的日军特工队纷纷躲避，而高处的日军狙击手也将十字架锁定到了轿车上。

忽然间，一片白烟弥漫。

"组长，上车！"一名青年探出脑袋怒吼道，旭日认出了他，他是自己的司机阿强。在他的车上，还有几名是自己的手下。他们正在用冲锋枪对准日军疯狂地扫射。

"组长快走！"一名汉子直接将旭日从地上一把抄起，飞身扑进了汽车。

但玉川少佐也不是吃素的。早在白色烟雾腾起的时候，他就不顾一切地下达了突击命令。他已经吃过一次烟幕弹的亏，绝对不会再吃第二次。

日军特工队冒着敌我不明的危险，一边开火一边往烟雾的中心地带冲去。就在这时，一个黑影闪电般地从重重烟雾中冲出，随后狠狠地撞在一名日军特工队员的身上。

"啊！"一声惨叫，巨大的撞击力让那名特工队员直接飞出了五六米，他在天空中像断线的风筝一般翻转着，刚一落地，四个汽车轮子就从他身上直接轧了过去。阿强驾驶的轿车顶着日军密集的弹雨，飞一般消失在了所有人的视线中。

"杀了他们！"玉川血红着双眼一声狂嘶，数十支"百人"式冲锋枪颤抖着，将剩余的几名旭日手下打成了碎片。

并不是玉川少佐不想捉活口，而是那些特工们已经要拉响自己身上的炸药。

一翻屠戮之后，玉川看着汽车绝尘而去的方向，不甘心地紧握着自己的拳头。

青筋毕现。

他不知道的是，在某个他看不见的角落里，一个男人正在静静地注视着这一切。

他的手背上有着一个雕头文身，这是他的代号——"白雕"。

他的背后，是二十几名全副武装的汉子。

他目睹了整个战斗的过程，当他看见旭日的司机阿强驾驶着汽车飞驰而去的时候，他挥了挥手，带着手下们重新遁入了黑暗中，就好像一切都没有发生过一般。

仿若暗夜中的幽灵。

第七章　血夜行动

上海，"蝮蛇"总部。

"蝮蛇"在自己的房间内弹琴。

"蝮蛇"也喜欢琴，这或许是他和东方云除了谍战以外的唯一的共同点。但还是有几分不同的是，"蝮蛇"喜欢的不是古琴，而是钢琴。

他的琴声也没有东方云的深沉幽静，而是极为的尖锐凄厉，仿若总是带着几分愤怒和仇怨，杀意森森，让人毛骨悚然。

只见"蝮蛇"闭着双眼，摇头晃脑地陶醉在自己所营造的恐怖气氛中，似乎颇为自得。

就在这时，一名三十余岁的英俊男子走了进来。他的手臂上有一个鹰头文身，这是他的代号——"飞鹰"。

他也是"蝮蛇"的心腹和助手。

听见"飞鹰"走进来，"蝮蛇"停下了自我陶醉，整张脸忽然间又变得严肃而威严起来，速度之快，就如川剧中的变脸一般。

"怎么样？""蝮蛇"站起身来，坐到自己办公桌旁的红木椅子上，淡淡地问道。

"'白雕'传来消息，除了旭日和少数几人逃脱外，其余人全部阵亡。他们这次是损失惨重，估计从此以后要一蹶不振了。"

"蝮蛇"摇了摇头，没有同意"飞鹰"的意见，他冷笑着说道："不会，我和他们打了多年的交道，他们的顽强是不可想象的。何况上海向来是他们的重心之地，我看不出一个月，他们又能上蹿下跳了。"

"长官，属下有一事不明。""飞鹰"看了看"蝮蛇"的脸色，小心翼翼地说道。

"说！"

"既然我们要把他们的行动计划透露给日军，那为什么不早点透露，好让日军事先埋伏，将他们全部歼灭。反而还要"白雕"率领人手，在必要时刻将那个旭日给救下来，这不是放虎归山吗？"

"蝮蛇"点燃一支烟，喷出个烟圈，看了看自己这个心腹手下惶恐的表情，方才慢慢说道："上海如今是鱼龙混杂之地，各方势力盘根错节，错综复杂。而我们有要务在身，很多事情并不方便我们直接出手，所以要借刀杀人，以坐享渔利。旭日或者说那个人，对我们而言就像是两条喂不熟的凶狗，既不能让他们吃得太饱，又不能让他们太饿；太饿了，对我们没有作用；太饱了，就会反噬。所以我们要时常地敲打他们，但又不能敲打得太过严重，要进退有道，轻重适宜。这就是所谓的制衡之术！你明白吗？"

"属下明白！"

"嗯！那个和马忠国有关系的女人，你找到没有？"

"还没有！正在努力寻找！"

"一定要快！我们必须抢在他们前面！东西，必须落进我们的手里！"

"是！可是长官，那到底是什么东西？"

听了"飞鹰"的话，正准备拿起茶杯喝茶的"蝮蛇"手一顿，猛地抬起头，盯着"飞鹰"说道："记住，这个问题不要再问第二遍！"

"是！属下知错！""飞鹰"连忙低下脑袋，恭敬地道歉。

"好了，你下去吧。通知'白雕'，让他小心做事，千万不能暴露了。他的成功，和我们的计划息息相关，绝对不允许失败！"

"是！"

"飞鹰"一点头，转身走了出去。

"蝮蛇"望着"飞鹰"的背影，眼中的杀机转瞬即逝。

上海，日本宪兵司令部。

玉川少佐恭敬地站在藤田一郎面前，脸上写满了惭愧。

相反，藤田一郎似乎并没有怪罪他的意思，脸上反而挂着微笑，他说道："玉川，你带队击毙了二十几名刺客，几乎让他们全军覆没，你可是立了大功，为何要如此沮丧呢？"

"属下惭愧！属下没能抓住刺客头领，也没能救下恒浅渡边先生，属下万分惶恐！"

"这不关你的事。我们接到毒蛇的情报的时候就已经晚了一步。何况恒浅渡边先生对我们日本军人似乎没有什么好感，这一次也算是他咎由自取，说不定军部那帮老爷们此时还在暗中高兴呢。而且毒蛇一直密切监视着军统动向，这次能搞到那些人的行动情报，已经很不容易了。能不能查到刺客的身份？"

"无法查明，尸体上没有任何显著的标记和特征，只有他们使用的美式武器算是一个线索。"

"那个线索没有任何的用处。军统和我们一样，现在的核心工作是寻找东西的线索，没有任何事情能比它更为重要。"说到这里，藤田一郎猛地顿了一下，沉思片刻方才说道："难道那些人，也是为了东西？"

"报告！"就在这时，一名中尉军官站在门口喊道。

"进来！"

中尉走到藤田一郎面前，敬了一个礼，随后说道："大佐阁下，中田长官请您过去一趟！"

"哦？"听了中尉的话，藤田一郎脸上浮现出兴奋的表情，随后对玉川说道："快，跟我来！"

说完，带着玉川少佐急急忙忙地走了进去。

片刻后，他们走进了中田的办公室。

中田和藤田一郎一样，都是宪兵司令部内比较特殊的存在。但两者有很大的不同，藤田一郎严谨、律己、善于克制，是一个标准的帝国军人。而中田则是为人轻狂，行为举止放荡，喜欢享受，有时候更像是一个放荡的公子哥儿，而不是一个帝国军人。

不过对于他的"恶习"，宪兵司令部上下都采取了一种默认乃至纵容的态度，他们都知道，天才和疯子只是一线之隔。他们和普通人相比总有一些不同寻常的地方，而中田恰恰是这么一个天才。

中田长得很文弱，像个白面书生，脸上有着酒色过度后的苍白，一副金丝眼镜让他看上去多了两分清秀，中田是日军内部极为难得的对电子特别是电波通讯领域极有研究的天才。日本毕竟还是起步得太晚，虽然在常规军事力量上面能够和英美大国等抗衡，在战争初期某些方面还超越了他们，但在高科技的核心领域就完全不能与他们相比了。因而在谍战领域，日军因为电子战和通讯战方面的局限，吃了不少的大亏。

虽然早已知道中田为人处世的风格，但当藤田一郎和玉川少佐走进他的房间的时候，他们还是有点惊讶。因为中田正在抱着一个艺伎乱摸，偏偏这个艺伎似乎还和松井司令官有着非同寻常的关系。

看见藤田一郎和玉川少佐走进来，中田却一点也没有好事被撞破的恼怒，也没有秘密被发现的惶恐，只是挥了挥手，命令那名衣冠不整的艺伎退出去，随后不知道从哪里拿出一坛子美酒说道："藤田君，玉川，你们来得正好，我刚刚从外面找了坛极品女儿红回来。来来来，我们快来喝两杯。"

眼见中田放荡如此，玉川少佐感到有些不快。但中田也是大佐，而且就连松井司令官也对他礼让三分，因而他也不敢表现出来，只是眼光中还是隐隐有些不屑。相反，藤田一郎却毫不在意地坐到了桌子前，和中田痛饮起来。

喝了几杯，藤田一郎忽然放下杯子，说道："中田君请我前来，不是为了喝酒那么简单吧？"

"那是当然。叫藤田君前来自然是有要事相告。只是我忽然想起上次下棋藤田君输给我一百大洋至今还没兑现，我就心如刀绞，难以言语啊！"

听了中田的话，藤田一郎真正的是有些哭笑不得。不过他早有准备，从怀里掏出一张钱庄存票说道："这上面是两百大洋，中田君应该满意了吧。"

"非常满意！"在玉川快要爆发的眼神当中，中田终于恢复了一名日本军官应该有的严肃。他一字一句地说道："藤田君，您所期待已久的'血夜行动'，可以开始了！"

上海，军统总站。

东方云在自己的位置上抽烟，他的脚边，已经有了好几个烟头。

袅袅烟雾中,他眼中闪烁的光若隐若现。

他是在思考,非常激烈地思考。

旭日的行动他已经知晓,他也总算明白旭日和自己联合的真正目的所在。利用自己提供的武器嫁祸军统,再利用军统转移开敌人的视线然后下手行动,真的是好心机,好算盘。

但旭日的行动也证明,无论他们的背景如何,意图如何,至少在对待日本人这件事情上,他们和军统还是很有共同语言的。

因而东方云不得不重新考虑起旭日曾经提出的长期合作的建议来。多个朋友总要比多个敌人好,而今,那个和马忠国有关系的女人至今还杳无音信,司徒婉又传信说日军迎来了一批秘密货物,不知其意图如何,再加上易宁山手下的汪伪特务对军统的日夜追捕,几件事情加在一起,让东方云忍不住有些心烦意乱。

"长官,大事不好!"就在东方云沉思的时候,楚超急忙地走了进来,压低声音说道。

"什么事情?"

"我们的电台出问题了,无法联络!"

"什么!"东方云惊得站起身来,一把扔掉烟头,说道,"走!"

两人急忙向地下室走去。东方云之所以大惊失色,是因为电台对军统的重要性难以想象。他正是凭借着电台遥控指挥着上海庞大的谍报网络。而且军统各分站的所有电台都是以总台的信号为准,只有他们接收到总台的密语以后才会开始工作,发送电报。倘若东方云的电台出了问题,那么不明就里的其他分站也不会让电台开机,整个上海的谍报网络就会陷入瘫痪。

如果改以人工传递情报的话,那会增加无数的风险,东方云是绝对不会这样做的。

东方云不知道的是,就在此时,在他的楼下街道上,一辆特殊的车辆正缓缓驶过。

他更不会知道,这一次十分意外的故障事件,在无形中挽救了军统,挽救了整个上海的谍战大局。

三尺之上有神明,九泉之下有怨鬼!

地下室里,几名特工人员正在对电台进行抢修,看见东方云和楚超进来,连忙放下手中的活计就要敬礼。东方云摆了摆手,直入主题地问道:"到底是哪里出了问题?"

"暂时还没有检查出来,我们正在全力抢修!"

"要多长时间?"东方云的语气已经有点急切,屋漏偏逢连夜雨,最近还真是不顺到家了。

"最快也要一天!"

东方云点了点头,他知道,这种客观的技术故障,不是人为的意志所能改变的。他拍了拍那名鸽子的肩膀,随后转身离开了地下室。

楚超望着东方云的背影,忽然觉得自己这个年轻的上司,是如此的孤独而又沧桑。

当心情不好的时候，就无暇留恋身边的时光，因而夜幕似乎很快就降临了。

上海，日本宪兵司令部，机密房。

这里是日军在上海最为核心的地带。

此时藤田一郎正满怀期待地看着自己眼前忙碌的军官们，一盏明晃晃的白炽灯在他的头上散发着光亮，将他的影子拖得老长。松井次郎司令官也在他的身边，脸色肃然。整个机密房内的气氛显得异常的压抑，唯有数十名日本军官在房间里忙碌，他们级别最低的也是中尉。

在房间里，整整齐齐地摆着二十台十分特殊的机器——电波探测仪。

由于日军在高科技领域的局限，导致了在谍战领域的极度被动。就如上海，这里有着错综复杂的谍报网络，有着数千名心怀鬼胎的各方特工，每天有着上百台电台在工作。如果电波能够让肉眼看见的话，会发现上海上空每天都会有无数的电报在往来穿梭，如蛛网般密集，如溪流般绵长。

然而日军却只能束手无策。随着战争的进行，各国的科技都在服务战争的主题下迅猛发展，特别是英美等国在电子领域更是取得了长足的进步。他们所使用的新式电台让老掉牙的日军探测部队一筹莫展，只能眼睁睁地看着敌人在自己眼皮子底下大摇大摆地进行着谍报工作。这其中就包括在谍战电子领域一直遥遥领先于世界的中国军统。

这样的局面，是无法忍受的。

为了改变这种不利的局面，帝国终于痛下决心，不惜血本地从德国引进了最新式的探测仪，誓要将敌人一网打尽。由于欧洲战场上德国节节败退，制海权也丧失殆尽，为了偷偷将设备运回，日军派遣潜艇部队突破英美海军的封锁，从德国将设备运到了遥远的东方。

但过程并不顺利，在返航的时候美国大西洋舰队发现了日军潜艇的踪影。虽然不知道日本海军千里迢迢地跑到欧洲意欲何为，仍然一路穷追不舍，赶尽杀绝。日本海军也派出舰队迎接潜艇，双方大干一场，日本海军付出惨痛代价之后终于成功协助潜艇进入南中国海，挡住了美国海军的追击。

而当时出发的七艘最先进的潜艇，只剩下最后一艘。

可以说，现在在机密房中所放置的探测仪上，沾满了日本海军将士的鲜血。

正因为如此，藤田一郎才格外地珍惜这一次机会，将"血夜行动"的日期一拖再拖，直至有了完全把握后才开始。

今晚，就是开始的时候。

这个时候，整整二十辆经过伪装后的日军探测车，已经秘密地开往上海的各个地方，一张笼罩着整个上海的大网，已经慢慢拉开。

在房间里，还有着中田的身影。但此时他已经没有了以往的放荡和轻狂，他不时地扶着眼镜，清秀的脸庞上写满了凝重和严肃；他在房间里来回踱步，检查设备的安置情况，不时拉过一名军官低语几句，作出适当的调整。

在这间房子里，集中了上海宪兵司令部从各方搜罗而来的专业人才，如果这个时候有人忽然挥舞着冲锋枪来个大扫射的话，那么日军的损失之惨重不下于一个中途岛。

藤田一郎和松井司令官就在这诡异而又有些凝重的气氛中静静等待着。

在正常情况下，各国特工的电台开机时间都有严格的限制和标准，为的就是避免因为开机时间过长而被敌人探测到电台的具体位置。但总体而言，夜晚依然是电波联系最为频繁的时候。其中有很多原因，最为重要的，就是这个时候电台之间的联系十分繁杂，无数的电波在空中交杂在一起，能使日军本就落后的探测技术雪上加霜。

只可惜今夜，特工们联系得越频繁，日军就越兴奋。

夜幕深沉，茫茫黑夜中，好似有一只巨大的怪兽，在静静地张开它的血盆大口等待着。

就在这时，机密房里已经结束了忙碌。中田走上起来，敬礼说道："报告司令官阁下，准备工作已经结束，一切正常！"

松井司令官没有说话，而是扭过头看了看藤田一郎，随后对着他点了点头。

藤田一郎张了张嘴，从牙缝中蹦出两个字——"开始！"

"开始！"中田转过身，对准着自己麾下的军官们吼道。

"开始！"同一时间，二十辆探测车的通话机内响起了一个杀气腾腾的声音。

"血夜行动"，开始！

上海，南京路四号公寓。

伊娃戴着耳机，全神贯注地凝听着电台里传来的滴滴答的电波声。她睁大着自己美丽的双眼，一动不动，似乎里面传出的不是在外人听来毫无意义的电报密码，而是某一首能让人觉得余音绕梁，三日不知肉滋味的天籁。

伊娃是一名苏联特工，她的任务就是每天守候在电台前，接受总部发过来的密电。然后交给在里面房间的一名破译人员，由他翻译电报，领受任务。

今天，自然也不例外。

伊娃一边听，一片用手上的钢笔在纸上写着什么。她是一个十分美丽的女孩，有着一头太阳般金灿灿的头发，一双蓝色的大眼睛好似一汪幽幽的湖水，能让所有人为之陶醉。

她才二十岁，正处在一个女孩最美丽的时光。

但这时光，马上就要结束了。

只听"嘭"的一声，房间门被毫无征兆地撞开了，随后一名日军士兵冲了进来。伊娃大惊失色，但特工的本能让她立刻将手伸到桌子下面拿枪，就在这时，一名日军特工队员闪身而入，抬手就是一枪，伊娃的脑袋后面直接冲出一片血雾，随后直直地倒了下去。

她的额头上有一个血洞，鲜血就这么流出来，流进她还睁得大大的眼睛里，将那一汪清澈的湖水染得血红。

直到死，她还没有明白，日军是如何找到这里的。

在另外一个房间里还有两名苏联特工。听见外面枪响，他们没有冲出来，而是十分干脆地朝外面扔出一枚手榴弹，然后撞破窗户跳了下去。

"轰！"一声巨响，火苗，玻璃，和一个日军的钢盔从窗户里直冲而出，灼热的高温几乎要将两名特工的头发烧焦。

这也多亏他们是住在二楼，不然直接就会被摔死。

但日军早有防备，两人刚一落地，机枪的咆哮声就响了起来，一连串的子弹在两人前面一米处溅起朵朵火花。随后，上百名日军士兵从藏身处冲了出来，将两人包围。

眼见被日军包围，一名苏联特工直接举枪打爆了自己的脑袋。飞溅的鲜血立刻将他身旁的同伴染了个通红，那名同伴也举起了枪，却没有扣下扳机的勇气。

他也没有机会了，就在这时，一名日军特工扔出匕首，刺穿了他持枪的手臂，他的手枪刚一落地，狂冲上来的一名日本宪兵就一枪托打在他的背上，随后将他生擒。

那名特工还在挣扎，早有准备的日军直接将一块破布塞进他嘴里。这是为了防备他咬舌自尽，忽然间，那名被俘的特工想起了自己的祖国，那遥远的俄罗斯土地上流传的一首著名的歌谣——《三驾马车》中的名句："从此后，苦难在等着它！"

这一幕，在今夜的上海到处都在上演。

日本宪兵司令部内，机密房中，松井司令官和藤田一郎兴奋地看着在自己眼前忙碌的日本军官们，不断地根据他们传出的数据下达着命令。

"第七区电波反应异常，正在确定位置！"

"派第三大队封锁第七区，准备进攻！"

"第四区电波反应异常，已经缩小范围至三条街道。"

"谁负责的第四区？"

"易宁山的七纵四大队，还有皇协军第三营。"

"立刻调动第二中队前往第四区支援，让小野上尉指挥，将目标区域封锁。"

"第五区电波反应明显，已经确定位置，彩虹路四号公寓。"

"命令第五区部队发动进攻，尽量拿下活口！"

命令还在不断的下达，数百名日本军官和士兵在机密房内外往来穿梭。日军派出的二十辆探测车覆盖了整个上海，他们收到电波讯号以后，立刻将其传至司令部，由司令部来进行跟踪，确定位置。随后密布在上海各处的日本宪兵、皇协军、汪伪特务，以及日本人所收买的地痞流氓，倾巢出动。根据日军宪兵司令部的指示，展开了疯狂的屠杀。

藤田一郎之所以会将这一夜命名为"血夜行动"，就是因为这一夜注定了是一个流淌鲜血的夜晚。

　　枪声如雨，还夹杂着此起彼伏的爆炸声。汽车声，脚步声，呼喝声响彻了整个上海。这一夜，无数的日军和汉奸穿梭在上海的大街小巷。一处又一处公寓的房门被砸开，一个又一个的特工被打死，炸死，直接处决。浓浓的鲜血流淌在上海的大街小道。遍地尸体，许多地方还有烈火在熊熊燃烧，上海，这座美丽的东方明珠，此刻，已经变成了人间地狱。

　　激烈的枪声也惊动了东方云和他手下的军统特工们。数十名军统特工已经穿戴整齐，手持武器占据了各个防御位置。楚超拿着手枪，站在东方云身旁，脸上有着掩盖不了的焦急和紧张。唯有东方云，脸色沉静如水，一动不动，他用手轻轻地拨开了窗帘，望着楼下。

　　楼下不断有日军的军车和部队经过，就在五分钟前，还驶过去三辆坦克。

　　东方云的脸色有些阴沉，没有紧张并不代表他毫不在意，日军如此大规模的行动，军统居然没有收到一点风声，可见日军筹备已久，防范严密。难道，是和那批神秘的货物有关？

　　忽然间，东方云想起了旭日，也不知道她现在怎么样了。一个念头不可阻挡地跃上了东方云的脑海。

　　东方云望向远方，那里，还有一座楼房在熊熊燃烧。冲天的火光将周围的夜空照得犹如白昼。

　　就在这时，日军的呼喝声，夹杂着枪声响了起来。随后只见街道拐角冲出几个正在亡命飞奔的外国人，一面跑一面开着枪，紧接着，数十名日军呼喊着从拐角处冲了过来。

　　"糟了！"东方云不由得心中一紧。

　　一种极为不祥的预感冲上了他的心头。

　　与此同时，他看见，那几名亡命奔逃的外国特工，居然就朝着自己的总站跑了过来！

　　在后面，数十名日军还在紧追不舍。

　　在前面，他们已经离东方云的军统总站越来越近。

　　上海，易宁山公寓。

　　当激烈的枪声响起的时候，司徒婉也被吵醒了。

　　她从床上爬起来，披了件单衣走到了走廊上。今夜易宁山没有回来，她就已经有一种不好的预感，如今外面枪声大作，不知道是不是和军统有关。想到这里，她的心里不由得浮现出一丝焦急。

　　"司徒小姐看起来有些焦虑啊？是在担心易先生么？"忽然间，一个声音如鬼魅般响起。司徒婉一个激灵，转头一看，只见玫瑰正站在自己的身后，目不转睛地看着自己。

　　"玫瑰小姐难道就那么喜欢神出鬼没么？"司徒婉皱了皱眉头，冷冷地说道。

　　"呵呵，哪里。我也是被枪声吵醒，起来看一看。司徒小姐，你看外面打得多热闹，在这非常时期，司徒小姐要是有什么朋友，还是快为他们祈祷一下，别让他们被误伤了，那可就太不好了。"

听了玫瑰的话，司徒婉的心中不由得一紧。她一直觉得，这个神秘诡异的女子似乎早就知道了些什么。但她表面上依然不动声色地说道："我可没有什么朋友好担心。倒是玫瑰小姐，廖先生遇难以后，你好像完全没有悲伤之感，如此豁达大度，我真是佩服得很。"

听了司徒婉的讽刺，玫瑰却不为所动，只是淡淡地说道："生有何欢，死有何惧。干我们这一行，每天都在和阎王打交道，早就有此觉悟。不像司徒小姐，锦衣玉食，备受娇宠，让玫瑰好生羡慕。司徒小姐，玫瑰有一个不情之请，还望司徒小姐能够答应。"

"什么事情？"玫瑰的话让司徒婉感到有些迷惑，她不知道这么一个女人会有什么事情要让自己帮忙。

"我想向司徒小姐打听一个人。"

"谁？"

"东方云！"

在玫瑰诡异的笑容中，司徒婉的心一片灰白。

低调，是特工为人做事的第一选择。

而东方云也遵循了这个选择。为了低调，他选择建立军统总站的公寓只是一栋普通到极点的洋房。

墙不高，门不厚。

这也就意味着，凭借那几名外国特工的身手，他们能够很轻易地冲破围墙或者大门的阻拦，跑进自己的总站里来。

那样的话，无论他们是在总站里寻求躲避，还是穿墙逃走，日军部队都会不可避免地跟随进来，总站就有暴露的危险。

枪声还在响着，那几名外国男子以人类的极限速度在奔跑，眨眼间，就离总站的围墙不到百米。

"怎么办？"一个问号划过东方云的脑海，随后他一咬牙，转头对楚超说道："立刻做好撤退准备。吩咐弟兄们，如果日本人进来，全部干掉，一个不留！"

"是！"楚超也意识到了问题的严重性，连忙去布置去了。

东方云转过头，看见那几名外国人在日军的穷追不舍下发疯般地往自己的楼下冲刺。

五十米！

四十米！

三十米！

二十米！

十米！

就在东方云以为战斗无法避免的时候，机枪的咆哮声猛然响起。

在一旁的街道拐角处，几辆日军的军用摩托突然闪出，随后几挺机关枪开始喷吐火舌，子弹铺天盖地地射向那几名外国男子。鲜血腾起，他们齐齐跌倒在地上。

这时，他们离军统总站的围墙还不足五米。

"呼！"东方云不由得暗中松了口气。

这个时候，跑得上气不接下气的日军追捕部队也冲了上来。

大概是为了保险起见，一名日军军官拿出了自己的手枪，随后走到外国人的尸体面前，开始一个一个的在他们的脑袋上补子弹。

一个、两个、三个、四……

第四个没死！东方云心中一紧，但见那名外国特工忽然从地上腾起，双腿夹住正要往他头上扣动扳机的日本军官的脑袋，直接将身一扭，颈骨断裂的声音，就连站在楼上的东方云似乎都听得清清楚楚。

下一秒，那名幸存的外国特工被日军用机枪扫成了蜂窝。

随后日军士兵们扛上自己那位不幸长官的尸体，扬长而去。

那几名外国特工就这么静静地躺在大街上，鲜血从他们的身下流出，将地面染得通红。

但东方云的内心还远不能平静，因为就在刚才，他看见了很有意思的一幕。

东方云飞快地下楼，打开门，往四周看了看。日军的清洗行动似乎已经进入了尾声，周围也安静了不少。他确定没人后，连忙奔跑到那几名外国特工的旁边。

他要趁着日军收尸队来之前，寻找一个东西。

他直接翻过一名外国特工的尸体，撕开他的衣服，随后看了看他们的腋下。

果然，有个特殊的"万"字标记。

他迅速地检查了其余三人的尸体，都有标记。

东方云飞快地回到公寓，关上门，大街上又变得冷清起来，似乎什么都没有发生过一般。几分钟后，东方云在楼上目送着日军的收尸队赶来，面无表情地将几具尸体放上汽车拖走，消失在夜幕中。

但东方云的内心，此时完全可以用暗流汹涌来形容。

因为他已经知道了这几名外国特工的身份。

他们是德国人！

就在东方云看见那名幸存的外国特工用双腿扭断敌人的脖子的时候，他就已经开始感到惊讶。因为这一招他本身也熟悉无比，这叫赛博，是德军特战队员们的必修技，也是慕尼黑特战学院最热门的课程之一。

而那个特殊的标记，则是代表着那些外国特工们的特殊身份——"黄金眼"！

"黄金眼"是纳粹党内部所建立的一个情报组织，它同纳粹党卫军一样，独立于德国国防军之外，是纳粹的私人武装力量。能够入选"黄金眼"的人员，他们或许不是一个称职的特工，但绝对是最狂热的纳粹分子。所以他们才会在自己的身上留下"万"字标记，哪怕这样有让他们身份暴露的可能。

让东方云不解的是，这些纳粹特工怎么会跑到上海来。

这已经不是战争爆发初期了。那时候德国和日本还可以各怀鬼胎，互相派遣间谍特工也属正常。如今全世界都组成了反法西斯同盟，德国和日本已经是一条绳上的蚂蚱，一荣俱荣，一损俱损。从德国不断加大对日本的军事科技援助就可以看出，两者几乎已经成为一个战略整体。德国在西方牵制住英美的力量，能让日军顺利地从东南亚掠夺资源，而日军在东南亚的行动又反过来支持了德国的顽抗。虽然两国都已经日薄西山，但正因如此，所以联系才更加的紧密。

就在这种时刻，德国和日本可没有勾心斗角的心情。

更重要的是，"黄金眼"只为纳粹党服务，一般都是在国内和军队内部暗中监视心怀不满的人，以稳固纳粹党的统治，几乎从来没有接触过外国任务。为什么这次会突然跑到上海来。

沉思片刻，东方云脑海中忽然灵光一闪。

他想起了一段已经有些模糊的过去。

在这里，不得不说一段东方云的往事。

当东方云加入军统，在军统组织里第一次见到马忠国的时候，就觉得马忠国异常的眼熟，似乎自己早已在什么地方见过。

只不过当时东方云仅仅是有这么一个念头，并没有深究。后来两人经过短暂的合作以后就各奔东西，虽然彼此欣赏，但并没有什么来往。

当东方云接到重庆命令到上海接替马忠国的职务的时候，也曾详细研究过马忠国的资料。他发现马忠国有一段履历是空白，时间正好是国民政府和德国签订互助协议的时候。

而那时候，当他再一次凝视马忠国的照片时，那种似曾相识的熟悉感再一次不可阻挡地跃上了东方云的心头。

但马忠国已死，物是人非，自己又重任在身，东方云也只得将自己的心绪强行压下，来上海主持大局。

但现在，今夜，他终于知道为什么会觉得马忠国与自己似曾相识了。

因为早在他加入军统以前，他就见过马忠国。

马忠国，也是当年国民政府派往德国留学的两百名军官中的一员。

本来，两百个人虽然不多，也算不少。东方云自然不会对一个看起来平淡无奇的马忠国特别在意。但他想起来，在一次军官聚会的酒会上，马忠国和一名同伴发生了冲突，两人在众目睽睽之下大干了一架。东方云当时在一个绝佳的位置清晰地目睹了这场精彩的拳击比赛，因而对马忠国留下了印象。

后来培训结束，大家集体回国的时候，东方云并没有在军官团中发现马忠国的身影。但事不关己，而且两人只是一面之缘，因而东方云很快淡忘了这件事情。直到他所效力的中央教导总队全军覆没以后，他转投军统，才和马忠国重新相识。但事隔多年，他也只是有这么一个印象而已。

如果不是今夜，这几名纳粹特工阴差阳错地跑到了自己的楼下，自己又正好在慕尼黑特战学院进修过，认出了著名的"赛博"腿技；那么这段往事将会永久地尘封在东方云的脑海里，不会有重见天日的一天。

冥冥之中，似乎有一双看不见的命运之手，推动着历史的齿轮在缓缓转动。

运气也好，巧合也罢，东方云忽然感到，自己所苦苦寻觅的东西，似乎已经露出了冰山一角。

马忠国留下了一个事关军统生死的东西。然而到底是什么，似乎谁也不知道。只是军统，日本人，或者还有一些不为人知的势力在暗中窥视着东西的存在。而今，纳粹的私人特工忽然赶赴上海，再加上马忠国曾经在德国的那段特殊的经历，让东方云隐隐感到有些眉目。

难道东西，竟和纳粹德国有些许关联？

东方云长长地叹了口气。他感觉自己的眼前，是真的迷雾重重，举步维艰！

司徒婉看着玫瑰那似笑非笑的脸，心中暗流汹涌，难以抑制。

"她是怎么知道东方云的？"这是司徒婉脑海中唯一的念头。如果有可能，她会马上就将玫瑰置于死地。只可惜，司徒婉知道自己和玫瑰的实力相差得实在是太远。她只能用自己都觉得有些陌生的语气说道："你说的是什么，我听不懂。"

"哦！"对于司徒婉的回答，玫瑰竟然欣然接受。只见她微笑着说道："此人也算赫赫有名，我想当年司徒小姐艳绝上海，交游广泛，或许知道一点此人的消息，对我们有所帮助，既然如此，那就算了，冒昧打扰，还望见谅。"

说完，玫瑰十分礼貌地微微鞠躬，随后离开了走廊。

直到玫瑰离开，司徒婉才回过神来。她自然不会相信玫瑰的鬼话，那么玫瑰既然知道自己和东方云联系，为什么没有告发自己？

她是在试探自己，还是想放长线钓大鱼？

想来想去，司徒婉也只能认为，玫瑰是没有确切的证据，而自己又深得易宁山的宠爱，她不敢贸然下手，只能敲山震虎，让自己忙中出错。只是既然如此，她在暗中窥视似乎更容易得手一些，为什么会冒着失败的风险来找自己呢？

司徒婉并没有确切的答案，她只是觉得，玫瑰这个女子似乎身上也隐藏什么秘密，完全不像一个单纯的汪伪特工般那么简单。

司徒婉只能怀着忐忑不安的心情回到自己的房间里，一夜无眠。

而玫瑰也在自己的房间中，用密码将自己要传递的情报写在一张小布条上，等待着天亮后信鸽的到来。

布条上写着这么一句话：

"第一步行动已经展开。"

上海，军统总站。

东方云还在沉睡当中，就被楚超急促的敲门声吵醒了。

他并不是一个贪图睡眠的人，可是楚超也实在是太早了一点，东方云看了看表，才刚刚六点。

但他知道楚超并不是个莽撞的人，这么做肯定有他的理由。东方云从床上爬起来，穿好衣服，打开房门，就看见楚超一脸欣喜地站在自己的面前。

"长官！电台修好了！"

"哦，真的！"东方云心中也是一喜，他没想到真的只花了一天的时间就完成了电台的修复工作。他和楚超连忙走到地下室，只见几名"鸽子"已经做好了准备工作，正准备展开测试。

"等一下！"东方云忽然制止了他们的行动。

几名"鸽子"抬起头，疑惑地看着东方云。

"没有我的命令，不许打开电台！"

说完，东方云转身离开，楚超紧紧地跟在他的身后，边走边问："长官，我们为什么不打开电台？"

东方云往四周看了看，此时除了执勤的兄弟外其他人都还没有醒来，他没有立刻回答，而是回到自己的房间以后，关上门，才对楚超说道："昨天日军那么大规模的清洗行动，你觉得他们是靠什么来进行的？"

"这个……"

日军昨天对那么多潜伏特工的据点展开进攻，说明他们对据点的位置了如指掌。他们只有两个办法，一是自己探测，二是叛徒出卖。但不可能所有的组织都出了叛徒，更不可能所有的叛徒都在同一时间向日军传递消息，所以他们只能是自己探测。你觉得日军是凭借什么在同一时间探测到了那么多潜伏特工的具体位置？

楚超想了想，忽然张大了嘴巴，用压抑的声音惊呼道："是……是电台！"

"不错，电台！只有通过探测到电波信号，日军才有可能在同一时间掌握住那么多潜伏特工的具体位置。如果我没猜错的话，日军应该是从某个地方引进了一批先进的探测装置，想要趁夜晚电波联系最为繁忙的时候将上海的各国组织连根拔起。"

"那我们岂不是……"

"不错！我们也在日军的探测范围，但我们运气好，昨天电台忽然出了故障。不然此时，我们都已经是死人了！还真是菩萨保佑啊！"

楚超自然不会相信东方云会信什么神仙，他只是担忧地问道："可是长官，这样一来我们的电台就根本无法工作,那该如何是好!"

"暂时也只能如此。天亮后我会亲自启动人工传讯系统,在没有弄清楚之前,我们不能行动!"说完,东方云挥了挥手,让楚超退下,自己点燃一支烟,大脑又开始高速地运转起来。

就在他思考的时候,一辆经过伪装的日军探测车,正无声无息地从他的楼下开过。

天亮以后,东方云离开了公寓,开始实行自己的启动计划。他要逐个逐个地将命令亲自传递到军统的各个分站内。上海七个分站互不统属,没有东方云的命令也不会往来,具体地址除了东方云以外没有一个人知道。这样就能最大限度地保证军统上海站的安全,不会因为总站的某个高级干部落网而导致其他分站暴露的危险,除了站长以外。不过真到了那个时候,也只是唯死而已。就如东方云的前任马忠国一般。

花了整整一个上午,他总算是完成了自己的工作。同时他也得到了一个令人振奋的消息,据第二分站报告,他们已经寻找到了那个和马忠国有着神秘关系的女人的下落。

"王紫嫣,小学教师,紫光路七栋十五号。"

总站房间内,东方云翻来覆去地看着自己手上的情报,单看上面的内容,似乎那名神秘的女子并没有什么特别的地方。但现在只要是和马忠国有关,那么就足以吸引所有人的眼球。

思虑再三以后,东方云决定,事不宜迟,他必须马上行动。

东方云叫来楚超和几名心腹,吩咐他们收拾东西,做好准备,一个小时以后赶到紫光路口,做好接应自己的准备。

保险起见,东方云并没有告诉他们自己到底要去干什么,只是让他们在外围协助自己。

随后,东方云开始准备武器,他拿出手枪,仔细擦拭过后推上子弹,反复检查。枪是特工的第二生命,他可不想关键的时刻因为自己的枪支罢工而导致什么变故。

随后,他开始易容。

其实每一次的行动东方云都是经过改头换面后才进行。这也是为什么和日军发生过直接冲突后日军还是掌握不到东方云确切信息的原因。当然,东方云不可能在容貌上无中生有地做改变,他只是化装,随后在眉毛、眼睛、嘴角等地方做手脚。

这些地方对人的容貌至关重要,有时候只需要做些小小的改变,一个人的容貌就会发生很大的变化。

易容是特工的必修课,也是东方云的强项。他很快收拾停当,从床上拖出箱子,拿出几枚手雷挂在腰间,随后穿上一件长衫,拿起帽子走出了房门。

其实东方云并不喜欢穿长衫,因为这在关键时刻会妨碍他的动作。但此时已经是四月,再穿风衣显得太不合适,为了掩盖他的武器,他也只能如此了。

东方云来到街上,看了看天空,远方,一只白色的鸽子正在翱翔。阳光耀眼,今天是一个难得的好天气。每当这个时候，上海上空总是有白鸽在飞翔，有的还会停在居民家的窗台上，乞求食物。

鸽子是和平的象征，每当鸽子在这一片战火阴霾的天空中飞过的时候，东方云就会感到莫大的讽刺。

更讽刺的是，他不知道，那只美丽的白鸽，是从他的军统总站内飞出来的。

上海，蝮蛇总部。

当飞鹰走进蝮蛇房间里的时候，他看见自己的上司正在慢条斯理地擦拭着自己的手枪，似乎他早就已经知晓今天会有什么特殊的事情发生。

飞鹰来到蝮蛇身边，低声说道："长官，白雕传来消息了！"

"哦？"蝮蛇从飞鹰手里接过情报，随后嘴角浮现出一丝残忍的微笑。

"好！很好！"他忽然极为陶醉地深吸一口气，自言自语地说道，"王紫嫣，这真的是一个好美的名字。"

第八章　迷　雾

上海，日本宪兵司令部。

藤田一郎在自己的房间里来回踱步，眉头紧锁。

按理说，他应该感到非常高兴才是。因为他所负责的"血夜行动"完美成功，取得了难以想象的辉煌战果。日军的秘密武器和突然袭击，让各国特工措手不及，仅仅一夜的时间，日军就捣毁了各国间谍组织四十余处，击毙了数百人，活捉了十余人，还缴获了一些先进的电台。这是自二战爆发以来日军在谍战领域所取得的最为完美的胜利，对于藤田一郎而言，加官晋爵已经是板上钉钉的事情。

何况，只要有这些先进的探测仪器存在，就等于在上海所有的特工的脖子上系上了一根绞索，只要藤田一郎愿意，随时可以拉紧，让他们彻底地窒息。

但藤田一郎却高兴不起来，一点也不。

因为在这一次极为完美的行动中，他却没有发现军统特工的身影，一个也没有。

在最为关键的时刻，军统的数十部电台似乎就如集体失声一般，同时实行了无线电静默，而且直到现在还没有任何的消息。

在藤田一郎看来，军统是日军的心腹大患。特别是东方云来到上海以后，屡屡挫败藤田一郎的计划，让他极为忌惮。因而昨夜藤田一郎特意让玉川少佐率领最精锐的人马在自己的身边待命，可是他们白白等了一夜，军统方面却是毫无动静，静寂无声。

到底是怎么回事？内部出了叛徒？还是军统方面恰好有什么变故？到底是人为还是巧合？

藤田一郎并不了解军统的操作模式，他也不会知道东方云的总站电台恰好出了问题。

看起来，似乎真的是巧合。

但真的是巧合么？东方云不知道，藤田一郎也不知道。或许唯一知道的，只是一双在暗夜中静静窥视的眼睛。

就在藤田一郎有些心烦意乱的时候，玉川少佐急急忙忙地走了进来，低声说道："长官，'毒蛇'急电！"

"快拿来！"在这关键时刻，日军在军统身边埋伏的暗子忽然发来急电，说明肯定有什么重要的事情发生。

藤田一郎没有猜错，"毒蛇"确实发来一封至关重要的情报，他接过情报，快速地看完之后，对玉川急切地说道："你立刻带领特工队前往紫光路七栋十五号，那里有一个我们重要的客人，你去把他请回来！记住，要活的！"

"是！"玉川少佐猛地一点头。他并没有多问，直觉告诉他事态很严重，他接过命令，飞快地走了出去。

就在玉川走出房门的时候，藤田一郎也拿起了电话。

"喂！给我接松井司令官阁下！"

与此同时，一份秘密情报也通过特殊渠道传到了旭日的手中。

"日军已在紫光路布置针对东方云之计划，疑与东西有关！"

旭日看完情报，连忙按铃召来自己的手下。

"我们还能调动多少人？"

"组织的第一批增援刚刚抵达，现在最多能动用二十人！"

"召集所有人马，准备行动！"

"是！"

暗流汹涌，一场大战即将展开。

紫光路七栋。

东方云站在门口，看着自己的目标。

这里与其说是"路"，不如说是弄堂。

房子修在隐蔽的巷子里，一条稍微宽敞一点的主道从房子下面经过，房子的后面还有一条小巷。除此之外四周都是拥挤而古朴的建筑。说实话，在闹市区里待得太久，东方云还真的很少看见这样的布局场景了。

不过这里有一个好处，那就是足够的幽静和隐蔽。

东方云又四下打量了一番，在脑海中模拟好进攻和撤退的路线之后，他一步一步地走上楼去。

脚步深沉，在阁楼里轻轻地回荡。东方云的呼吸很平稳，很轻慢，但他的心中还是有一丝难以控制的激动。因为那个关系重大的神秘东西就快出现在他眼前。

或许那个女人并不知道东西的所在，但凭借她和马忠国特殊而神秘的关系，东方云感觉到，她多多少少还是和东西有些许的关联。

在这个线索极度匮乏的时候，任何一点头绪都是至关重要的。

十五号在三楼，东方云慢慢地走上去，随后来到了三楼的第五个房门前。

他抬起头，看了看上面醒目的门牌——十五号！

东方云深吸一口气，一只手垂在身边，保持着高度的戒备，而另一只手则敲响了房门。

"有人在吗？"寂静的空间里，唯有东方云有些沙哑的声音在轻轻地回荡。

没有人回答。

"有人在吗？"

还是没有人回答。

"有人在吗？"

仍然没有人回答。

东方云停止了敲门，使劲地在抽动着鼻子，就如一只在荒野中游荡的孤狼。

他问到了一股味道，虽然很淡，但他还是闻到了。

血的味道！

东方云面沉如水，他抽出已经上膛的手枪，拨开保险，后退两步，随后飞起一脚狠狠踹在门上。

"嘭"的一声闷响，房门应声而开，与此同时，借着前冲的惯性，东方云顺势往前一扑，就地一滚，已经滚进了房间，当他抬起头的时候，手枪和他的眼神已是排成一线。

整个过程，完全可以用电光石火来形容。

但东方云看见的，只是一具尸体。

王紫嫣的尸体！

王紫嫣已经死了，鲜红的血几乎染红了整个地板。

东方云四下望了望，客厅里没有人，他走过去，用手摸了摸王紫嫣的身体，上面还有近乎常人的体温。

这证明王紫嫣刚死不久。

东方云开始检查起王紫嫣的尸体，用一半的心神。

因为他另一半心神，始终注视着周围的情况。他不知道周围是否还隐藏着敌人，他也不想在敌人比他还熟悉的地形里贸然展开进攻。他希望能用这样的姿态来迷惑敌人，让敌人主动向他发起进攻，以达到自己想要的效果。

虽然只用了一半的精力，但东方云还是极快地完成了自己的检查工作。毕竟，在这方面他是当之无愧的行家。

王紫嫣死得非常惨，她的手指全部被折断了，本来美丽的容颜变得异常的扭曲，所谓十指连心。可见王紫嫣在死之前承受了多么巨大的痛苦。她的嘴里还被塞进了一块块被咬得稀烂的破布，杀手为了不让她的惨叫惊动其他人，特地采取了这么一个措施，实在是足够的专业。

间谍工作是一种极度高压的生活，马忠国因为需要发泄压力而投入了她的怀抱，她也因为马忠国的稳重气度而飞蛾扑火般地成为了马忠国神秘的女人。而今，他们都为此付出了惨重的代价。

王紫嫣的眼睛睁得大大的，脖子上有一个深深的伤口。杀手在严刑逼供后，用匕首割断了她的喉咙。

在她的身边，有一个红木匣子，匣子里面，已经是空空如也。

东方云相信，王紫嫣是爱马忠国的，不然马忠国也不会把至关重要的东西交给她。杀手显然是为此而来，而且还动用了断指这样的酷刑，可见王紫嫣对马忠国是何等的坚贞，等闲之下，绝不开口。

可惜她还是一个女人，一个需要人爱，需要人疼的普通女人。酷刑之下，她还是拿出了马忠国托付给她的东西，东方云终究是晚了一步。

只是不知道，匣子里装的，到底是"东西"本身，还是有关"东西"的线索。

东方云将匣子顺手收了起来，聊胜于无，他期待能从这空匣子里找出一丝头绪。随后他一步步地朝王紫嫣的卧室走去。

卧室的门是红色的，好像血的颜色。紧紧地关闭着，在这诡异的气氛中显得异常的恐怖，就如一扇吞噬一切的黑暗之门。

东方云走向卧室，脚步声在木质地板上轻轻作响。

同时，在卧室里面，先来一步的"蝮蛇"也举起了自己的手枪。

东方云一步步地往前移动，离卧室的红门越来越近，越来越近。

"蝮蛇"瞄准着卧室的入口，闭住了自己的呼吸。

东方云对准卧室的门，轻轻地、慢慢地，伸出了自己的手。

东方云轻轻地推开了那扇红色的木门。

"蝮蛇"的手指也压在了扳机上，只要东方云走进来，就让他立毙当场。

门，已经裂开了一条缝。

就在这时，一阵枪声响起。

东方云听到枪声的时候，浑身一震，立刻停止了自己的动作。他侧耳一听，发现杂乱的枪声里有着"汤姆森"冲锋枪的声音在咆哮。

在这个时候，在这个地方，能拥有美式武器的人马，除了自己的手下楚超和他带领的接应人员以外，东方云想不出还有别人。

东方云不知道，其实就在刚才，他已经与死神擦肩而过。

但此时他已经无暇多想，突然响起的枪声让他知道事态已经超出了他的控制范围。他冲出房门，冲上走廊。

这时，一队日军刚好冲入小巷。

冲在最前面的机枪手，一眼看见东方云冲上走廊，二话不说抬手就打，"哒哒哒！"一连串的火舌喷出，好在东方云已经抢先卧倒，呼啸的子弹打在他的头顶上方，碎屑横飞中，墙壁上多出了一排触目惊心的弹孔。

"八嘎！"玉川少佐抢上前来，一把推开机枪手，怒吼道，"捉活的！"

趁着这个短暂的间隙，东方云已经踹开四号房门，扑进了屋子里。

"啊！"一声尖叫响起，东方云抬头一看，只见一个年轻的女人正死死地把自己年幼的孩子护在身后，惶恐而又毫不退缩地注视着东方云。

东方云没有搭理她，而是直接冲到后面的阳台上，往下一看，正好看见一队日军匆忙地从巷子口冲进来。

"被包围了！"东方云的心里冰凉一片。

这时，楼下已经响起了日军急促的脚步声和呼喝声。

"躲到床下面去。"东方云对着年轻的妇人冷冷地说了句，随后拿出一枚手雷。

妇人连忙带着自己的孩子连滚带爬地钻到了床底下。

这时，日军的声音已经越来越近。

东方云拉开手雷的保险，计算着时间。

终于，第一队日军冲上了三楼。

与此同时，东方云扔出了手雷。

手雷扔得极有技巧，它从窗户里飞出，在栏杆上轻轻一碰，随后反弹着改变了方向，翻滚着，朝着楼梯口飞去。

此时日军的突击组才刚刚冲过拐角。

"轰！"一声巨响，玉川少佐目瞪口呆地看着手雷在空中划出一道诡异的弧线后在自己的手下们的头顶爆炸，随后飞溅的弹片与钢珠将自己的四名战士给彻底笼罩。

一只血淋淋的手臂还从楼上飞了下来，正好落在了他的面前。

"八嘎！"玉川少佐恼怒不已，一下子就死了四个人。这可是他手下最精锐的特工啊！"狙击手，占领制高点，机枪手，火力掩护！"

话音刚落，日军的机枪手就开始疯狂地开火，四挺机枪对着东方云所在的四号房间疯狂地倾泻弹雨。尘土飞溅，墙壁上顿时多出了成百上千的弹孔。哗啦声中，窗户玻璃在子弹的肆虐下变成了无数的碎片，房门也在死亡的风暴中消失不见。子弹呼啸着，嘶鸣着，在那名躲在床下的妇人撕心裂肺的尖叫声中跳着欢快的舞蹈，进行着它们耀眼的演出。

东方云捂着脑袋死死地趴在地上，只感觉似乎整个天地都在日军的火力覆盖中颤抖。

终于，打光了整整一个子弹链以后，日军结束了自己的火力覆盖。此时日军的狙击手也占领了对面房间的制高点，第二组突击队六名队员小心翼翼地向楼上突进。

玉川少佐警惕地注视着东方云所在的房间。子弹所组成的风暴过后，整个房间已经是面目全非，然而此时却显得异常的寂静，寂静得有一些恐怖。

日军的突击组已经冲上了二楼，四号房间还是没有动静。

日军突击组已经接近了三楼，房间依然是阴森森的，毫无声息。

玉川少佐不由得有些疑惑起来。难道是目标人物已经在自己的火力覆盖下丧生？那活捉计划不就是泡汤了？隐隐的，破天荒的，玉川竟然开始担心起东方云的安全。

日军的突击队已经冲上了三楼，转过拐角，开始一步一步地朝四号房门移动。

就在这时，一个黑影翻滚而出。

"嘭!"对面的日军狙击手只觉得眼前黑影一闪,本能地扣动了扳机。子弹呼啸着从东方云的头顶擦过。

狙击手发现没有击中目标,立刻拉动枪栓,推上子弹,准备再次瞄准开火。

应该说,他做这个动作已经做了不下十万次。他有自信,能在两秒钟以内重新瞄准开火。

然而两秒,仅仅两秒,就成了生与死的间隔。

就在他进行这个重复了无数遍的简单动作的时候,就在这只有两秒中的时间内,东方云已经扣动了自己的扳机。他在两秒钟内连开六枪,六名还没有回过神来的特工队员已经倒了下去。

他们的眉心处,都有一个触目惊心的黑洞。

直到此时,狙击手才上好子弹,将十字架重新锁定到东方云的身上。

但他在瞄准东方云的同时,也看见了东方云指向自己的枪口。

"嘭!"两人近乎同时开枪,子弹呼啸着各自奔向对方的头颅。

只可惜,东方云快了那么 0.01 秒。

仅仅是 0.01 秒。

但在高手的对决中,这已经足够决定一个人的生死。

在子弹射出枪口之前,东方云的子弹抢先钻进了狙击手的头颅。他身体向后倒下的时候,带动着枪口往上抬了那么一点点。

就是这一点点的距离,让东方云再一次与死神擦肩而过。

随后东方云在日军机枪手疯狂咆哮之前,扔出了第二枚手雷。

"卧倒!"玉川看见东方云将手扬起的时候就已经知道事态不对,连忙卧倒在地。但其他日军可就没有这么幸运了。东方云的手雷是凌空爆炸,大大增加了杀伤面积。虽然玉川手下的精锐特工们纷纷作出了规避动作,但还是有三个人被弹片刺穿了喉咙。

东方云早在翻滚而出的时候,就已经拉开了手雷的保险。他赌的就是一个时间差,如果他不能顺利地解决日军的进攻部队,那么手雷就会在他的身边爆炸,把他炸成碎片,不会让日军获得任何的东西。

结果东方云以超出人类极限的方式成功地在两秒内解决了日军的突击队员和狙击手,同时扔出了手雷。

仅剩的两秒延迟时间,让手雷凌空爆炸,起到了最大的杀伤效果。

但东方云也好不到哪里去。

他趁着日军纷纷躲避手雷的时候,重新滚进了屋子里,大口大口地喘着粗气。

刚才的剧烈动作是以无限地压榨他的潜能所换来的。对身体的巨大负荷超出所有人的想象,此时的东方云,就觉得自己似乎是进行了数十个百米冲刺一般,全身上下似乎提不起任何的力气。

东方云抓紧时间检查了一下自己的装备，除开枪膛里的剩余的五枚子弹以外，他还剩下一颗手雷，一个弹匣。

东方云决定将手雷留给自己，他已经陷入了日军的包围，对杀出重围已经不抱什么幻想。他只是希望临死之前能够多拉几个垫背的对手。

东方云重新换上一个弹匣，枪膛内剩余的五枚子弹对于他形同鸡肋。他可不想在高速射击的时候突然要换弹匣。

他调整着自己的呼吸，等待着最后一刻的来临。

楼下，再次响起了日军的呐喊声。

日军的第三次冲锋，开始了。

玉川少佐亲自带领着第三组突击队向东方云发起了进攻。

他牙关紧咬，面目狰狞，双目似有火焰喷出。东方云对日军士兵的杀戮，不仅仅让他感受到痛心，更让他觉得是莫大的侮辱。

为了伏击东方云，他带领了四十名最精锐的特工队员。除了在路口遭遇到不明武装分子的伏击，他留下了十名队员应付对方后，他还拥有整整三十名身手高超的手下。然而面对东方云一个人，一把枪，他最引以为自豪的精锐特工队碰得头破血流，居然在损失了三分之一的力量后连对方的一根汗毛都没有碰到。这怎么不让他感到羞耻和屈辱。

虽然自己最尊敬的上司藤田大佐一再告诫自己要冷静，然而面对如此猖狂的对手，面对如此难堪的局面，怎么让他冷静下来。

所以玉川决定亲自带人进攻。他要用自己的血来洗刷自己的屈辱。

他就不信自己的对手是不死之身，刀枪不入。如果他不能亲自活捉对手，那么他就死在对手的枪下！

玉川觉得，自己的每一根神经，每一寸肌肤，每一条血管，都在熊熊地燃烧。

但越是如此，玉川就越是小心翼翼。

他虽然杀气腾腾，面目凶狠，但他毕竟还是一名出色的特工，不然他也不会得到藤田一郎的器重。他手持"百人"式冲锋枪，带领着八名手下，排着战斗队形，小心翼翼地向楼上摸去。

在自己战死和活捉对手之间，他还是更喜欢后者。

一步、两步、三步……

玉川带领手下们一点一点地往楼上挪动。八名手下交替掩护着，确保前方的每一寸空间都在他们交叉火力的打击范围之内，一有风吹草动立刻就地卧倒瞄准侦察情况。因而花了差不多五分钟的时间，他们才走上二楼。

在楼下，剩余的十几名日军特工都紧张地盯着四号房间的门口，只要东方云一现身，他们就会用无情的弹雨把东方云给打回去。

就在玉川少佐踏上第三楼第一层台阶的刹那，暴雨般的枪声再次响起。

可惜，这一次的子弹，飞向的不是东方云的方向。

因为就在玉川少佐带领手下的特工们慢慢地往第三楼移动的时候，角落里忽然冲出几辆轿车，随后在楼下日军官兵们近乎呆滞的眼神中，喷出了死亡的火舌。

铺天盖地的子弹带着灼热的高温席卷了整个天地。金属的风暴过后，地上躺下了一地的尸体！

已经从枪声里意识到情况不对的玉川少佐发疯般地跑向走廊，这时他正好看见一个黑影从自己的眼前闪过。

是东方云！

同样，根据枪声判断出有异常情况的东方云也冲出了房间，当他看见几辆轿车对着楼下的日军士兵疯狂扫射的时候，他想也不想就从三楼纵身而下。

落地，翻滚，借此卸去从高楼坠落的强劲力道，就在这时，他的身边窜起无数的火花。

是玉川。已经红了眼的玉川完全不顾自己会暴露在敌人的火力之下，就这么直直地站在楼上，端着冲锋枪对准东方云疯狂扫射。

"少佐！"就在他马上要打中东方云的时候，身旁一名特工队员一声狂吼，把他扑倒在地。金线横飞中，那名特工队员的肩头绽放出一朵美丽的血花。

"上车！快！"车门打开，露出了旭日那张美丽的脸庞。她一面拿着冲锋枪压制着玉川少佐在二楼的部队，一面狂吼道。

东方云无暇多想，爬起来猛跑几步，随后一个前扑，钻进了汽车里。

汽车发动，飞快地从玉川少佐的视线里消失了。

"八嘎！"玉川少佐发出一声痛彻心扉的嘶嚎，气急攻心之下，一口鲜血就吐了出来。

随后他眼前一黑，昏了过去。

他不知道的是，其实局面并不像他想的那么糟糕。

同样，也不像旭日或者东方云想的那么美好。

因为就在车队刚刚开出街口的时候，他们就受到了迎头痛击。

"轰！"一声巨响，街对面，上百名日军已经设置了岗哨和防御阵地，一门九二式步兵炮的炮口还在散发着淡淡的硝烟。

几乎同时，在车队旁边，一面墙壁整个地粉碎掉，无数的砖瓦石块如暴雨般打在车身上，顿时就有两名旭日手下血溅当场。

"左转！"旭日狂叫着，指挥着手下发疯般地旋转着方向盘，整个车队生生地转出一个九十度的弧度，随后加足马力就往前狂冲。

"轰！"烟雾腾起，九二式步兵炮再次咆哮。

这时，旭日手下的三辆车已经冲出了大炮的射击范围，唯有第四辆车才刚刚准备加速。

结局是悲剧性的，炮弹直接击中了车身，顿时轿车化为了一团炽热的火球。

"冲！"感受着背后的高温，旭日也变得疯狂起来，她拼命地吼叫着，似乎只要这样，汽车就能再开快一点。

东方云也是面色阴沉，因为他知道，他们再次陷入日军的包围了。

汽车似乎感受到了旭日的号召，车轮转动得更加迅猛，在与地面的剧烈摩擦中，竟然有点点火花溅出。马达轰鸣，车队如闪电般开往街道对面的十字路口。

奇怪的是，他们后面的日军似乎完全没有追击的意思，只是静静地待在原地，目送着旭日的车队离那十字路口越来越近。

就在这时，履带作响，两边道路的建筑物后面，忽然开出两辆日军坦克，它们面对面地停在一起，组成了一个钢铁屏障，将道路彻底封死！

进无可进。

随后，日军坦克的炮塔和机枪同时开始了转动。

原本四通八达的十字路口，旭日等人的逃生之路，因为坦克的突然出现，竟然变成了死路！

"冲过去！"嘶吼声中，整个车队毫不减速，依然箭一般朝日军坦克冲去。

"他们疯了吗？"东方云的脑海里闪过无数的震惊。他不明白旭日为什么要这样做，难道他们想用汽车把坦克给撞开？

汽车还在加速，东方云甚至能感受到，冲在最前面的那辆汽车上所传来的冲天杀气和无比惨烈。

"哒哒哒哒！"相对于缓慢的炮塔而言，日军坦克上的机枪还是先一步开始了咆哮。无数的弹壳从枪膛中欢快地跳出，飞射的子弹组成了一把死神之扇笼罩了小小的方寸之地。

毫无悬念的，第一辆汽车的所有成员全部丧生在暴雨般的子弹中，甚至整个轿车的车顶都被这疯狂的射击给削掉，硬生生地把一辆轿车给变成了敞篷车。

但那已经被打掉半个脑袋的轿车司机，却还是死死地踩在油门上。

这本来是不可能的事情，但它终究还是发生了。

或许是悬念，或许是信仰，但已经没有一个活人的轿车还是这么怒吼着，狠狠地撞在了坦克的装甲板上。

强烈的冲击让整个轿车的车头凹陷了进去，车尾高高翘起，随后狠狠落地。

关键就在这落地的瞬间。

就在这一瞬间，已经是全身弹孔的第二辆轿车已经飞扑而至，随后杂技般的，它的前轮竟然微微地翘了起来，随后搭在第一辆已经完全报废的汽车的车尾上，从它的车身上冲了过去，冲上了坦克，随后呼啸着从坦克身上开了下来，落在街道上向前狂奔。

在它身后，另一辆汽车如法炮制，越过了日军坦克的封锁线。

"怎么可能！"楼房上，正在俯身下看，等待着旭日的车队在日军坦克面前束手就擒的藤田一郎大佐看着旭日车队剩余的两辆汽车用这种匪夷所思的方式冲破坦克的阻拦，惊讶得说不出话来。

他立刻意识到，旭日他们开的，肯定是改装车！

好在，作为一名优秀的特战指挥官的他，还是作有准备。

就在旭日的剩余车辆冲破日军的阻拦的时候，两边街道的角落里，十余辆日军摩托车已经飞驰而出，如恶狗般向汽车狠狠扑来。

"给我打！"旭日吼叫着，操起冲锋枪就对着日军的摩托扫射。汽车里的特工们也纷纷拿起武器开火。日军的摩托车队自然不会甘心成为旭日等人的活动标靶，车上的机枪拼命地压制着汽车的火力，双方就这么战斗着，追逐着，打得难分难解。

在后方，藤田一郎拿起报话机，不断地调兵遣将。

随后，各路日军紧急出动，开始在各个路口设置关卡，坦克，机枪，步兵炮，纷纷各就各位。

一张巨大的包围网已经展开，就等着旭日的到来。

"哒哒哒哒哒！"日军摩托车上，子弹如飞蝗一般直扑而来，打得汽车不断呻吟。此时街道上，只剩下旭日和东方云乘坐的最后一辆汽车。他们仅剩的同伴，已经在两分钟前和三辆日军摩托同归于尽了。

在他们后面，还有五辆日军摩托车在穷追不舍。

在旭日的车里，已经有两名特工战死。整辆汽车上都布满了密密麻麻的弹孔，汽车玻璃已经完全粉碎，司机阿强的脸部被弹片划出了一道长长的伤痕，鲜血直流，看起来异常的恐怖。旭日的肩头中了一枪，血流如注。唯一完好无损的，就是东方云。

他此时正拿着一把冲锋枪和后面的日军追兵交战在一起。他的神情异常地专注，似乎完全没有意识到自己正在陷入一个必死之局。他平稳地呼吸着，快慢有数地射击着，他那锐利的双眼在告诉所有注视他的人，他，上海军统站总站站长东方云，早已把生死置之度外。

刷的一声，满头是汗的旭日撕下了自己的衣襟，进行着紧急的伤口处理，此时，汽车又冲过了一个拐角。

"哒哒哒！"一连串的子弹飞来，打得汽车的防弹钢板"咯吱"作响。

街对面，又是一处日军设置的哨卡，有近一个排的日军和两挺机枪在对着旭日的汽车虎视眈眈。在机枪的后面，一辆日军坦克正在向他们瞄准。

阿强咬着牙，鲜红的血从他的嘴里流出。他用力地转动着方向盘，几乎要将它整个的从汽车上扯下来。

随后汽车如圆规般在原地划出一个大圆圈，紧接着向另一个方向飞驰而去。

"轰！"坦克的炮管喷出一股白烟，炮弹呼啸而出，从阿强驾驶的汽车刚才所在的位置飞过，将一处楼房打得粉碎。

砖石横飞中，三辆日军摩托车冲出层层烟雾，紧跟在汽车的后面飞驰。

"没子弹了！"就在这时，东方云的声音轻轻响起。

旭日抬起头，眼神中闪过一丝绝望。

东方云手里的枪，已经是他们最后的武器。

在后面，还有两辆日军摩托在穷追不舍。刚才东方云射出了最后的几发子弹，将一辆日军摩托的驾驶员打成了碎片。

"阿强！你只管往前开！"绝望中，强悍如旭日也只能听天由命。

汽车拖着它已经不堪忍受的身躯继续飞驰。

再次转过一个拐角，一阵清风拂过。

江水翻涌，浪花多多，上海的母亲河——黄浦江，已经出现在他们的眼前。

"冲！"旭日发出一声充满着杀意与血色的嘶嚎。

阿强没有说话，只是木然地踩着油门，任无数的血珠从他的头上滚落。

东方云也平静地闭上了自己的双眼。

汽车咆哮着，带着一往无回的惨烈与悲壮，如流星划过天际的光辉，在刹那之间变得如此的耀眼与明亮。

随后，它向着滚滚江水，飞驰而去。

上海郊外。

此时，已经是傍晚时分。

太阳已经逐渐地落下了山冈，唯剩下天边一缕璀璨的晚霞。

滚滚江水，就在晚霞的余晖中奔流不息。江面上波光粼粼，在微红色的霞光中显得是如此的宁静与诗意。

就在这时，"哗"的一声声响，让这所有美丽的气氛荡然无存。

只见水中忽然站起三个人，正是东方云、旭日和阿强。

他们乘坐的汽车义无反顾，毫不停留地冲入了滚滚黄浦江中，日军的追兵目瞪口呆。随后日军紧急出动了江面巡逻艇，同时派遣大批部队沿江搜寻，却还是没有找到东方云等人的下落。

无奈之下，日军只有收兵回营，同时不死心的藤田一郎还在江岸两边布置了大量的暗哨，期待有所发现。

日军不知道的是，东方云他们早就已经顺江漂流而下，离开了上海市区。

他们现在所处的位置，应该是在上海郊外一处荒凉隐蔽的沙滩上。

"你怎么样？"东方云向旭日说道。此时的旭日已经失去了独立行走的能力，因为江水的长期浸泡，她肩膀上的伤口已经有化脓的迹象。在她的旁边，她的司机阿强正小心翼翼地扶着她，同时用警惕的眼神望着东方云，全然不顾自己脸上的伤口也是异常的严重和恐怖。

"我没事，小伤。只是被江水泡得太久，恐怕要化脓。"

"那得赶紧治疗，不然会出问题！"

"嗯！"旭日点了点头，忽然挣扎着自己直起身子，对阿强说道，"阿强，你去前面警戒，我和东方先生有话要说。"

阿强看了看东方云，没有行动。

"快去！"虽然受了伤，但旭日还是保持着她的强人本色，口气中的命令成分不容置疑。

阿强狠狠地瞪了东方云一眼，随后悻悻地走到了一旁。

"说吧！我知道你肯定有话要说！"旭日扭转头，略带调侃地对东方云说道。

"为什么要救我？"

"因为我想救你！"

"死了那么多人，值得么？"

听了东方云的话，旭日不由得笑了起来，她说道："你这个问题显得很幼稚。值不值得不是你说了算的，而是我说了算。我只希望你知道，我们是合则两利分则两害，合作的好处远大于对抗。"

东方云点了点头，其实他对旭日的感情也很复杂。毕竟旭日接连两次的救命之恩东方云也不是无动于衷。他说道："既然如此，那我答应与你长期合作。但如果你们图谋不轨，就别怨我不记旧情。"

"你放心，至少现在我们不会有何企图。对了，日军这两天行动频繁，你作何看法？"

东方云想了想，说道："日军展开如此大规模的清洗行动，肯定有所依仗，我想他们肯定获得了什么秘密武器！"

"不错！而且这个秘密武器还是从德国进口的侦听装置！"

"你怎么知道？"东方云惊讶地问道。他仅仅是依靠个人的推测来判断日军可能拥有先进的侦听装置，可是推测毕竟是推测，他不可能像旭日这般说得斩钉截铁。

旭日笑了笑，说道："你有你的渠道，我有我的手段。重点不是我的情报从何而来，而是我们应该如何把这颗钉子给拔掉！你要知道，日军的侦听装置存在一天，对我们都是莫大的威胁。我们总不能一直不开电台吧！说来庆幸，如果不是昨天电台忽然出了故障无法使用，我就不会出现在这里了。没有人来救你，你也是死路一条。"

对于旭日的话，东方云也只是露出感激一笑，但他的内心，却是波涛汹涌。

在同一天，在同一个敏感的时间，在日军采取行动的时候，军统和旭日组织的电台居然同时出了问题。

难道，这真的是一个巧合？

但东方云无暇多想，因为旭日摆出了一个更加严重的问题。

那就是如何解决掉眼前的危机。

旭日的话很有道理，日军的侦听装备已经威胁到了所有的人，如果不能把它解决掉，那么军统会寸步难行。

"这样，我们分头行动，先各自打探消息，每周三上午，我们在虹口公园会面，然后再确定详细计划，如何？"

东方云点了点头，他目前也找不到更好的办法。他最后看了一旭日一眼，随后说道："保重！"

接着他头也不回地朝前走去。

旧的合作已经结束，新的合作还没开始，他没有必要也没有理由继续留在旭日的身边。

他们两人，一个英俊潇洒，一个美艳绝伦。如果换在平时，他们应该互相倾慕，甚至发展出一段旷世良缘。

然而生逢乱世，各为其主，注定了他们这一生，都不会成为彼此的归人，只是一个匆匆的过客。

旭日有些呆滞地看着东方云消失在夕阳的余晖中，不知道在想些什么。

不知不觉间，远方警戒的阿强走到了她的身边。

"组长！"

"嗯？"

"我不明白，我们牺牲了那么多人，就为了救一条走狗？"

旭日叹了口气，说道："他不是一般的人，他对组织有非同寻常的意义。因而组织才会下令不惜一切代价地争取他。何况，他是寻找东西的关键线索。"

说完，旭日朝着远方，朝着东方云远去的方向，投去一束复杂莫名的目光。

上海，"蝮蛇"总部。

"蝮蛇"坐在椅子上，反复地看着自己手里的一块丝绸。

这块丝绸，就是他从王紫嫣交出的那个红木匣子里拿过来的。

他只比东方云早到了五分钟。五分钟，他在五分钟之内毫不犹豫地实行了断指酷刑，逼迫王紫嫣交出了匣子。

可就在这时，东方云也赶了过来。

他飞快地干掉了王紫嫣，拿走了丝绸，躲进了卧室，却把红木匣子遗留在了客厅里。

他忽然很懊悔，他觉得自己应该把匣子拿过来。

虽然他曾经粗粗地看过一眼，那个匣子，似乎就只是个普通的木匣，没有任何的玄机。

但他觉得，如果自己能把它拿回来的话，肯定会有所帮助。

因为他还没有弄明白丝绸上写的字是什么意思。

他再一次展开丝绸。

再一次自言自语地读起了上面的字。

那是一句暗语。

金戈铁马，流水人家！

上海，军统第四分站。

昏暗的灯光下，上海军统站第四分站的站长杨建，正在噼里啪啦地打着算盘。

他的速度很快，算珠在他舞动的手中发出一连串悦耳的撞击声。小小的算盘在他的手上，几乎要成为一件精美的乐器。

每打一会儿，他就会拿起毛笔，在纸上仔细地写着什么。

他是在记账。

是的，记账，记载他这小小的棺材铺每一天的利润收入。

如果有外人看见这一幕，恐怕很难相信，堂堂的第四分站的站长，国军中校，居然会在三更半夜的时候算账。

偏偏杨建就是这样一个人。他年纪其实还不到四十岁，偏偏异常显老，看起来似乎快接近五十。他穿着一件青色的长衫，戴着一副有些搞笑的眼镜，神情专注，就如在书写一份极端重要的情报一样。

杨建是一名很优秀的特工。他的优秀，在于他能够很快地融入到他的第二职业当中去。

每一个特工都有自己的第二职业，唱歌、跳舞、教书、修理、经商，等等，而且每一名特工的第二职业都必须要相当的优秀，这样才能最好地掩盖他们的身份。

甚至绝大多数时候，特工们所做的事情都是围绕着自己的第二职业展开，乃至有的人一做就是一辈子。

只有非常年代，关键时刻，他们才会露出自己的锋芒，展现自己的实力。

就如一把封存百年的名剑，不出鞘时仿若一束路边的枯枝。

然而一旦长剑一出，就必然血流五步，寒光千里。

正所谓满堂花醉三千客，一剑光寒十九州。

而杨建，无疑是这里面的佼佼者，他做过修理工，做过清洁工，做过中学教师，甚至还在一个教堂里做过神父。

他的第二职业根据自己的任务需求在不断地变换，然而不管他做哪一行，他总是能够很快地融入进去，然后成为那一行的佼佼者，似乎他从事那一行已经数十年一般。

曾经有一次，他在一名日本军官身边做翻译，每天从他那里传出无数的情报。而直到他接到情报，亲手结果那名军官的性命的时候，那名军官还不敢相信他居然是军统的棋子。

所以，他才能做到第四分站的站长这个职位。

他现在的身份是棺材铺的老板，他也自然地将小商人的重礼、吝啬，乃至苛刻发挥到了极致。

就在这个时候，他的店门响了。

敲门的人按照一定的节奏和韵律发出了声响，这是军统联络的暗号。杨建皱了皱眉头，从自己的抽屉里拿出一根铁签，袖子一抖，就将铁签收了进去。

他这根铁签上，沾过无数人的血。

随后他走到房门前，将房门打开一条缝，往外看了看。

他的动作极有技巧，大半身子都隐藏在门口，只将一点点身躯暴露在那来客可以注视的门缝中，只要一有情况，他马上就能闪躲。

这不是他的做作，而是一种本能。

特工，是在钢丝上行走的人生，是在刀尖上跳舞的艺术。

这个职业，需要超人的胆气，缜密的思维，高超的技艺与必死的决心，同时，还需要一颗淡泊名利，甘于平淡的心态。

从某种意义上来说，它是一种反人性、不道德的职业，不是一般的人所能胜任的。

而此时，这些所有先决条件的代表，他的顶头上司东方云，正站在他的门外。

虽然如此，但杨建并没有马上开门，而是先拉了拉门口的铃铛。

这个铃铛是一个报警装置，直通内宅里军统特工们的房间。

随后，他才打开了门，将东风云让了进来，又连忙把门关上。

东方云刚刚进屋，好几名军统特工就穿着长衫马褂，一脸警惕地走了进来。

东方云微微一笑，说道："不错啊，我难得来一次，你们就好大的阵仗。"

东方云这话一出，几名特工都有些紧张起来。毕竟在非常时期，他们的生杀大权都集中在东方云手里，只要东方云愿意，随时可以取他们的性命。只需要直接安上一个叛徒的罪名，他们在后方的家人还会受到牵连。

所以，得罪东方云，是他们绝对不想看到的事情。

然而杨建却只是微微的鞠了一躬，不卑不亢地说道："对不起长官，非常时期，还望长官见谅。"

东方云摆摆手，说道："我没有怪你的意思。你很不错！"

"谢长官夸奖。"

"让他们都下去吧，我有事情给你说！"

"是！"杨建点了点头，挥挥手，那些军统特工们如蒙大赦地退了下去。

东方云一屁股坐在凳子上，直接拿起杨建放在桌上的茶水连着茶叶倒进嘴里，随后感慨道："好茶！"

然而本来万事不惊的杨建却有些紧张起来，他轻声说道："长官，这是隔夜的茶，对身体不好！"

听了杨建的话，东方云不禁哑然失笑。他的心情难得的好了起来，他说道："品茶就如品味人生。人生不同，境遇不同，自然品味也不同。有的人品茶，品的是意境深远，淡泊心境；有的人品茶，品的是事态表象，富贵荣华。你道这茶隔夜，有伤身体，我却认为这隔夜之茶颇有人生沧桑，时光流逝之感，你说是你对，还是我对；是你错，还是我错？"

杨建毫不犹豫地说道:"无人对,亦无人错!"

"哦,此是为何?"

"回长官。属下觉得,人生就如岔路,没有到尽头,你永远不知哪条路好走,那条路不好走。有时候此路一马平川,然则杀机暗藏;有时候彼路险峻无比,却是有惊无险。然则各人选择不同,一马平川者,不能嘲笑他人的险峻;有惊无险者,亦不能蔑视他人的短浅。因为谁也不知谁会笑到最后,谁能笑得最好。"

听了杨建的话,东方云微笑着说道:"我终于明白,为什么马上校生前会力排众议,立你为第四分站的站长。第四分站有第二总站之称,兵强马壮,人人都觉得其统领应该是雄才大略之人。却不知正因为第四站是我们最后的杀手锏,所以才需要一个心性淡泊,能耐寂寞的人前来统率。毕竟宝剑总藏于石鞘之中,不到最为关键的时刻,你们是派不上用场的。这也是为什么,我来到上海之时,不在你们第四站落脚的原因。"

"长官运筹帷幄,思谋周虑,属下自然能明白长官的苦心。"

"怕就怕你手下的那批特工,他们都是身怀绝技之辈,偏偏看着别人风生水起他们却只能长久潜伏,我怕他们耐不住寂寞啊。"

"长官放心。属下手下之人皆是党国忠诚之士,为了党国,为了领袖,即使肝脑涂地,也在所不辞。区区委屈,不在话下。"

"嗯!"东方云点了点头,说道,"虽然你们是组织的秘密武器,非生死攸关之时不可轻动,但宝剑锋从磨砺出,也该是你们出来活动活动的时候了。"

说完,东方云重新拿起茶杯,喝起茶来。

而杨建,依然是一脸平淡,水波不惊。但他的双眼里,已经蒙上了一层淡淡的红色。

血的颜色。

第九章　叛　徒

黎明时分，东方云回到了军统总站。

当他回去的时候，总站里正乱成一团。楚超极为担心东方云的安危，就快按捺不住，要打开电台命令所有军统成员寻找东方云的下落。

他也不得不担心。昨日，他们在警戒的时候发现了玉川少佐带去抓捕东方云的队伍，双方立刻展开了枪战。然而玉川少佐却没有和他们纠缠，只是留下一队人马与他们僵持之后就带着大部分的力量向着东方云直扑而去。楚超带着人马几次冲锋，然而日军特工也是精锐战士，双方谁也奈何不了谁。

随后大队日军赶到，楚超无奈，只有带着两个心腹杀出重围逃了出来。好在日军的重心目标是东方云，也没有对他们展开追击，任由他们逃走了。

但纵是如此，楚超带去的人马也是伤亡惨重，十名精锐特工，只有他和两名心腹手下得以逃脱，其余全部阵亡。

楚超回到总站后，知道东方云肯定是凶多吉少，但情况不明又不能擅自行动。只能撒出总站特工，探听东方云的下落。后来一名手下回报，说一辆被日军追击的轿车冲入了黄浦江中，楚超心如死灰，只能暗自祈祷，希望东方云能够平安归来。

好在东方云福大命大，安然无恙，这让楚超欣喜不已。

但东方云的心情可是一点都不好。他直接回到了自己的房间，关上门，随后躺在了床上。

他很累，很苦，最近发生的很多事情让他焦头烂额。他感觉，似乎是谁在自己的脖子上套了一根看不见的绞索。而今，这绞索正在越来越紧，越拉越紧。

更让他感到头痛的，是总站又出了叛徒。不然日军不会伏击他，如果不是旭日的突然杀到，他已经命丧黄泉。

而他前往的地点，只有楚超和寥寥几人知道。

结果不但自己晚去了一步，王紫嫣已经被人灭口，东西的线索也消失不见。

这些事情给了东方云极大的压力，特别是军统总站出了叛徒，这是对东方云而言最为严重的打击。因为这样一来，总站就有暴露的危险。

东方云不想重蹈马忠国的覆辙，所以他必须要把叛徒除去。

叛徒是谁，楚超？

还是其他的人？

一张又一张熟悉而又陌生的脸庞从自己的脑海中闪过，东方云闭上双眼，不知道在想些什么。

忽然，他睁开了眼睛。

随后，他拿出了红木匣子，开始细细地端详。

这个匣子里，原本装着某样和"东西"有关的事物。东方云不认为马忠国会如此简单地把东西本身给装进匣子里，那么这个匣子里，装的肯定是东西的线索。

然而，它现在已经是空空如也。

东方云只能心怀侥幸，期待能从里面找到一丝头绪。

他用自己白皙的手指轻轻地抚摸着匣子，很慢，很轻，很温柔。他感受着红木的纹理，感受着木匣的质地，他是那样细心，似乎就连木匣上的每一粒灰尘，都要感受得仔仔细细。

然而，他始终没有任何的发现。

东方云懊恼地重新躺到了床上。

他很失望，非常非常失望。

就在这时，他眼角的余光却看到了枕边的一个蓝瓶。

瓶子里面装着特殊的药水。他就是凭借这药水，在马忠国的房间里发现了他留下的暗语——东方红。

他从床上惊坐而起，随后连忙打开瓶子，将药水涂抹在自己的手上，随后在整个红木匣子上抚摸。

他的眼神里充满了期待。

果然，红木匣子发生了变化，只见在木匣底部，出现了一个圆圈。

但可惜，仅仅是一个圆圈。

东方云又把匣子翻来覆去地看了好几遍，确定没有其他东西之后，他重新把视线定格在了圆圈上。

一个圆圈，一个普普通通的圆圈，就这么孤零零地立在红木匣子的底部，除此之外，再无任何线索。

难道马忠国费尽心思，就是为了在木匣上画一个圆圈？

不可能！绝对不可能！这里面肯定有它特殊的含义！

东方云只觉得自己心烦意乱，内心深处似乎有一个声音在不断嘶嚎，那种强烈的郁闷与不安就如一个欲脱笼而出的野兽，要冲破他的身体，将他挫骨扬灰，让他粉身碎骨。

他忽然很想出去走走，虽然他已经整整一天没有休息过了。

他脱掉长衫，换上西装，随后走出了门。

在门口，他碰见了楚超。

"长官！您又要出去啊？"楚超显得很惊讶，因为他不明白为什么东方云刚刚平安归来，却又要出门而去。

东方云没有回答，只是点了点头，随后走出了总站的大门。

在他的背后，有一个人正在默默地注视着他，眼神复杂。

上海春天的黎明，显得有些森冷。

风缓缓吹过，卷起地上的落叶，让这森冷中又添加了几分凄凉。

街上的行人很少，大多行色匆匆，谁也没有心思在这充满凉意的早晨驻足凝望。

唯有日军巡逻队的脚步声，在凄清的大街上哗啦作响，宣示着他们占领者的身份与权力。

日军的血腥清洗，终究还是影响到了上海夕阳般的繁华。连续不断的枪声与鲜血在上海的上空抹上了一层浓浓的血色。如今的上海，虽然还是那颗璀璨的东方明珠，可惜已经逐渐蒙尘。

这时，一队日军迈着步子从大街上走过。

他们头颅高昂，神色肃然，刺刀闪亮。他们是在昭示，昭示他们的强大，昭示他们野兽般的末日疯狂。

刺刀尖上，还有太阳旗在迎风飘扬。

"日之丸"，一个充满邪恶含义的标志。

白底红圈，是如此的刺眼。

忽然间，东方云觉得这个场景很熟悉。那日之丸，很像是红木匣子上的圆圈。

马忠国留下的那个暗语，再次浮上他的心头。

东方红！

忽然，东方云浑身剧震。

东方红？难道是他？

与此同时，在一处古玩店内，一个客人正在好整以暇地把玩着一块玉器。

他就是东方云最为强大的神秘对手——"蝮蛇"。

"蝮蛇"穿着黑色的长袍，手里拿着根烟杆，显得朴素而又不失风范。但他的手背上已经没有了"蝮蛇"文身，他将一块人造皮肤贴到了手背上，把文身给掩盖起来。

低调，也是"蝮蛇"的原则。

战乱时期，除了那些日伪高官，达官贵人，不会有人对古董感兴趣。因而店铺的生意也显得异常的冷清，伙计无精打采地趴在柜台上，一点也没有招待的意思。他只看出蝮蛇的简朴，却没看出他的风度，因而懒得搭理这个看起来没什么油水的家伙，"蝮蛇"倒也乐得清闲。

他是出来散心的，因为到现在他都还没明白那块丝绸上写的"金戈铁马，流水人家"是什么意思。

随后，"蝮蛇"抬起了头。

玉的成色并不能让他满意，他准备离开。

可就在他抬头的时候，他忽然愣住了。

因为他看见了一幅书法。

对"蝮蛇"这样的人来说，不要说是一幅普通的书法，哪怕就是王羲之的真迹《兰亭序》摆在他的面前，他也不会有任何表情。

唯有完成自己的任务，进行自己在刀锋上跳舞的人生，打败一个又一个强大的对手，才能让他感到快感如潮，汹涌澎湃。

他之所以会愣住，是因为书法的内容。

一首词，一首耳熟能详，很古老的词。

准确地说，是词的两句经典之作。

古道西风瘦马，小桥流水人家。

"蝮蛇"就这么静静地站在原地，如石雕般一动不动。

柜台上的伙计也好奇的看着蝮蛇，他不明白一幅书法的赝品有什么地方值得这样的凝视。

他没有看见"蝮蛇"颤动的嘴唇，也没有听见他轻轻的话语。

"蝮蛇"在喊着一个名字，一个已经逝去的人的名字。

"高桥！"

上海，军统总站。

东方云坐在椅子上，看着自己眼前的几名心腹手下。

他们是目前除开东方云外总站内最有权势、最能接触核心机密的人。

包括楚超在内。

东方云就这么直直地看着他们，没有说一句话，好半晌，他才说道："你们下去准备，明天我们有一个大行动，今天晚上开会讨论作战计划！"

"大行动？"所有人都愣了一下，他们没想到东方云刚刚历险回来，就又要开始行动了。

"长官，最近我们损失了不少弟兄，您看是不是……"

东方云挥挥手，打断了楚超的话，说道："这件事情刻不容缓，也十分机密，我们不能从其他分站抽调人手。我意已决，你们下去吧。"

"是！"几名心腹对视一眼，随后恭敬地退了下去。

随后东方云闭上眼睛，点上一支香烟，沉醉在袅袅的烟雾中。

在人们不经意的时候，时间流逝的速度似乎要大大地快于平常。

下午时分，东方云离开了总站。

他确定没人跟踪后，来到了一处茶楼的包厢里。

在里面，第四分站的站长杨建，正在恭敬地等待着。

"怎么样？"东方云没有废话，直接开门见山地问道。

"回长官，我们在总站周围布控，发现有三个人前后离开总站。跟踪之后发现，有两人属于正常外出，唯有一个人与一名男子在酒楼里秘密接头。"

"那个男子长什么样？"

"隔得太远，那男子也装扮得很有技巧，看不清楚。我们也不敢贸然跟踪他，害怕打草惊蛇。"

"你们做得对，现在告诉我，那个叛徒是谁！"

听了东方云的话，杨建忽然从座位上站起，对着东方云深深地一鞠躬，说道："属下教导无方，以致今日之局，请长官责罚。"

"关你何事？"东方云惊讶地问道。

杨建的声音有些沙哑，似乎是在极力地克制着某种情绪，随后才一字一句地说道："这个人，就是张振华！"

"张振华？怎么会是他！"东方云惊讶地问道，随后沉默不语。

是啊，怎么会是他？

这也是杨建难以理解也无法释怀的问题。张振华出道于军统第四站，年轻有为，战功赫赫，号称是军统上海站最有潜力的年轻特工，就连军统主管戴笠都对他的名字有所耳闻。杨建更是将他当做儿子一般悉心调教，对他寄予了极大的期望，而张振华也没有辜负他的苦心，被前任站长马忠国调到身边，一直从事核心的机密工作，正是大有可为之时。

何况，在重庆，还有他深爱的妻子。

这也是军统的后招之一，为了防备那些核心的高级特工叛变，他们在后方的家人都被军统十分周到地"保护"起来，因而他们倘若做了叛徒，那么在后方的家人必将受到巨大的牵连。

可就是这么一个人，居然还是叛变了。

看着自己的希望在瞬间毁于一旦，那种撕心裂肺的痛苦，不是一般人所能体会。

纵然杨建做特工已经做了十几年，早已是心坚似铁，然而如今依然难以释怀。

沉默良久，东方云和杨建都没有说话，气氛显得极为的压抑。

最后，还是杨建先开口说道："长官，我们是否顺藤摸瓜，将敌人彻底铲除？"

东方云摇了摇头，说道："张振华叛变，总站已有暴露危险。非常时期，当断不断，其后必乱，简要审问之后，就地处决！以后你们第四站抽调核心人马，负责监视工作，组织，绝对不能再出叛徒！"

"是！"杨建点了点头，心中五味杂陈，难以言语。

看着杨建的样子，东方云也不得不叹了口气，说道："天要下雨，娘要嫁人，让他去吧！"

随后，他头也不回地走出了房间。

东方云不知道的是，他的一举一动，都已经落入了一双阴沉的眼睛中。

上海，军统总站。

张振华走进东方云的房间后，楚超猛地关上门，随后站到了门边。

房间里，还有其他几名特工站在各个角落，东方云坐在位置上，闭着双眼，沉默不语。

眼见此情此景，张振华的心里已经涌现出极为不好的预感。

随后，东方云睁开眼睛，紧紧盯着张振华说道："你为什么要做叛徒？"

"长官，我……"张振华还想要辩解，东方云的第二句话已经接踵而来："交代你知道的一切，我会让你走的好过一点。"

"哈哈哈哈！"听了东方云的话，张振华忽然发疯般地笑了起来。随后，他才用近乎嘶嚎的声音怒吼道："不错！我是叛徒！可是你以为我想吗？谁不想做英雄，谁不想万人敬仰富贵荣华！可是我们为党国出生入死，得到了什么？那些当官的高高在上，吃喝嫖赌无所不为，肆意挥霍民脂民膏。而我们呢！处于风口浪尖，行走黑暗边缘，永远不知道这样的生活什么时候才能够结束。更不知道在你吃饭的时候，睡觉的时候，甚至是搂着女人上床的时候会不会突然有人冲进来把你打得脑袋开花脑浆四溅！当兵的死了好歹还能留个名字，我们连名字都没有！我们为党国做了那么多贡献，没有人知道我们！没有人明白我们！甚至让我们在大街上扫一辈子的马路，就为了一句话，忠于党国忠于领袖！我呸！凭什么！这个腐朽的党国，那个专制的领袖，有什么资格让我付出忠心！甚至就连我们死了，那些后方的官僚还要克扣我们的安家费，为什么，因为这是官场惯例！不错，我的老婆是在你们手上，但老婆没了可以娶，儿子没了可以生，我要没了，就什么都没了！"

也许是太过激动，也许是太过恐惧，张振华在歇斯底里当中暴跳如雷，竟然在原地跳了起来。

就在这时，一声枪响。

随后，张振华的脖子里喷出一股血雾。

"卧倒！"东方云的反应之快，枪声一响人就已经抢先扑倒在地，随后他飞快地爬到张建华的身边，问道："说！和你接头的是谁，快说！"

刺客的这一枪，本来是瞄准的张振华的脑袋。谁知道张振华太过激动，居然毫无征兆地原地跳起，此时刺客正好扣动扳机，呼啸的子弹没有打爆张建华的脑袋，却射穿了他的脖子。

鲜血如泉水一般从张振华的喉咙里冒出，染红了他的身躯，也染红了他身下的地板。他已经说不出话来了，他只能死死地抓住东方云的手，喉咙里冒出含糊不清听不明白的音节。

也许是苍天有眼，也许是太过不甘，张建华最终还是挣扎着，极为痛苦地说出一个字："蛇！"

随后他紧紧抓住东方云的手，垂了下来。

鲜血还在不断地往外冒，他年轻的脸庞已经被死神的狰狞所覆盖，他的眼睛睁得很大，却不知到底是对这世间的留恋，还是对这现实的控诉。

东方云不明白张振华说的蛇是什么意思，但他却明白了张振华为什么会做叛徒。

特工是一个危险的职业，也是一个付出和回报绝对不成正比的职业。在绝大多数的时候，特工们都是依靠某种狂热的信仰来支撑自己疲惫的身躯，来进行这种刀尖上跳舞的生活。

然而，如今山河破碎，形势危急，党国却真如张振华所说一般，逐渐腐败，领袖也更加专制。在很多时候，东方云都刻意地选择回避这些问题。他不是政治家，他只想做好自己的工作，贡献自己的力量。

然而，张振华，这个年轻有为的军统特工，这个惨遭灭口的国家叛徒，让他避无可避。

就在这时，几名心腹特工冲上来，说道："长官，没有抓到人，让他跑了！"

东方云点了点头，从地上爬了起来。在枪响的时候，楼下的特工们并没有贸然冲上楼，而是直接冲向了发出枪声的地方，直达重点，也由此可见，军统特工们的训练有素，战力强悍。

东方云看了看楚超和几名在场的特工，他知道，张振华的那些话，已经在他们的内心深处留下了阴影，甚至引起了共鸣。

想到这里，东方云不禁有些茫然。

但他立刻抛开了这个情绪，他一字一句地说道："你们记住，我们可以不热爱党国，我们可以不忠于领袖，但我们不能背叛这个已经托付给了党国和领袖的国家与民族！"

没有人对东方云这番有些大逆不道的话作出回应，他们只是静静地站立在原地，似乎东方云所说的话语，和他们毫无关系。

"撤退！"东方云也没有废话，下达了命令。

时刻准备着的军统特工们飞快地收拾好东西，分批离开了军统总站，随后断后的特工点燃汽油，总站大楼里燃起熊熊大火。

他们是一群无根的人，是一群漂泊的人，他们将在东方云的带领下，继续漂泊，继续战斗。

生命不息，战斗不止！

上海，易宁山公寓。

玫瑰坐在阳台上，捧着一本小说读得津津有味。

她是那样的专注，又是那样的宁静，就好似一汪清澈的湖水，尘世间的一切，都无法让她泛起半点波澜。

就连两只麻雀，都从天而降，落在了她的阳台上来。

这一幕，好似一幅美丽的画卷。

忽然间，破空声起，一阵扇动翅膀的"噗噗"声打破了这唯美的意境。

一只白鸽落在了玫瑰的面前，向着她发出咕咕的声音。

玫瑰露出一个令人陶醉的笑容，从口袋里掏出一些饼干的碎屑，放在了手心上。

鸽子飞起来，落在玫瑰手上，开始低头吃饼干。它吃的熟练而安详，看来已经不是第一次在玫瑰的手心里进食。

在鸽子吃完后，玫瑰取下了绑在鸽子腿上的纸条，随后一扬手，让鸽子消失在了蓝天中。

接着，她打开纸条，随后脸色重新又变得冷峻无比。

这一刻，她不再是一个美丽的女人，而是一个冷血的特工。

所有的唯美与意境，在转瞬间已经荡然无存。

纸条上面写着这么一句话

"展开第二步行动，'蝮蛇'！"

茶馆里，琵琶作响，丝竹声声。

东方云一个人坐在后排的位置上，嗑瓜子。

他嗑得很慢，显得有些心不在焉。飘浮的眼神显示着，他的思绪并不在这略显喧嚣的茶馆里，而是早已飘浮到了某个未知的地方。

东方云重新找了一处隐蔽的地点建立起了自己的军统总站，然而他却并不高兴。因为眼下最为关键的问题，是如何解决掉日军的探测仪器。

日军的探测仪的存在，就是悬在军统头上的一把利剑，随时都有落下来的可能。

直到现在，东方云还在命令手下们采取人工传递的形式递送情报，这样无谓地增加了许多风险，最重要的是，东方云已经失去了和重庆的联络。

没有后方的支持和指示，军统上海站就是一只失去了航向的汪洋小船，随时都有被狂躁的风暴给彻底吞噬的可能。

可惜的是，无论是东方云还是旭日，他们都一筹莫展。日军对探测仪的保护异常的严密，至今没有关于仪器的任何线索。倒是军统特工们曾经在街上发现过探测仪的踪迹，只不过东方云亲自前去侦测后发现，在所谓的仪器的周围，日军埋伏下了无数的特务，布下了一张大网。

他们是在等着军统这条大鱼上钩。

因而直到现在，东方云还没有任何办法。而且时间拖得越久，对东方云就越不利，他忍不住有些心烦意乱，只能到茶馆里来散散心。

这是，一个彪形大汉走了进来，他光着上身，身上的文身异常得密集，几乎要覆盖他的每一寸肌肤。

"哟！陈三爷，您里边请！"那个陈三爷似乎颇有权势，跑堂伙计见他进来，连忙殷勤地迎了上去。

东方云寻声望去，忽然愣在了那里。

他看见了陈三爷的文身，一条巨龙，龙的尾巴正好是在他的手背上。

东方云忽然想起张振华临死前的那一幕，他拉着自己的手，挣扎着，痛苦地说出一个字——蛇！

他一直不明白这个蛇字是什么意思。是暗语，是代号，还是名字？

而今，他看着那个陈三爷的文身，忽然茅塞顿开。

难道张振华是想说，和他接头的人手背上文着一条蛇？

想到这里，东方云再也没有喝茶的兴致，他掏钱付账，随后飞快地走下楼。

他隐隐感觉，自己似乎能够做点什么。

就在这时，一个男人从街道对面走过。

东方云没有看清男人的脸，因为他正好扬起手在抚弄头发，把脸给挡住了。

然而他却看清了男人手上的文身。

那是一条蛇！

难道真的是踏破铁鞋无觅处，得来全不费工夫？

东方云难以相信幸运女神如此地眷顾自己，然而这一切似乎又真的是个事实。

就在他思量间，男子已经逐渐走远。

东方云连忙暗中跟上。

跟踪是特工的必修，也是东方云最为擅长的技巧之一。他一直为自己的跟踪技巧感到自豪，然而似乎这一次，他遇到了高手。

跟出一段距离以后，对方似乎已经察觉到有人在暗中跟着自己，开始逐渐加快自己的脚步，并脱离了主干道，开始在一些地形复杂的地方转悠，东方云使出浑身解数，才没有被他甩下。

此时，他们已经来到了一处幽深的弄堂里，前面的男子已经转过了拐角。

东方云知道自己被发现了，他左右看了看，四下无人，这正是下手的好机会！

东方云掏出手枪，打开保险，随后加快了自己的脚步。

前进，转弯。

就在这时，一个黑影以难以预测的速度忽然闪出，寒光暴闪，一把匕首已经朝着东方云的咽喉狠狠刺来。

双方的距离实在是太近了，东方云甚至连抬手的时间都没有。

因为在他扣动扳机的同时，刺客的匕首也会刺穿他的咽喉。

东方云将身一仰，匕首带着令人皮肤生痛的刀锋，掠过了东方云的鼻尖。

东方云随后抬起了自己的枪口。

就在这时，一阵刺痛传来，刺客已经抢先一脚踢在他的手上，踢飞了他的手枪。

东方云顺势倒地，一个有力的上踢腿，也踢飞了刺客的匕首。

一击不中，刺客抬脚就往东方云的下体踩来。

东方云就地一滚，躲开刺客的攻击，随后一个秋风扫落叶，将刺客打倒在地。

见刺客倒地，东方云并没有爬起来，而是顺势一脚就踹向了刺客的太阳穴。

刺客毫不犹豫地伸出手，拳头打在了东方云的脚心。

"嘭"的一声脆响，东方云只觉得脚心传来一阵钻心的疼痛，与此同时，刺客已经飞快地从地上爬起。

东方云挣扎着也要爬起来，然而刺客的一拳正好击中了他脚心的穴位，他只觉得麻痛难当，使不上一点力气，竟然无法站起。

东方云就地一滚，他的目标是他被踢飞的手枪。

但晚了，只听"嘭"的一声，一颗子弹擦着东方云的脸庞没进了泥土里。

他知道，这是对他的警告。

他停止了动作，抬起头，看见了一个女人。

一个美丽的女人。

玫瑰！

玫瑰手里拿着一把小巧的女士手枪，黑洞洞的枪口对着东方云，嘴角，露着冰冷的微笑。

在她的背后，那只被东方云踢中的手，还在轻轻地颤抖。

东方云平静地看着玫瑰指向他的枪口，没有说一句话。

生来死亡，他早已经看得淡泊无比，自从他加入军统的那一刻，就已经为这一天的到来做好了准备。

倘若玫瑰直接开枪还罢了，若她想要活捉自己，那么东方云会有无数种方法立刻结束自己的生命。

玫瑰也一动不动地看着东方云，两人就在这古怪的气氛中对视，良久之后，玫瑰忽然把枪收了起来。

"东方云，果然名不虚传。"玫瑰的表情依然冷峻，但语气中，还是透露出淡淡的欣赏味道。毕竟她也是顶尖的高手，而东方云能够和她打成平手，可见其实力非凡。

真正的杀场对决，绝对不是如那些传说中的大侠们一般打上个三天三夜。特别是资深特工，他们所使用的都是一击毙命的招式，胜负往往就在两三招之间。就是两个实力相差无几的高手，也有可能在数秒之内就分出生死，不然玫瑰也不会创造五秒击倒六个特工高手的纪录。

"你是谁？"见对方没有杀自己，东方云也从地上爬了起来，冷冷地问道。

"我叫玫瑰！"

"你是廖敬凯的人？"东方云惊讶地问道。司徒婉曾经在情报里提到过玫瑰，说她是一个可怕而阴险的女人。正是有她的存在，才导致司徒婉与军统的情报联络不得不小心翼翼，极冒风险。

"可以说是，也可以说不是。我来找你，是想要与你合作！"

"合作？"东方云警惕地看了看玫瑰冷艳的脸庞，他不明白，自己和这个女人有什么值得合作的地方。

"我知道，你对日军的电波探测仪极为忌惮，我可以给你提供日军宪兵司令部的地图，以及日军探测器的准确位置。"

"你为什么要这么做？"

"这不关你的事，你只需要回答我，你是答应，还是不答应？"

东方云冷笑了一声，说道："如果我不答应，你就要对我开枪？"

玫瑰听了东方云的话，嘴角露出一丝嘲讽的微笑："如果要杀你，我早就动手了。还需要等到现在？或者说，你是在怀疑我想利用你来引诱军统？那我可以告诉你，我这把枪里面，装的不是普通的子弹，而是我精心研制的麻醉弹！"

"麻醉弹？"

"不错！只要子弹进入你的身体，一秒之内就会麻痹你的中枢神经，你就会连动一下手指头的力气都没有。到时候你还不是随我处置。就算你能够熬得住酷刑，我们还有神经麻醉剂、致幻剂，哪怕你真的是个铁人，把这些通通挺过来，我们一样可以利用你引诱其他军统特工上当。我就不信每一个人都会像你一样强悍！你说呢？"

看着玫瑰美丽却如冰山一般的脸庞，再看着她手中那把小巧却狠毒无比的手枪，东方云忽然想起一个词语："蛇蝎美人！"

"你有什么办法能够给我提供情报？"东方云的口气软了下来。人在屋檐下，不得不低头。何况如果玫瑰说的没错，如果她真的想要害自己或者对军统不利，刚才就可以下手了。

"我自有办法。为了表示我的诚意，我还会送你一件礼物，注意看明天的报纸！"

说完，玫瑰收起手枪，转身离开。

东方云叹了口气，走出两步，就要去捡自己被玫瑰踢落的手枪。

就在这时，一声枪响，一枚子弹擦着东方云的额头飞过。

"不要想要偷袭我！"玫瑰冷冷地扔下一句话，消失在了东方云的视线中。

太阳很快落山，夜幕终究来临。

上海，易宁山公寓。

司徒婉坐在沙发上看书，却显得有些心不在焉，甚至是失魂落魄。

就连自己已经很久没有翻下一页了，她都还没有察觉。

原因无他，就因为玫瑰，那个神秘的女子，已经有一天没有出现在易宁山的公寓内。

对于这个女人，司徒婉是十分忌惮的，同时又是极为矛盾的。一方面，她巴不得这个女人彻底地从视线中消失，而另一方面，她却又希望能够随时看到这个幽灵般的女人。因为只要她出现在自己的视线里，那么司徒婉还知道她的存在。倘若她一旦不在，那么司徒婉就会心惊肉跳。她既不知道玫瑰是否已经掌握了线索，外出是要对军统不利，更不知道玫瑰是否是欲擒故纵，就这么躲在暗处，等待着她的上门。

人最害怕的，不是已知的死亡，而是未知的恐惧。

司徒婉叹了口气，她嫁给易宁山已经三年了。作为一个高级的潜伏特工，三年来没有任何人直接联系过她，她已经快要在这平淡的生活里忘却自己特工的本能。

说到底，她毕竟是一个女人。

直到东方云的到来，让她"恢复"了特工的身份，然而她才发现，自己所会的技巧，已经在这平淡的时光中逐渐消磨。

就在这时，一双手，一双温柔的手，有力的手，同时又沾满血腥的手，搭在了司徒婉的肩膀上。

是易宁山，司徒婉不用回头都知道是易宁山。这双手曾经无数次地抚摸她的身体，同时又无数次地将她拥入怀中。这双手，能给她依靠，安全，然而同时，它又沾满了血腥与罪恶。

更加重要的是，它是一双敌人的手！司徒婉每天都在千百次地提醒着自己，易宁山是敌人，他是自己的目标。

每当这时，司徒婉就会觉得异常的痛苦和矛盾。

"小婉，你怎么了？"易宁山将身体靠过来，轻轻地将司徒婉搂入怀里，贪婪地呼吸着她身上的幽香，随后柔情无限地问道。

"没什么，身体有些不舒服！"

"这段时间我很忙，没有好好的陪你，你不会怪我吧？"

"男人应该以事业为重，你忙你的就是了。对了，今天你看见玫瑰小姐了么？"

"我刚回来，怎么会看见。怎么，她不在家里吗？"

"她一大早就出去了，现在还没回来。现在天那么晚了，她又是一个女人，你说她会不会有什么危险？"

听了司徒婉的话，易宁山不由得哑然失笑，他刮了刮司徒婉的鼻子，笑着说道："小傻瓜，她可不是一般人，谁要敢惹她，那可是会死得很惨的。"

话音未落，外面就已经响起了下人的呼喊声。

"玫瑰小姐好！"

"玫瑰小姐回来啦！"

脚步声响，玫瑰那丝毫不亚于司徒婉的完美身躯映入了易宁山和司徒婉的眼帘。玫瑰走进客厅，看了易宁山和司徒婉一眼，随后只是向着易宁山点了点头，就直接走上楼去。

或许是已经见惯不怪，或许是涵养深厚，易宁山对玫瑰的冷淡并没有什么感觉和表示，他只是依旧轻轻地搂着司徒婉，陶醉在这难得的温柔当中。

温柔乡是英雄冢，易宁山知道这句话，但他不知道的是，或许有一天，司徒婉真的会成为他的埋骨之人。

然而司徒婉此时的内心，却不如易宁山一般的平静。因为就在刚才，她从玫瑰的红色旗袍上看见一点与旗袍颜色不太融洽的红迹。

好似那飞溅的鲜血！

上海，军统总站。

东方云正在全神贯注地看一份报纸。

报纸上面用头版新闻的方式报道了一则消息——日本帝国著名企业家麻省太郎先生被刺身亡。

报纸上还报道，凶手在现场留下了一朵红色玫瑰作为暗记。写新闻的人看来很有几分创作小说的天赋，整篇新闻被他写的是悬念丛生，跌宕起伏，对于凶手，特别是那朵红色玫瑰的猜测，更是极有柯南·道尔的《福尔摩斯探案集》的风格，东方云忽然觉得，写这篇新闻的人才，不去创作小说实在是可惜了。

但东方云知道，这是玫瑰向自己发出的信号，这是她所承诺的礼物。

麻省太郎是日本某著名军工企业的少东家，也是铁杆的侵略支持者。他的家族企业所生产的军工产品被广泛应用于日军的各个部门和系统。日军关东军所使用的新式九九式步枪，就是他的家族所设计生产。

军统也曾经打过他的主意，但麻省太郎为人极为谨慎，平时极少出门，由于他的特殊身份，他的安全是由日本宪兵司令部直接负责。而杀死他，只能换来一些心理战的优势和政治影响，就目前的局势而言，军统还不至于付出惨痛的牺牲来取他的性命。

他就如一根鸡肋，食之无味，弃之可惜。

不过玫瑰非常合适地将这个鸡肋给解决掉了。虽然不知道玫瑰是怎么做到的，不过东方云的心中还是极为的佩服。对于玫瑰的诚意，也多出了那么一点点信任。

虽然这样的信任几乎可以忽略不计。

剩下的，似乎就是等玫瑰把宪兵司令部的地图和探测器的确切地点传递过来，然后自己展开行动。

但在这之前，他还需要见一个人。

这个人，就是旭日！

对待旭日，东方云始终有种复杂的感情。一方面，旭日两次救了自己的性命，自己也是感恩在心；但另一方面，他到现在都摸不清楚旭日到底隶属于哪个组织，也不知道旭日和她背后的组织到底有什么目的。

如果不是旭日或者说她背后的组织在对待日本人的态度上有着和军统共同的利益，那么东方云会不惜一切代价地将这个组织给铲除。

哪怕，他会为此付出一辈子都难以安宁的代价。

多思无益，东方云放下报纸，站起身来，简单地化了一下装，对容貌作出一些改变后，离开了军统总站，前往他和旭日的接头地点。

在跨出门的时候，东方云略一思考，又返回来拿上了报纸，随后才走出门去。

旭日和东方云接头的地点，是一处小巧而幽静的西餐馆。

东方云坐着黄包车七拐八拐，绕了一圈之后才来到这个西餐馆。还没有进门，就听见了里面传出来的悠扬而欢快的钢琴声，他侧耳一听，是一首很大众但很动听的乐曲——《献给爱丽丝》。

东方云推开门，走进了餐馆。此时在餐馆里用餐的人并不多，他挑了一处偏僻的角落里坐下，一位俊秀的服务生连忙走了过来。

"先生，请问您要些什么？"服务生对着东方云鞠了一躬，极有礼貌地轻声问道。

"要份牛排！"

"好的，请问您要几分熟的？"

东方云看了服务生一眼，随后方才慢慢说道："正面要三分熟，后面要六分熟，餐盘上要加朵紫罗兰，看起来舒服！"说完，他拿起刀叉，摆出了一个"八"字。

这是他和旭日所约定的暗号，随后他抬起头，面带笑容地看着服务生。

服务生略一愣神，随后说道："好的，您稍等。"接着一声不响地退了下去。

片刻后，一份牛排送了上来，服务生还赠送给东方云一杯白兰地。旭日还没有出现，东方云也没有着急，而是慢条斯理地用起餐来。

牛排做得很可口，虽然不像暗号里说的那样做成正三熟反六熟的怪餐，不过也十分的美味。何况东方云也知道，那么变态的要求可不是真的能够做得出来的。

吃着可口的牛排，喝着美味的洋酒，听着悦耳的音乐，再时不时地抬起头来看看在这餐馆里或忙碌或进出的芸芸众生，东方云忽然间觉得有一种难得的安逸和宁静。他是一名特工，一名行走在生死边缘的暗夜幽灵。

正因为如此，当他能够拥有一丝普通人的时光的时候，他才会感到更加的难得和珍惜。

可惜的是，这样的时光并不长久，也不可能长久。

就在东方云颇为陶醉的时候，旭日走了进来。她穿着长衫，戴着墨镜，嘴角上还贴了一小撮胡须，嘴里叼着一支香烟。走路的姿态也是极为的男性化。但是东方云还是一眼就认出了她。虽然旭日也是一名优秀的特工，但在易容这个方面，她离东方云还是有那么一段距离。

旭日在服务生的指引下来到了东方云的身边，随后在他的对面坐了下来。

东方云往四下看了看，此时餐馆里的客人依然没有多起来，离他们最近的人也还隔着好几个位子，但他不敢大意，他低声说道："黄舅舅家的那样东西，有新的消息了。"

"哦？什么消息？"

"前段时间刚死的廖叔叔，他手下有个女人，说能帮我们找到那件东西。"

"为什么？"同东方云第一次听到这个建议一样，旭日也感到十分的惊奇。她也弄不明白，为什么作为铁杆汉奸的廖敬凯，手下居然会有人对日本人打主意。

"不知道！不过她送了一件礼物，我们或许能够相信她。"说完，东方云将报纸推到了旭日的面前。

旭日拿起报纸看了看，随后说道："这个礼物，是她送的？"

"嗯！舅舅家的东西实在麻烦，不把东西解决掉，我们都没法同娘家联系，时间长了，娘家会着急的。"

"你打算怎么办？"

"她愿意提供舅舅家的详细情况。我准备亲自到舅舅家去一趟，很久没来往了，舅舅家的狗多，人多了容易被咬，我有几个朋友。希望你带上他们，自己再带些朋友，在舅舅家的门口等我。"

东方云顿了顿，继续说道："弄东西的时候会有声响，很大，还会有光和火，那些狗肯定会被惊动。所以你们听到声响后要马上去敲舅舅家的门，把那些狗给引过去，我好从舅舅家出来。"

旭日听了东方云的话，想了很久，方才说道："舅舅很凶，狗很多，这样你会有危险！"

东方云微微一笑，说道："没有办法。联系不到娘家还有其他的亲戚，我们就没法做事情。舅舅一直想要我们家的房子，如果我们不给他们添点麻烦，房子就真的被他给占了！为了我们家的房子，我们家的地，还有我们的娘家人和那些亲戚，也只有这样了！你说呢？"

旭日只能点头，因为她不知道除了点头之外她还能做些什么。

何况东方云是亲入险地，军统的人马也交由她来统领。她和她的手下除了要在东方云得手之后进行佯攻吸引日军的主意外，不会有任何的风险。她知道，东方云这样安排，并非是因为他百分之百的信任自己，而是如此重大的计划，必须一个能力更加出众的人来承担，那个人，就是她——旭日！

东方云虽然不相信她的诚心，但相信她的能力。

国难当头，在民族大义之前，东方云能冒着生命危险，将自己的性命与事业托付给一个不了解的人，足可以看出他为民族献身的决心是何等的坚决。

我自横刀向天笑，去留肝胆两昆仑。

直到现在，旭日才最终明白，组织为何判定东方云与其他军统特工有着本质的区别。

这也是为什么组织要极力争取东方云的原因。

就在旭日有些思绪不宁的时候，东方云继续说道："事已至此，别无他法，等廖叔叔的女人和我联系后，我再详细与你商量，再见！"

说完，东方云站起身来，点了点头，随后转身离去。

旭日呆呆地坐在座位上，不知道在想些什么。

片刻后，旭日才回过神来，她发现，东方云的盘中空空如也。

他拿走了盘里的紫罗兰。

是的。东方云拿走了紫罗兰。他此时正漫步在街上，将紫罗兰拿在手里，贪婪地呼吸着上面的香气。

忽然，一名女士不小心撞在了东方云的身上，东方云手一松，紫罗兰掉到了人行道的外面。

"对不起先生！"

"没事！"

东方云礼貌地扶起女士，给她让路，随后弯腰想去捡花。

就在这时，一辆汽车紧贴着人行道飞驰而过。

车轮过处，紫罗兰被轧得粉身碎骨。

东方云愣愣地看着那朵已经被轧得稀烂的紫罗兰，久久不语。

第十章　单刀会

上海，军统总站。

东方云拉开窗帘，看着窗外纷飞的细雨。

雨下得已经有点大了，飞舞的雨滴已经遮挡了阳光，几乎要将整个天地，都笼罩在一片灰色当中。

今天，是他和玫瑰约定接头的日子。

东方云放下窗帘，花了些时间做好应做的准备后，拿起一把黑伞，离开了军统总站。

他走到街上，由于下雨，街上的行人显得十分的稀少。就连平时似乎无处不在的黄包车也已经消失不见，大街上空荡荡的，唯有雨点落在街道上的声音在滴答作响。

东方云就这么漫步在街道上，一个人，一把伞，一个孤独的世界。

直到走出好长一段距离以后，他才找到了一辆黄包车，直奔虹口公园而去。

雨，始终在潇潇地下着，世间的一切，都显得静寂无声。

东方云在这雨幕之中沉寂着，一言不发，不知道在想些什么。

也不知道过了多久，黄包车终于来到虹口公园，车夫的身上已经全是雨水，冷得在微微发抖。看着这个年纪不过三十来岁，却显得有些弯腰驼背的车夫，东方云的眼中闪过一丝怜惜，他直接摸出一块大洋塞进车夫手里，随后说道："找家小店躲躲雨，喝碗姜汤，小心别生病了！"

"谢谢先生！谢谢先生！"车夫也没想到自己居然能拿这么多，欣喜得连连鞠躬，脸上写满了喜色。

一块大洋，已经差不多是他一个月的收入了。

东方云微笑着点了点头，随后转身离去。

雨幕很快将他和那个车夫隔成了两个天地。虽然他给的车钱已经远远超过了标准，但东方云并没有认为自己做的有什么不妥，富贵如浮云，钱财如粪土。东方云所在意的，所坚持的，是自己心中的理想，而非黄白之物。虽然特工应该冷血，也该无情，但这是对敌人，对于自己的民族与子民，东方云的心中依然有着浓浓的爱意与珍惜。他也尽可能地将这种感情传达给自己身边的人，不然，凭什么让他们在这个充满着血腥与杀戮的世界里效命？

除了坚持心中的信仰，除了坚持那为国家而生，为民族而死的理想，东方云想不到别的更好的办法。

公园并不大，布局却很复杂，东方云找了好一会，才看见玫瑰的身影。

玫瑰撑着一把粉红色的小伞站在一条小溪边，她美丽的背影在雨幕中若隐若现。飞舞的雨滴夹杂着清风将她的长发拂起，是如此的诗意，又是如此的朦胧。

这一幕本该很美，只可惜，当他知道玫瑰的身份的时候，这一幕就注定了要蒙上一层血色。

东方云走过去，站在玫瑰的旁边，默然无语。如果此时有人从旁走过，一定会认为他们肯定是一对恋人，倘若还能看清他们的容貌，则更会惊讶于他们的般配。他们绝对不会想到，其实东方云和玫瑰并不是浪漫的恋人，而是冷血的特工，他们更不会想到，同为优秀特工的玫瑰和东方云，隶属于不同的阵营，他们随时都有可能翻脸无情，一决生死！

世界就是如此的奇妙。

现实就是如此的无情。

"你考虑得怎么样了？"玫瑰开口问道。

"我答应你！"

玫瑰的脸上露出一个得意的笑容，随后递过来一个盒子，说道："里面有你要的东西，想好怎么进去了么？"

"没有。难道小姐有何指教？"

"宪兵司令部里面有一名军官，叫做中田，是名电波专家。为人放荡不羁，不拘小节，常出入于青楼楚馆，茶堂酒家。听说他特别喜欢去一处叫做香兰的妓院。"

多的话已经不用说了，东方云已经完全明白了玫瑰的意思。他对着玫瑰微微鞠了一下躬，随后转身离去。

他们的又一次见面，就这么短暂地结束了。

玫瑰静静地看着东方云的背影在雨幕中逐渐消失，忽然发出一声悠悠的叹息。

多年以来，她游走生死两地，徘徊阴阳之间，见过各色人物，看过四方豪杰。然而像东方云这般执著而淡然，热情而冷血，儒雅而阳刚，而且始终为自己的梦想而奋斗拼搏、至死不渝的人，她还是第一次见到。

她只比东方云稍来片刻，东方云多给车夫钱的那一幕正好被她看见。她觉得，忽然之间，自己的心里响起了什么东西裂开的声音。

那是坚冰破裂的声音。

玫瑰还没有感觉到，优秀的东方云，已经不可抵挡地闯入了她的心扉。

她更不知道的是，她和东方云何时才能再见，等再见时，又到底是拔刀相向，还是生离死别。

"怎么样？"就在这时，一个身影已经幽灵般地出现在她的身后。

是"蝮蛇"！阴险，狡诈而又不可忽视的"蝮蛇"！

"他答应了！"

"你觉得他能成功吗？"

"成不成功，与我们无关。只要先生你能够完成自己的任务，我们就完事大吉了！"

玫瑰冷冷地说出这段话，只是她自己都觉得，这番话听起来似乎有那么一点言不由衷的感觉。

"蝮蛇"倒没有在意这些，他只是长叹了一声说道："只可惜一个人中龙凤的东方云，早已沦为一颗弃子，有些事情一旦注定，就难以挽回！玫瑰，我们要做的事情还很多，你要多多小心！"

"属下知道！"玫瑰点了点头，随后没有再说话。

雨还在下着，亦真、亦幻、亦虚、亦实！

上海，军统总站。

东方云在桌子上，仔细地观看着玫瑰提供的东西。

那是玫瑰所描绘的一张日军宪兵司令部的地图，上面详细地标注着日军宪兵司令部的总体军力及其他的情况。

整个宪兵司令部，占地极广，总共分为住宅区、军事区和办公区三个大区。守卫的日军宪兵超过了一个联队，总兵力近一千五百人，分别部署在三个大区周围。要想从最外围的军事区达到核心的办公区，最起码要突破三道大型检查站和十余个小型哨卡。司令部内，拥有众多的防御工事和轻重机枪、探照灯、坦克、装甲车、小型步兵炮等等几乎所有数得上号的陆军武器，另外还有六门防空高射炮和十余挺高射机枪。可以说，整个司令部就是一个城中之城，一个易守难攻的巨大龟壳！

面对这样级别的防御工事，就算动用一个装备精良的德械师，也不一定能够啃得下来。

而东方云的目标，那些探测仪器，就在宪兵司令部的核心——司令办公室的地下室内。

东方云想要毁掉这些仪器，必须突破日军近一千米的军事区的防御区域，才有实现的可能。

唯一能够让东方云感觉到安慰的，就是日军的兵力是采取外重内轻的配置。主要的军事力量都驻扎在外围，这样他得手后就有那么一点趁乱逃脱的机会。

但这一切，都建立在东方云能够进入宪兵司令部的情况下。

所以，玫瑰提供的线索，那名叫中田的日本军官，就成了最为重要的关键。

就在东方云仔细观察地图的时候，楚超急匆匆地走进来，兴奋地说道："长官，目标出现了！"

东方云抬起头，眼睛里放射出骇人的光芒。

上海，香兰妓院。

落魄江湖载酒行，楚腰纤细掌中轻。十年一觉扬州梦，赢得青楼薄幸名。

这是唐朝诗人杜牧一首描写那秦淮河上粉脂玉黛、红尘三千的绝佳诗句。

有人说，男人为酒而生，为女人而死。

若非要在这情怀中加上那么一点事业心的话，那么可以演化成一句话，一句很霸道的话。

"醒掌天下权，醉卧美人膝。"

酒和女人，是男人间永恒的话题。

无论这些男人是帅气还是丑陋，是风度翩翩还是猥亵不堪，是民族英雄还是汉奸流氓。

就如这名叫香兰的妓院里，就汇聚了各色各样的人群。有汉奸，有伪军，有特务，还有大大小小的日本军官在里面进进出出，一番热闹无比的景象。那些浓妆艳抹的妓女们挥舞着手中的手绢，大爷、老板的呼叫声不要钱一般从她们的嘴里滚滚而出，遇见相好的熟客还忍不住上去打情骂俏一番，给这喧嚣的气氛更增添上了几分艳俗。

商女不知亡国恨，隔江犹唱《后庭花》。

经过易容后的东方云就是在这样的气氛中走进这家妓院的。他化了装，贴了胡子，看起来比实际年龄大了十岁，身上一身考究的长衫让他看上去极像是一个富足的商人。他刚一进去，一个龟公就迎了上来，殷勤地说道："哎哟，大爷，里边请里边请！有没有相熟的姑娘？如果没有，我给您推荐几位，包您满意！"

"约了人！"东方云微微一笑，扬手弹出一枚大洋，不偏不倚地正好落在了龟公的手上。

见来客如何豪爽，龟公也喜得眉开眼笑。当下更加谦恭，点头哈腰地说道："那好，您楼上请！有什么吩咐，只管叫小的一声，小的立刻就来！"

"嗯！"东方云点了点头，将帽子压得低得一低，随后往楼上走去。在上楼的时候，他随手抓过一名空闲的妓女，以阻挡他人的纠缠。快到三楼的时候，东方云塞给妓女几枚大洋，把她打发掉以后，自己朝三楼走去。

很快，东方云就来到了三楼七号房间，敲出暗号以后，一名特工打开门，将东方云放了进来。

东方云看了看，里面有三名特工，还有三个妓女已经被打昏过去，绑了起来。毕竟这里是妓院，要是三个大男人在一间屋子里却没叫妓女相陪，那就太惹人怀疑了。

"怎么样？"东方云进来后没有废话，直接开门见山地问道。

"长官放心！他就在楼上，我们有兄弟一直盯着，绝对没事！"

"嗯！上去多久了？"

"两个小时！他们包下了整个西厢，不准别人过去。"

"带了多少人？"

"只有两个鬼子在门口站岗！"

东方云点了点头，看了看表，时间刚好过十点，他说道："先休息一下，十二点准备行动！"

"是！"特工们点了点头，纷纷找了个位置待着闭目养神，忽然一名手下问道："长官，那几个婊子，要不要……"说完，做了个抹脖子的手势。

东方云想了想，摇了摇头说道："还是算了！都是中国人，她们也不容易。而且你们进来的时候就有无数的人看见你们了，多两个不多，少两个不少！把她们的嘴和眼睛蒙起来！"

"是！"手下点点头，手脚麻利地将三名妓女收拾好，随后坐在凳子上闭上眼睛，养精蓄锐。

东方云点燃一支烟，在袅袅烟雾中思考着自己的行动计划。

片刻后，那几名妓女醒了过来，开始拼命地挣扎，嘴巴里发出呜呜的声音，东方云使了个颜色，旁边的手下一个手刀，又把她们给打昏过去。

时间，就在着无尽的沉默中逐渐流逝。

行动的时刻很快就到了。

"准备行动！"东方云站起身来，直接抓起一瓶酒就在自己身上倒了个遍，随后指着一名手下说道："你跟我来，见机行事，其他人在这里等候！"

随后他走出门去，手下在五步以外跟着他。

刚刚走过拐角，准备上楼的时候，正好碰见一名妓女走过来，东方云直接拉过妓女，往她手里塞上一张钱庄的银票，说道："跟我来，大爷我好好赏你！"

妓女低头一看，只见上面的面额是一百大洋，整个骨头都酸了，身体马上就靠近了东方云的怀里，娇声娇气地说道："大爷，我今晚上就是你的了。你说干吗就干吗，你说上哪就上哪！"

东方云露出一个魅惑的笑容说道："那好，跟我上楼吧！"

东方云搂着妓女上到四楼，随后直接向日本人所在的地方走去。

走出几步，那妓女一把拉住他，说道："大爷，那里有个日本大官，我们不能……"

"跟我走就是了！"东方云冷冷地说道，手上搂得更紧了。妓女顿时觉得难受起来，多年的卖笑生涯让她见惯了无数人等，社会经验是何等丰富，她一见东方云的态度变换，立刻就知道事情不对。她想挣扎，可是东方云的手就如铁钳一般夹住了她的细腰。她想喊，可是看着东方云那冰冷的眼神，她的直觉告诉她，如果她那样做的话，下场绝对可以用悲惨来形容。

因为她从东方云的眼睛里，看见了死神的笑容。

近了，更近了，妓女的心开始不断地跳动，就在她快要控制不住自己的时候，东方云忽然变了。

是的，时而冷酷，时而温柔的东方云忽然变得摇摇晃晃起来，但搂着她腰肢的手还是没有放松，只是嘴里多了很多淫荡而琐碎的语言。

东方云摇晃着，一边走一边稀里糊涂般地说道："你长得真美，等，等下进了屋子，我要，我要好好地收拾一下你！"

酒气冲天，胡话连篇，此时的东方云，怎么看怎么像一个不知所云的醉鬼。

就在她还没反应过来的时候，那两名站岗的日本士兵已经走了过来。

"八嘎！"眼见一个醉鬼向这边走来，一名日军怒骂着，抬手就要给东方云一耳光。

就在这时，东方云动了！

只见他将头一抬，一道冰冷的眼光射出，随后加速前冲，手中不知何时已经出现一把匕首，寒光一闪，已经切开了那名日军士兵的喉咙。

刀光闪过，鲜血飞溅，一切快得如电光石火。与此同时，东方云将手一松，匕首已经飞进了另一名日军士兵的脖子里。

直到这时，那名日军士兵还没有反应过来！

目睹这一切的妓女，双唇颤抖着想说什么，但她已经没有这个机会了。一直跟在东方云后面的手下一个箭步冲上来，一掌击在她后脑，将她打晕过去。

由于这里有着日军大官，因而已经成为禁地，周围都是空荡荡的，没有人知道，这里刚刚完成了一场血腥的杀戮。

手下掏出手枪，站在门口，东方云直接走到中田所在的房间，用匕首轻轻地撬开房门，随后轻手轻脚地走了进去。

就在东方云走进房间的时候，一支冰冷的枪管已经抵住了他的脑袋。

"不许动！"一个阴森森的声音响了起来，透露出无数的寒意。

枪管冰冷，冒着森森寒意。

东方云一动不动地站在原地，感觉到用枪指着他的人慢慢地挪动身体，转到他身后，把房门关上以后方才说道："中田大佐，你的中文说得不错。"

站在他后面的，正是日军的电子专家中田。

他有起夜的习惯，在东方云斩杀那两名日军士兵的时候他刚好起来，无意间将一切都收入眼底。

"你是什么人？中统？军统？还是共产党？"中田使劲地用枪管戳了戳东方云的脑袋，恶狠狠地说道。

"我是什么人不重要，关键是你敢开枪么？"东方云依旧面不改色，似乎完全没有感觉到，只要中田轻轻地一扣扳机，他英俊的脸庞上就会多出一个血洞。

"什么意思？"面对如此镇定的东方云，中田不由得有些疑惑。

"这楼下都是我的手下，你要开枪，我固然活不了，不过你也别想走出去！"

"为天皇陛下尽忠，是我等帝国军人的光荣！"

"是吗？"听了中田的话，东方云不由得轻蔑地笑了起来，他说道，"你不是一个真正的天皇军人。你性格目空一切，为人放荡不羁。这样的人，要么是大智若愚，要么是贪图享受。但无论是哪种人，都不是会是真正的帝国武士，更不会为了一个空虚的口号就付出自己的生命。"

中田听了东方云的话，竟奇迹般地没反驳，相反，他顶着东方云脑袋的枪管还松了一松。

东方云知道自己在第一回合取得了胜利，连忙趁热打铁地说道："我知道你是个聪明人。现在的战争局势你应该看得很透彻。德国也好，日本也好，只不过是日薄西山，末日疯狂。你真的以为，凭借一个小小的日本，就能同全世界抗衡么？"

"胡说！我们大日本帝国一亿两千万国民，宁为玉碎，不为瓦全！"

听了中田的话，东方云更加感受到了他的动摇。他现在所进行的，只不过是最后的挣扎，东方云没有放过他的意思，他的声音就入魔咒一般在中田的耳边响起。

"一亿两千万国民？笑话，除开你们的老人妇孺，体弱病残，真正能够上阵杀敌的有多少？你们日本的青壮，都在亚洲的各个战场流血，就连你们的工厂，现在也是由女人来担任主力。你觉得，你们这一亿两千万乌合之众，能够有多强的战斗力？再说凭借你们的战争资源和军工体系，你们生产得出那么多武器装备么？恐怕连生产一千两百万支步枪都是问题吧。难道你就那么拥护你们的天皇陛下，就算他要全日本的老弱病残赤手空拳地去面对地敌人的机枪、坦克、飞机、大炮都在所不惜？"

说完，东方云转过身来，面对着中田颤抖的枪口和扭曲的脸庞一字一句地说道："如果真到了那个时候，我们和我们的盟友不会介意，将你们在南京所做的事情再原原本本地做上一遍。"

中田的手在颤抖，枪在颤抖，全身上下都在颤抖。虽然他是个聪明人，虽然他也明白东方云所说的每一句话、每一个字都是事实，但他毕竟是一名从小生长在武士道教育下的日本人，他毕竟是一名日本的高级军官。面对着东方云如此赤裸裸的劝降语言，或者说如此赤裸裸的残酷现实，他无法接受，也不想接受。

他很想开枪，但他的手却似乎使不上一点力气，不管他怎么努力，都扣不下扳机。

东方云近在咫尺，就这么一动不动地站在他的枪口面前，如水般幽静，如山般沉稳。

忽然，东方云露出一个笑容说道："你再不开枪，可就没机会了！"

话音未落，门已经被"嘭"地一声撞开，一个身影扑了进来，将中田扑倒在地。

正是东方云留在外面的手下，他早就发现了情况的异常，一直静静地埋伏在门外，等待着机会和东方云的指示。

中田虽然是高级军官，但毕竟只是一名电子专家，他自己开枪的次数都是寥寥可数，更别说和一名精锐特工近身搏斗。东方云的手下手脚麻利地将他制服，把他的手枪也收了起来。

"你杀了我吧！"中田长叹一声，闭上了双眼。

他忽然觉得，自己的生活是如此的空虚。

他其实并不信仰天皇，更不信仰所谓的神道教。他之所以加入日军，并最终成为日军不可或缺的人才，那是因为他和东方云一样，信仰的是自己的民族与国家。

但是，当他虽然表面不承认，但内心深处已经对事实明白无误的时候，他无法控制自己。他已经知道日本的战败不可避免，可他却无能为力。

他只能借声色犬马来逃避，来麻醉，来支撑他已经残存不全的信仰。

直到东方云撕下他最后的一层伪装。

"杀了你？那是不可能的。我给你两个选择：第一，你跟我们合作。成功后我们会把你送到重庆。我敢担保，你不会受到任何的追究，同样还能继续你花天酒地的生活。我知道你爱的是日本，而不是天皇，战争结束后我们可以放你回日本，你可以用自己的才华为自己的民族做贡献。"

"那第二呢？"

"第二？"东方云露出一个略显残酷的笑容，冷冷地说道："我不介意用你的身体来试验一样我们的刑具。"

"你想威胁我？"

"不，不是威胁，是建议！或者我还是应该把你送到后方，然后我们会大肆宣扬一件事情！"

"什么事情？"看着东方云的表情，中田忽然有一种极为不好的预感。

东方云笑了笑，随后说道："著名的日军电子专家，上海宪兵司令部中田大佐，已向我党国投诚！我想你应该知道，这句话的含义！"

"你！"听了东方云的话，中田几乎是怒发冲冠，怒吼着就要从地上爬起来。

站在一旁的手下飞起一脚，又把他踢倒在地。

中田沉默了，他或许不会害怕东方云杀了他，也不会害怕军统那些花样百出的刑罚，但他无法忍受自己被诬陷为一个叛国者，这是对他灵魂的玷污。

沉思良久以后，中田才抬起头说道："你想我怎么做！"

东方云胜利了，他将中田从地上拉起来，随后说道："我想你帮助我进入日本宪兵司令部！"

"你想干什么？"

"这是我的事情，你只需要带我进去就行了。事成之后，我绝对会履行我的承诺！"

中田长叹一声，说道："事到如今，我能如何。就按你说的办吧！"

"很好！"东方云点了点头，向手下使了个眼色，随后手下走了出去，很快，将在楼下的军统特工们领了上来。他们动作麻利地将两具日军宪兵的尸体拉了进来，清除了外面的血迹，随后两名身材适中的手下迅速地换上了日军的军服，押着中田大佐往外走去。

在外面，自有埋伏的特工会接应他们。

东方云吩咐特工们拿出事先准备好的麻袋，将两名士兵的尸体装在麻袋里，直接从楼上扔了下去。

为了这次行动，他在妓院的各个方位布置了数十名人手，中田房间的楼下是一条幽静的巷子，早已有人等候，东方云透过窗户看着他们扛起麻袋飞快地消失在了夜色中。

这时，东方云转过头，看见那名美丽的妓女。

她长得很漂亮，还在甜甜的熟睡当中，似乎周围发生的一切她都毫无知觉。

但东方云不敢冒险，他可以放过前面的几名妓女，但唯独不能放过她。

因为她是这间房子里，能够听到东方云和中田对话的唯一外人。

东方云向站立在旁边的心腹点了点头。

随后他头也不回地往外走去。

当他走到门口的时候，听见了里面传来一声痛楚的呻吟。

"对不起！"东方云长叹一声，缓缓摘下了自己的帽子。

旭日走进那间小小的西餐厅，一眼就看见了坐在角落里的东方云。

旭日走过去，摘下自己的墨镜，轻声问道："怎么样？"

东方云看起来漫不经心地往四周看了看，没有发现可疑的人以后才说道："人已经请到了，今天下午就到舅舅家里去弄东西。"

"有几成把握？"

"不知道，要看情况。但我们是非干不可。中午时候，我会叫一名心腹带一些朋友到你店里来，他们会分批进入，每个人的袖口上都会插上两只钢笔，一短一长，你负责安排好他们，我进去以后，外面的事情就你来指挥。"

"嗯！"旭日点了点头，问道，"还有什么要吩咐的没有？"

"我没有了，关键是看你如何做。你有什么计划没有？"

"有，我想这样……"

旭日和东方云窃窃私语起来，两人越靠越近，越靠越近，这一幕显得实在是有些暧昧而又温馨。

与此同时，军统总站。

一只白鸽扇动着翅膀，落在了某个人的窗台上。

一双手捧过白鸽，轻轻地抚摸着它的羽毛，给它喂了点东西后，将一块细长的布条拴在它腿上，随后手一扬，让它重新飞到了蓝天中。

白鸽的身影很快地在某人的视线里消失，他呆呆地站立在窗口前，眼神是如此的复杂而又深邃。

上海，"蝮蛇"总部。

"蝮蛇"正在自己的房间里弹钢琴。

和以往不同的是，这一次的琴声不再凄厉，而是有些优雅，有些淡然，有些喜悦。

胜利之后的喜悦。

"蝮蛇"闭着双眼，摇头晃脑地陶醉在自己的琴声当中。

就在这时，他的心腹，"飞鹰"走了进来。

"什么消息？""蝮蛇"听见身后的脚步声，头也不回地问道。

"'白雕'来消息了！"

"哦？说的什么？"

"计划一切顺利！东方云将于今日下午进入日本宪兵司令部！"

"好！很好！非常好！""蝮蛇"猛地从琴座上站了起来，发出一阵得意而狷狂的狂笑，随后脸色又变得阴沉无比，他一字一句地说道，"立刻联系玫瑰，要她做好行动准备。在外围的行动，由你来负责！"

"是！那东方云那里……"

"这个我自有安排！你下去吧！"

"是！""飞鹰"一点头，恭敬地退了下去。

"蝮蛇"在原地来回踱步着，不时有词语轻轻地从他的嘴里飘出来。

"日本人、高桥、东西！"

上海，军统总站。

东方云回到总站的时候，已经是午饭时间了。

"他怎么样？"东方云一进门，就对楚超问道。

"情况很好，没有什么异常，现在正在吃饭！"

"嗯！"东方云点了点头，随后又问道，"妓院那边的情况呢？"

"一切正常！我们的兄弟一直盯着，他们出门的人很少。每一个都有人负责跟踪。没有什么特别情况"

东方云露出了一个笑容，他猜得不错，妓院的老板是一个聪明人，非常明白乱世之中多一事不如少一事的诀窍，没有多生枝节。倘若他真想向日军报告的话，那么他派出的所有人在半道上就会变成孤魂野鬼，他自己也不会例外。

东方云之所以没有对目击者狠下杀手，一是因为他们都是中国同胞，二是想留下后手，说不定以后会有别的用处。

但防范工作，他还是做得相当充分的。

东方云想了想，随后对楚超说道："我已经从各个分战秘密抽调了二十名精锐好手，他们将在今天下午往一个地方秘密集结。你派一个最得力的兄弟带几名人手过去负责指挥，但要告诉他们，最高指挥官是我们的那个朋友，必须服从她的命令，这是地址！"

"是！长官！"楚超接过东方云的纸条，看了看，随后说道，"长官，我请求亲自参加任务！"

东方云摇了摇头，拍了拍楚超的肩膀，说道："此次任务事关重大，风险极高。总站必须要有人坐镇。倘若我今天晚上没有回来，你就带领所有总站人手转移，撤往预备地点。然后派人赶赴重庆，向重庆求助。记住，绝对不能打开电台！"

"是！"楚超也知道事情的严重性，他只能无奈地服从了东方云的命令。

东方云长叹一声，随后向关押中田的房间走去。

他刚才提到向重庆求援，这也是他最为不解的地方。按理说，已经好几天没有和重庆方面取得联系，可是重庆方面却似乎丝毫不急，没有通过任何方式询问上海情况，难道自己的才华已经达到了让重庆方面放上一百个心的地步？

东方云苦笑着摇了摇头，他知道，那个"君乘车，我戴笠"的戴老板，不会相信任何人。

一边思虑，一边向前走，经过几道哨岗后，他来到了关押中田的房间。

他走进去的时候，中田正在拿着一封封电报仔细阅读。

这些都是军统平时搜集的有关太平洋战事的最新战报，有重庆方面发来的密电，也有截获的日军情报。上面详细地阐述了太平洋战争的情况以及以后的发展趋势，而正是因为这些情报，才给中田带来了巨大的震撼。

为了稳定军心民心，日军对后方进行了消息封锁。因而处在后方的大部分日军官兵，都不知道战争的真正情况。很多人还陶醉在日本的千秋帝国梦之中，以为"皇军"还是战无不胜，攻无不克。就算是中田这样大佐级别的高级军官，因其本身只是个专业人才，并没有多少实权，所以对战争的形式分析也只能通过零星的消息和渠道里来了解。纵是如此，他也意识到了日本战争局势的大大不妙，然而直到现在他才发现，不妙的程度已经远超他的想象。

按照情报上所分析显示的内容上看来，今年之内，美军就会在太平洋战场发动更加猛烈的反攻。最迟明年，美军就会进逼日本本土！

千秋帝国梦，弹指一挥间！

看到这些，中田原本残存的一丝尽忠之心，完全灰飞烟灭。

这也是东方云所发动的心理攻势，他就是要中田意识到如今的处境，以打消他的死志，他可不想在进入宪兵司令部以后，中田忽然高呼一声，他是中国人！

这并不是没有可能的事情。当一个人的理想破灭的时候，就会心存死志，反过来，他们又会以死来维护自己的信念与理想。

人就是如此的矛盾，也是如此的悲哀。

东方云没有太多的时间来多愁善感，他直接说道："中田先生，时候不早了，你是不是该吃饭了？"

"嗯！"中田从电报堆里抬起头，木然地应了一声。

看着中田有些略显迷离的状态，东方云想说什么，却又感觉无从说起，只能淡淡地说了句："下午三点行动！"

随后，他离开了房间。

在时钟的滴答声中，三点很快就到了。

中田重新穿上了自己的大佐军服，显得精神抖擞，而东方云和一名心腹手下站在他旁边，他们都穿着日军的军装，这是几天前就已经准备完毕的东西。不仅仅是军装，还有证件等等，一应俱全。

要说造假，军统要说第二，没人敢说第一。

随后，三人登上一辆汽车，离开军统总站，向日军宪兵司令部开去。

上海，旭日据点。

旭日看着自己眼前的三十余名精锐特工。

两队人泾渭分明地站成两排，她的手下站在右边，军统的二十几名特工站在左边。

旭日皱了一下眉头，随后说道："我相信你们都知道我们今天下午要做什么，我也相信你们会知道怎么做！我希望你们每一个人都记住，今天，我们有着共同的敌人！明不明白！"

"明白！"

"出发！"旭日狠狠地下达了命令。

"出发！"与此同时，在两个不同的地点，两个不同的人——"飞鹰"和玫瑰，向着自己的手下们下达了同样的行动命令。

山雨欲来风满楼！

上海，日本宪兵司令部。

藤田一郎正在办公室里和玉川下棋。

他的军服已经起了变化，不再是以往的三角形徽章，红色的肩章上，有着一颗金色的星星。

这标志着他最新的军衔——少将！

在森冷的刀锋边缘行走了整整十七年的藤田一郎，终于如愿以偿地跨入了将军的行列。

他的军人生涯，终于达到了巅峰。现在，在上海的驻军里，单以军衔而论，他是仅次于上海宪兵司令长官松井次郎中将的二号人物。

这是日军高层为了奖励藤田一郎在"血夜行动"中出色地完成了自己的任务，将埋伏在上海的各国特工一网打尽的巨大功劳所作出的表示。

如果说还有什么不满意的地方，那么就是在这次行动中，没有能够铲除支那人的特工力量，以及自己的爱将玉川，并没有得到实质性的提升。

虽然玉川也被授予了"帝国勋章"这样的殊荣，但毕竟没有实际性的权力来得实惠。藤田一郎不由得想起了自己的恩师、南京特务机关总部部长苍井沅三所发来的嘉奖令上的四个字——另有大用。

"另有大用！"藤田一郎反复地玩味着这句话，他总觉得，这句话似乎蕴藏着很深的含义，而绝非是普通的敷衍之词。

"长官！长官！"这时，玉川少佐的呼喊声将藤田一郎拉回了现实。

"嗯？什么事？"

玉川指了指藤田的手，藤田低头一看，才发现自己的棋子已经在手上捏了很久，却迟迟没有落子。

"哎！"藤田发出一声莫名的叹息，随后将棋子扔到了一旁。

"长官，你怎么了？"玉川关切地问道。对于自己这名上司，玉川是有着由衷的爱戴和狂热的崇拜。哪怕在这次嘉奖之中，自己并没有荣升少佐，但藤田一郎终于如愿以偿地跨入了将军的行列也让玉川颇为欣喜。然而藤田似乎并没有开心，反而显得更加的沉重，这不得不让他大为疑惑，最后出声询问。

"没什么！"藤田摇了摇头，有些心不在焉地回答道。随后他问道："中田大佐回来了么？"

提起中田，玉川俊秀的脸上浮现出掩饰不住的不屑，他说道："我问过了执勤的哨兵，他昨天就带了两个人出去了，到现在也没回来！"

"哎！中田此人，才华横溢，技艺高绝，也是难得的人才。如果不是他，我们也不能顺利地掌握侦听设备，实施'血夜行动'。如今虽然大获全胜，然而支那人的特工力量依旧毫发无损，上海正处在微妙时期，他却依旧放荡轻狂，倘若出了什么事情，该如何是好！"

"长官，请恕属下直言，中田大佐毫无我帝国军人之风范，倘若继续让他参与机密计划，恐怕……"

听了玉川的话，藤田苦笑了一声说道："人才难得。帝国起步太晚，根基浅薄，中田君这类的人才是帝国所急需，何况中田君对帝国的忠心，是不容怀疑的！"

"是！"听了藤田的话，玉川虽然不服，却也不得不低头应是。然而藤田一郎也没想到，中田对日本的忠心确实不容怀疑，然而他对日本皇军，对一手发动了战争的日本军部，以及那个高高在上，看似大权旁落，实则暗中掌控的天皇陛下，有几分忠心，几分忠诚，那就不得而知了。

一时间，两人都没有说话，气氛显得有些沉闷。

藤田一郎揉了揉自己的太阳穴，慢慢说道："不知道为什么，这几天我总是心神不宁，似乎有什么重要的事情要发生。'毒蛇'那边有消息吗？"

"没有。我们有专人二十四小时不间断地接收'毒蛇'的电波，至今没有任何消息。"

听到玉川的回答，藤田一郎的脸上浮现出了掩饰不住的失望。"毒蛇"是日军埋伏在军统内部的高级暗线，日军连续几次针对军统的行动都是他所提供的情报，倘若他一直没有消息，那么就只有三种可能。

要么风平浪静，要么大浪将起，要么，他已经命丧黄泉。

藤田一郎不会相信自己的强劲对手东方云所率领下的军统会心安理得地坐享时光，也就是说，军统的沉默，是因为后面两种原因。

至于到底是哪一种，他就无法知道了。但无论哪一种，都是他不愿看到的。

"长官，属下有句话，不知道该说不该说！"玉川恭敬地说道。

"说！"

"属下不明白，既然'毒蛇'专为我们服务，那么为什么南京高层不允许我们主动与'毒蛇'接触。以至于如今几乎彻底断了联系。"

"'毒蛇'虽然专为我们服务，但他隶属于南京特务机关总部。身份乃是绝密，总部自有其安排，这种事情，以后不要再问了。"

"是！"

其实藤田一郎也不明白南京为什么会这么安排。忽然间，他的脑海里浮现出了自己的恩师苍井沅三中将那虽然苍老，却充满智慧或者说狡诈的脸庞。

藤田一郎略一思索，说道："敌不动，我不动。但扎紧篱笆，修筑围墙的事情还是要做的。玉川，传令下去，进入二级戒备，特工队全员待命，随时准备出发！"

"是！长官，松井司令官那里……"

"我自会请示，你下去吧！"

玉川点了点头，转身离开了藤田一郎的房间。

藤田一郎靠在椅子上，闭目养神，片刻后，才拿起电话说道："喂！给我接松井司令官！"

十分钟后，二级战备的命令正式下达。

日军开始忙碌起来，岗哨增多，卫兵加倍，静静待在库房里的装甲车辆也开了出来，加入了巡逻的行列中。迫击炮、步兵炮、高射炮纷纷退去了自己的炮衣，露出了黑洞洞的炮口，日军的机械手、狙击手纷纷奔赴自己的岗位。宪兵司令部内一时间变得忙碌无比，但所有的士兵都是井然有序，忙碌而不慌乱。

玉川指挥着手下的上百名精锐特工在各个阴暗的角落里布置监视点和突袭点，在他们的周围，一队队的日军不断跑过，他们有的背着步枪，有的扛着炮弹，有的牵着狼犬。十分钟后，整个宪兵司令部已经是刺刀如林，寒芒如雪。

就如一只原本平平淡淡的乌龟，忽然变成了浑身是刺的刺猬。

忙完这一切的玉川少佐回到房间里，顺手拿起一本书看了起来。

最近，他在藤田一郎的吩咐下很是恶补了一下中文，一些中文书籍，他也能勉强看个大概了。

他看的书，就是他擅自收藏的高桥遗物——《孙子兵法》。

玉川并不知道，他在机缘巧合下留下的这本书，牵动着多少方的势力，和多少人的心弦。

而正在逐渐接近宪兵司令部的东方云，也不会知道，仅仅是因为藤田一郎的一个预感，单纯的预感，他就会面对怎样的凶险。

刀锋冷，血不休！

第十一章　血与刀

东方云所乘坐的汽车，已经出现在了日本宪兵司令部的前方。

汽车是他亲自驾驶的，中田大佐坐在后座，旁边是东方云的一名心腹手下，他不但要负责监视中田大佐，同时也要保证在东方云行动成功，日军慌乱无比的时候，把中田带出来，再转手送往重庆。

生死成败，就在此间。

远远的，见汽车开了过来，站在门口的哨兵立刻打出旗语，要汽车减速。随后高楼上，大门口，日军士兵纷纷举起了枪，严阵以待。

"戒备加强了！"后排上，中田大佐神色肃然地说道。

"保持镇定！"东方云也意识到情况不妙，但箭在弦上，不得不发，此时他们已经完全暴露在日军的火力覆盖之下，不管是掉头逃走还是迎头直冲，都只有被打成碎片的可能。

东方云开始减速，轿车慢慢地停在了司令部的门前。

一队日军宪兵移开路障冲了过来，中田摇下车窗，露出了自己的脸。

中田是宪兵司令部的名人，由于他的放荡轻狂实在是太过出名，因而司令部内流传着一句很冷的笑话——你可以不认识松井司令官，但不能不认识中田大佐，不然你就不是合格的帝国军人。

纵是如此，带头的一名少尉军官还是极为负责，他先跑到中田的面前敬了一个礼，随后说道："对不起，大佐阁下，请出示您的证件！"

中田配合地拿出证件，眼睛里还非常适宜地透露出赞赏的目光。少尉在认真的检查完中田的证件后，又要求东方云和他的手下拿出证件。

好在东方云早有准备，他和手下都将证件拿了出来，让少尉检查。

少尉看了又看，在确定没有任何问题后将证件还给了他们，随后挥手示意放行。

守在门口的日军搬开路障，东方云发动汽车，慢慢开了进去。

军统的造假能力世界一流，高超到所制造的东西必须要资深专家用真品做参照，然后用仪器反复对比之后才有可能分辨出真假。

这还只是有可能。

所以有了中田做护身符后，东方云并不怎么担心该如何进去，他要想的，是如何出来。

一路上，又经过了六道哨卡的检查，他们才顺利地通过了军事区，进入了办公区。日军的戒备明显加强，就连步兵炮和防空设施也全副武装，做好了发射准备。按照中田的述说，这是仅次于最高戒备标准的二级战备，在平时是极少发生的事情。

东方云并不知道日军怎么会突然加强防备，但他知道，自己脱身的可能又渺茫了许多。

他不由得有些担心起旭日来，在如此森严的戒备下，就算旭日只带人发起佯攻，也极有可能带来惨重的损失。

但多想无益，此时汽车已经驶入办公区，戒备明显地松了下来，就连往来巡逻的日本军人也大为减少。看来日军确实是实行的外紧内松的防守策略。

然而，在这看似平静的办公区内，布满了众多的暗线，有无数双眼睛盯着四周的情况。这些暗线，就是隐藏在暗处，负责监视并随时准备出击的日军特工队。

东方云驾驶着汽车直奔中田所住的房间，将车停住以后，手下"护送"着中田走下车来，随后东方云从汽车的后备箱里提出一个箱子。

就在这时，一只手，忽然搭在了他的肩膀上。

东方云心中一紧，扭过头一看，只见是一名日军上尉军官，在他后面跟着十几名日军，还牵着两只狼犬，狼犬大口喘息着，红红的舌头伸在外面，洁白的獠牙闪烁着锐利的光芒。

看来，这是日军的一支巡逻队。

"你是谁？我怎么没见过你！"那名上尉仔细地打量了一下东方云，开口问道。

"我是中田大佐阁下的助手！"就如同日本的很多高级特工都会说中国话一般，东方云的日语也说得非常的流利，还带着东京的腔调，让人找不出一点的破绽。

"不错！他是我新的助手，我刚刚从坂垣大佐那里调过来的，有什么问题吗？"

一见情况不妙，中田立刻给东方云解围。

上尉点了点头，坂垣大佐是日军上海野战卫戍部队的指挥官，也是中田的好友。他们两人在女人方面的共同爱好整个宪兵司令部众所皆知。但上尉还是有些不放心，他敬礼说道："对不起，长官，我想检查下他的证件！"

"当然可以！"中田点了点头，东方云拿出自己的证件，上尉军官反复看了看，随后一鞠躬，说道："对不起长官，多有冒犯！还请您责罚！"

"你们职责所在，表现得非常不错，我会在松井司令官面前为你们请功！"

"长官过奖，我们帝国军人，都是为天皇陛下服务，天皇万岁，大日本帝国万岁！"

虽然明知道中田说的是客套话，但上尉还是颇为受用的，他再次表示歉意后，带领巡逻部队向别处走去。

东方云连忙提着箱子和中田一起走进了房间里，手下则在门后警戒。

中田直接走到桌子前，打开抽屉的锁，拿出一张证明说道："要想进入仓库，必须要有宪兵司令部开具的证明。整个司令部，只有松井司令官，藤田大佐，不，他现在是将军了，还有我有，你一定要小心谨慎！"

"我知道！"东方云点点头，接过证明看了一下，随后说道，"我的手下在这里陪你，事情发生后，我们会有人对司令部发动佯攻，吸引他们的注意力，我手下会护送你趁乱离开，然后直接登船回重庆。那里我已经有了安排，你大可放心！"

"嗯！"中田不置可否地应了一声，东方云转身离去。

"东方君！"就在东方云跨出门的时候，中田忽然叫住了他。

"什么事？"

"你是一个真正的英雄，你的祖国会为你骄傲！"

望着中田严肃的表情，东方云张张嘴，想说什么，终究还是没说出来。他只是看了看中田，随后提着箱子转身离开。

穿着中尉军服的东方云，以一种标准的帝国军人的姿势走在办公区里。玫瑰给他的地图他已经了然于心，整个办公区的每一个角落，他都死死地记在了脑海里。他直接朝着目标所在——日军宪兵司令部办公室的地下室走去。

如果单听目标的名字，似乎地下室是修在司令部办公室的下面。起初东方云也这么认为，但当他仔细观察地图后才发现两者并不在同一个位置。后来中田解释了东方云的疑惑，原来地下室是一处秘密的仓库，修在地下两米左右，并不与司令办公室相连。它之所以会挂上那么一个名头，一是因为它是司令办公室直接统辖的特殊机构，二是因为没有司令部开具的特别证明，任你官职再高，也没有进去的可能。

越接近目标，戒备就越森严。一路上东方云受到了不下十次的盘查，才来到了地下室的门口。

地下室门外，有着整整一个排的日军在警戒，他们看见东方云提着箱子走过来，脸上立刻浮现出警惕的神色，要东方云接受检查。

东方云拿出中田的特别通行证，随后一名士兵打开了他的箱子，另外一名士兵则仔细地对他进行搜身，一切确认无误之后，才准备放东方云进去。

东方云的箱子里，装的是一些复杂的资料，别说那些守门的日军看不懂，就连东方云自己，看的也是云山雾罩。

但正因如此，才有足够的神秘感。东方云也是顶着给里面的研究人员送资料的名号，才顺利地来到了这里。

在防弹装甲所制成的大门悠长的呻吟声中，一个深深的洞口出现在了东方云的眼前。

这是地下室在地表的唯一出口，宽不过一米，只要外面的日军卡死了路口，你就是一个师也冲不出来。

一夫当关，万夫莫开。

东方云看着黑幽幽的洞口，里面闪烁着瓦斯灯那昏暗的光亮。

东方云定定神，走了进去，似乎是正在走进一个怪兽的血盆大口里。

大门在他的身后缓缓合上。

东方云继续向前走着，然而他不知道的是，他的计划，已经出现了巨大的漏洞和不可挽回的误差。他很有可能，再也走不出去了！

东方云慢慢地走在悠长的隧道里。

相比于大门的狭窄，隧道显得略微宽松了一些，但也不过三四米的宽度。整个隧道异常昏暗，唯有头顶那一排排瓦斯灯在散发着微弱的光亮，淡淡的光在这黑色的世界里痛苦地挣扎。

隧道里的戒备也十分的森严，每隔十米就有两名日军士兵组成的岗哨，他们都一脸警惕地注视着东方云，步枪上闪亮的刺刀所散发出的森冷寒芒映衬着他们脸上冷峻的表情，让人仿佛置身于地狱之中。

东方云目不斜视，只是保持着平均速度往前前进，他一边走，一边估算着时间，因为这对他即将进行的行动极为重要。

终于，经过了大概十分钟的行走，他转过一个长长的拐角后，一扇门出现在了他的面前。

门后是他想要的东西。

门前是两名日军的哨兵。

两名哨兵见东方云走来，竟然拉动枪栓，要东方云再次接受检查。

东方云毫无惧色地任他们将自己的身体上下和箱子翻了一个遍，检查箱子的日军士兵还十分有经验地用手敲了敲箱底，确定是实心的后才挥挥手，放东方云走了进去。

在东方云身后，那扇铁门缓缓关上。

东方云走进了这个对他而言至关重要的房间，房间不是很大，中间有一张长桌，桌旁有十几张椅子。墙壁两边排着两排闪烁着灯光的机器，十几名日军军官戴着耳机在机器旁监听，不时记录着什么。一名少佐往来巡视，他看见东方云走进屋子，连忙走了过来。

"少佐！"东方云"啪"地一个立正，敬了一个标准的日本军礼，随后打开箱子说道，"中田大佐命令我送来这些资料！"

"哦！"听了东方云的话，少佐的脸色立刻变得严肃起来，中田虽然为人放荡，性格生活皆遭受各级军官士兵的白眼，但他的才华依旧是不可忽视的。特别是在他们这些从事电波领域的技术军官眼中，中田更是权威的代表和象征，如今他专门委托人送来资料，那么证明肯定是无比重要。

当下，那名少佐也顾不得和东方云继续说话，而是直接搬过一张椅子，坐在桌子上仔细观察起来。

就在这时，东方云的手轻轻地摸向了自己衬衣的领角。

日军的反复搜查确实没有在东方云的身上搜索到任何武器，但他们也十分的机警，拿走了东方云身上的所有东西：打火机，香烟，钢笔。东方云的皮鞋也经过了详细的检查。甚至就连皮带也让东方云换了一根，就差没有让东方云把纽扣一颗颗地扯下来让他们研究。

他们都是受过专业训练的精锐人员，他们都意识到无论是火机、香烟还是别的什么东西，都有可能是精心研制的杀人利器，因而他们要在最大限度上杜绝隐患。

然而他们却忽略了东方云衬衣的领角，这也怪不得他们，没有人能想到东方云衣服的领角上居然会有杀人的利器。

他的领角内侧贴着一把刀，一把杀人的刀。

这把刀非常的小巧，只有指甲盖那么大，能够随意地藏在任何地方而不被发觉。但是它却锋利无比，刀上还涂有剧毒，能在一秒之内让对方呼吸麻痹。

这把刀有一个很美的名字——枫叶！

枫叶刀，加拿大特工们最为疼爱，却又最为忌惮的武器。它诞生自加拿大情报部门，以小巧、隐蔽，而又威力无比著称于西方特工界，曾经风靡一时。

然而它却有一个致命的缺陷，那便是它太过小巧，刀锋偏偏锋利无比，见皮出血，使用的特工稍有不慎或者技术不过关，就有可能伤到自己。刀锋上的剧毒会在刹那之间夺走主人的生命。

而如果将它体积放大，又达不到隐蔽的效果，如果不在刀尖上淬毒，那么一个指甲盖大小的刀片，就是它再锋利，也无法起到一击致命的效果。

因而这把设计奇特的枫叶刀，在风靡一段时间后，就沉寂下来。特工需要的是一个能在关键时刻发挥稳定作用的武器，而不是一把随时都可能反噬其主的双刃剑。

但此次任务的特殊性，不得不让东方云选择这样一个危险的武器，好在他对枫叶刀有过多年的苦心研究，如今终于能够派得上用场。

就在那名少佐军官在仔细阅读资料的时候，东方云已经一摸衣角，持刀在手，随后上前几步，纤细而白皙的手指在少佐的咽喉上轻轻划过。

如轻风吹拂你的发丝，如恋人玩弄你的衣角。

是那样的轻，那样的柔，又是那样的致命。

那名少佐军官只感觉自己的咽喉微微一痛，一股麻痒难当的感觉猛然升起，随后无尽的黑暗吞没了他的意识。

剧毒夺去了他的生命，还麻痹了他的肌肉，他依然保持着自己阅读资料的姿势，一动不动。

随后东方云拿过箱子，挥出刀片，刀锋过后，箱子底被划了开来，露出一些在东方云看起来美妙无比的东西。

其实箱底只是一张厚牛皮，检查的日军敲击箱底的时候之所以会听到实心的声音，那是因为牛皮之下装满了东西。

检查的日军也曾对箱子的重量表示过怀疑，但当他看见整个箱子都是被华而不实的铝质材料给装饰起来的时候，他也打消了自己的念头。

毕竟东方云手里的证明是绝对无法伪造的。他们虽然检查严格，但只需要遵照规定的程序，很多时候看起来只是一种例行的公事，这样的情况下，实在没有必要做一些过分的举动。军队是一个特殊的团体，贸然得罪一名军官，还是一名能够拿到特殊通行证的军官，不是一件好事情。

可惜，他们还是被东方云欺骗了，箱子里确实装满了东西，还是杀人的利器。

当牛皮箱底被枫叶刀所划开的时候，一把上了消音器的勃朗宁手枪，三块烈性定时炸弹，和几个弹匣映入了东方云的眼帘。

东方云拿起手枪，向那些还在监听的日军军官走去。

由于他们都在专心致志的做着自己的事情，因而对刚才发生的一切毫不知晓。

就在东方云举枪瞄准的时候，一个日军中尉刚好放下耳机转过头来，一眼就看见了举着消音手枪的东方云。

他的瞳孔里射出惊恐的光芒，张嘴就要喊叫，但已经晚了，只见东方云的枪口上火花一闪，他的脑袋猛地腾出一道血雾，随后身躯向后倒去，压在了身旁同伴的身上。

在他身边是一名上尉军官，他感到什么东西向自己压来，连忙转头，结果他在这个世界上看见的最后的东西，就是那一点灿烂无比的火花。

子弹射出时的火花。

东方云进行着他血腥的杀戮，弹无虚发，枪枪要命，那些军官们的弱点终于暴露出来，作业专业的技术人才，他们对战斗的经验一无所知，面对此景此情完全手足无措。而且东方云的枪打得实在是太准，太快了。直到他射出最后一发子弹，将最后一名军官打倒在地的时候，那名军官才刚刚取下耳机，从位置上站起来，想要进行他掏出武器的动作。

只可惜他没有机会了，他已经在血雾弥漫中丧失了自己的生命。

他刚刚摸出的"南部"式手枪"啪"的一声掉到了地上。

十几具尸体静静地躺在地上。这些人，在前几秒钟，还是日本帝国多方搜罗的特殊人才，而到如今，他们只是冰冷的尸体。

随后，东方云拿出炸弹，开始按照事先布置好的位置来安置。

虽然这些美国进口的定时炸弹威力巨大，但东方云还没有奢望到凭借这几块 TNT 就能把整个日军地下室给彻底摧毁的地步。玫瑰提供的地图上显示，就在这些墙壁的后面，有几条为地下室提供照明的瓦斯管道，他想要的，就是将这些管道炸得粉碎。

然后，整个地下室就会在剧烈的爆炸中飞上天空！

东方云细心而快速地调试好了炸弹，随后启动了炸弹的引爆系统。

炸弹最长的预设时间为十三分钟，这是刚好够他走出地下室的距离。

东方云收拾好东西，转身离开，他打开铁门的时候，那两名日军哨兵还在一动不动的站岗。

里面发生的事情，他们还毫无知晓。

东方云对着他们微微一笑，随后伸出了自己背在身后的手，在两名哨兵的头上一人开了一枪。

他的站位很有技巧，刚好躲过了飞溅的脑浆和鲜血。

他可不想这两名士兵一时心血来潮，跑进去发现些什么。

做完这一切，东方云收起手枪，脸庞又浮现出了一名标准的帝国军人的冷峻，他转过拐角，在日军岗哨的注视中，一步一步地往前走去。

日本宪兵司令部，档案室。

这里是存放日军日常档案和一些特殊物品的地方。

档案室很大，然而却显得异常的冷清，空荡荡的没有一个人，就连那温暖的阳光，在进入档案室以后，似乎都显得有些阴冷起来。

这时，一个人影无声无息地走了进来。

他的动作很轻，很敏捷，始终处在一个绝佳的躲避位置，专业的动作和站位显示出他是一名不可多得的高手。

这个人影，就是"蝮蛇"！

没有人知道"蝮蛇"是怎么进入戒备森严的宪兵司令部的，除了"蝮蛇"自己以外。

其实"蝮蛇"的进入没有太多的花招，也没有东方云的惊心动魄，他就是这么拿着一份证明大摇大摆地走了进来，和东方云所不同的是，他的证明可是真的。

"蝮蛇"是一个复杂的人，他的身份远远不止一个神秘组织的特工那么简单。否则他也不会搞到宪兵司令部的地形图，然后叫玫瑰转交给了东方云，吸引东方云前来破坏日军的侦听设备。

是的，这些都是"蝮蛇"的精心安排。因为"蝮蛇"本身也对日军的侦听设备极为忌惮，这些设备的存在，也妨碍到了"蝮蛇"的行动，使他不能及时地和组织取得联络，也无法再如以前一般得心应手地掌握手中庞大而隐蔽的谍报网络。

在这一点上，他和东方云还是很有共同点的。

所以东方云想要除去这些设备，"蝮蛇"是求之不得。

顺水推舟，借刀杀人。

计划看似完美无缺，一石数鸟。

但"蝮蛇"的用意绝不仅是如此。

更多的，他需要东方云制造混乱，然后，他才能方便地寻找一件东西。

高桥留下来的东西！

所以"蝮蛇"才会鬼鬼祟祟地出现在日军的档案室里。这里搜集有日军所有的机密档案，戒备之森严，就连"蝮蛇"在日军内部所埋设的暗线也无法提供更多的帮助，他手中的通行证更是一张废纸。

所以他才不得不铤而走险，费尽九牛二虎之力进入档案室，所以他才不得不更加需要东方云来制造混乱，在他进来的时候已经冒了极大的风险，他可不想再冒一次。

"蝮蛇"仔细的在档案室里搜索着，所有日军的机密档案他都一概掠过，他只想找到高桥的遗物。

他相信，高桥这名日军内部的笑话或者说把柄，他的所有遗物肯定会被日军妥善保管，仔细收藏，而档案室，就是最好的地点。

果然，一番搜索之后，他终于在一处角落里找到了一个箱子，上面有着一张封条，封条上写着一个名字——高桥！

"蝮蛇"的脸上浮现出难以抑制的欣喜，他就要伸手却揭掉那封条。

就在这时，杂乱的脚步声已经响了起来，随后开门的声音响起。

"蝮蛇"左右看了看，连忙躲进了一个大书柜下面。

随后，几名日本军官走了进来。

"蝮蛇"躺在书柜下面，看着他们的军靴在地板上踏起片片尘土，掷地有声。随后他们似乎拿走了什么东西。

由于射线的局限，"蝮蛇"只能看见一双双靴子在自己的面前走来走去，那些执行任务的军官也是极为的沉默，没有人说一句话，让他大为恼火。

随后，脚步声消失了，铁门关闭的声音又响了起来。

"蝮蛇"连忙从书柜地下爬出来，接着，就在这一瞬间，他的心凉了一半。

高桥的那个箱子，不见了！

日军把那个箱子，拿走了！

"蝮蛇"敏捷地运动到窗户下面，微微抬起头，当眼前的一切映入他的眼帘的时候，他的瞳孔猛地缩小了。

他看见，那几名日本军官正在往一个箱子上浇汽油，箱子上面，印有高桥两个字的封条是如此的显眼。

"蝮蛇"牙关紧咬，一向冷静的他竟也涌现出些许难以控制的冲动。

但看见那几名军官身旁荷枪实弹的士兵，和高楼上的机枪岗哨，"蝮蛇"也只能硬生生地打消了自己的冲动。

倒完汽油，一名军官划燃火柴，扔在了箱子上。

火苗腾起，"蝮蛇"寄予厚望的箱子，就这么熊熊燃烧。

"蝮蛇"的脸上，已经是森然一片。

就在这时，一声巨大的爆炸声响起，刹那之间，地动山摇。

"蝮蛇"在晃动的世界中闪过一个念头——他成功了！

是的，他成功了，东方云成功了！

这个时候，东方云才刚走出地下室的门口十几米的距离，剧烈的爆炸所带起的晃动直接将他掀翻在地。他趴在地上，抬起头看了看周围的日军士兵，他们都已经彻底地傻了，趴在地上呆呆地看着周围的一切，不知所措。

浓烟滚滚，瓦斯弥漫，一切仿若世界末日。

按理说，如此大的动静，旭日他们应该有所察觉，也就是说，旭日应该对日军基地发起佯攻，制造混乱了。

只有这样，东方云才能安然逃脱。

东方云从地上爬起来，就准备往外走。

"不要慌乱，原地不动，接受检查！"就在这时，如变戏法一般，远远的，玉川少佐带领着一队特工队员冲了过来。他们边冲边喊，身后还跟着一些日军宪兵。

他带人巡逻到这里的时候，正好碰上了这场爆炸。

玉川的第一个念头，就是有敌人潜入！第二个念头，就是敌人肯定没走远！

毕竟他也曾经进入过地下室，他知道就算最先进的定时炸弹，也仅够从地下室走出来的时间。

于是他不顾一切地赶来了。

东方云的心提了起来，"原地不动，接受检查"，他蒙骗得过普通的日军官兵，不见得蒙骗地过玉川少佐和他手下精锐的特工队员。

"旭日啊！快进攻啊！"东方云的心中，响起了这样的呐喊。

可是枪声，依旧无影无踪。

在这最为关键的时刻，旭日，似乎消失了？

无论东方云怎么祈祷，他所期待的枪声终究没有响起。

东方云不知道旭日那边到底出了什么事情，但他知道，如果现在自己还不走的话，那就永远也走不了了。

东方云开始往前走，他保持着一个均匀的速度，在他的前方，是一处小楼。

小楼上，有一个日军的机枪岗哨。

或许凭借那挺机枪，他还能够支撑一时，以期待旭日的进攻开始。

然而在一群呆呆站立的日军官兵之中，一直在往前行走的东方云显得是如此的显眼。

"你，站住，接受检查！"后面，玉川少佐的呼喊声已经响了起来。

东方云没有理睬他，依然再往前走。

"站住！"玉川少佐已经掏出了自己的武器，再次大喝。

换来的，却是东方云的加速前冲。

"开火！"玉川少佐再不犹豫，果断地下达了进攻的命令。

与此同时，东方云往前一扑，就地翻滚，在他的身边，一连串的子弹溅起阵阵尘土。

"抓住他！别让他跑了！"情急之下，一名日军少尉叫了起来，周围的日军也纷纷反应过来，呼喝着往东方云冲来。

这下倒也给东方云提供了方便，呼啸而来的日军恰好阻挡住了玉川的射击路线，他不由得懊恼地拍了下脑袋，为那些宪兵军官错误指挥感到极为恼火。

东方云可不会放弃"友好的日本朋友"送上门来的大好机会，他拔腿狂奔，飞快地冲进了小楼里。

他毫不减速地往楼上冲，一边跑一边摘掉自己的军帽，随后往楼上扔去。

"嘭嘭！"两声枪响，楼上高度戒备的日军机枪手出于本能纷纷开枪，打中军帽的同时也给了东方云进攻的空隙！

东方云一个翻滚，已经冲过了楼梯拐角，随后拔枪在手，扣动扳机。

两声闷哼，两名日军机枪手倒在了地上。

东方云一个箭步地冲到机枪面前，"哗"的一声推上子弹，就开始往楼下狂扫。

这个时候，追上来的日军最近的离小楼已经不到十米。

悲剧发生了，但见小楼上，一连串的闪光亮起，随后无数肉眼可见的金线就如暴雨一般往楼下飞速而来，冲上来的数十名日军士兵就在这金线中跳起了死亡的舞蹈。血肉横飞，呼啸的子弹在空中组成了一把死神之镰，冲在最前面的日军几乎是被拦腰斩断，血流遍地，年轻的日军士兵们一片一片地扑到在地。

"卧倒，火力压制！"玉川少佐带领的特工队冲在最后面，因而在这突如其来的袭击当中并没有受到什么损失。他们的反应也是极度迅速，在机枪开火的刹那就已经纷纷寻找到了隐蔽位置，当下，十几支"百人"式冲锋枪响了起来，打得小楼的墙壁尘土飞溅，弹孔无数。

剩余的十余名日军宪兵，狂吼一声，爬起来继续向小楼发动冲锋。

他们刚刚冲出十几米，后面的枪声就停止了。毕竟冲锋枪不是机关枪，只有不到三十发的子弹，在快速射击中已经消耗干净，玉川和他的手下特工们正在飞速的换弹夹。

然而就是这短暂的时间，一直趴在地板上躲避日军火力的东方云再次跳起操纵机枪，"哒哒哒，哒哒哒！"机枪的声音又一次在宪兵司令部的上空回响起来，然而此时已经不是疯狂的扫射，而是准确的点射。由于日军的在前一轮袭击当中遭受的惨痛打击，使其人数锐减，剩余的十余名士兵已经不可能再排出密集的冲锋队形，何况在机枪的火力下，密集冲锋，也只不过是找死而已。

如果用一挺机枪去对付日军的散兵线的话，那么就算子弹打完，也不会有太大的收获。

因而东方云化扫射为点射，顿时一个又一个日军士兵栽倒在地。短短一瞬，就又倒下了五六名士兵。

"一小组，火力压制，二小组，随我冲锋！"玉川少佐已经彻底地愤怒了，同时他也意识到单凭那些普通的宪兵是无法突破东方云的机枪防线的。一把普通的机枪，在东方云的手中仿若是一把千年的神兵利器，发挥着非比寻常的威力，此时已经到了自己出马的时候了。

"百人"式冲锋枪的声音再次响了起来，玉川少佐开始指挥手下飞速的排列进攻阵形，进入攻击方位，准备开始攻击。

同时，东方云也将手枪放在了触手可及的位置。他知道，单凭一挺机枪，是不可能抵挡得住玉川手下精锐特工的进攻的。旭日的伴攻到现在都没有发起，看来今天，他是要死在这里了！

东方云不怕死，他只是不想死得不明不白，他不知道，为什么旭日，始终没有发动进攻呢？

就在这时，一阵震耳欲聋的爆炸声响起。

随后，阵阵火光，从宪兵司令部的核心地带腾上半空，炽热的火焰几乎将整个天空点燃。

紧接着，刺耳的警报声响了起来，这是日军的最高警报，意为宪兵司令部遭受袭击，所有士兵往办公区回援！

"怎么回事！敌人是怎么进入办公区的！"玉川暴跳如雷，他没想到，戒备如此森严的宪兵司令部，居然会有人在核心地带发动武装袭击，整整一个联队的宪兵部队，难道都是摆设吗？

"少佐！我们是否马上回援？"

"一小组继续进攻，其他人和我回援司令部！"玉川当机立断，带领其他人飞速往回赶去。

与此同时，第一小组的十二名日军特工也发动了攻击。

此时的宪兵司令部的办公区内，已经是乱成一团。数十名头缠白布的日军士兵，拿着自动武器四处杀人放火，许多人已经控制了周围的机枪岗哨，只要看见没有缠白布的人群，立刻就是一阵不分青红皂白的扫射，办公区内已经乱成一团。这批叛乱分子明显是高手，弹无虚发，枪枪要命，猝不及防之下，日军已是伤亡惨重。

这批人，不是旭日的人，旭日的人到现在还杳无音讯，更别谈进入日军的核心地带制造混乱了。

这批人，是"蝮蛇"的人，是"蝮蛇"通过某个渠道精心安排在宪兵司令部的人。

他们的任务，就是在这里极尽所能地制造混乱，打乱日军的部署，给"蝮蛇"提供机会。

不仅仅是逃生的机会，同样，要给"蝮蛇"提供寻找东西的机会。

只要能找到东西，就算搭上他们所有人的性命，也在所不惜。

"蝮蛇"毕竟是留了一手，他并没有单纯地指望能在档案室里找到高桥留下的东西。事实证明他的后招是无比正确的，事情果然出了变故，好在这些人制造的混乱已经给"蝮蛇"提供了了机会。

进入住宅区的机会！

"蝮蛇"觉得，并不能排除某个军官擅自截留了高桥的某样东西的可能，这在军队或者说官僚系统中是常事，因而他要进入住宅区一探究竟，同时，他还要联络某个人。

一个他的组织安插在日军内部的高级棋子。

倘若没有这个棋子，他也不可能将如此多的心腹死士安插进宪兵司令部内。

但正因如此，所以他绝对不能正大光明地与那个人接头，那个人实在是太重要了，不能冒一点的风险。唯有混乱，唯有极度的混乱，他才能和那个人见上一面，探听东西的下落，同时商量一些其他的事情。

"蝮蛇"手下所制造的混乱非常成功，在"蝮蛇"前往住宅区的时候，有无数的日军士兵从他的身边跑过，却没有任何人对他的身份表示质疑。办公区遭受袭击，这是整个日军宪兵部队的奇耻大辱，那些日军官兵的双目中已经燃烧起了仇恨的火焰，谁还有心思盘查一下"蝮蛇"的身份。

然而"蝮蛇"的运气似乎欠缺了一点，因为就在他好不容易来到住宅区的大门外的时候，他发现，这里的守卫并没有前去救援办公区，相反，还大大加强。两辆日军的坦克和几辆装甲车正在这里严阵以待，坦克上，藤田一郎少将拿着指挥刀肃然而立，脸色阴沉。似乎前方不断响起的枪声和爆炸声和他毫无关联。在他的旁边，松井次郎司令官默默不语，一股诡异的肃杀气氛以他们二人为中心不断蔓延，让人难以正视。

"蝮蛇"骂了一声，一转身，飞快地淹没在了来往奔驰的慌乱日军所组成的人潮之中。

"蝮蛇"失败了，虽然他成功地借东方云的刀除掉让他颇为忌惮的侦听设备，然而他却没有找到高桥留下的东西，也没能与自己的棋子接头，这对他而言，仅仅是个平局，或者说，连平局都有所不如。

唯一庆幸的是，他能够拥有一些别的收获。

只是，难道东西的线索，真的被那些军官给烧掉了么？

这时，"蝮蛇"的脑海里又浮现出了那在火焰中燃烧的箱子，箱子上，还有两个让他感到揪心的字——高桥！

与此同时，高桥上尉所遗留的那本《孙子兵法》，正静静地躺在住宅区内玉川少佐的书桌上，它还在等待，等待某个命中注定的人，来将它的秘密开启。

这真的，只是一个平局！

上海，军统总站。

夜已经深了，一轮月亮孤单地挂在天空中，是如此的寂寞。今夜的上海，显得异常的寂静，冷冷的月光下，还有几分森冷的肃杀。

楚超在房间里焦急的踱步，今天的白天，上海再一次发生了一件让世界震惊的事情，上海日本宪兵司令部遭受袭击，还产生剧烈爆炸。

楚超知道东方云展开了行动，却不知道他是否得手，他更加不知道的是，东方云能否安然归来。

不止是东方云，应该说军统所派出去的人马，除了两个接应以外，其他人都还没有回来。

情况不明，楚超又不敢擅自行动，不由得心急如焚，不知如何是好。

就在这时，大门外响起了极有节奏的敲门声。

这是军统的联络暗号。

"开门！"楚超猛地回头，对着属下吼道。

两名军统特工走上去打开门，一个身影闪了进来，他是如此的熟悉，又是如此的沧桑。

他就是东方云！

"长官！"楚超叫了一声，连忙迎了上去。

东方云脸色阴沉，并没有逃出生天的喜悦，他直接问道："我们的人回来没有！"

"没有！而且还有件很严重的事情！"

"什么事？"

"长官您跟我来！"楚超说了一声，带着东方云走向一楼的卧室，东方云只觉得自己眼皮狂跳，不祥的预感越来越强。

"蝮蛇"安插的死士所制造的混乱也给东方云提供了便利，一个小队的日军特工并不具备把他留下的实力，他还是趁着日军乱成一团的时候逃了出来。然而他自始至终都没有看到旭日和手下们的身影，他不知道他们到底出了什么事情，但他敢肯定，绝对不是什么好事。

思量间，楚超已经打开了卧室的房门，两具尸体映入了东方云的眼帘。

东方云心中一惊，一个箭步跨上去，翻过尸体开始检查。

这两具尸体，就是中田和中田手下那名心腹！

"怎么回事！"东方云有些恼怒地问道。

早在行动之前，他就为中田安排了详细的撤退计划。按照计划，在混乱发生后，中田和他的心腹将从宪兵司令部的侧门离开，在那里，他已经事先准备好了接应的人手和车辆，在日军大乱之时，凭借中田的大佐军衔，想要趁机脱逃并不是什么难事。

然而现在，东方云所看见的只是两具冰冷的尸体，这怎么能让他不感到恼怒。

"我们也不知道！接应的弟兄看见他们从司令部走出来，正准备上去，他们忽然就被打倒，幸好兄弟们动作快，不然连尸体都抢不回来。"

听了楚超的话，东方云的心沉了下来，他开始快速地检查尸体上的伤口。

中田和他心腹的脑袋上都有一个血洞，东方云用手指仔细地测了一下血洞的直径，随后又反复地看了看伤口，已经有了结论。

毛瑟 K98 步枪，狙击距离不超过两百米！

德械武器？东方云皱了皱眉头，要知道，早在30年代中期，德械武器就已经大规模地流向了黑市，它并不像被国民党所垄断的美式武器一样稀有，几乎各个势力都能够通过自己的渠道弄到德国枪械的原装货或者仿造品，想要通过枪械来寻找凶手来源的愿望，彻底落空了。

到底是谁杀了中田，又为什么要杀他。是复仇？是警告？还是灭口？

最近发生的事情实在是太过诡异，似乎从一开始就一直有一双眼睛在暗中默默地窥伺，眼睛的主人手里拿着一根沾满鲜血的绳索，正在一步步地往东方云的身后走来！

"长官，我们接下来怎么办？"楚超看着东方云凝重的表情，有些担忧地问道。

"收拾东西，我们马上转移！"东方云毫不犹豫地下达了命令。至今自己派出去的手下们都了无踪迹，总站已经有暴露的危险，危地不能久留，他只能先转移到安全的地方再作打算。

"是！"楚超点了点头，开始下达命令。军统特工们对这个景象已经再熟悉不过，可谓得心应手，熟练无比，很快，他们就收拾好了一切，按照事先规划的线路和方式分批离开。

东方云并没有烧掉房子，他在房子里面留了些礼物，如果谁想对这房子打主意的话，那么他们肯定会收到一个不错的惊喜。

在出门的时候，东方云望了望凄清的夜空，一个念头不可阻挡地浮上了他的心头。

"旭日，你到底在哪里！"

上海，"蝮蛇"总部。

"蝮蛇"坐在自己的椅子上，眉头紧锁。

今天的行动远远没有达到他理想的目标，牺牲了数十名精锐死士，却不但没有找到东西，还让日军烧掉了高桥的遗物，东西的线索，很有可能已经化为一团灰烬。而自己想要和某个特殊人物取得联系的计划，也没能完成。除了拔掉了日军的监听设备以外，他一无所获。

烦躁的"蝮蛇"不由得直起了身子，他伸出手，使劲地弄了弄头发，却依然没有感觉到半点的好过。

看来，是到了转移目标的时候了。

就在"蝮蛇"暗自思量的时候，他的心腹"飞鹰"走了进来，说道："长官，人抓到了。"

167

"伤亡如何？"

"死了八个，伤了十几个，敌人无一漏网。尸体已经全部抢回，绝对没留下任何线索！"

"把人带到地下室去，我马上下来！"

"是！""飞鹰"点了点头，飞快地退了出去。

"蝮蛇"站起身来，整了整自己的衣服，随后拿起一个半脸面具戴在自己的脸上，走出了房间。

地下室里，一个女子，一个美丽的女子已经被结结实实地绑在了椅子上，几名特工在一旁看着她，见"蝮蛇"进来，连忙立正行礼。

"蝮蛇"挥挥手，让他们都出去，只把"飞鹰"留了下来，随后他说道："弄醒她！"声音简短而冷酷。

"飞鹰"直接端过一盆冷水，随后狠狠地泼在了女人的身上。

女人苏醒过来，咳嗽了几声，然后缓缓地抬起了她的头。

一张美丽的容颜暴露在了空气中。

如果东方云在这里的话，他一定会惊叫出声，因为这张美丽的脸，属于一个人。

旭日！

"旭日小姐，你好，久仰小姐大名，一直想要一亲芳泽，不得已将小姐冒昧请来，还望小姐见谅！""蝮蛇"微微鞠躬，微笑着说道。他表现得极有礼貌和涵养，偏偏声音里的冷酷与肃杀却让他显得异常的作态与虚伪。

旭日看了看用面具将脸遮住的"蝮蛇"，又看了看同样戴着面具的"飞鹰"，眼中有着掩饰不住的仇恨。因为她又想起了那残酷的一幕。

子弹横飞，鲜血四溅，就在他们准备行动的时候，一群戴着面具的杀手突然闯入，猝不及防下身边的战士不断跌倒，最后只剩下她一人被敌人用麻醉枪制服，押倒了这里。

她并不知道对方是什么人，有什么目的，但她知道，事到如今，唯死而已。

所以她并没有问"你们是什么人"这样幼稚的问题，她知道就算自己问了他们也不会说，她只是倔强而骄傲地昂着自己的头颅，进行着自己最后的抗争。

"小姐不用害怕，我们对小姐毫无恶意，只是想和小姐合作！"

旭日依旧没有说话，似乎"蝮蛇"在她面前只是一个可有可无的摆设一般。

"蝮蛇"也没有动怒，他只是慢慢地走上前去，随后俯下身，在旭日的耳边轻声地说了点什么。

"你休想！"猛然间，旭日忽然爆发，随后闪电般地往"蝮蛇"的耳朵咬去。

"蝮蛇"只是轻轻将头一偏，就躲过了旭日的攻击。

"来日方长，小姐还是好好考虑考虑再说吧！""蝮蛇"冷冷地丢下这句话，随后带着"飞鹰"离开了地下室。

在他们的身影消失后，地下室的门缓缓关上。

"长官，我们接下来如何行动？""飞鹰"在"蝮蛇"的身后轻轻问道。

"编了那么久的网，现在，该是我们撒网的时候了！""蝮蛇"微笑着说道，笑容里，寒意无限，杀意森然。

第十二章　猛虎离山

天空中，下着蒙蒙的雨。

东方云撑着雨伞，站在一处小餐馆前。

这处餐馆，曾经是旭日的据点，也是东方云和旭日接头的地方。他们就是在这里商量制订了潜入日军宪兵司令部的计划，也是在这里，东方云第一次略显失控的拿走了那朵代表旭日的紫罗兰。

而今，物是人非，日军的监听设备已经被炸毁，系在他们脖子上的一个枷锁已经被打破，而旭日却始终没有出现，这一处接头地点也就此荒废，大门紧锁，唯有隔着窗户的玻璃，能够依稀地看清里面的摆设，找回一点当日的回忆。

东方云抬起头，看了看那阴沉沉的天空，他的心也如这天一般阴沉。旭日消失不见，数十名手下失踪，这样的结局，是他绝对不想看到的。

忽然间，东方云的脑海里，又浮现出那朵被汽车辗得粉碎的紫罗兰。

漫天花瓣挥舞，飘落无数忧伤。

东方云叹了口气，转身离开。

就在这时，一个人影紧紧跟上。

这个人，就是旭日的司机，阿强！

旭日行动的时候并没有带上自己这名心腹司机，虽然阿强对组织，对她的忠诚毋庸置疑，但阿强本身并不是一名出色的特工，他有着一个特工所不能拥有的致命缺陷——冲动！

阿强太过于喜形露于言表，这是一名优秀特工的莫大忌讳。旭日在的时候，他还能有所克制，如今旭日失踪，他冲动的性格就再次暴露无遗。

如果不是因为阿强是自己一手引导进组织，同时他又有着出神入化的车技的话，旭日根本就不会把他带在身边。

旭日失踪，组织极为重视，留守的副手自动代替了她的职务。同时大规模地收缩了组织的活动。由于他们也不敢肯定日军的侦听设备是否被销毁，也不敢擅自打开电台与总部联系，因而其活动一时间陷入僵局，唯有继续潜伏，让所有人都不得轻举妄动。

可惜，冲动的阿强并没有遵守这个命令。

在他看来，旭日肯定是被东方云的军统给暗算了，他要亲自为旭日报仇！

人海茫茫，他纵然有心报仇，但想要在整个上海寻找到东方云的踪迹，犹如大海捞针。他只能在旭日和东方云接头的这家小餐馆附近苦苦等待，他并不知道东方云是否会再来这里，有时候，他自己都会为这个守株待兔的想法感到可笑，但皇天不负有心人，终于还是让他等到了。

阿强将手伸进自己的衣兜里，打开了手枪的保险，目光紧紧地盯着东方云的背影，连眼睛都不敢眨一下，似乎只要一眨眼，东方云就会从他的眼前消失一般。

他知道自己并不是东方云的对手，得手的可能性十分渺茫。他也知道组织对纪律的看重，他擅自行动，就算能够成功，回到组织也会遭受严厉的惩罚。但他更知道，如果不是旭日，自己早就成为了上海滩的一条死狗。

在他走投无路，差点只能乞讨为生的时候，是旭日收留了他，是旭日给了他足够的理想与信仰，让他能够重新做人，顶天立地。

受人滴水之恩，自当涌泉相报。何况是再造之恩，犹如再生父母。

在很早以前，阿强就已经下定决心，自己的这条命，就给了组织，给了旭日了。

士为知己者死！

阿强走得很慢，虽然他眼睛里灼热的眼神似乎要将东方云给彻底融化，但他的脚步依旧十分的缓慢而沉稳。他并不想跟得太紧，这样会让东方云有所察觉，他只需要让东方云一直在自己的视线以内，那么他终究能够找到动手的机会！

他就这样跟在东方云的身后走着，走过一条又一条的街道，终于，他们进入了一个幽深的小巷。

东方云的背影转过拐角，阿强抽出手枪，加快脚步，往前走去。

前奔，转角，此时东方云恰好回转身来，他英俊的脸庞已经映入阿强的眼帘，阿强毫不犹豫地举起手枪，扣动了扳机。

上海，日本宪兵司令部。

烟雾袅袅，藤田一郎坐在椅子上不停地抽烟，呛人的烟雾不断升起，将他整个身躯都缓缓笼罩。

他的脚下，是一地的烟头，他的对面，是一言不发的玉川少佐。

"将军！您还是少抽一点吧！"终于，玉川少佐再也忍受不了这诡异的气氛，开口说道。

"玉川，我们败了！"藤田一郎发出一声悲叹。原本掌握主动，能够将各国特工一网打尽的大好局面，居然就这么毁于一旦，不得不让藤田一郎痛心疾首，难过万分。

"将军，属下无能，未能保护好设备的安全，请将军责罚！"玉川少佐猛地一低头，一脸的惭愧之色。

"你还是叫我长官吧，玉川，你叫我将军我还真的挺不习惯。"

"是，将军，不，长官！"

"玉川，你知道吗？让我心痛的不是我们的失败，而是我们没有败在外人手上，却败在了自己人的手里！"

"什么？！"玉川猛地抬起头，难以置信地看着藤田一郎。

"长官，您，您是说……"

"我们内部，还有内奸！"说出这句话后，藤田一郎的脸色已经变得冷峻无比，咬牙切齿中，透露出无限杀意。

"内奸，内奸不是中田大佐么？"

藤田一郎冷哼了一声说道"这件事情，固然跟中田有很大的关系，但中田只不过是一名技术军官，怎么可能有权力调动防卫部队。如果没有防卫部队的暗中配合，如此之多的敌人又是怎么混进宪兵司令部的核心地带而不被发觉的？"

玉川少佐沉默了，如果藤田一郎所说是真的话，那么就证明还有高级军官牵涉其中，想到内部接二连三的出现叛徒，还都是身居高位的帝国军人，玉川就禁不住打了一个寒战，同时又感到深深的恐惧和迷茫。

"玉川，我们现在……"藤田一郎话音未落，一名上尉军官已经走了进来，低头说道："长官，南京总部机关急电！"

听到这句话，藤田一郎的心中一沉，自从侦听设备被毁以后，他就已经知道总部机关肯定会作出相应的处理，如今，该来的终究还是来了。

藤田一郎面沉如水，他冷静地接过电报一看，脸色不由得更加阴沉。

电报不是很长，词汇也不是很多，但意思却十分的明确，那便是："着少将藤田一郎即刻赴南京听命调用，其上海特务机关长一职，另派专人担任。"

简而言之一句话，他被撤职了！

藤田一郎挥挥手，命令上尉退了出去，随后将电报交给了玉川。

玉川飞速地看了看，脸色大变，竟激动地把电报扔在了地上，他近乎疯狂地咆哮道："太过分了将军！您战功赫赫，领导我们为帝国出生入死，立下无数功劳，如今就算有所失误，也不能如此刻薄，将您撤职！不行，我要上书，我要抗议！"

"玉川！把电报捡起来！"

"将军！"

"捡起来！"

玉川无奈地低下身，将电报捡起来。他的眼睛里，已经有些许的泪水。

这个"出色的帝国军人"，这个就是面对死亡也不会皱一下眉头的"出色武士"，终究还是流泪了。

"玉川，你是帝国军人，军人以服从命令为天职！难道你连这最基本的要求也忘记了吗？"

"可是将军！"

"不要再说了！"藤田一郎无力地摆了摆手，这一瞬间，他似乎苍老了许多，他慢慢地说道："去帮我收拾东西吧，我明天就去南京。我走之后，你要好好地服从新任长官的命令，同时暗中监视司令部内大佐以上级别的所有军官，我们要不惜一切代价找到叛徒，你要记住，帝国的未来，就在你们的肩膀上！"

"是，将军！"玉川狠狠地点了点头，迈着坚定而颤抖的步伐走了出去。

藤田一郎坐到椅子上，他又想起了自己的老师，那个睿智而冷酷的老人。

"老师啊，你到底在想些什么呢？"

阿强用黑洞洞的枪口对准着东方云，拼命地想要扣动扳机。

然而他却办不到，因为东方云的一只手，已经死死地抓住了他的手枪，纤细而悠长的手指十分有技巧地杜绝了他想要开枪的一切可能。

阿强就只能这么直直地看着东方云，无能为力。

东方云也认出了阿强，这个一开始就对自己抱有敌意的汉子，他心中微微一惊，但手上的力道没有松懈分毫，他沉声说道："阿强？你为什么要杀我？"

阿强沉默不语，不发一言。

东方云闪电般地伸出另一只手，一把扼住阿强的脖子，将他推到了墙上，随后狠狠地将他提了起来，吼道："说，为什么要杀我！你的主子旭日在哪里？！"

东方云不提旭日还好，阿强本已心存死志，然而旭日这个名字激起了阿强无数的仇恨，他的冲动再一次爆发了。他挣扎着，吃力地吼叫道："你这个忘恩负义的小人，我们一次次的救你，你却暗算我的组长！你就是国民党的走狗！你可以杀我，但总有一天，历史和人民会审判你的！"

听了阿强的话，东方云愣住了，他一松手，阿强贴着墙壁慢慢地滑了下来，随后趴在地上剧烈的咳嗽。

东方云悠悠的，魂不守舍地说出一句话："你们是共产党！"

本来还在痛苦咳嗽的阿强听了东方云的话，眼睛中闪过一丝骇人的光芒，随后跳起来一拳挥向东方云的脸庞。

东方云虽然在出神，但身体的本能还在，他头一偏，躲过了阿强的攻击，随后一个膝顶击中了阿强的小腹，让他再一次痛苦地跪在了地上。

"我没有伤害旭日，我也在找她！"东方云冷冷地丢下这句话，随后收起阿强的手枪，转身离开。

只剩下还跪在地上的阿强，望着东方云在雨帘中远去的背景，黑色的眼睛里，透露出几许不甘，又有着几许犹豫。

东方云慢慢地走在街道上，任飞溅的泥水打湿他的裤脚，他机械地撑着伞，面无表情，看着在雨水中往来穿梭的芸芸众生，这一刻，他感受到一种前所未有的寂寞与孤独。

他曾经无数次地猜测旭日和她背后组织的身份，但他从来就没想到过，旭日居然会是共产党。

是的，她是共产党，阿强是共产党，她背后的组织也是共产党。因为只有在共产党的长期熏陶和教育下，才会有人说出"国民党的走狗"这一类的话来。

对于国共两党的恩怨，东方云一直出于本能的回避，他一直都期望，两党真能够如他们所签订的合约上所说的一样，和平共处。

然而事实是如此的残酷，睿智的东方云内心深处清晰无比，他知道国共两党必有一战，合作只是暂时，对抗才是永远。这不仅仅是立场不同，也不仅仅是阶级信仰和意识形态不同，而是两个政治集团为了争夺中国这个古老国家的最高统治权的一场你死我活的斗争。

有你无我，不死不休！

如今战争的形式已经越来越明显，在美国宣布对日宣战的时候，原本还勉强持平的战争天平就已经向同盟国一方倾斜。到如今，无论是日本还是德国，失败只是时间的问题，也就是说，内战的爆发，也就是时间的问题。

东方云毫不怀疑，在对日作战结束以后，国民政府肯定会依仗着美国的援助率先发难，挑起内战。

在党国的高层看来，趁着抗日成功的巨大政治影响力，凭借着在战争中所锻炼出来的数百万军队和美国等西方资本主义国家的援助，他们肯定能够彻底地解决问题，让党国江山，千秋万代！

而那个时候，作为国民党手里的一把尖刀，那个所谓的领袖最能够依靠的力量，军统肯定会冲击在内战的最前线。

到时候，刚刚结束对外战争的中国大地，又会响起隆隆枪炮之声，成百上千万的中华儿女，又会拿起武器，走上战场，流血，厮杀，死亡！

只可惜，那时候，大家所面对的敌人，和自己有着一样的血脉，一样的历史，一样的名字。

大家都是中国人，那时候的战争，是中国人打中国人！

祸起萧墙，同室操戈，相煎何急！

东方云不愿意面对这样的场面，这也是为什么他从德国进修归来以后宁愿躲进学校里去当教官，也不愿走向正面战场的原因，他不想看见自己人的血。

直到抗战爆发，他才加入军统，但他不是为了国民党加入的，也不是为了三民主义加入的，更不是为了那个高高在上的领袖加入的，他是为了这个国家，这个民族！

他实在不知道，如果有一天，他要将自己手中的武器对准自己的同胞，他要将自己辛辛苦苦学习而来，并在尸山血海中磨炼出来的技巧用来对付自己的国人，当他所传出的每一封情报，所做的每一个行动都会让无数炎黄子孙去流血，去死亡的时候，他该如何面对，又该何去何从。

东方云很痛苦，很矛盾。他知道，旭日一次次地接近自己，一次次地救自己，肯定不是出于某种感情，而是希望自己有一天能够作出回报。

回报，不也是杀中国人么？想到这里，东方云不由得感到一阵无力与颓然。

走一步看一步吧。到了最后，东方云也只能这么长叹一声，战争的结束还有一段时间，自己能不能活到那个时候，还是一个问题。

或许，就这么战死在卫国的道路上，也是一种幸福吧。

"吾以吾血祭轩辕！"

默默的，东方云再一次在心中复述了一遍自己当初所发的誓言，这个誓言，就如烙印一般，烙在东方云的心房上，烙在他的血液中，烙在他的灵魂里。

这是他的信仰，是他一生也无法抹去的印记。

东方云紧了紧自己的拳头，坚定地向前走去。

只是他的身躯，却一直在，微微地，微微地颤抖。

上海，日军军用火车站。

一场简单而又隆重的送别仪式正在这里举行。

藤田一郎穿着笔挺的将军制服站在月台上，身躯挺拔，面目坚毅，在他的身前，是已经略显苍老的日军宪兵司令长官松井次郎。松井次郎的身后，是一干日军宪兵司令部的高官，其中有一群人尤为显眼。

那便是藤田一郎的心腹玉川少佐和他所率领的一百多名特工队员。

他们全部都头缠白布，白布上写着四个字——"武运长久"！

他们无法违抗上司的命令，但这并不妨碍他们用别的方式来表达自己内心的不满和愤怒。

气氛有一些沉闷，藤田一郎为什么被调回南京，所有人都心知肚明。其实侦听设备被毁，和藤田一郎并有什么直接的关联。相反，松井次郎和负责宪兵司令部安全的军官们倒应该负上更多的责任。可惜，所谓法不责众，处理藤田一郎一人，总要比处理一个司令，好几个大佐，以及众多高官来得合适一些。

于是藤田一郎就非常委屈地，成为了这件事情的替罪羊。

这也是玉川少佐最为不满的地方。

松井次郎略显感慨地给藤田倒上了一杯清酒，随后沉声说道："藤田君，此去南京，必将大用，我在这里预祝藤田君平步青云，步步高升！"

藤田一郎面无表情地将杯中的清酒一饮而尽，随后说道："司令官过奖了，我不在的时候，还请司令官多多照拂玉川少佐！"

"你放心，玉川是我大日本帝国的他日栋梁，我自会好好培养照顾！"

"如此，多谢司令官阁下了。时候不早了，藤田这就启程！"

"好！"松井次郎点了点头，随后藤田对着送行的队伍一鞠躬，松井以及身后的日军高官们也纷纷还礼，接着，藤田一郎一步一步登上火车。

在他背后，忽然响起一片整齐划一的膝盖触地声。

藤田一郎猛然回头，只见玉川少佐已经带着百多名特工队员齐刷刷地跪在了地上，同声高呼："恭送将军阁下！"

藤田的眼睛湿润了，他拼命地忍住自己激动的情绪，只是嘴唇颤抖着，说出几个字："好，你们，很好！"

随后，他头也不回地登上了火车。

"呜～～～"悠长的汽笛声中，火车启动开来，慢慢地开出了车站。

西下的残阳，在火车开走的地方洒下一层余晖，余晖是那样的红，好像血。

心底的血。

南京，日军驻华特务机关总部。

铺满榻榻米的房间里，一个身穿和服的老人正在练习书法，他身形消瘦，头发花白，骨瘦如柴，单看外表，没有人会知道，这个看似弱不禁风，随时都可能倒下的老人，竟然就是日军驻华特务机关总部的机关长，藤田一郎少将的恩师——苍井沅三！

这是一个传奇般的人物，有关他的故事可以写成一本厚厚的《谍战百科全书》，他的许多经典行动值得全世界所有的特工们参考学习，甚至当做典范教材刻苦钻研。

然而，就是这么一个闻名世界的顶级间谍大师，依然抵挡不住岁月那无情的侵蚀，最终，变成了一个白发苍苍，垂垂迟暮的老人。

就在他凝神静气地写着字的时候，有人轻轻地敲响了他的门。

"进来！"他放下笔，抬起头说道。

门被推开了，他最信任的心腹秘书走了进来说道："家主，上海来电，藤田君，已经启程了。"

"嗯！"苍井沅三点了点，问道，"我们的朋友那边，有什么消息吗？"

"暂时还没有。"

"武藏君，你觉得，我们朋友的计划，有可能成功么？"

"家主，请恕属下直言，无论能否成功，我们都没有别的选择了！"

"哎！"听了自己的心腹秘书武藏天雄的话，苍井沅三不由得长叹一声，说道："我做梦也想不到，居然会有这么一天，你下去吧，和我们朋友的联系，一定要保密，千万不能出了纰漏！"

"是！"武藏天雄鞠了一躬，随后慢慢退了下去。

苍井沅三提起笔，继续写起字来。

他写的是中国字，却是中国字中最不吉祥的一个字。

杀！

上海，军统总部。

东方云坐在椅子上出神，他呆呆地望着天花板，表面上看起来一片平静，脑袋里却是翻江倒海。

他一直在想，到底是谁在向旭日下手：日本人？易宁山？还是别的什么势力？

日本人可以排除掉，如果是日本人事先埋伏的话，那么证明他们早就对东方云所安排的袭击计划了如指掌，那么东方云从进入宪兵司令部的时候就会成为日本人口中的美餐，又怎能将极为忌惮的侦听设备给其毁掉。

既然日本人可以排除，那么就只剩下易宁山和某个神秘的势力。

相比于大海捞针般的去寻找某个自己根本就没有任何线索的神秘势力，东方云还是愿意先探听一下易宁山方面的情况再作打算。

他已经约见了司徒婉，他自然知道这个时候约见司徒婉是一件风险极高的事情。但他没有选择，因为这件事情实在是太过重要。抛开他那数十名手下的生死下落必须打探到以外，更为关键的是，他要确定易宁山是否能排除在这件事情之外。

如果确定将易宁山排除，那么就证明一直有一个强大而隐秘的势力在暗中监视着自己的一举一动，甚至他们在军统内部肯定还埋伏有暗线，那么从此以后，东方云就必须对自己的组织和行动计划进行大规模的调整。因而无论如何，他都必须亲自和司徒婉见上一面。

就在东方云思量的时候，楚超走了进来，说道："长官，重庆方面的绝密电报！"

"哦？"东方云的眉毛挑了起来。所谓绝密电报，就是指必须要总站站长亲自来担任翻译的密电。大部分时间，总站发来的电报都是由破译员翻译以后，再转交给东方云，如今竟然需要东方云亲自翻译，可见这份电报的非同凡响之处。

东方云点了点头，这是他命令电台重新恢复工作之后所收到的第一份电报，在此之前，重庆方面竟然没有主动和他进行过任何的联系。东方云挥挥手，示意楚超出去，随后从抽屉里拿出一个小本子，这是上海军统站站长专用的密码本，他逐字逐句地将乱码翻译成明文之后，仔细看了起来。

只一瞬间，他就如全身力气都被抽走一般，无力地倒在了椅子上。

电报上面的内容是："着军统上海站站长东方云，一周之内，除掉汉奸易宁山，不得有误！"

上海，日军军用火车站。

一列蓝色专列拉着悠长的汽笛，慢慢地驶进站来。

站台上，日军上海宪兵司令长官松井次郎再一次带着自己手下的高官们出现在了这里。只不过他们不是前来送行的，而是迎接的。

迎接南京方面派来的特使，上海特务机关的新任机关长——山本义夫。

山本义夫此人的大名，松井次郎也曾略有耳闻。他知道其是南京特务机关总部的高级参谋，有着"智囊之首"的称号，但很少在前台活动，没想到这一次南京机关竟然会派他到上海来主持特战大局。

思量间，火车已经缓缓停住，随后一个人影出现在了车厢门口。

"奏乐，敬礼！"仪仗队的军官"刷"的一声抽出了自己的战刀，悠扬的军乐声立刻响起，数十名充当仪仗队的士兵以及周围的警戒卫兵都纷纷立正行礼。在这庄严的气氛中，松井次郎期待已久的客人——山本义夫，终于慢慢走下车来。

他是一个身材矮小的胖子，身高不足一米六五，肥头大耳，一身笔挺的少将制服穿在他身上显得极为搞笑。同藤田一郎虽不英俊，但却阳刚万分，军人气质明显的外表相比，山本义夫的外形就实在是太让人失望了。

唯有他那双被满脸横肉挤对得都快看不见的小眼睛，闪烁着充满深意的光芒。

"山本君，久来辛苦！"见山本义夫下车，作为上海日军的代表，松井次郎率先迎了上去，拉住山本义夫的手亲切地说道。

山本义夫满脸堆笑地点了点头，随后抽回手，退开两步，"啪"的一个立正吼道："司令官！新任上海特务机关机关长山本义夫，向您报到！"

他身躯矮小，外形滑稽，然而却中气十足，自有一股军人气质蔓延开来。

松井次郎点了点头，立正回了一礼，随后说道："山本君一路辛苦，快，随我上车，我已经为山本君准备好宴席，为你接风洗尘！"

"多谢司令官！"山本义夫鞠了一躬，随后跟在松井次郎的身后向前走去。一边走，松井次郎一边向山本义夫介绍宪兵司令部的高官们，山本义夫也是满脸堆笑，一副亲切可人的模样。他是仅次于松井次郎的少将军衔，又是南京方面派来的特使，却如此亲切随和，不由得让所有人都对他大生好感。

除了一个人以外。

那便是对藤田一郎狂热崇拜的玉川少佐。

当松井次郎介绍到玉川，这个山本义夫此后的直属手下的时候，玉川只是中规中矩地敬了一个礼，脸上没有任何的表情，显得极为冷淡，让松井次郎都有些尴尬。

然而山本义夫似乎毫不在意，还大肆夸奖了玉川一番，只是这夸奖能够起到多大的作用，那就无人知晓了。

就这样，一行日军高官谈笑风生地走出火车站，随后纷纷登上汽车，在数百名日军的护卫下向司令部开去。

在远方的一个角落里，"蝮蛇"正拿着高倍望远镜窥视着这一切，松井次郎没有想到，他们在这里发生的所有事情，都已经落入了"蝮蛇"的眼中。

"山本义夫，我可是等了你好久了！""蝮蛇"露出一个诡异的微笑，慢慢地说道。

上海，伯爵咖啡厅。

这里是上海一处颇有声名的休闲场所。

它是一名德国驻华军官的妻子所经营的店铺，环境优雅，气氛浓厚，除开咖啡厅楼顶上所飘扬的万字旗和大门口的一个纳粹党徽有些刺眼以外，其他地方都还属于中上层次。

由于德国和日本的同盟关系，因而日军对这里也是大为照顾，许多日军和汪伪政权的达官贵人都喜欢到这里来消遣。所以咖啡厅里是人流穿梭，不时有一些日军官员或者贵妇从大门里进进出出，显得好不热闹。没有人知道，其实这里是军统的一处秘密联络站。

那个所谓的德国军官的妻子，连同她的丈夫一起，早就已经被军统所收买，这里的所有人，从大堂经理，到服务小生，都有着军统的成员。

大隐隐于朝，小隐隐于市，没有人知道，军统竟然会将一个联络站设立在日军的眼皮子底下，这也不得不让所有知情的人为之叹服。

东方云戴着墨镜，贴着胡须，穿着一身西装走进这里，随后向柜台上的服务生打出一个隐秘的手势。

服务生心领神会，点了点头，说道："先生，楼上请。"

随后他带着东方云走上二楼，直奔经理办公室。

一路上，东方云仔细地观察着周围的环境，整个咖啡厅都充满了欧式的气息，优美动听的小提琴在轻轻地吟唱，周围显得很安静，让人觉得舒适而安心。

只可惜，他的到来，注定要将这气氛破坏无遗。

很快，他们就来到经理办公室门口，服务生向守在门口的黑衣保镖点了点头，接着推开门，将东方云让了进去。

房间里，有一个人在静静地等待，她便是经过乔装打扮后的司徒婉。

东方云将门反锁，坐到了沙发上。

"有什么事情，需要亲自和我联系？"司徒婉开门见山地说道。她出门一趟不容易，想要摆脱玫瑰的监视出门来更不容易。何况出于保护，东方云从来没提出过见面的要求，如今竟然非要亲自见面，可见事情是极为重大。

东方云看着司徒婉美丽的脸庞，顿了顿，方才说道："重庆来电，限一周之内，除掉易宁山！"

"什么！"司徒婉双手一颤，手中的咖啡杯"嘭"的一声摔在了地上，化为了碎片。

滚烫的咖啡溅到了她美丽的手上，她却毫无知觉。

看着略显失态的司徒婉，东方云的心中默然长叹。

一日夫妻百日恩，司徒婉与易宁山数年间朝夕相对，易宁山又对她宠爱有加，说司徒婉能在这样的情况下依然面不改色心不跳地拿起手枪打爆易宁山的脑袋，东方云自己都不会相信。

但他们是特工，他们的命运早已注定，在他们的世界里，从来就没有爱情。

东方云张了张嘴，想对司徒婉说些什么，却又发现什么都说不出来，最后，他只能转换话题般的说道："玫瑰还住在你家里？"

"嗯！"司徒婉不置可否的点了点头，显得有些神不守舍。

东方云不得不轻轻地咳了一声，以唤起司徒婉的注意力，随后他说道："你对她这个人，怎么看？"

"不知道，她很少出门，几乎一直都待在公寓里。我总觉得她一直都在监视我，而且她已经知道了你的身份，可是她一直没有做什么。她是廖敬凯的人，廖敬凯都死了那么久了，她却还是没有离开，也没有做别的事情，我不知道她到底想干什么。"

东方云拿起咖啡喝了一口，想了一想，慢慢说道："我怀疑她和某个神秘组织有关联。这个组织可能一直在暗中窥视我们，虽然不知道他们到底想干什么，但肯定不是什么好事，有没有机会向她动手？"

"暂时没有，她很谨慎，而且她本身就是高手，得手的希望性很小。"

"从明天开始，我会派一组兄弟监视易宁山的公寓，一则保护你的安全，二则监视玫瑰的行踪，不管怎么说，我们必须要尽快将她拿下。一定要牵出她后面的组织，否则后果难以预料。"

"嗯！"司徒婉点了点头，美丽的大眼睛死死地看着东方云，朱唇轻咬，似有鲜血渗出。

东方云没有说话，他也一动不动地和司徒婉对视着，他知道，这个幽怨的女人，肯定有话要对自己说。

果然，片刻后，司徒婉轻轻的，用小得几乎自己都快听不见的声音问道："你们，准备什么时候动手。"

声音虽轻，音调虽柔，却夹杂着复杂的情绪。有哀怨，有请求，有控诉，也有着杜鹃泣血般的坚决。

"后天上午，你把他带到万国珠宝行，我会亲自在那里等候！"说完，东方云实在是忍受不了司徒婉那哀怨到能让石人落泪、铁人心碎的眼神，逃也似的离开了房间。

他在临出门的时候顿了一下，随后慢慢地说出一句话："小婉，我想你记住，无论何时何地，我们都要对得起我们的民族和国家！"

听了东方云的话，司徒婉娇躯一颤，随后闭上双眼，一颗清泪滚动着，划过她哀伤而绝色的容颜。

上海，"蝮蛇"总部。

"蝮蛇"在自己略显阴暗的房间里，聚精会神地看书。

他没有了往日的焦虑，也没有了偶尔的急躁，相反，他显得极其的气定神闲，这种感觉，只有他在完成某件非常重要的任务，或者觉得一切都在自己的掌握之中以后，才会具有。

而现在，随着藤田一郎的离去，山本义夫的到来，"蝮蛇"觉得自己的计划已经成功了一半，不管是旭日、东方云，还是别的什么人或组织，都难逃他的五指神山！

就在他颇为陶醉的时候，他的心腹手下"飞鹰"却打扰了他的兴致，只见"飞鹰"快步走上前来，一低头，说道："长官，'白雕'来信！"

"哦"听说自己埋伏在军统内部的暗子又传来信息，"蝮蛇"也抬起了头，随后他接过"飞鹰"手上的小纸条看了起来。

很快，"蝮蛇"脸上就露出了满意的笑容，他将纸条交还给"飞鹰"，慢慢说道："转告玫瑰，第二步行动，开始！"

"是！""飞鹰"应了一声，转身要走，"蝮蛇"忽然叫住了他。

"那个旭日，怎么样了？"

"该吃的吃，该喝的喝，但就是不和我们合作。长官，我不明白，为什么不对她上刑！"

"我自有安排，你下去吧！"

"是！""飞鹰"点点头，带着满腔的疑问退了下去。

"蝮蛇"坐到椅子上，重新拿起桌子上的书看了起来，他的嘴角，始终挂着自得的笑容。

他看的书也很有意思，那是一本一般人不会去看的书——《论三民主义》！

上海，日本宪兵司令部。

在属于前上海特务机关机关长藤田一郎的房间内，正在传出放荡的笑声和喧闹的歌舞声。

玉川站在门外，眉头紧锁，脸上的表情充分暴露出了他内心的强烈不满。山本义夫和藤田一郎完全是相反的两个人。藤田一郎生活俭朴，作风严谨，从来不贪图享受，一直兢兢业业，为了帝国的谍战事业鞠躬尽瘁。然而山本义夫却正好相反，他来的这几天，没有做任何工作，反而是日日醉酒，夜夜笙歌，这一点和那个叛徒中田大佐是何其的相似。本来就对藤田一郎的撤职心怀不满的玉川和下属的特工队员们此时更是将不满的情绪给彻底地上升，甚至已经要到仇恨的地步。

玉川实在不明白，为什么南京总部会在关键时刻派遣这么一个酒囊饭袋来接替如此重要的职位。

终于，当艺伎的叫声再一次从房间中传出来的时候，无法忍受的玉川猛地走上前去，狠狠地推开了门。

正在对着怀里的艺伎上下其手的山本义夫抬起头，看见怒气冲冲的玉川少佐，他的脸上反而堆起了笑容，身上的肥肉都在因为这笑容而不断颤抖，他挥挥手，说道："来，玉川来得正好，来尝尝我从南京带来的好酒。"

玉川紧了紧自己的指挥刀，随后大步迈出两步，吼道："少将阁下，属下有话要说！"

"今天只谈风月，不谈国事，快来喝酒！"

"将军阁下！"

听着玉川充满愤怒的咆哮声，山本义夫终于在他胖胖的脸上收起了笑容，他挥了挥手，侍候的女人们动作熟练地收起桌上的东西，飞快地消失了。

片刻间，房间里只剩下玉川少佐和山本义夫对视而立。

"玉川，你坐吧！"

"属下官职低微，不敢逾越！"

山本义夫笑了笑，也没有再勉强，他沉声说道："我知道，你对藤田将军被调回南京之事深感不满。"

"属下不敢！"玉川不卑不亢地应了一声，脸上依然没有任何表情。

"我想问一下，玉川，倘若是你在我的位置上，你该如何做？"

"属下自当鞠躬尽瘁，不惜代价，剿灭我帝国之敌，特别是那些支那特工，实是我大日本帝国之心腹大患！"

"很好，很好，不愧是我帝国之忠诚军人！"山本义夫的脸上依然挂着人畜无害的笑容，忽然，他脸色一沉，问道，"玉川少佐，我请问你，你可知道支那特工在哪里？"

"属下不知！"

"你可知道他们有多少人马，多少据点，以何种方式联系？"

"属下不知！"

"你可知道，他们近期有何行动？"

"属下不知！"

"既然你什么都不知道，那么再谈鞠躬尽瘁、赤胆忠心又有何益，嗯？"

听着山本义夫的质问，玉川低着头，没有说话，因为他实在是无言以对。

山本义夫重新给自己倒上一杯清酒，自斟自饮起来，他相信，自己刚才的那一番话，已经足够对玉川有所启示了。

就在这时，一名军官急急忙忙地走了进来，说道："长官，急电！"

山本义夫接过电报，飞快地看了看，随后脸上露出古怪的笑容。

电报是"毒蛇"发来的，作为南京特工总部埋伏在军统身边的暗线，他同藤田一郎之间的联系很自然地转交到了山本义夫的名下，这是"毒蛇"向他发来的第一封电报。

电报上写着："据查悉，易宁山之妻司徒婉，极有支那军统特工之嫌疑，支那军统，拟在两天后，于万国珠宝行，向易宁山发动袭击！"

落款："毒蛇"！

真的是一条好毒的蛇！

上海，七纵总部。

在人称"魔窟"的七纵总部里，易宁山正在自己的办公桌上查阅资料。

他穿着一身黑色的西装，脸色显得有些冷峻，最近的事情很多，他很忙，心情也很不好。

日军侦听设备的被毁震撼了各国特工界，也让日军上层极为恼怒。藤田一郎被撤职，调回南京，他自己也受到了南京方面的申斥，再加上日军在前线战场上的连连失败，这一切的一切，都让他觉得心烦意乱！

就在这时，他的门被推开了。

易宁山是一个很自律的人，因而极为讨厌有谁在不敲门的情况下就擅自推开自己的房门，他猛地抬起头就想呵斥，但当他看见来客时，又将到嘴的话给生生地咽了下去。

因为推门进来的是他的顶头上司——上海特务机关新任机关长山本义夫少将。

"易君，冒昧前来，打扰之处，还望见谅啊！"山本义夫用夹杂着一些外国口音的中文问候道。

"哪里哪里！"易宁山连忙从座位上站起来，快步迎了上去，用标准的日语说道，"将军前来，怎么不事先通知属下，属下也好前往迎接。"

"不必麻烦，易君乃人中豪杰，对我帝国忠心耿耿，立下无数汗马功劳。我在南京之时就对易君大名如雷贯耳，因而特来拜访。"

"将军过奖了，能为帝国服务，是我等的荣耀，将军请坐！"

接着，易宁山对着门外喊道："来人，上茶！"

"不用了！"山本义夫挥挥手，打断了易宁山，随后他走到门外，对自己带来的卫兵说了两句什么，接着关上门，重新回到座位上后缓缓说道，"我此次前来，除了拜访一下易君，还有一件非常重要的事情想要通知你。"

"哦？"易宁山不由得微微地直了直身子，按理说山本义夫想要告诉他什么事情，直接在电话里通知即可，实在不行也可以叫自己去宪兵司令部报到，有何事值得他亲自前来告知呢？

忽然间，易宁山心中升起了一股不好的预感，他定了定神，开口问道："不知将军阁下有何事训示？"

山本义夫没有说话，他用自己的小眼睛上下打量了一番易宁山，接着从口袋里掏出一封电报，递到了易宁山的手上。

易宁山狐疑地接过电报看了看，几乎同时，他双手一颤，电报掉到了地上。

"这不可能！"易宁山猛地站了起来，低声嘶吼，表情狰狞，面容扭曲，哪还有半分的儒雅和风度，此时的他看上去，就像是一只走投无路的野兽。

每个人都有不容触犯的地方，那叫做逆鳞。有人是权力，有人是金钱，有人是尊严，也有人是别的什么。

而易宁山的逆鳞，就是司徒婉，这个让他心醉，让他能够为之付出一切的女人。

他的爱情！

而今，却有人说他的逆鳞，他的爱情，他朝夕相对的枕边人竟然是自己的敌人，是内奸，这让他如何接受。

哪怕向自己传达这一消息的是自己的顶头上司，他也无法控制！

"易君，坐下！"

"将军！"

"坐下！"山本义夫也猛然站起，和易宁山对视。他不足一米六五的身高和一米八以上的易宁山相比实在是显得有些矮小，他看向易宁山眼睛的时候只能够仰视，但他那双小眼睛里却释放出骇人的光芒，让易宁山不得不冷静下来，慢慢地坐到了位置上。

这就是气势，一个长期身居高位、掌握生杀予夺大权的人才会拥有的气势。

易宁山坐到椅子上，双手轻轻地抚弄着自己的头发，他是在努力地控制着自己的情绪，但明眼人都看得出来，他的整个身躯，都在轻轻地颤抖。

山本义夫的眼睛里流露出一丝同情，他明白这种感受，但这并不代表他会就此收手。

"易君，我希望你能明白，这封电报是我们埋伏在支那军统身边的高级暗线发回的绝密电报，它的真实性是不容怀疑的！"

"可是上面只是说有嫌疑！嫌疑！"易宁山抬起头急切地说道，他还在做最后的挣扎，就如一个溺水的人想拼命地抓住自己眼前的一根稻草。

虽然那仅仅是一根稻草。

山本义夫露出一个诡异的笑容说道："所以，我才会来拜访易君，让易君配合我们，将问题搞清楚。"

"怎样配合？"易宁山连忙问了一声，他眼睛里流露出无法掩饰的担忧，他实在不知道，如果这个时候山本义夫便要他将司徒婉抓起来，他该何去何从。

"如果贵夫人真的是支那军统的间谍，那么她肯定会引诱易君到万国珠宝行，这样就可以证实我们的推断。到时候，我想易君应该知道何去何从。"

易宁山没有说话，只是无力的点了点头，这个英俊沉稳的男人，此时头发凌乱，双目无神，似乎仅仅这一瞬间就已经老了十岁。

上海，易宁山公寓。

就在易宁山为了山本义夫的话感到烦恼的时候，司徒婉也在进行着内心的交战与挣扎。

其实早在司徒婉奉命到易宁山身边卧底的那一天起，她就已经知道这一天迟早都会到来。因而她一直在不断地告诫着自己，自己绝对不能对易宁山产生感情，他是汉奸，是民族的败类，国家的敌人！

自己对他，永远都是利用于任务的关系，就好比是猎人于猎物一般。

然而色易戒，情难防，当易宁山一次次地进入她的身体的时候，也进入了她的内心。

最终，她和易宁山之间的关系变得模糊起来，他们的位置似乎有所颠倒，猎人变成了猎物，而猎物则变成了猎人。

她俘获了易宁山的心灵，易宁山也成功地在她的心中埋入了一颗种子。

随着时间的推移，这颗种子在不断地发芽生长，她开始刻意地逃避起一个事实。她有时候甚至在幻想，军统能够命令自己策反易宁山，这样她就能够正大光明，天长地久地和易宁山在一起。

哪怕，他们要为此付出生命的代价。

但她会感到幸福，生同床，死同穴，在天愿作比翼鸟，在地愿为连理枝。

但无论她怎样的逃避，怎样的欺瞒，怎样的自我麻醉，她都无法改变一个事实，易宁山是汪伪政权的重臣，他是一个死心塌地的汉奸，军统迟早会取他的性命，而这个任务的执行人，极有可能就是她自己。

世情薄，人情恶，雨送黄昏花易落；晓风干，泪痕残，欲笺心事，独语斜阑，难，难，难。人成各，今非昨，病魂常似秋千索；角声寒，夜阑珊，怕人寻问，咽泪装欢，瞒，瞒，瞒。

这就是司徒婉的真实情况，她就这么忐忑不安地生活在一个复杂而矛盾的世界里，在日夜的惶恐与无奈之中等待着这一天的到来。

而今，这一天，终于来了。

悠悠的，司徒婉发出一声长长的叹息。

几许悲伤，几多惆怅。

就在这时，大门被推开了，易宁山的身影出现在了她的眼帘中。

看见司徒婉，易宁山的脸上浮现出了温馨的笑容，他如同往常一般，来到司徒婉身前，吻了吻她的额头，然后将她抱在了怀里。

只是这一次，他抱得是那样的紧，紧得好像要将他和司徒婉的身躯合二为一一般，紧得司徒婉都快喘不过气来。

但司徒婉并没有挣扎，她就任易宁山这么把自己抱在怀中，因为她知道，这样的日子，将永远也不会再有了！

"宁山！"

"嗯？"

"明天你陪我上街吧，我想买些首饰。"

"好的，去哪？"易宁山问道，只是他的声音中，带着一丝无法压抑的颤抖。

"万国珠宝行！"

这个词，这个易宁山最不想听到、最为忌惮最为害怕的词还是从司徒婉的口中说了出来，易宁山没有说话，他依然紧紧地抱着司徒婉，只是司徒婉看不见，易宁山的眼中，已经在闪烁着泪花。

"小婉，我爱你！"易宁山颤抖着说出这句话，随后放开了司徒婉，他的脸色重新恢复了常态，他笑了笑，然后走上了楼去。

他脸色冷峻地来到了自己的房间，关上门，打开一个上锁的抽屉，拿出一部电话，拨通了号码。

这是他用来联系日军宪兵司令部的专线。

"喂，我是易宁山，请给我接山本义夫少将！"

第十三章　谋中谋

上海，军统总站。

东方云坐在床上，细心地擦拭着自己的手枪。

今天就是军统行动的日子，将由东方云亲自带队。说实话，在几年的特工生涯中，东方云已经完成了无数次的暗杀任务，在他的手上也倒下过无数的敌人，可以说，他能够有今天的成就，那都是在尸山血海中一路砍杀过来的。

可是不知道为什么，今天，他却显得有些紧张。

东方云知道，自己的紧张并不在于对任务的担忧，而是在于他实在不知道该如何面对司徒婉那令人心碎的眼神。

人生就是一出戏，富贵荣华，美人权力，都只不过是过眼烟云，已经而立之年的东方云自认为自己已经见惯了声色场上形形色色的芸芸众生，然而偏偏他对司徒婉，却有一种难以言喻的情感。

无关乎肉欲，也不是什么爱情，而是一种单纯的欣赏。

对美丽事物的欣赏。

而司徒婉的美，无疑是具有极大的杀伤力的，特别是她表情忧郁的时候，那种伤感之美能够让人为之窒息。

东方云有时候觉得，军统对司徒婉实在是太过苛刻，竟然叫她这样美丽的女人去执行如此危险而又扭曲人性的卧底任务。只可惜他们没有选择，这是国战，在他们踏入这个领域的那一刻起，在战争爆发的那一瞬间，他们的命运，就已经就此注定。

为国家而生，为民族而死！

东方云一边思量着，一边动作熟练地摆弄着自己的枪械，当他将最后一枚子弹压入弹匣的时候，楚超也走进了他的房间。

"长官，可以出发了！"

东方云点点头，站起身来，楚超连忙上前两步，将西装披在他身上，随后从旁边的书桌上拿起领带，给东方云系上，侍弄完毕以后，东方云拍了拍楚超的肩膀，大步流星地走了出去。

当他出门的时候，他抬起头看了看才刚刚有些明亮的天空，默默的在胸前画了一个十字。

他不信上帝，但司徒婉和易宁山都是基督教的信徒，东方云想用这种方式，为他们做点什么。

至于到底能做什么，东方云不知道，也不想知道。

他带着手下们钻进汽车，司机发动油门，随后载着八名军统特工的两辆汽车逐渐消失在了某个有心人的目光中。

"滴滴哒，滴滴哒"电波跳动，一封电报穿越了空间的距离，时间的阻隔，飞到了山本义夫的手上。

"支那军统之行动，已经开始！"

落款：毒蛇。

"好，很好，该是我们出手的时候了！玉川少佐，你不是一直在等机会么，现在机会来了，你看着办吧！"山本义夫志得意满地把电报交到了玉川的手上。

"属下遵命！"玉川狠狠地点了点头，头也不回地走了出去。

在他的背后，是山本义夫那充满深意的笑容。

上海，易宁山公寓。

今天司徒婉起的很早，还破天荒的亲自下厨，给易宁山做了一顿早餐。

其实司徒婉的厨艺是很有水平的，但出于爱护，易宁山一直不让司徒婉做这些繁琐的事情，平时间司徒婉也遵从了易宁山的安排，但今天，是一个不同寻常的日子。

对于她，对于易宁山，对于东方云和军统，对于上海和重庆，甚至是对于中国和日本而言，都不是一个寻常的日子。

早餐并不丰盛，却很有特色，司徒婉还专门做了易宁山最爱吃的莲子羹，她早早地收拾妥当，然后坐在餐桌上静静地等待着易宁山的到来。

脚步声起，片刻后，易宁山从楼上走了下来。他今天打扮得的也十分英俊，一身白色的西服让他看起来没有了以往的阴沉，反而增添了几分帅气。他的头发显然是精心侍弄过的，一丝不苟，皮鞋也擦得亮光闪闪，看起来好像他不是要去上街买东西，而是要去参加一个很重要的宴会或者仪式。

司徒婉认出了这套装束，这是她和易宁山第一次见面的时候易宁山的穿着，那时候，易宁山还是一个风度翩翩的佳公子，而今，几年的汉奸生涯让他看起来阴沉了不少，也苍老了许多。

易宁山的这身打扮勾起了司徒婉的回忆，也勾起了她的忧伤，想起往事种种，司徒婉不由得心如刀绞，美丽的眼睛里也逐渐蒙上了一层雾气，她连忙微微一偏头，深吸一口气，努力地让自己的情绪稳定下来。

易宁山似乎没有发现司徒婉的失态，他微笑着走到司徒婉的身前，轻轻地将她抱在怀里，低声说道："不是跟你说了么，这些事情交给下人去做就是了，别累坏了身子。"

司徒婉没有说话，只是静静地躺在易宁山的怀中，近乎贪婪的呼吸着，呼吸着他的味道，呼吸着他的气息，呼吸着她所能够呼吸到的一切。

片刻后，她才放开易宁山，抬起头，露出一个令人心醉的笑容说道："吃饭吧，不然凉了！"

"嗯！"易宁山乖巧地应了一声。司徒婉随后坐到了易宁山的对面，她并没有动筷子，只是呆呆的看着易宁山吃饭，似乎要将易宁山这个人都融化在自己灼热而幽怨的眼神中。

感觉到司徒婉的失态，易宁山并没有任何的反应。但他的内心，依然是一片酸楚。他不得不说，司徒婉或许是一个合格的妻子，但她不是一个合格的特工，至少现在不是。

因为她异常的表现，更加有力地证明了易宁山的猜测，这只能让易宁山更为痛苦。

他的幻想破灭了，司徒婉正在用实际行动来证实自己确实是军统的特工，易宁山心中最后的希望，正在逐渐崩溃。

更加让易宁山觉得痛不欲生的是，司徒婉正在用这违背特工准则的异常行为告诉他，她是爱他的！

倘若司徒婉是一个绝情绝义的女人，对他只有利用和算计，那么在动手的时候，或许他还会狠下心来。而今，他却能够明明白白地感受到司徒婉的一片真情，然而他们却又不得不走向对决的两端，展开生死的搏斗。

命运弄人，莫过于此。

人生最痛苦的事情，就是在残酷的现实面前无能为力。

易宁山表面平静，他的心却在狠命的抽动，抽动得快让他流下泪来。

他一口一口地吃着早餐，吃得很慢，他是在拖时间。他希望这最后的时光能够尽量的长一些，其实易宁山更加希望空间在此凝固，时间在此断流，让这一刻成为永恒。

只可惜，这一切都只是他不符实际的幻想，无论他的动作多慢，他还是将早餐给吃完了。他站起身来，微微笑了笑，有些颤抖的说道："走吧，我们去万国珠宝行！"

司徒婉也站了起来，她知道不可避免的事情终于来了，她张口说道"你等我一下！"随后她快步走上楼去，下来的时候，手里已经多了一件风衣。

她将风衣披在易宁山身上，她的动作很温柔，这个动作她做过无数次，而今，却是最后一次了。

"外面冷，别受凉了！"

"嗯！"易宁山点点头，如往常般挽着司徒婉的胳膊，在玫瑰深邃的眼神中，走出房门，登上汽车，向万国珠宝行开去。

一路上，易宁山默然无语，司徒婉也没有说话，气氛显得有些沉闷。不知道是不是易宁山的吩咐，司机也把车开得很慢，易宁山透过窗户看着街道上来来往往的人群，眉头紧锁，难以释怀。

也不知道过了多久，汽车终于开到了万国珠宝行的门口。

"下车吧！"易宁山长叹一声，打开了车门。

珠宝行的暗阁内，透过暗孔观察到这一切的东方云做了一个手势，手下们纷纷打开了手枪的保险。

于此同时，对面建筑物中的玉川少佐，也下达了准备行动的命令。

穿着从德国进口的防弹背心的易宁山挽着司徒婉慢慢的走下车来，随后向万国珠宝行走去。

上海，军统总站。

留守总站的楚超正在房间里来回踱步的时候，一名手下慌慌张张地跑了进来。

"长官，总站急电！"不等楚超开口喝斥，手下已经抢先呼喊道。

"什么急电那么慌张？"楚超疑惑地接过电报，随后神色大变。

电报上写着这么一句话。

"消息走漏，即刻取消行动！"

而此时，在行动现场，易宁山已经走进了万国珠宝行的大门。

万国珠宝行是上海一家最为著名的珠宝老店。

它创办于清朝同治年间，至今已有近八十个年头。近一个世纪的风风雨雨，三易其主，却始终在风云莫测的上海滩屹立不倒，甚至在这经济萧条的战争年代，它也如一个标志一般矗立在上海，每日依旧宾客往来甚多，实不负万国之名。

然而没有人能够想到，这万国珠宝行的第三任主人，其实就是军统的一名高级干部。

在全面抗战爆发之前，万国珠宝行第三次易主，当时珠宝行的生意还算红火，老板却自动放弃经营，将它转让给了一个神秘富豪。而后珠宝行就进行了大范围的装修，人员也近乎全部撤换，但那个时候战争的阴云正在整个中国的上空云集，因而没有多少人关心这件在平时间看起来颇有些重要的大事。

其实从那个时候起，万国珠宝行就已经成为了军统的一处秘密据点，直接接受军统上海站的领导。

到如今，珠宝行里有一半的伙计是军统特工，这里还有藏身暗阁、武器库、逃生密道等等，它虽然不在军统的分站以内，但它其实就是一处隐秘的、随时可以启动的备用谍战系统。

只要东方云给它一处电台，它马上就可以承担起应该承担的作用。

所以重庆来电的时候，才会指明让东方云在这里动手。

时间已经快到中午，珠宝行里的客人却依然不是很多。易宁山走进来的时候，飞快地扫视了一下周围的情况，发现除了珠宝行里的工作人员以外，只有两对男女在挑选珠宝。易宁山的进来没有引起他们任何的反应，他们依然在自顾自地挑选首饰，低声商讨。

从下车到现在，易宁山还没有发现一个军统特工的身影，至少表面上是这样。

玉川少佐也在对面的建筑物里密切地关注着珠宝行里的动静，他手下的精锐特工队员们已经进入了攻击位置，蓄势待发。

易宁山毕竟是上海滩的红人，司徒婉当年也是艳绝十里洋场的名媛，看见他俩走进来，周围的伙计纷纷鞠躬，随后一个看起来像是前堂经理的人飞一般地跑往后院，很快，一个穿着长衫的中年人迎了出来。

"哎呀呀，原来是易先生和司徒小姐，两位大驾光临，小店蓬荜生辉啊！欢迎欢迎！"中年人快步走上前去，微微鞠了一躬，殷勤的说道。

"老板贵姓？"易宁山看似随意地将手插进了裤兜里，其实他的裤兜里，已经准备好了一把小巧但绝对是威力十足的手枪。

"免贵，免贵，敝姓王，是小店的经理，易先生叫我老王就行了！"

"好好！我想买些珠宝，不知道王经理有什么好货没有！"

"哎呀，易先生真是有眼光，小店刚到了一批新货，包您满意，包您满意！小张，把我们新到的东西都拿出来，特别是那颗红宝石！"

"好的，稍等！"一个叫小张的伙计应了一声，快步向后堂跑去。

其实这是老王给东方云发出的暗号，意思是，可以动手了！

"长官？"听到暗号，一名手下转头喊了声东方云，却发现东方云正在一动不动地盯着易宁山，毫无反应。

"长官？"手下又轻轻的叫了一声，东方云转过头，看了看身边杀气腾腾的手下们，又转头看了看易宁山和司徒婉，忽然摆摆手说道："等等！"

见东方云并没有下达行动的命令，手下们露出了惊讶的表情，但军人以服从命令为天职，虽然不解，但他们还是停止了就要一冲而出的脚步，在一旁静静地等待。

东方云透过暗孔，关注着易宁山的一举一动。此时易宁山已经在细心地挑选着珠宝，他身后的两名保镖也漫不经心地在东张西望，应该说，现在是一个最适合动手的时候。

可是东方云的心中，却始终有点忐忑不安。

这是他的直觉，就如他当初狙击廖敬凯的时候忽然也产生了不安的感觉一般。这种直觉说不清道不明，却在无数的关键时刻救过他的性命。

东方云感觉易宁山的两个保镖有问题，他们虽然表面上显得漫不经心，但东方云注意到，从他们下车的那一刻，他们的手就一直徘徊在腰间，不曾离开半寸。

而他们腰间的微微凸起，让经验丰富的东方云知道，那里肯定隐藏着致命的武器。

也就是说，在漫不经心的表面下，易宁山身后的保镖们实际上是保持着高度的警戒，随时进行攻击。

再优秀的保镖也是人，现实就是现实，不可能是小说和电影。懂行的人都知道，高度的戒备会带来强烈的神经紧张，从而导致不可抵制的疲劳。一个真正的保镖高手，是不可能随时随地都处于警戒状态的。他们只有在认为必要的时刻，才会耗费大量的精力来密切注意周围的一举一动，随时准备拔枪射击或者人体掩护。

　　而易宁山身后的保镖，在下车的那一刻就已经保持着这种警戒状态，似乎他们早已知道这万国珠宝行里会杀机重重，危机暗生。

　　难道这仅仅是个巧合？

　　而且东方云发现，易宁山的身躯显得略微有些臃肿，这毕竟已经是春天。虽然今天的天气有些凉爽，但还不至于穿上太多的衣服。而易宁山的上半身却有些微微前凸，虽然前凸的痕迹是那样的细小和微弱，但在东方云洞察一切的眼神下，依旧暴露出来。

　　这种前凸是不正常的，东方云立刻意识到，易宁山的身上，肯定穿有防弹背心。

　　防弹背心的笨重东方云是深有体会的，他在慕尼黑特种兵学院受训的时候，接触过的最新式的防弹背心，也重达二十斤。这种背心穿在身上会大大的影响行动，因而只有一些重要领导在外出之时才会穿戴。没有人会把它作为一种长期的随身装备使用。

　　怪不得易宁山进门的时候走得很慢，看来并不仅仅是因为他要保持一个绅士的风度，更多的恐怕是因为他根本就走不快！

　　一切的一切，都显得太过诡异，东方云感觉自己闻到了一种味道，那种味道，叫做阴谋！

　　这也是为什么东方云迟迟不能下达行动命令的决心。

　　东方云此时的心中是翻江倒海，易宁山也不好过。

　　他低着头，细心地挑选着宝石，而眼角的余光却在不断地观察四周的情况。此时那两对挑选珠宝的男女已经离开，只剩下易宁山一行人在这空旷的珠宝店里徘徊。直到现在，情报上所说的军统特工们还没有出现，易宁山只觉得自己心中是五味杂陈，极为复杂。

　　他抬起头，看了看司徒婉那绝色的容颜，他不知道自己现在是怎样的心情，他既希望军统特工能够快点出现，让自己完全验证司徒婉就是奸细的判断，以求取得一种病态的解脱。然而同时，他却又希望军统特工们永远不要出现，让今天的这场杀局，就这么有惊无险地过去。

　　那么至少，在表面上，他还是司徒婉的丈夫，司徒婉还是他的爱人。不管明天如何，至少今天，他们还能够在一起。

　　司徒婉的心情与易宁山一样的复杂，甚至可以说易宁山的所想就是她的全部想法。因而她也十分的焦虑，她不知道东方云为什么还没有采取行动，但她却知道，无论结果如何，对她而言，都只是痛苦，而不是解脱。

　　各怀心事的两人就这么心不在焉地挑选着宝石，时间在一分一秒的过去，而东方云却还在默默地监视着这一切，扬起的手，始终没有放下来。

　　终于，易宁山再也忍受不了这样的气氛，他抬起头向司徒婉问道："你挑好了么？"

　　司徒婉用眼角的余光扫视了一下周围，依然没有发现东方云的踪迹。她暗暗地出了口气，或许军统那里有什么变故吧，她思量着，点点头，举起了一颗红宝石。

这颗宝石镶饰在一条美丽的项链上面，是王经理努力推荐的极品，易宁山微笑着点点头，随后接过项链，转到司徒婉的身后，亲自将项链给司徒婉戴上。

他的手指滑过司徒婉那牛奶般白皙的肌肤，感受着指尖的点滴冰凉，易宁山的心中在默默地流泪。

但他的脸上依然挂着温馨的微笑，只是笑容里，多出了无数的痛楚与沧桑。

"长官，他们已经挑完了，再不动手就来不及了！"一名手下向东方云急切的说道。

东方云紧咬牙关，扬起的手在微微的颤抖。

"长官！"

"动手！"东方云狠狠地挥了挥手，两个字咬牙切齿般的从嘴中蹦出。

而此时，易宁山刚好给司徒婉扣上项链的链锁。

不知不觉间，司徒婉，已经是泪流满面。

"你怎么了？"看见司徒婉流泪，易宁山也是心如刀割，不由得怜爱的问道。

"没什么，我是高兴！"司徒婉勉强露出一个笑容，而眼泪却依旧如断了线的珠子一般掉下来。

而此时，负责暗杀的军统特工们已经冲出了暗阁，正在往大厅前进。

就在千钧一发之际，忽然之间一辆轿车发疯般的飞驰而来，随后刺耳的刹车声中，一个人影跳下车来，冲进了珠宝店。

"该死，他从哪里冒出来的！"眼见半路上杀出个程咬金，玉川大为光火。他在外围可是布置了好几处暗哨，就是为了防备忽然有人前来搅局，没想到还是忽然闯入一个不速之客，这极有可能带来极大的变故！

而易宁山的保镖们则是纷纷掏出手枪，紧盯着来客。

"干啥呢干啥呢，买个珠宝还动刀动枪的，你们都啥人啊！"只见来客穿着一身青色的长衫，戴着一副金边墨镜，手中一把折扇摇来摇去，嘴里叼着一支香烟，头上的帽子上还不伦不类地别了一朵红花，脖子上挂着拇指粗的金项链，手指上还有一个玉扳指，走起路来摇头晃脑，一看就是一个纨绔子弟。

而已经准备行动的军统特工们却纷纷停下了脚步，因为他们已经认出了来客的身份——留守总站的楚超！

而楚超的帽子上插的那朵红花，则是一个信号——"事有变故，停止行动。"

"哎哟，三少爷，您来了！快快快，里边请里边请！您要的东西我们已经给您准备好了，您快请进！"就在易宁山上下打量楚超的时候，王经理已经殷勤地迎了上来，媚笑着说道。

"进啥啊进，你先说说，这几个啥人啊，到我开的店里来居然还拿着枪指着我，有枪不得了啊！"王经理殷勤，楚超却似乎没有罢休的打算，或者说他的演技已经到了艺高人胆大的地步，居然还和易宁山计较起来。

　　不过这个举动倒是让易宁山的疑虑打消了不少，他上前一步，伸出手微笑着说道："在下易宁山，在上海市政府办事，请问阁下是……"

　　"我是这家店铺的老板，人称三少爷！"易宁山在报名字的时候一直看着楚超的表情，楚超却毫不在乎，似乎对这个名字没有任何的兴趣，他也大大咧咧的伸出手，和易宁山握在了一起。

　　就在这时，易宁山猛然发力。

　　"啊！痛！痛！放手，放手！再不放手我打人啦！老王，老王，快帮忙啊！"伴随着易宁山的逐渐加力，楚超脸上浮现出痛楚的表情，上蹿下跳，大喊大叫，顿时把一个纨绔少爷的角色演绎到了极致。

　　"易先生，快放手！放手啊！他可是我的少东家，您不能这样啊！"楚超表演得出神入化，王经理也是不落下风，两人的一唱一和终于让易宁山暂时打消了怀疑，放开了楚超的手。

　　"你，你给我等着！有种别走！"解脱之后的楚超爬起来就跑，在出门的时候还摔了一跤，而在他身后，易宁山的保镖们始终用黑洞洞的枪口对着他，只要易宁山一声令下，就要将楚超就地正法。

　　易宁山一直目送着楚超钻进汽车，飞快地跑掉，脸上没有任何的表情。

　　易宁山又四处看了看，随后拉起司徒婉的手，走出门去。

　　军统的特工们始终没有出现，无论如何，至少今天，他和司徒婉还能享受片刻的温存。

　　当他钻进汽车的时候，他整个人都靠在了座位上，闭上双眼，呼吸沉重，似乎刚刚经历了一次剧烈的挣扎。

　　而司徒婉也是默然无语，只是紧紧地抓住易宁山的手，似乎只要自己一松手，易宁山就会从自己的身边飞走一样。

　　在这样温馨而又夹杂着几丝诡异的气氛中，司机发动汽车，离开了万国珠宝行。

　　"妈的！"玉川少佐愤恨地将手里的望远镜摔在了地上，他很生气，这本来是一个把军统特工们一网打尽的机会，可是他们却始终没有出现，难道情报上有什么错误吗？

　　"立刻给司令部打电话，汇报情况，请求指示！"

　　"是！"在他身后，一名中尉军官猛地一个立正，随后飞快地走了出去。

　　宪兵司令部内，拿着话筒的山本义夫脸色阴沉，当他听完汇报以后，冷冷地吐出几个字——"有杀错，没放过！"

　　而玉川少佐听到这个指令的时候，则从喉咙里发出一声野兽般的咆哮："鸡犬不留！"

　　伴随着玉川少佐的命令，数十名特工队员纷纷从藏身之处冲出，如恶狼般扑向万国珠宝行。

直到这个时候，东方云都还待在暗阁里思考，他的手下们围在他身边，谁都没有说话。气氛显得很凝重，楚超突然冒着生命危险出现在这里，命令取消行动，那么肯定是任务本身出了重大的变故。刺杀计划失败，司徒婉极有可能暴露，而总部那边还情况不明，所有人都嗅到了一丝危险的味道。

就在这时，气势汹汹的日军特工队们已经潮水般地涌入门来。

"哎，各位太君，你们……"看见数十名日军涌入，王经理还条件反射般的挂着招牌式的笑容上去迎接，而回应他的，则是暴风雨般的子弹。

老王整个人都如触电一般在密集的金线中抽搐，一层一层的血雾从他的身上腾起，当他倒下的时候，身上已经找到不到一处完整的地方。

直到这个时候，大厅里的伙计和招待们都还没有反应过来。

屠杀开始！

日军特工队员们密集的火力封锁了大厅里的每一个角落，他们冷静地扣动扳机，发射子弹，夺走眼前一个又一个中国人的生命。

太突然了，来得太突然了，在所有人都还没有任何准备的时候灾难就从天而降。日军特工队显然是事先就做了详细的地形勘测和火力布置，他们没有漏掉任何一处角落和地点，一个又一个活生生的人在这死亡的金属风暴中失去了生命，有些人，甚至连完整的尸体都没有留下。

当日军的第一波攻势发起的时候，躲在暗阁里的一名军统特工就已经发疯般地往外冲去，却被东方云一把抓了回来，东方云双目血红，他用枪顶着那名手下的脑袋，咬牙切齿，一字一句地说道："你想把我们所有人都害死吗？"

手下愣了愣，似乎不敢相信自己尊敬的长官会这样对待自己，随后他痛苦的蹲在地上，死死地咬着自己的手，嘴里发出含糊不清的、如野兽一般的哀鸣。鲜红的血从他的手里流出，流进嘴里，再滴在地上，是那样的触目惊心。

屠杀还在上演，惨叫声、呼救声响成一片。在残酷的训练下，日军的特工队员们都是一台台训练有素、冷酷无比的杀人机器。他们排着整齐的战斗队形，交叉掩护着往里推进，嘴里不断传出"目标清除"、"地域安全"的呼叫声。整个大厅，已经是血流成河，尸横遍地。

解决完大厅以后，日军开始进攻后院，那里居住的都是一些老弱妇孺，他们都是在这里留守的家眷，如今却遭受到灭顶之灾。

而眼睁睁看着这一切的东方云，却无能为力。

他只能看着自己的同胞在日军的屠刀下呻吟，只能看着他们一个又一个地倒在血泊中而没有丝毫的办法。

终于，当最后一名天真可爱的小女孩脸上带着无限惊恐的的表情看着一名日军士兵毫不犹豫地将子弹射入她的脑袋的时候，东方云再也支撑不住，他虚脱一般靠在墙壁上，随后缓缓坐下，闭上双眼，一言不发。

唯有他的拳头，在紧紧的捏着，指甲已经没进了他的肉里，流出了鲜红的血。

其余的军统特工们也无力地坐在了地上。他们很想冲出去和日军拼命，哪怕全部战死也在所不惜。但他们不能这么做，因为他们有更重要的任务，他们还要全力地保护东方云，因而他们只能这么看着人间惨剧在自己的眼前上演。

他们必须面对现实，但现实，却又是如此的残酷。

屠杀进行得很快，仅仅五分钟后，整个万国珠宝行已经找不到任何的活口。

随后日军特工队员们有条不紊的撤离，没有一个人对身边触手可及的珠宝表现出任何的兴趣，他们刚刚走出大门，一队日军士兵就跑了进来，他们开始翻箱倒柜地搜寻珠宝和一切值钱的东西，如蝗虫过境一般将万国珠宝行洗劫一空以后扬长而去。

东方云只是静静地看着他们的一举一动，他的眼神是那样的专注，似乎要将每一个日军士兵的脸庞都铭记在他的脑海里。

又过了一会儿，一名军统特工从暗阁中走了出来，他走出门去，片刻后又回到大厅，打了一个手势——安全！

东方云带领手下们从暗阁中走出，在走进大厅的时候，看着一地的尸体，东方云忽然跪在了地上，他没有哭，只是毫无意义地低声嚎叫着，全身颤抖。

在他身后，八名军统特工齐刷刷的跪下，对这满地的尸体"嘭嘭"地叩了三个响头。

随后他们站起身来，两名特工想去扶东方云，东方云挣开他们搀扶过来的手臂，自己站了起来，他转过身，对着自己的手下们说道："你们要记住，今天他们流的血，来日我们要让日本人百倍偿还！"

"血债血偿！"八名手下低声嘶吼着，双目中似有火焰在熊熊燃烧。

仇恨的火焰！

"走！"

东方云低喝一声，带着手下们飞快的离开了这人间地狱。

"哎！"远方，用望远镜关注着这一切的"蝮蛇"，看着东方云等人远去的背影，忽然发出一声长长的叹息。

上海，"蝮蛇"总部。

旭日被结结实实地绑在椅子上，动弹不得。

这是她被抓来的第七天。虽然她一直都被绑在这暗无天日的地下室里，但这并不妨碍她准确地估算自己在这里的日程。

在最开始的几天，她的内心里还充满了焦虑。她不知道对方到底是什么人，更加不知道没有了自己的帮助，东方云到底是生是死。

想到东方云，旭日禁不住叹了一口气，作为共产党的高级干部，旭日最开始也不明白为什么组织会对东方云如此的在意。后来在与东方云的接触当中，旭日逐渐发现，东方云并不是那种传统的国民党特务军官。或许是因为长期的留洋生涯所致，或者是因为自己本性所然，在东方云的内心里，并没有对国民党的狂热崇拜，也没有对富贵荣华的痴迷留恋，她能够感受到，东方云的胸膛里所藏着的，是一颗炽热的心。

对国家，对民族的炽热之心。

这种心态，无关于政治，无关于立场，是最纯洁、最真诚的心灵。

然而就是如此，旭日才更加地担心东方云的命运。

人在江湖，身不由己。没有人能够脱离这个社会而单独存在，而如今的社会，除了抗战以外，最为重要的主题，就是政争！

旭日是一个坚定的马克思主义信仰者。在她的灵魂深处，早就已经打上了共产主义的烙印。她至死不渝地相信，只有自己伟大的党能够救中国，只有伟大的马克思主义，能够挽救这个迟暮不已的古老国家。

而事实也是如此，至少她看见当广大的百姓在国统区或敌占区里痛苦挣扎的时候，在解放区里，他们已经有了自己的土地，或者不用再缴纳沉重的赋税，旭日能够在他们的脸上，看到久违千年的笑容。

从某种角度而言，旭日和东方云有着很强的共同点，那便是为国家而生，为民族而死。

只不过旭日比东方云更加清楚的知道，想要真正挽救自己的国家，就必须推翻国民党的统治，建立新中国。但战争必然要流血，要死人！而东方云，在这方面却一直都在回避，或许，东方云并不适合做一名特工，哪怕他有着高超的特工技能和强悍的战斗身手，但从本质而言，他更像是一个理想主义者。

古往今来，理想主义者，往往是以悲剧收场的。

旭日不知道东方云的结局会不会悲惨，但她知道，至少现在，自己的结局远远称不上美好。

这七天来，她一直在寻觅着逃走的机会，然而让她感觉到悲哀的是，敌人的防守密不透风，她找不到任何的破绽。

公平而论，如果敌人不主动犯错，她是不可能有机会的。

就在这思量间，脚步声响了起来。

伴随着地下室铁门的呻吟声，一个男人走了进来。

这是旭日七天来看见的第三名男人。

前两名，就是她刚刚被抓来的时候，戴着面具审问她的"蝮蛇"和"飞鹰"。

随后的几天，都是一名女特工来负责自己的吃喝拉撒，旭日也曾经动过逃走的念头，但当她看见那名女特工手里闪亮的手枪后，她还是不得不十分理智地选择了配合。

只是不知今天，怎么会有一个男人进来，而且还没戴面具。

虽然作为特工，对相貌的要求近乎可以视而不见，但旭日还是不得不感慨面前的这位仁兄长得实在是太煞风景了一点。

三角眼，酒糟鼻，招风耳，还有一个光光的秃头。

更让旭日无法忍受的是，他眼睛里所散发出的那种放肆与淫荡的光。

旭日冷冷地看着他，她已经能够猜到对方要做什么，但她没有说一句话，脸上依然挂着倔强而不屈的表情，却不知，她这副模样，更容易激起男人罪恶的征服感！

果然，秃头发出一声淫笑，自言自语地说道："小妞，你来了这里好几天了，大爷我是好吃好喝的招待你，看你细皮嫩肉的，也不想对你上刑，你最好还是识相一点，乖乖的与我们合作，不然，哼哼……"

秃头自以为是地发出两声冷哼，迎来的却是旭日蔑视的目光。

"妈的，你敬酒不吃吃罚酒，正好头儿和弟兄们都不在，你可就怨不得我了！"说完，秃头几步上前，随后一个手刀，狠狠地打在了旭日的脑袋上。

他打得很有技巧，力道也恰到好处，看来在他丑陋的外表下，也隐藏着不俗的功力。

遭受攻击的旭日只是闷哼了一声，就晕了过去。

随后秃头手忙脚乱地解开旭日的绳子，一边解还一边自言自语的说道："妈的，我可得快点，等下头儿要回来看见了，还不得弄死我。嘿嘿，今天大爷我要好好享受享受。兄弟们，对不住你们了！"

说完，他罪恶的手已经伸向了旭日的衣服。

就在这时，旭日的眼睛猛地睁开了。

"你！"秃头大惊失色，就在他愣神的刹那，旭日的拳头已经结结实实地击在了他的喉结上。

"咔嚓"，颈骨碎裂的声音猛然响起，秃头脑袋一歪，就此毙命。

旭日支撑着从地上爬起来，随后扶着墙壁，一手捂着嘴，开始无声地呕吐。

秃头的手刀还是很有效果的，旭日虽然强撑着没有晕过去，但依然觉得天旋地转，难受无比。

但她意识到，这是机会，是千载难逢的机会。秃头的话语中透露出，抓自己的主谋已经带着人离开了这里，此时不逃，更待何时。

旭日强迫自己直起身来，深吸了几口气，感觉到稍微舒适一些后，她检查了一下秃头的尸体，抽出他身上的手枪，随后轻手轻脚地向地下室走去。

她轻轻地打开地下室的门，透过门缝往外看了看，确定周围没有人之后，才慢慢地走了出去。她小心翼翼地来到一楼，环顾四周，整个房间都空荡荡的，没有一点声响，看来那个秃头说得没错，这栋房子里的人都出去了。

对于如此安静的环境，旭日也产生了怀疑，她很想四处搜索一番，最好能够找出一些有用的东西。但略微思虑以后，她还是生生的打消了自己这个极有诱惑力的念头，慢慢地挪动到公寓的房子的大门口，又经过一番侦察之后，才打开门飞快地逃了出去。

其实旭日是正确的，如果她真的想要在房间里搜索一番的话，那么等待她的就只能是死亡。

因为在房间的二楼，一个极其隐蔽的暗阁里，"蝮蛇"和"飞鹰"正在默默地注视着她逃离的背影。

"长官，属下不明白，我们就这么轻易地放她走了？"片刻后，旭日的背影已经消失在了他们的眼睛里，"飞鹰"随即开口问道。

"蝮蛇"微微一笑，说道："那能怎么办？我们和共党打交道打了那么多年，你见过几个像她这样的高级干部向我们屈服的？共党的精神力量，实在是让我们叹为观止。"

"可是就这样放她走，我们不就是暴露了么？"

"你错了，这不叫暴露，这是敲山震虎，是投石问路。我就是要让她知道我们的存在，只有这样，他们才会担心，才会疑虑，才会惊慌失措，才会和他们的上级，他们上级的上级保持频繁的联系，我们才会有更进一步的机会！"随后，"蝮蛇"想了一想，方才接着说道，"你也是这一行的老人了，你必须要明白，谍战是一张大网，这张大网里有无数的小网。我们就好似编网的蜘蛛，网编得越密，越复杂，才能让我们的猎物越多，越脆弱。古人云浑水摸鱼，如果水不浑，我们怎么摸鱼呢？"

"是，属下明白！"

"嗯，兄弟们都跟上了么？"

"长官放心，我派遣了三组兄弟，都是精心挑选的高手。绝对不可能让她逃出我们的视野！"

"很好！找到他们的总部以后，密切监视，没有我的命令，不得擅自行动。如今我们的重点，终究还是东西。只要东西找到，就是我们和共党好好的算一番账的时候了。"

说完，"蝮蛇"冷笑着，转身离开了房间。

唯有"飞鹰"还呆呆地站在那里，他忽然间，伸出手，触摸着那冰凉的窗户玻璃。

玻璃里有他的倒影，他用手轻轻地触摸着倒影中自己的脸庞，因为恍惚间，他觉得自己都快认不出自己来了。

倒影里的脸，是一张熟悉而陌生的脸——上海军统总站第四分站站长杨建！

南京，日军特务机关总部。

一只颤巍巍的手夹起一块寿司，慢慢地放进嘴里，细细地咀嚼着，随后发出一声满足的叹息。

"家主，这是我特意命人做的，不知道家主是否满意？"在桌子的另一旁，武藏天雄微微地鞠了鞠躬，轻声说道。

"很好，很好！"嘴的主人，藤田一郎的恩师苍井沅三中将满意地点了点头，随后他开口问道，"藤田还好么？"

"一切正常，只是他一再要求见您，您是否见他一面。"

"现在还不是时候！"苍井沅三摇摇头说道，"我这个弟子，虽然胸怀大志，才华出众，但有时候有些死脑筋，不懂变通之道。现在见他，起不到任何的作用，说不定还会让他坏了我们的大事！"

"那您的意思……"

"先让他晾着吧，好吃好喝地招待他，他有什么要求尽量满足，不要让他受了委屈。在我们后面的计划里，他还是有很重要的作用的！"

"是，可是藤田君要求强烈，属下恐怕……"

"我知道这很为难，不为难我还会叫你去做么。你告诉他，该见他的时候，我自然会见的。我想，这一天也不会太远了。"

听了苍井沅三的话，武藏也有些激动起来，他定了一定，小心翼翼地问道："家主，难道……"

苍井沅三看了看自己的这个心腹秘书，露出一个得意的微笑，缓缓说道："不错，我们的朋友就快动手了。到时候我们的计划就要实现了。武藏君，你可要好好地配合我们的朋友，要知道，计划一旦失败，这美味的寿司，我们可就再也吃不到了啊！"

"嘿，属下明白！"

武藏天雄猛地一鞠躬，随后殷勤的给苍井沅三倒上一杯清酒，服侍他继续享受着这难得的美味。

上海，易宁山公寓。

司徒婉坐在梳妆台前，看着自己眼前的镜子。镜子里，有一个男人正在温柔地侍弄着她的头发。

这个男人，就是易宁山。

万国珠宝行的事件，似乎并没有影响到她和易宁山的关系。虽然报纸上宣扬万国珠宝行被匪徒洗劫一空，所有人全部遇难，但司徒婉凭借直觉感到，这一切绝对没有表面上看起来那么简单。

但刚刚结束一次危险的行动，司徒婉并不敢再马上进行活动，因而她又重新待在家里，做起了专职太太。易宁山也暂时放下了工作，留在家里陪她。白天他们一起看书写字，晚上则无限温存，一时间，倒也过起了男耕女织，妇唱夫随的宁静生活。

而给她梳头，也成了易宁山一个新的习惯。

易宁山就这么轻轻地、轻轻地用梳子划过司徒婉的三千乌丝，他的动作是那样的温柔，似乎从他手中慢慢划过的不是司徒婉的头发，而是一件稀世珍宝。

或许，在他的心中，就算是真正的稀世珍宝，也比不上司徒婉的一根毫毛。

易宁山有过很多的女人，但唯有司徒婉，才能让他感受到由衷的疼爱与无限的痛楚。

爱她的美丽，痛她的背叛。

虽然自从刺杀事件以后，易宁山的心就一直不得安宁，但他在表面上没有透露出丝毫的不安与怀疑。从表面上看风度翩翩，英俊潇洒的他依然是一个尽职的丈夫，哪怕他在别人眼中，是一个铁杆的汉奸，杀人的魔王！

阳光透过窗户照射进来，暖洋洋地洒在地板上，房间里显得很温暖，很温馨，易宁山终于侍弄完了司徒婉的头发，随后他从背后轻轻地抱住了司徒婉，将他的脸颊贴在司徒婉的脸上，闭着双眼，享受着这难得的浪漫。

司徒婉就这么闭着双眼，任易宁山贪婪地闻着她身上的幽香，良久之后，她才慢慢说道："宁山，今天我想出趟门。"

"好的，要我派人和你一起去吗？"

"不用，我约了几个太太打麻将。"说到这里，她不由得顿了一下，似乎是害怕易宁山怀疑自己，司徒婉又说道，"要不，你叫玫瑰和我一起去吧。"

司徒婉这一招很高明，易宁山很相信玫瑰，他并不知道玫瑰和东方云之间的交易。因而司徒婉完全可以用这种方法来证明自己的清白。至于玫瑰本身，虽然无论是东方云还是司徒婉都不明白这个女人的身份，也不知道她到底想干什么，但至少从她到现在还没有向易宁山透露有关东方云的任何情况来看，她暂时还不会采取什么举动。

或许，让玫瑰跟着她，还能让军统获得些意外的收获。

谁知易宁山却笑了笑，说道："以前让玫瑰和你一起吧，你又不愿意。现在你想让她和你一起都没机会了，今天一早她就离开了！"

"离开了？"司徒婉心里一紧，问道，"她去哪里了？"

"不知道，她带了些东西走，这几天大概是不会回来了。管她呢，她向来是神龙见首不见尾，身手又好，不会有事的！你牌技差，出门的时候多带一点钱，不够就管我要，知道吗？"

"嗯！"司徒婉乖巧地点了点头，易宁山露出一个欣慰的笑容，在司徒婉的脸上轻轻地吻了一下，随后转身离开了房间。

一个小时以后，打扮妥当的司徒婉离开了易宁山的公寓。

在她的后面，易宁山正站在阳台上，脸色阴沉地看着她的背影缓缓走出门去，随后拍了拍手。

一名手下从阴影里走出来，默然无声地出现在易宁山的身后。

"派人跟着她！有情况立刻回报，没有我的命令不许动手！"易宁山冷冷地下达了命令，脸上没有任何的表情，只是细心的人会发现，他的肌肉，在微微的抽动。

"是！"属下点了点头，飞快地离开了。

"小婉！"易宁山颤抖着叫出这个名字，痛苦地闭上了眼睛。

上海，军统总站。

东方云坐在椅子上，看着手中的电报出神。

这封电报，就是重庆方面传来，突然要东方云停止行动的密电。

如果不是这封电报及时地传到了楚超的手中，如果不是楚超及时地赶到了万国珠宝行发出了停止行动的信号，贸然冲出去刺杀的东方云和几名军统特工都会落入日军特工队的埋伏，后果不堪设想。

那么，到底是谁向日军泄的密，让日军采取了伏击行动。

从表面上看，似乎是重庆方面发现了内奸，因而急电东方云取消行动。而东方云也曾去电验证了自己的猜测，但这其中，却有一个很严重的问题。

那便是日军是如何知道自己的行动时间的。

虽然行动地点电报里面已经有所交代限制，但重庆给的时间是一个星期以内，东方云的行动时间是自己亲自设定的，怎么会让日军知晓。

唯一的可能，就是自己的内部，还有叛徒。

东方云也曾怀疑司徒婉的背叛，但他后来打消了这个疑虑。如果真的是司徒婉背叛了组织，那么就算自己没有出现，她也可以让易宁山彻底的将万国珠宝行给翻个底朝天，那么一样能够找到埋伏的军统特工们。

密集的搜查封锁，远胜于日军那种秉着宁可错杀一千，不可放过一个的变态心理进行的泄愤般的屠杀。

还有那个玫瑰，至今东方云都不知道她的真实身份和目的，但东方云又隐隐的感觉到，她和她背后的组织，都和这些事情有着密切的关联。

扑朔迷离，迷雾深深。东方云只感觉自己眼前一片黑暗，冥冥中似乎有一点点微弱的光明，他却始终无法抓住。

就在这时，墙上挂钟的敲击声将他的思绪拉回了现实。

他抬起头，看了看时间，正好是下午一点。

他和司徒婉约定，两点将在万德茶楼的包厢里面碰头。

他站起身来，飞快地侍弄好自己的衣装，随后在容貌上做了些许小小的修饰，接着他走出门去，叫上一辆黄包车，直奔万德茶楼。

四十分钟后，在车夫的喘息声中，他来到了万德茶楼的门口。他并不知道，就在五分钟前，司徒婉刚刚从大门里进去。

他加倍给了车钱，掏出一副墨镜戴在脸上，直接走上二楼，来到三号包厢。他轻轻地敲了敲门，一个靓丽的身影打开门，将他让了进去。

然而，他的一举一动，都落入了一双阴沉的双眼里。

那是易宁山派来监视司徒婉的特工。五分钟以前，他也这么目送着司徒婉走进三号包厢。

特工在暗中等待了几分钟，确定周围没有什么情况以后，他飞快地走下楼，来到大厅，那里，他带来的手下已经牢牢地为他占据了一部电话。

他拿起电话，拨通号码，接通以后，他毫无感情地、机械般地说出几个词——"万

德茶楼，二楼，三号包厢。"

在电话的那头，易宁山放下电话，转身看了看他面前的手下们。

在他面前，是整整四十名精锐的汪伪特工。他们有的是叛变的国民党特工人员，有的是易宁山亲自培训的心腹手下，但无论出身如何，他们的战斗力都是不容忽视的。

易宁山看着他们，一言不发地看着他们，良久良久之后，他才说出一句话——"出发！目标，万德茶楼！"

第十四章　计中计

在距离茶楼还有半里路的时候，易宁山下令停车。

整个车队缓缓停住，数十名特务走下车来，围绕在易宁山周围，惹得路人纷纷侧目，有些心思灵活的人，已经加快了自己的脚步，一时之间，以易宁山的车队为中心，宽阔的街道居然成了闲人莫入的禁地。

易宁山打开门，走下车，慢慢地戴上一双白色的手套。

他不想沾上血，尤其不想沾上自己女人的血！

"步行前往茶楼，封锁所有出口，所有人只能进不能出，无论是谁，胆敢反抗者，格杀勿论！"

杀气腾腾的命令声中，四十名特务齐刷刷地点了点头，随后分成几个小队开始跑步前进。

易宁山又转过头对身后的一名手下说道："命令后面的皇协军部队，封锁茶楼一公里之内的所有区域，所有人不得擅自离开，必须接受盘查，反抗者，一律格杀勿论！"

"是！"手下应了一声，飞快地跑向后面，随后在易宁山背后，响起了刺耳的哨子声和军官们的呼喝声。

易宁山整了整自己的衣裳，大步流星地向万德茶楼走去。

他走得很快，快得好像是在跑动一般，惹得身后的手下们要一路小跑才能跟上他的步伐。几分钟后，他就来到了万德茶楼的门口。

"长官！"见易宁山前来，在大门外守候的手下连忙迎了上去。

"怎么样？"易宁山冷冷地问道。

"我们的人一直盯着，暂时还没有任何情况！"

"跟我走！"易宁山一挥手，率领着十几名手下走进了茶楼。这一队一脸肃然、满身杀气的人马立刻引起了在场所有人的注意。一些门路比较广阔的人已经认出了易宁山，立刻意识到，今天肯定有人要倒霉了。

易宁山的凶名威震上海，所有人都知道，他的七纵总部是一个比日军的宪兵司令部还要恐怖的存在。他的名字，已经到了可以夜止小儿啼哭的地步。

当下，几个不想惹麻烦的人就想悄悄离开。但他们很快就打消了这个念头，因为在他们外，站着一排神色肃穆的黑衣人，个个持枪在手，黑洞洞的枪口对准着茶楼的大门，一动不动。

易宁山没有心思观察周围人群的反应，他带着手下们直奔二楼，转过楼梯拐角的时候，两名躲在暗处的手下走了出来，向他敬礼。

"如何？"

"正常！"

易宁山露出一个残忍的微笑，他此时已经完全进入了角色——杀人魔王的角色。

或者说，如果他不能尽快进入这个角色的话，他自己都会感到崩溃。

因为他今天下手的目标，是他的女人，他最爱的女人。

易宁山咬了咬嘴唇，强迫自己把心神给定下来。他知道现在不是多愁善感、优柔寡断的时候，他掏出手枪，推上子弹，做了一个手势。心领神会的特务们立刻占据了各个攻击位置，随后他们开始慢慢地往三号包厢挪动。

他们的脚步很轻，就如猫爪一般，没有发出一点声音。

很快，他们便移动到了三号包厢的门口，包厢里忽然发出一阵女人的笑声。

易宁山侧耳一听，脸色已经微微地起了些变化。因为这个声音他是如此的熟悉，每一个夜晚，每一个白天，每一分，每一秒，他都在为这个声音陶醉，痴狂！

这是司徒婉的声音！

一名特务向易宁山使了个眼色，请求发动进攻。易宁山摇了摇头，示意手下让开，随后他自己来到最前面，占据了攻击的突击位置。

稍微有点军事常识的人都知道，攻坚作战时，突击尖兵是最容易受伤的角色。见易宁山居然要亲自担负这个任务，旁边的一名心腹手下不由得脸色浮现出焦急的神色。

但易宁山却不为所动，他只是紧了紧自己手中的手枪，最后平服了一下自己的心情，随后狠狠地踹开了门。

"通通不许动！"易宁山冲进房门，在他背后，七八名特务已经潮水般地涌了进来，闪烁着死亡光芒的枪口下，有着司徒婉和东方云那惊讶无比的脸庞。

上海，"蝮蛇"总部。

房间内，"飞鹰"，不，应该是杨建，正在细细地端详一张照片。

照片上，是一个俊朗的少年，他穿着一身笔挺的军服，手持军刀，脸上洋溢着快乐的笑容，笑容中，却又有着宁死不屈的坚决。

照片里的人，就是杨建的得意弟子——张振华！

作为自己一手栽培的学生，张振华在杨建的心中占据着极其重要的分量。杨建十分喜欢这个热血、激情而又才华出众的小伙子。杨建年轻的时候，在一次行动中被子弹击中了下身，虽然挽回了一条性命，却永久地失去了生育能力。因而对于自己的这个学生，他是当作自己的亲生儿子来看待，甚至曾经还动过收他为义子的念头。

虽然张振华也就比他小十几岁而已。

然而，杨建做梦都没想到的是，自己居然会在某一天亲手将自己的弟子送上断头台。

为了组织，为了"蝮蛇"，也为了东方云。

没有办法，在王紫嫣的事情之后，东方云已经在怀疑军统内部出了叛徒。他必然会在暗中进行侦查。杨建毫不怀疑，凭借着东方云的聪明才智，查出叛徒只是迟早的事情。

除了张振华以外，组织在东方云的军统总站里还埋伏了另外一枚棋子，那边是白雕！

东方云对总站起了疑心，已经有了全面清洗的打算，为了打消东方云的疑心，掩护白雕的存在，他们就必须要牺牲张振华，弃卒保车！

在必要的时刻，他毫不犹豫的相信，组织也会下令弃车保帅！

因为谍战是一个巨大的棋盘，他们每一个人都是一颗棋子，无论是他，还是"蝮蛇"或者东方云。

如今，他唯一能做的，就是在心里缅怀一下他这个不幸的弟子，不幸的孩子。

就在他出神的时候，一名手下走了进来，在他耳边低声说道："长官，组长要见你！"

"嗯！"杨建站起身来，整了整自己的衣装，随后将相片放在自己的胸口里，走出了房门。

当他来到"蝮蛇"的房间的时候，看见"蝮蛇"正在专心致志地写字。

"蝮蛇"的字写得很好，很飘逸，很洒脱，一点都不像他阴沉的性格。

杨建一直恭候在一旁，直到"蝮蛇"将字写完以后，他才开口说道："长官，我来了！"

"蝮蛇"抬起头，看了看他的脸，忽然说道："'飞鹰'，我发现最近你似乎有些不太对劲啊！"

"属下不解，还请长官训示。"

"蝮蛇"冷笑了一声，放下笔，慢慢地走到杨建的身前，忽然伸出手，从他的手中掏出了张振华的照片。

他拿起照片，看了看，说道："怎么，你纵横谍场那么多年，到现在还有这些小女儿姿态么？"

"属下不敢！"

"哼！""蝮蛇"冷哼了一声，冷冷地说道："你要记住，生死之道，在于有你无我，义无反顾。为了党国的千秋大业，就是死再多的人，也在所不惜！"

"是！属下明白！"

"蝮蛇"细细地端详了一下杨建的脸色，随后掏出火机，将照片点燃。

看着从空中飘落的一团火焰，杨建的脸抽动了两下，还是没有说话。

"蝮蛇"转过身，冷冷地说道："我们南京的朋友已经来电，询问我们何时行动。我觉得，明后天就应该是我们动手的时候了，你下去准备吧！"

"是！"杨建恭敬地应了一声，慢慢地退了下去。

"蝮蛇"回到桌子旁，重新拿起笔练起字来。忽然之间，他猛地将手一弯，只听啪的一声，一支狼毫毛笔，竟然被他给生生折断了。

几点浓黑的墨汁飞溅到宣纸上，在那一片洁白的颜色中，染上了点点污痕。

当易宁山带着手下们冲入房间的时候，脸上浮现出惊讶神色的不仅仅是东方云和司徒婉。还有易宁山自己。

以及他背后杀气腾腾，蓄势待发的特务们。

因为眼前的一幕实在是太过诡异，诡异得超出他们所有人的想象。

没有密码，没有电台，没有武器。甚至房间里都不止司徒婉和东方云两个人。在他们森冷的枪口下，还有一男一女正诧异地望着他们，而在四个人中间摆着的，一张桌子，桌子上面是一副麻将。

这足以让所有憋足了劲头，想要抓条大鱼的特务们感到崩溃。

一时间，双方谁也没有说话，都这么呆呆地凝视着，气氛显得异常地沉闷。

好半响，才有人开口问道："易先生，你，你想干什么？"

说话的是坐在司徒婉对面的一名中年男人，他穿着一身米黄色的西装，双手因为激动而有些微微的颤抖，却不知到底是惊恐还是愤怒。

易宁山认识这个问话的男人。从某种角度上来说，这个男人还是他的同事。而且其在上海滩也算得上是一号人物。因为他是汪精卫政权的上海市政府副市长——王德威。

王德威是江苏无锡人，一个古老家族的长子。曾经是上海市的市长秘书，日军占领上海后他主动要求同日本人合作，日本人也投桃报李，几年间就让他青云直上，最终做到了上海市副市长的位子。

对于这么个人，至少在表面上，易宁山还是要保持足够的尊敬的。

易宁山做梦也想不到王德威会出现在这里，对王德威的话更加不知道该如何回答。

"易先生真是好大的阵仗，司徒小姐不过是出来和我们打一场麻将，易先生就这么紧张，还带了这么多人，动刀动枪的，司徒小姐，我真的是好羡慕你哦！"桌子的另一边，一个浓妆艳抹，打扮得珠光宝气的女人略带嘲讽地说道。她是王德威的妻子李燕，一个出了名的悍妇，在上海军政圈子里有着"母夜叉"之称，惹恼了她可是绝对没什么好果子吃的。

此情此景，让易宁山感到十分惊讶。但他还是马上反应过来，他挥挥手，命令手下们退出去，随后收起手枪，站直身子，先向王德威和李燕恭恭敬敬地鞠了一躬，才拉过了一张椅子坐下，一脸诚恳地说道："不好意思，王市长，李夫人，我们接到线报，说这里有敌人的特务，所以前来捉拿，打扰之处，还请见谅。"

"特务？哎呀，易先生可真是勤快啊，居然跑到我们这里来抓特务来了！不知道易先生认为谁是特务呢，王先生？我？还是司徒小姐？"易宁山放下架子道歉，李燕却没有就此善罢甘休的打算，继续用尖酸刻薄的语气向易宁山质问道。

"小燕！"王德威轻轻地叫了一声，随后转过头，满脸堆笑地说道："对不起易先生，她就是这脾气，还请您多包涵！"

"没事！"易宁山露出一个豁达的笑容。他用眼光扫过四周，故意对司徒婉脸上那委屈而愤怒的表情视而不见，最后他将目光定格到了东方云的身上，问道："这位先生面生得很，不知……"

"哦，这是我的亲戚，老家来的。江伟，这是上海滩大名鼎鼎的易先生，还不赶快拜见！"王德威见易宁山询问，连忙微笑着说道。

其实，所谓的王市长也好，李夫人也好，都是东方云布下的一个局。

东方云早就已经预料到，万国珠宝行的事件后，易宁山肯定会怀疑司徒婉。而东方云已经可以肯定苦心寻找的东西就在日军宪兵司令部内。但是经过一番大闹之后，日军宪兵司令部的守卫加强了十倍不止。日军一面对内部进行大规模的清查，对所有中高级军官进行监视，一面加强了防卫管理，所有日军进出都必须出具证明，同时日军还对少尉以上全部军官进行了编册，在每个岗哨予以发放。花名册里有着所有军官的相片、名字以及军衔职务，外来军官想要进入司令部还必须经过电话确认。在如此严密的盘查下，再想浑水摸鱼地进入司令部寻找东西已经是不可能的事情，所以东方云曲线进攻，想出一个大胆的计划，那便是接近易宁山！

易宁山是汪伪力量在上海的代表，本身就具有极为重要的政治意义。他是证明日军所谓的大东亚共荣圈的最好幌子，因而他在日本人的眼中地位显赫。平均每个月日军宪兵司令松井次郎都会宴请易宁山，还经常将他召到司令部议事，倘若能接近易宁山，必能让东方云潜入宪兵司令部的机会大大增加。

于是东方云致电重庆，阐述自己的计划，请求暂时停止对易宁山的刺杀。重庆同意以后东方云就布下了这个局，他知道易宁山要跟踪司徒婉，他正好利用这个局，一面暂时打消易宁山对司徒婉的怀疑，一面寻找接近易宁山的机会。

至于王德威和他的妻子李燕，则是军统埋伏在汪伪政府内部的高级暗线。这样的暗线本来等闲不可轻动，但事到如今，东方云也没有别的选择了。

所以，就有了刚才的一幕。

东方云微笑着，慢慢站起身来，向着易宁山极有礼貌地鞠了一躬，随后伸出自己的手，说道："易先生，能够认识您，不甚荣幸！"

易宁山伸出手，和东方云握了握，东方云的手十分的白皙，保养得非常好。最重要的是，他没有在东方云的手上摸出茧子。

一个长期用枪的人，他的指肚上肯定会有老茧。只不过东方云棋高一招，他在加入军统后便一直使用一种国外进口的药水来保养自己的双手，所以他的双手柔软而纤细，看起来很像是一个柔弱书生的手，甚至有些像女人。

没有从东方云的手上摸出老茧，易宁山的脸上也浮现出了一丝微笑，他抽回手问道：

"先生姓王？"

"不敢，在下和堂兄正是同宗。"

"哦！"易宁山点了点头，继续问道："先生刚来上海？"

"昨天才到，来做点洋货生意。还要易先生多多关照。"

"就是！哎，易先生，我们就是为了给江伟引荐引荐你，所以才约司徒小姐来打牌，不就是想搭个线嘛。结果你倒好，带那么多人来，生生地把我的牌局给搅了。说好了啊，我刚才的可是天胡，好多钱呢，你可得陪我！"李燕抬出一支烟，极不礼貌地将烟圈喷向了易宁山的方向，还不忘狠狠地敲上一笔竹杠。

易宁山脸上依然露着儒雅的笑容，他先看了看沉着脸的司徒婉，随后抬起胳膊团团拱了拱手，说道："抱歉抱歉，实在抱歉。王市长，明天我在鸿雁楼做东，宴请你们一家，算是给你们赔罪，如何？"

"这，怎生好让易先生破费？"

"应该的，应该的。大家都是为政府效力，自然应该多多亲近。何况我与这位王先生是一见如故，到时候我们还要好好地谈谈，不醉不归！"

"如此，就有劳易先生了！"

"不敢！"易宁山点了点头，转头对司徒婉说道："小婉，早点回来，我等你吃晚饭！"说完，他向众人挥了挥手，转身离开。

"易先生慢走！"王德威和东方云连忙站起来相送。

"留步，留步！"易宁山又拱了拱手，带领手下们走了出去。

他一走出包厢门，脸色立刻又变得冷峻无比，他快步向楼下走去，手下们紧紧跟上。走进大厅的时候，一双双惊讶的眼睛都在望着他们。大厅里的人不明白，怎么这个威震上海的杀人魔王只是上去逛了一圈就下来了，既没有听见枪声也没看见他们抓获俘虏。这似乎不太像他做事的风格。

易宁山在大厅里站定，冰冷的眼神环视四周，顿时周围的人感觉似乎有一把把利刃向自己射来，胆小心虚的人竟然纷纷地往后躲避，整个大厅的温度似乎都降了许多。易宁山拉过一名心腹手下，在他耳边低声说了几句，随后大手一挥，带领所有人离开了茶楼。

"立正，向后转，起步跑！"大门外，一队队的汪伪特务开始有秩序地撤离茶楼，直到这个时候，才有人敢长长地出上一口粗气。

上海，宪兵司令部。

新任的上海特务机关长山本义夫少将，眉头紧锁地坐在椅子上，看着桌上的一份电报。

电报是毒蛇发来的。对于这个日军埋伏在军统身边的高级暗线，山本义夫在南京的时候就有所耳闻。他此次前来，南京总部还着重强调，要他注意和毒蛇的联系。并且告诉他，在必要的时候，和毒蛇见上一面。

而毒蛇确实也不负众望，他刚到上海就给他送上了一份大礼。只可惜后来出现意外，使自己的收入大打折扣。

但这并不影响山本义夫对这名暗线的佩服，他也很想见上毒蛇一面，只可惜一直以来，都是毒蛇主动联系他们，而毒蛇的电台频率也是更换频繁，为此上海特务机关还派专人二十四小时不间断地接收毒蛇的电波，因而他们并不知道该如何和毒蛇进行有效的联系。

何况这也是纪律所不能允许的。

而今，机会来了，毒蛇发来电报，约山本义夫明天到虹口路的聚义庄秘密见面。

心愿即将达成，可是山本义夫，却有种很不好的预感。

见面肯定是要去的，但是每当看到毒蛇发来的电报，山本义夫就有些莫名其妙的心惊肉跳。

良久之后，山本义夫长叹一声，伸出手，将电报给撕了个粉碎。

是福不是祸，是祸躲不过，听天由命吧！

上海，易宁山公寓。

当司徒婉回来的时候，已经是太阳落山的时候了。

她一进客厅，就看见了坐在沙发上一言不发的易宁山。

司徒婉并没有理睬易宁山，她必须作出一个饱受委屈的美丽女人的怒气和矜持，她直接就走上楼去，甚至连头都没点一下。

而易宁山也没有任何的表示，他还是这么一动不动地坐在沙发上，沉默不语。

他的这番姿态也确实激起了司徒婉的不满，在关门的时候，司徒婉特别用力，发出"嘭"的一声闷响。

就在这声音中，易宁山站起身来，走向门外。

他刚一出门，一个手下就幽灵般地出现在他身旁，微微地鞠了一躬，随后在他身边用轻得只有他们两人才能听见的声音说道："长官，无锡回电，王德威并没有一个叫王江伟的堂弟！"

"好！很好！"易宁山微笑着，眯起了眼睛。

杀机乍现！

上海，易宁山公寓。

易宁山坐在客厅里，等着司徒婉下楼。

司徒婉正在房间里梳妆打扮。以往这个时候，易宁山都会亲自给司徒婉上妆，或者在一旁静静的观看。这是他最大的爱好，所谓士为知己者死，女为悦己者容。看着自己心爱的女人为了自己而尽心尽力地装饰自己的容貌，不得不说是一种非常惬意的享受。

可惜今天的易宁山并没有这个心情，他的心思早就飞到鸿雁楼去了。

在那里，易宁山为王德威和东方云准备了一桌丰盛的酒席。

思量间，脚步声起，司徒婉已经走下楼来。

易宁山从沙发上站起身，看着眼前的这个一顾倾城人，再顾倾人国的绝色女子。

今天的司徒婉穿着一身淡蓝色的旗袍，也没有在装扮上做过多的修饰，却显得极其的清雅脱俗，比起她以往的艳丽更多了一层冰清玉洁的感觉，纵然几年时光的朝夕相对，易宁山也不由得呆了一呆。

"小婉，你今天打扮得真漂亮！"易宁山快步走上前去，拉住司徒婉的手轻轻说道。司徒婉乖巧的点了点头，随后如往常一般，挽着易宁山的手，走出门去，坐上汽车，向鸿雁楼出发。

其实无论表面上如何亲热，他们两人都非常明白，以往那种温馨浪漫的日子，是绝对不可能再回来了。

剩下的，只有互相猜忌，勾心斗角，直到某一天双方忍受不住的时候彻底爆发。

两人各怀心事，一路无话，直奔鸿雁楼而去。到了酒楼门口的时候，易宁山看见王德威和他的妻子李燕，以及东方云，都已经在酒楼的门口等候。

汽车停稳，易宁山打开车门走下车来，上前几步拉着王德威的手说道："不好意思，路上堵车耽搁了一下，让王市长久等了，还请见谅。"

"哪里哪里，易先生没有迟到，是我们早来了而已。江伟，还不快向易先生问好？"

"不用不用，大家都是一家人，千万不要客气！"易宁山笑着摆摆手，随后做了一个请的手势，说道："王市长，李夫人，江伟兄，我们上楼吧！"

"好，请！"

一行人走上楼去，易宁山走在最前面，他早已经在二楼定好了包间，当下在酒楼掌柜的殷勤指引下来到了包间里。

"掌柜的，我定的酒席怎样了？"

"易先生放心，一切准备妥当。特别是那红尾鱼，我们已经弄得干干净净，妥妥当当，绝对没有任何问题！"

易宁山满意地点了点头，因为掌柜的刚才已经用暗语告诉他，一切准备就绪，随时可以行动。

"好！小心伺候，我重重有赏！"

"易先生放心，包您满意！"掌柜的说完，向着众人深深鞠躬，随后慢慢退了出去。

众人坐定，但见东方云忽然站了起来，将手伸进怀里。

易宁山表面上不动声色，其实他的手，也缓缓摸向了腰间。

他一直在怀疑东方云，又怎么可能不做好安全的准备呢？

易宁山本身也是高手，他自信他拔枪的速度不会慢与在座的任何人。

但见东方云从怀中慢慢掏出一个包装精美的盒子，随后双手捧出，对易宁山说道：

"初次见面，就让易先生破费，实在是过意不去。一点小小的礼物，不成敬意，还望易先生笑纳！"

东方云姿态做得十足，易宁山却没有接纳的意思，只是微笑着说道："俗话说的好，无功不受禄，在座的都是朋友，江伟兄有什么要求，不妨直说吧。"

"哎，易先生，您这话就说得见外了。送一份小礼还能有什么要求！"王德威微笑着，却带着略微不满的口气缓缓说道。

"正是，江伟只是希望易先生日后能够多多照拂，自当感激不尽！"

话说到这份上，易宁山也不好再故作姿态，他站起身来，接过礼物，客气地说道："如此，多谢美意。将来江伟兄有什么要在下帮忙的，但请直言，在下肯定好好照顾！"

"好！好！易先生果然是爽快之人，等下要好好地和易先生喝上一场！"见易宁山终于收下了礼物，王德威也大力叫好，在一旁帮衬起来。

言语间，掌柜的已经亲自带领着一群清秀可人的小姑娘将菜给依次端上，二十年陈酿的女儿红也上了桌，易宁山举起杯子说道："来，今天我们好好聚下，只谈风月，莫谈国事，干！"

"干！"众人举杯同敬，一时间也算其乐融融。

杯影交错，众人就在这友好的气氛中你来我往，宴席的气氛显得异常的融洽。特别是东方云，在宴席上妙语连珠，谈笑风生，惹得众人哈哈大笑，十足的一个精明算计、擅于应酬的商人形象。而司徒婉和李燕，则因为酒精上头，变得脸似红霞，眼如秋水，司徒婉自然不说，就连长相一般的李燕也显现出了几点娇媚。真是酒壮英雄胆，也醉美人心。

除了易宁山以外，似乎没有人注意到，一群特务已经在暗中将包厢给团团围住。

就在众人欢乐之时，一个年纪在十六七岁上下，出落得如出水芙蓉般可爱的小姑娘端着一盘菜走了进来，轻轻地放在桌子上，随后向众人鞠了一躬，用清脆的声音说道："各位老板贵人，这是我们掌柜的送给各位的礼菜，请各位慢用！"说完就要转身离开。

"慢！"在他身后，王德威忽然叫住了她。

此时的王德威已经有些醉意，脸上戴着的金丝眼镜已经不知道飞到哪里去了，脖子上的蝴蝶领结也稍稍地歪了歪，他站起身来，用手中的筷子指着小姑娘问道："你，你这菜可有什么名字啊！"

小姑娘连忙又是一个鞠躬，轻轻地说道："回老板，这是小店的特色菜，叫做项庄舞剑！"

项庄舞剑，意在沛公！

小姑娘的话，顿时让整个宴席都沉闷下来，所有人都面面相觑，不知道该说些什么。

忽然间，王德威猛地将手中的筷子一摔，怒吼道："混账！把你们掌柜叫来！天下间哪有取这个菜名的！"

"老板恕罪，老板恕罪！"眼见王德威发怒，小姑娘的眼睛里立刻蒙上了一层雾气，小身板不停地鞠躬，我见尤怜。

"哎！王市长，只不过是一个菜名而已，何必如此动怒，更不用和一个小姑娘为难嘛！"

易宁山站起身来，摆摆手，示意小姑娘退出去，随后扶着王德威重新坐回椅子上，倒上一杯酒，端到王德威面前说道："来，王市长，我敬你一杯！"

"不敢，易先生请！"

王德威端起杯子就要喝酒，却被易宁山一把拦住。

"慢！王市长，在下还有一事相询！"

"易先生有何事但讲无妨，我绝对是知无不言，言无不尽。"

"那好，那我就只说了！"易宁山露出一个微笑，慢慢说道："王市长，昨天我和这位江伟兄一见如故，有意将他引领进七纵。您也知道，如果江伟兄能进七纵，对他的生意自然是大有裨益，是吧？"

"是是是！"王德威不断点头。他和东方云布局的用心，就是尽可能地接近易宁山，以达到能够进入宪兵司令部的目的。如今易宁山却主动提了出来，这似乎也太快了一点吧。

顿时，王德威感觉到一丝不好的预感。

果然，易宁山又说道："您也知道，做我们这行，必须要身家清白，光明磊落。江伟兄虽然是您的堂弟，但也不能坏了规矩。没有规矩不成方圆嘛。所以我派人去您老家走访了一番，本来只是走个过场。只是我们派去查证的人说，您王市长，似乎没有一个叫王江伟的表弟啊！"

易宁山说完，将酒一口而干，随后熟练地把玩起酒杯，同时，他锐利的眼神扫过了在场所有人的脸庞。

而他的脸上，始终带着淡淡的微笑。

包厢外，听到易宁山的话后，等待多时的特务们纷纷拨开了手枪的保险。

鸿雁楼，鸿门宴！

上海，"蝮蛇"总部。

"蝮蛇"坐在椅子上，用一把小巧而锋利的飞刀细心地修剪着自己的指甲。

寒光闪烁，白晃晃的死亡光泽让人觉得晃眼无比，就连"蝮蛇"自己也闭上了双眼，但他的动作却依然地连贯而流畅，似乎完全没有受到任何的影响。

他是在感觉，感觉自己的双手和那冰冷的刀锋之间的共鸣。

当一样东西达到极致的时候，即便是死物，也会拥有它内在的生命。

那叫做灵魂！

就如"蝮蛇"的手，"蝮蛇"的刀。

他的手和刀曾经无数次的亲密接触，彼此之间已经血脉相容。飞刀虽然锋利，却只是游走在他的指甲边缘，而绝对不会伤及到他分毫。

在这一点上，"蝮蛇"和东方云非常具有共同点，他们都是那种能和自己的武器保持特殊关系的人。

就在这时，杨建慢慢地走了进来。

"蝮蛇"并没有睁开眼，似乎他仅凭脚步声就已经能够知道周围的一切。他慢慢说道："安排好了么？"

"长官放心，一切都安排妥当。"

"玫瑰在南京发回什么消息没有？"

"只是一些例行报告，没有什么特别的消息。"

"给玫瑰发电，让她随时保持和我们朋友的联系，千万不能出了差错！"

"是！"

"共党方面有没有什么动静？"

"暂时还没有，他们似乎暂时停止了活动。"

"严密监视，注意隐蔽！"

"是！"

"时候不早了，我们动身吧！"交代完事情以后，"蝮蛇"站起身来，手腕一抖，他手上的飞刀就已经消失不见了。

这把刀，早已和他的生命融为一体。

上海，日本宪兵司令部。

山本义夫在自己的房间里检查着自己的宝贝背心。

从德国进口的防弹背心。

这些装备还是最近才由东京配发到上海的。这种装备十分的宝贝，也只有那么几件。除了日军的少数几个高官以外，其他人都还没有装备这种背心的资格。就连整个上海的汪伪系统，也只有易宁山得到了松井次郎的特别优待，分到了一件而已。

说实话，二十斤的东西穿在身上绝对不是什么惬意的事情。但山本义夫是一个仔细的人，在他堪称丑陋的外表下有着一颗细致而毒辣的心！

虽然是去见毒蛇，虽然是和南京方面的高级暗线秘密接头，但山本义夫也不得不留一个心眼。

他检查完背心以后，满意地点点头，随后将背心穿在自己的身上，又套上一件长衫，对着镜子反复地观察，确定没有什么破绽后，他揣上手枪，戴上礼帽，走出了房门。

房间外，一辆汽车正在静静地等待。

山本义夫挥挥手，示意司机走下车，随后自己钻进车里，发动汽车，向接头地点开去。

接头的地点，是虹口路的一家酒楼。

山本义夫在离酒楼还有一段距离的时候停住了汽车，他走下车来，慢悠悠地向酒楼走去。一路上他不停地东张西望，看似闲庭信步，其实是在估量周围的地形，在心中构筑撤退的路线。

片刻后，他走进了酒楼的大门。

"哎，老板，里边请，里边请！"见山本义夫进来，一名伙计连忙殷勤地迎了上来。

"三楼，玫瑰厅！带路！"山本义夫抬手扔给伙计一块大洋。

见眼前的客人如此的慷慨，伙计脸上的笑容立刻又多了几分，他做了一个"请"的手势，随后走在了前面。

山本义夫跟在伙计后面慢慢地往楼上走去，他一边走一边观察着四周的情况。此时酒楼的客人不是很多，酒楼显得异常的清静，不知道哪个地方正在播放江浙地区特有的小调，山本义夫虽然听得不太懂，但还是感觉到颇为悦耳。

很快，他们便来到了玫瑰厅外。

山本义夫推门进去，里面还空荡荡的，没有一个人，他转头对伙计说道："这里不用你照顾，你下去吧！没叫你，不要上来！"说完，又给了伙计一块大洋。

"是，老板放心！我知道您是要做大买卖，我这就走，这就走！绝不打扰！"伙计点头哈腰地退出了房门。

"大买卖么？或许吧！"山本义夫摘下帽子，一屁股坐在凳子上，用那眯成一线的小眼睛打量着包厢内的陈设。

包厢布置得不是很豪华，但却很有味道，充斥着古老的中国气息。山本义夫是一个中国通，对中国文化向往已久，看着眼前这些别出心裁又恰到好处的布置，他也禁不住暗暗点头。

只是这"玫瑰"的名字让他感到有些不太舒服。

说不清楚是哪种情节在作祟，他始终觉得，似乎"玫瑰"这个名字有一种特殊的含义。

而且，这种涵义，让他觉得有些危险。

这仅仅是直觉，所以山本义夫也只能安静地坐在椅子上，打发时光，等待着毒蛇的到来。

就在这时，门外响起了有节奏的敲门声。

这是他和毒蛇约定的暗号，正主来了！

山本义夫掏出手枪，打开保险，将右手背在身后，随后走过去打开了房门。

然而，虽然早已做好了准备，但当他打开门的时候，他还是呆住了。

门外站着的人，是"蝮蛇"，他帽子压得很低，但这并不妨碍训练有素的山本义夫看清他的脸庞。

"是你！"山本义夫自言自语般地说出两个字。

"不错！是我！""蝮蛇"露出了一个魅惑般的笑容。

抖手，刀锋出，鲜血流。

一道寒芒闪过。

一抹嫣红横飞。

鲜血四溅，只一瞬间，山本义夫的喉咙上就浮现出一丝血线。

太快了，"蝮蛇"的动作实在是太快了，快得好像他根本就没有出过手一般。

山本义夫用手死死地捂着喉咙，他的手枪已经掉到了地上，鲜红的液体不断从他的喉咙里流出，顺着他的手掌流下，在他的胸口处染上一片触目惊心的红色。

"你！"山本义夫颤抖着，伸出手，艰难地指着"蝮蛇"，随后猛地往后倒去。

只在空气中，洒出一窜耀眼的血珠。

"蝮蛇"缓缓取下帽子，对着山本义夫的尸体微微一鞠躬，随后关上门，重新把帽子扣在自己的脑袋上，转身离开。

世界，重又恢复了平静。

"蝮蛇"就是毒蛇，他既是日军南京特务机关总部安插在军统身边的高级棋子，也是一个独立组织的头领。

同时，他还是山本义夫似曾相识的某人。

其实，"蝮蛇"同日军中部分人物的关系，仅仅是一个合作伙伴。

东方云所有的消息都是他提供的，他一次次地陷东方云于绝地，却又一次次地在暗中向东方云伸出援手。

因为东方云还有利用价值。"蝮蛇"以毒蛇的身份向日军提供东方云的情报，以此混淆视听，达到自己的目的。但东方云还有很大的价值，在他的价值还没有完全榨干之前，他是不会轻易地让东方云死掉的。

在"蝮蛇"的心目中，东方云也好，旭日也好，日军中的某些人物也好，都只不过是他的棋子。他铸造了一个大大的棋盘，他要下的，是一个震惊天下的棋局。

而他"蝮蛇"，是棋局的主导者，也必将是最后的胜利者。

想到这里，"蝮蛇"不由得有些得意。

他抬起头，看了看天空。

今天的天空颇为晴朗，就如他的心情一般。

他微笑着，自言自语地说出一句话。

"藤田一郎，该是你回来的时候了！"

上海，鸿雁楼包厢。

包厢里异常的沉寂，当易宁山的那句话说出口以后，就再也没有一个人发出任何的声响。

空气很闷，很窒息，让人快要喘不过气来。

易宁山的脸上依然挂着招牌式的儒雅笑容，他一只手垂在自己的腰间，保持着随时可以拔枪的姿势，一只手还在不停地玩弄着手上的酒杯，他的眼神在每一个人的脸上徘徊，如一条毒蛇一般爬过他们的心灵。

在包厢外面，十几名特务静静地等待着易宁山的命令。他们眉头紧锁，身体前倾，只要易宁山一声令下，他们便能以最快的速度冲进包厢里去。

就在这时，一阵有些嚣张的笑声打破了这凝重的沉静。

"哈哈哈哈！哈哈哈哈！"发出笑声的人是王德威，只见他夸张地大笑着，一只手捂着肚子，一只手指着易宁山，他笑得是如此的疯狂，整个人都在剧烈地颤抖。他好几次地进行深呼吸想要止住自己的笑声，可是却怎么也无法做到，他整个人越笑越矮，都快滑到桌子下面去了。

易宁山的脸上还保持着微笑，但他的手已经将腰间的手枪拔出了一半。

他就这么好整以暇地看着王德威，似乎想知道他到底会耍些什么花样。

好半天，王德威才勉强地止住了笑声，他将手缓缓的伸进怀里。

与此同时，易宁山猛地将杯子一摔，随后闪电般地拔出手枪，指向了王德威。

"嘭"的一声，包厢的门被踹开了，十几名特务冲了进来，迅速占据了包厢的各个角落，手中的武器指向了除易宁山外的所有人，就连司徒婉都没能幸免。

王德威没有停止自己的动作，他从怀里掏出一副眼镜戴上，随后接过李燕的手绢擦了擦嘴，慢悠悠地说道："易先生，您做得太过分了吧！"

"哦？哪里过分，还请王市长赐教。"易宁山一动不动地用枪指着王德威的脑袋，冷冷地说道。

"你要抓奸细，我很理解。可是你三番五次地在我王德威的脑袋上动土，你当我是泥捏的么！我要到松井司令官那里去告你！"王德威猛地捶了捶桌子，激动地大吼道。

对于王德威的愤怒，易宁山没有任何的反应，他只是冷笑着说道："如果王市长不把事情交代清楚，恐怕您连走出这个房门的机会都没有了！"

"交代？交代个屁！我什么时候说我堂弟叫王江伟的，啊？你听我叫他江伟他就叫王江伟啊！我告诉你，江伟是我父亲亲自给他取的字！"

"字？"易宁山皱了皱眉头，他忽然间觉得事情有些不对。

"废话，我们是一家人！我不叫他的字叫什么！我这个兄弟，大名叫王中林，今天早上，我就已经去宪兵司令部开了证明，是由松井司令官亲自核实签发的！夫人，把证明拿出来！"

李燕打开钱包，拿出证明，王德威直接向易宁山扔了过去。易宁山右手拿枪，左手一抓，已经将证明抓在了手里。

随后他单手打开叠在一起的证明，仔细地看了起来。

证明确实是真的。宪兵司令部的大印和松井次郎的签名都是货真价实，里面也确实验证了东方云的身份，天衣无缝！

"看清楚了吧！哼，我看易先生你是想抓特务想疯了，去看看医生吧！我们走！"

说完，王德威站起身来，拉过李燕就往外走，东方云连忙站起来，先对着易宁山鞠了一躬，随后紧紧跟在王德威身后，走出了房门。

周围的特务们都密切地关注着易宁山的神色，易宁山却没有任何的表示。

一名特务壮着胆子俯身到易宁山耳边，轻声叫道："长官？"

易宁山还是毫无反应，只是轻轻地说了句："滚！"

"长官？"

"滚啊！"易宁山猛地爆发了，他一把掀翻了桌子，发疯般地咆哮道："滚！你们都给我滚！滚啊！"

他双目赤红，面容扭曲，梳得一丝不苟的头发似乎要根根立起。

司徒婉第一个站起身来，一言不发地离开了房间。手下们见易宁山如此狂怒，更加不敢久留，逃似的跑了出去。

顿时包厢里，只剩下易宁山一个人。

他无力地靠在椅子上，闭着双目，一言不发。

就这么不知道过了多久，忽然之间，他的脸部肌肉轻轻地抽动起来，随后他慢慢俯下身，用手捧着脸，开始了无声的哭泣。

眼泪顺着他的指缝滴下，而他的口中却只有含糊不清的呜呜声。

如孤狼的咆哮，如杜鹃的悲鸣。

他知道，从此以后，他和司徒婉之间最后的情分彻底断绝，他们，再也回不去了。

易宁山痛苦地挣扎着，这个铁杆的汉奸，杀人不眨眼的魔王，此刻只是一个无助的、孤独的、受伤的男人。

就在这时，一双手，一双冰凉而温柔的手轻轻地搭在了易宁山的脑袋上。

易宁山猛地抬起头，双目中凶光乍现。

没有人能够在这个时候接近他，因为贸然地接近他，就意味着危险。

他的凶相将眼前的人吓了一跳，发出一声惊呼。此时易宁山才看清楚，原来是刚才那个送菜的小姑娘。她小嘴一歪，眼泪已经滚滚而来。

易宁山擦了擦脸，伸出手，向小姑娘招了招。

小姑娘有些害怕，有些犹豫，但还是走了过来，将小手搭在了易宁山的手上。

"你怎么进来的？"

"你的手下都下楼了，我听见你在哭，就进来看看。我娘说，一个人哭是因为他不高兴，我们老板说，我们一定要让客人高兴，不然就没有工钱，我不想你哭，我想你高兴。我，我想要工钱。"小姑娘怯生生地回答道。

易宁山无奈地笑了笑，他没想到自己刚才的凶相竟然让手下们如此忌惮，居然直接跑下楼去了。

"你叫什么名字，你家在哪里？"

"我家在霞飞路的三号弄堂里。我娘生了病，爸爸死了，弟弟还小，家里没人能挣钱，所以我来这里干活。"

"好，很好！"易宁山点了点头，随后一用力，将小姑娘拉到自己的怀里。

小姑娘很害怕，她单薄的身躯在不停地颤抖，易宁山伸出一只手，轻轻的抚摸着她的脊梁。他的动作很温柔，就如他曾经抚摸司徒婉一般。

感受到易宁山的柔情，小姑娘的心情也慢慢地平静下来，她就这么乖巧地靠在易宁山怀里，就如一只温顺的小猫一般。

这时，易宁山的另一只手，也无声无息地靠了上去。

他轻轻地动了动手，将小姑娘的脑袋投进了自己的怀抱。

他抱住了小姑娘，他抱得很紧，很紧。

当他放开手的时候，小姑娘已经变成了一具冰冷的尸体。

他伸出手，抚摸着小姑娘美丽而有些稚嫩的脸庞，自言自语般地说道："对不起，我不想别人看见我哭！"

随后，他的脸上重新浮现出了冰山般的残忍和坚决。

他走出包厢的大门，看见掌柜的正在恭敬地守候，只是他的恭敬中，带有太多的惶恐。

他冷冷地说道："把里面处理干净。给那小姑娘的家里送一千块大洋过去，以后有什么事情你都要照拂好，出了半点岔子，我要你的命！"

"是是，长官放心，长官放心！"掌柜的如小鸡吃米一般点着脑袋，哪还敢说半个"不"字。

易宁山头也不回地走下楼，楼下，手下们都站得笔直，就如阅兵一般等待着他的到来。

易宁山顺手将东方云送的盒子抛给一名手下，说道："拿去检查！"

随后他钻进汽车，他的一名心腹手下立刻跟着钻进车里，坐到了他的身边。

"派人盯着王德威！不惜一切代价，也要弄清他的身份！"易宁山闭着眼，冷冷地吩咐道。

属下没有说话，只是默默地点了点头。

汽车缓缓发动，离开了鸿雁楼，易宁山忽然立起身子，转头看了看。

他似乎想看到点什么，可惜终究，还是什么都没看到。

只有空荡荡的大街在他的身后飞速地消逝，如真如幻，如梦如影。

南京，日军驻华特务机关总部。

苍井沅三一面喝着清酒，一面摇头晃脑地看着眼前的艺伎表演的舞蹈。

悠扬的日本音乐在房间的四周环绕，苍井沅三嘴里不停地哼着小调，无限陶醉。

山本义夫的死讯已经到达了南京，这本来应该引起轰动的消息却被诡异地压制下来，似乎山本义夫这个人从来就没有存在过。

除了上海方面有所表示以外，其他的人，都选择性地把他遗忘了。

因为南京特务机关总部的头领苍井沅三，是"蝮蛇"的合作伙伴。

山本义夫的死，在他的意料之中，或者说，是他一手策划的。

山本义夫的真实身份，并不仅仅是一个少将参谋那么简单。他的背后，有着东京特务机关总部的影子。

山本义夫，其实就是东京特务机关安插在南京的一枚棋子，负责监视南京的动向。

他很优秀，隐藏得很深，只可惜同老奸巨猾的苍井沅三相比，他还是逊了一筹。

所以，他非常悲哀地结束了他的生命。而且东京方面，还不会有所动静。

苍井沅三要进行的是一个大计划，这个计划之大，水之深，绝对不是普通人所能想象的。强悍如苍井沅三者，也不过是一个马前卒而已。

在他背后，还有着更加强大的势力和更为深厚的背景。

这也是为什么堂堂帝国少将，死了以后却没声没响的原因。

隐患解决，一切都在按计划发展，苍井沅三的心情非常的好。所以他及时行乐。

诗仙李白曾有诗云："天生我材必有用，千金散尽还复来。人生得意须尽欢，莫使金樽空对月。"

人生苦短，何必自我为难。

然而就在这时，他的秘书，武藏天雄走了进来，在他耳边说道："家主，藤田君在外面等候！"

"好！很好！"苍井沅三拍拍手，表演的艺伎非常知趣地停了下来，飞快地退了出去。

随后一些佣人涌了上来，手脚麻利地将房间收拾干净。

接着，房间内包括武藏天雄在内的人都已经离开，门口出现了一个苍井沅三无比熟悉的身影。

"进来吧，我的孩子！"苍井沅三充满怜爱地招了招手。

藤田一郎走了进来，他穿着笔挺的少将军装，依然是那么的坚毅而坚强，只是他的鬓角，已经多了些许的白发。

还不到一个月，他就显得更加的憔悴。

"老师！"藤田一郎恭恭敬敬地跪下，磕头行礼，随后端端正正地坐着，如一个小学生般恭敬地等待着苍井沅三的训示。

也像一个远行归来的孝顺的儿子，面对着一个慈祥严厉的思子老父。

苍井沅三的眼光中充满了爱怜，但这种感情很快消失，他的眼神，逐渐变得凝重。

"我的孩子！"苍井沅三叹了口气，悠悠地说道："今天，我要告诉你一个秘密。"

"一个很大很大的秘密！"

苍井沅三的声音慢慢的，仿若天外之音一般在藤田一郎的耳边响起。

第十五章　猛虎出笼

上海，易宁山公寓。

易宁山坐在沙发上，细细地端详着手中的一块怀表。

怀表是用金子做成的，表盘上还呈十字形镶有四颗名贵的钻石。整个怀表做工细致，外型美观，价格昂贵，实在是难得的精品。

这块怀表，就是东方云送给易宁山的礼物。

虽然这个东西在传到易宁山手上之前就已经被那些专家们五马分尸，从头到位，里里外外地研究了一遍，不过这并不妨碍易宁山对这块表的喜爱。

是的，易宁山很喜欢这块表，但他并不喜欢送表给他的男人。

他对东方云从来就没打消过怀疑，只不过在没有确凿的证据面前，他还需要暂时地隐忍！

他不得不说，东方云擅自的接近自己，这步棋，在他看来，走得很丑，很失败。

他易宁山又不是三岁小孩，怎么可能被如此低级的招数给蒙骗？

其实要是换作东方云自己，也会觉得这步棋走得确实不怎么样。但这却是他的无奈之举——因为除此之外，他实在不知道还有什么更好的办法。

其实自东方云来到上海，就一直是风波不断。虽然他领导的上海站也相继取得了重大战果，但自身的实力也是损失巨大。特工不是士兵，不是那种给套军装、发支步枪就能送上战场的消耗品。培养一名职业特工所需要的程序，远远要比培养一名士兵复杂。

所以说，东方云的军统上海站，实际上已经经受不起太多的消耗。

如此情形下，东方云也只能出此下策。只不过易宁山有易宁山的打算，东方云有东方云的安排，鹿死谁手，尚未可知。

就在易宁山拿着怀表胡思乱想的时候，他的一名手下却匆匆走了进来，说道："长官，王德威的表弟王中林，递来拜帖。"

"哦？"易宁山直起身子，露出一个得意的微笑。一切都在他的安排之中，他感到十分的满意。

他打开帖子，设计精致的拜帖上写满了谦恭而不媚俗的话语。内容是请易宁山下午五点到香山路十号公寓赴宴。

那里是东方云新购置的一处房产，是他专门用来实行这次行动的道具。

易宁山看完请帖，随手扔给了自己的手下。

"递帖子的人呢？"

"还在外面候着。"

"给他一块大洋，就说我下午准时赴宴。派人跟着他，摸摸底。"

"是！"

手下点点头，飞快地走了出去。

易宁山重新靠在了沙发上，就在他准备闭目养神的时候，一阵琴声忽然从楼上传下。

琴声很熟悉，很凄婉。几许惆怅，淡淡忧伤，又有着无限的哀怨。让人心碎的琴声就在这偌大的公寓里回荡着。如一把把利刃一般刺破易宁山的肌肤，刺穿他的血脉，将他的心也刺的鲜血淋淋。

这是司徒婉的琴声，也是司徒婉的埋怨和控诉。

易宁山闭着双眼，听着司徒婉弹琴，他忽然站了起来，一步一步地朝楼上的琴房走去。

他推开门，一个美丽的背影映入他的眼帘，司徒婉自顾自地弹着琴，似乎对周围的一切都毫无知觉。

易宁山慢慢走到司徒婉面前，伸出自己的手，想摸一摸司徒婉的头发。

然而，他的手却在半空中停了下来。

他的手在抖，他的心也在抖。

他很想将手给伸出去，然而他的手，却重若千斤。无论他如何努力，他都没法做出这个在平时而言轻而易举的动作。

他只能默然地收回手，随后转身离开。

他没有看见，在她身后，依然在弹着钢琴，看似毫无反应的司徒婉，已经是朱唇紧咬，泪眼婆娑。

他恨，恨今生为何相逢。

她怨，怨此时形同陌路。

但他们都没有选择，这就是现实，这就是人生，这就是他们最终的归宿。

从他们相识的那一天起，这一刻就已经注定。

易宁山没有看见司徒婉流泪，他也没有继续停留在自己的公寓里，他快步地走了出去，叫上车，直奔自己的七纵总部。

只有离开这个让他魂牵梦绕、无法自拔的女人，他才能感到片刻的安宁。

或许是太过劳累，或许是太过伤心，不知不觉间，他竟然在车上睡着了。

时光变换，白天似乎一下子变成了黑夜。

还是上海，还是那栋古老的宅院。

不同的是，无尽的杀气，已经弥漫了整个夜空。

"快，再快！不许说话，不许抽烟！"远远的，一队黑衣人从夜幕中冲出，他们一边奔跑着，一变紧贴着同伴的耳朵把命令一道道地传了下去。

他们的目标，就是前方不远处那栋古老的宅院。

"不留活口！"眼见目标就在眼前，领头的黑衣人立刻挥了挥手，下达了最后的命令。

数十名黑衣人训练有素地分成几支小队向宅院的各个方向跑去，紧接着，激烈的枪声打破了黑夜的宁静。

子弹横飞，鲜血四溅。刺客们不费吹灰之力地就冲入了宅院之中，一路见人就杀，无论是丫鬟小姐，少爷仆人，全都变成了冰冷的尸体。

浓浓的血，染红了每一块砖，每一颗草，每一寸土地。

"我是党国元老！汪主席的至交好友，你们谁敢动我！"大厅内，一个威严的中年人对着眼前的杀手们破口大骂。

杀手们对视一眼，随后扣动了扳机。

火花闪烁！

"啊！"一声暗呼，易宁山猛地从座位上坐了起来，额头上已经布满了细细的汗珠。

"长官，你怎么了？"身旁的手下连忙关切地问道。

"没什么，做噩梦！"易宁山摆摆手，接过手下递过的手绢，在脸上擦了擦，随后靠在了座位上。

是的，他做了一个噩梦，但是这个噩梦，却是一段真实的历史。

那时候，易宁山才二十出头，刚从国外留学回来，意气风发，是一个对国家民族充满了热情与希望的爱国青年。

而他的父亲，是那时候正蓬勃发展的国民党的党内元老，还是堂堂武汉国民政府主席汪精卫的至交好友。

良好的学识，高贵的家世，那时候的他，似乎已经看到了自己的锦绣前程不可限量。

然而这一切，都因为一个人而改变。

那便是蒋介石！

四一二反革命大屠杀，蒋介石擅自建立南京国民政府，正式树立独裁政权。此举激起了国民党内左派的强烈不满，他们纷纷要求武汉的汪精卫东征蒋介石，坚守总理遗志，维护党国正统。

作为左派的中流砥柱，易宁山的父亲，是东征最为坚定的支持者。

为了表示自己的决心，他的父亲带着全家老小回到上海老家，为东征宣传造势。虽然明知上海已经是蒋介石的地盘，此举会有生命危险，然而易宁山那个坚韧到有些理想主义的父亲却不管不顾。或许他认为，凭借他的显赫身份，蒋介石不会拿他怎么样。

事实也是如此，在明面上蒋介石确实不敢有何举动，但在暗地里，蒋介石早就已经准备动手。而负责此行动的，就是蒋介石手下的特务们。

后来，这些特务建立了复兴社，再后来，他们演化为军统。

因而在当年那场灭门惨案中侥幸逃脱的易宁山，就同蒋介石，同南京国民政府和军统，结下了不共戴天之仇。

他逃到了日本，一面潜心钻研学习，一面等待机会。

出于他的特殊身份，一些"友好人士"开始大力支助他的事业。他转移到香港，开始召集人马，向以上海为中心的东南沿海地区渗透。

就是在那个时候，他结识了风情万种的司徒婉。

而那个时候的易宁山，还没有今天的成熟和稳重，因而他的身份终究还是被无孔不入的军统所查获。为了放长线钓大鱼，军统在暗中指示司徒婉尽可能地接近他。

悲剧，早在数年以前，就已经注定。

再后来，抗战全面爆发，日军攻陷上海，易宁山也正式把自己的势力移植到上海来。他只有一个目标，那便是报仇！

汪精卫投降日本人，建立伪政府以后，对易宁山这个昔日好友之子，日本人眼中的红人也是极力拉拢。易宁山自此正式登上七纵首领的宝座，成为了上海滩最有权势的人物之一。

但他并没有感到高兴。他不贪图权势，也不羡慕荣华，他时常觉得，如果没有蒋介石，没有军统，他应该是一个爱国英雄，而不是千夫所指的铁杆汉奸。

但灭门之仇不共戴天，所以，他对军统，对所谓的国民政府，恨如山，仇如海。

直到如今，他发现自己最爱的女人竟然是仇人的棋子，他不得不感到深深的迷茫和无限的绝望。

就在这时，易宁山的车队缓缓停住。

易宁山往窗外看了看，他已经来到了七纵的大门口，整个上海滩都谈之色变的魔窟。

所有人在进门之前都必须接受检查。这是易宁山亲自制定的规矩，因而他也打开车门，走下车来。

然而，就在他转头的瞬间，他眼角的余光，却瞄到一个女人的背影。

这个背影很熟悉，而且这个背影的主人，已经很久没有出现在他的眼前。

玫瑰！一个已经离开了他的公寓的女人，一个"蝮蛇"还以为其在南京勤苦工作的手下。

她没有在南京，却出现在了上海。

而这一点，无论是易宁山还是"蝮蛇"，恐怕都毫不知情。

世界，越来越奇妙了。

上海，香山路十号公寓。

东方云早早地准备完毕，在门口等待着易宁山的到来。

远远的，一支车队已经进入了他的视野。

他低下头看了看表，5 点 59 分，易宁山很准时，准时到了几乎分秒不差的地步。

就在东方云感慨的时候，三辆轿车已经开始减速，随后缓缓停在了东方云面前。

易宁山第一个打开车门，走下车来，对着东方云友好地伸出了自己的手。

东方云轻轻地握住易宁山的手，微笑着说道："易先生肯光临寒舍，在下不甚荣幸啊！"

"哪里，忠林兄过谦了，能和忠林兄把酒言欢，也是易某的一大心愿啊！"

"同愿，同愿，易先生请！"

"请！"

两人如一对至交好友一般亲热相伴地走入了公寓。一边走，易宁山一边在暗中打量着公寓的环境。公寓不是很大，但布置得很典雅，绿化面积很高，空气中似乎也漂浮着淡淡的草香味。两旁的花园里，草地上，几个园丁正在侍弄那些花花草草，看见东方云和易宁山进来连忙鞠躬敬礼。易宁山也打量了一下在公寓里忙碌的下人们，得出的结论是他们都是普通人，并不是身怀绝技的军统特工。

虽然东方云接近易宁山的策略实在是出于无奈，但做戏也要做专业，因而他重新购置了宅院，重新聘请了下人。在这栋屋子里，除了他自己以外，没有任何东西再和军统有所牵连。

他是在进行一场近乎疯狂的赌博。

两人谈笑风生，东方云引着易宁山直接上了公寓的二楼阳台，在那里，已经准备好了一桌虽不丰盛，但很精致的宴席。

"易先生，请！"两人坐定，东方云举起杯子，对着易宁山说道。

"请！"易宁山也将杯举起，两人同时将手一伸，两只酒杯轻轻地碰在了一起。

这是两个谍战高手之间的第一次单独交锋。

没有刀光，没有剑影，没有鲜血与死亡。有的却是美酒佳肴，夕阳柔风，看上去是如此的诗情画意，如此的恬静和平。

只有这相对而坐的两人才知道，在这平静的外表下，是怎么样的暗流汹涌，血雨腥风。

东方云放下酒杯，打了一个响指。

在一旁伺候的一名俏丽丫鬟连忙鞠躬退下，随后整栋公寓里，都响起了一首优美的歌曲。

《香格里拉》，这是易宁山最喜欢的一首歌。

当音乐响起的时候，易宁山的手，不由得轻轻地顿了一下。

他的思绪又回到了几年前，在那家夜总会里，在那个舞台上，一个绝色倾城的女子风情万种地在台上唱出了这首《香格里拉》。

从此以后，并不爱好音律的易宁山就此爱上了这首歌，爱上了这个女人。

日日思之，夜夜念之，食之无味，睡之难寐。

当他终于把这个女人娶回家的时候，在洞房里，他也曾放过这首《香格里拉》。

如今物是人非，东方云在此时放这首歌，却又勾起了他的淡淡哀愁。

易宁山定了定神，强迫自己从那无限的惆怅中挣脱出来。他发现，东方云正似笑非笑地看着自己。

易宁山微微一笑，说道："对不起，一时失神，让忠林兄见笑了。"

"哪里，易先生也是性情中人，所谓酒逢知己千杯少，易先生，我们今天不醉不归！"

"好！请！"

两人相对而饮，杯盏交错，一直喝到日落山冈，黑夜降临。

此时两人似乎都有些醉了。地上是一片狼藉，桌子上的菜肴有不少已经落到了桌子下面，东方云拉住易宁山的手，醉眼朦胧地说道："易，易先生，在下有一事相求！"

"哎，忠林，忠林兄，你，你有何事，直，直说就是，我易宁山要皱下眉头，就不是男人！"

"好，好！易兄够义气，是男人！是这样，上次，上次易兄说能，能让我进七纵，是，是真的还是假的？"

"真，真的！只要你想进，我，我肯定帮你弄，弄进去！"说完，易宁山将头一歪，直接趴在了桌子上，嘴里还含糊不清地叫着一个人的名字。

"小婉，小婉！"

东方云不得不叹息一声，随后转身叫道："来人！"

"在！"两名下人连忙从楼下走了上来。

"送，送易先生上车，给我熬碗醒酒汤。"

"是！"

两名下人架起人事不省的易宁山，向楼下走去。东方云站起身来，居高临下地看着他们扶着易宁山走到大门口，随后易宁山的手下们连忙接过他酒气熏天的身体，将他轻轻地放进了车里。

接着车队启动，离开了东方云的公寓。

在轿车里，本来醉得一塌糊涂的易宁山已经重新坐了起来，脸上一片冷峻之色，哪还有半分醉态？

"等下派几个生面孔的兄弟盯着这里，轮番蹲守，有情况随时回报！想办法送几个人到公寓里面去，不行就收买，不管用什么办法，一定要插上我们的钉子！"

"是！"

"王德威的底细查到没有？"

"还没有！"

"加紧查，一定要尽快查清楚！"

227

"是！"

易宁山吩咐完以后，将身子靠在了座位上，闭上双眼，片刻后，他已经发出了沉稳而缓慢的呼吸声。

他是真的醉了，竟然又在车上睡着了。

他身旁的心腹手下转过头，看着易宁山有些潮红的脸，轻声的叹了口气，随后脱下自己的西装，轻轻的盖在了易宁山的身上。

易宁山太累了，真的太累了。

当易宁山在车上享受得的安稳时光的时候，东方云也在喝着自己的醒酒汤。

他的醉态也并不是完全装出来的，毕竟数十年的陈酿好酒，可不是普通的白水，多多少少，还是有些醉人。

更何况，中国还有一句古话——酒不醉人，人自醉！

如果有可能的话，东方云很想放开心思，大醉一场，醉到人事不省，醉到难以醒来。

当一个人，一个男人承担太多的时候，酒是他最好的发泄品。

李白曾云，抽刀断水水更流，借酒浇愁愁更愁。虽说如此，但当你醉得天旋地转，整个世界都为之颠覆的时候，你有再多的仇怨，也会化为滚滚东流水，一去不复还。

至少在你醉着的时候，是这样的。

只可惜，这样的心愿，只是心愿而已。喝醉了会失态，失态了会要命！

这就是间谍的生活，残酷到连自我麻醉都不可以。

就在东方云有些黯然神伤的时候，一名下人却走了进来，低声说道："老爷，外面有位小姐要见你？"

"小姐？"东方云愣了一愣，他不明白这个时候会有什么小姐要见自己。他更不明白，那位小姐是如何找到这里来的。

"请到二楼客房来！"东方云冷冷地说道。

"是！"下人飞快地退了下去，东方云将手伸入怀中，打开了手枪的保险，随后走进客房，等待着今夜忽然造访的不速之客。

片刻后，下人领着一名美丽的女子走了进来。

冷静如东方云者，心中也禁不住轻轻一颤。

因为那个女人，就是旭日！

一个让他有些牵挂，有些担忧，有些放不下却又不得不放下的女人。

东方云的嘴唇有些颤抖，他似乎想说点什么，一旁伺候的下人看到此等景象，嘴角也不禁露出一个有些暧昧的笑容，随后不待东方云吩咐，就自己离开了房间，还顺手关上了房门。

旭日今天穿的是一身男装。白色的西服背心，米黄色的西裤，加上一双马靴，头顶还戴了一个鸭舌帽，看起来是英姿飒爽，比起以往婉约般的美丽，更显得亮丽逼人。

虽然她已经在容貌上做了些许的修饰，但这并不妨碍东方云认出她来，更加不妨碍她的美丽让整个世界都为之叹服。

两人就这么对视着，谁也没有先开口说话，虽然两人都在极力地掩饰，但怎么也掩饰不住东方云眼中的那一点关怀，旭日眼中的那一点期待。

气氛，忽然显得有些暧昧。

最后，还是东方云率先打破了这让人觉得有些尴尬的场景，开口问道："你，还好么？"

万种柔情，几番抱怨，都融化在了这声悠悠的问候之中。

东方云并没有质问旭日去了哪里，也没有质问旭日为什么在最关键的时刻没有按照约定出击，更没有质问自己交付给旭日的数十名精锐手下下落如何，他只是淡淡的，十分单纯的，极为关心地轻轻问道："你，还好吗？"

旭日娇躯轻颤，眼睛中，已经有些泪花闪烁。

有一种东西，叫理解，有一种情感，叫信任。

"为什么？"旭日颤抖着问道。

"我相信你！"东方云脸上没有任何的表情，但他的眼神，已经告诉了旭日想要知道的一切。

"我相信你！"不需要说太多，只需要这短短的五个字，就已经可以作出很多很多的表达和倾诉。

忽然间，东方云走到屋子的一角，打开了留声机。

一首轻柔的，缓慢的，又有些暧昧的歌曲，缓缓响起。

东方云优雅而绅士地伸出了自己的手。

旭日微微一笑，随后将自己的手放进了东方云的掌心里。

两人就在这悠扬的音乐声中，跳起舞来。

他们彼此倾慕，但却身不由己。各为其主，偏偏互为知己。这是一个矛盾的关系，一个复杂的世界。

在这样的关系里，这样的世界中，他们唯一能做的，只能是跳舞。

他们不能做得太多，唯有在舞蹈中，拥抱彼此的身躯，慰藉自己的心灵。

他们的舞是那样的美，美得让人心醉。

然而他们又都能十分清晰地听见。

他们的心，在轻轻地哭泣。

是感慨，是忧伤，有幽怨，是哀鸣。

夜深了。

他们的舞，还在继续。

就在东方云和旭日进行着他们柔情的舞蹈的时候，"蝮蛇"也在自己的房间内跳舞。

悠扬抒情的音乐声在他的房间里回荡，他的面前空荡荡的，没有一个人。

是的，他没有舞伴，因为他喜欢，一个人的舞蹈。

在一个人的舞蹈里，他可以任意地改变自己的姿势和节奏，而不用顾及对方的感受。

这种感觉，叫做控制。"蝮蛇"就是这么一个喜欢控制的人，他喜欢控制自己，喜欢控制别人，喜欢控制周围的一切。

他的动作很轻，很柔。虽然他的面前只有空气，但似乎他正在搂着一个绝色的女子。他已经彻底地陶醉在这孤独而炫目的舞蹈之中，久久不愿醒来。

但他不得不醒来，因为杨建的敲门声已经打扰了他的步履。

他关掉留声机，重新坐回到椅子上，脸上的陶醉神色瞬间消失，一副冰山般的招牌式脸庞再次出现。

"进来！"

伴随着"蝮蛇"的呼喊，杨建推开门走了进来，低声说道："长官，白雕来消息，说东方云正试图接近易宁山！"

杨建说这句话的时候"蝮蛇"正在从怀里拿烟，他的手轻轻地顿了一下，随后说道："他通过什么渠道？"

"王德威！他是以王德威老家亲戚的身份接近易宁山的！"

"哼，想得容易！没想到东方云也会走这样的昏招。'飞鹰'，你说他到底是无路可走，还是另有深意？"

杨建的身子弯得更低了，他万分恭敬地说道："属下不敢妄测！"

"你说，我们要不要在这里面参合上一把？"

"属下认为，我们还是和总部联系一下为好！"

"嗯！""蝮蛇"略显赞赏地点了点头说道："立刻给总部发电，我想总部应该会同意的！"

"是！"杨建应了一声，正要转身离开，"蝮蛇"忽然叫住了他。

"玫瑰那边，有没有什么别的消息？"

"暂时还没有。这几天南京方面似乎异常沉寂，属下也在想，是不是那边出了什么状况。"

"派人去南京查一下，不，你亲自去！还有，启动第二套渠道，我们和南京朋友的联系，绝对不能中断！"

"是！属下明白！"

"蝮蛇"挥了挥手，让杨建退下，自己坐在座位上抽烟。烟雾升腾，他的脸色也变幻不定，忽然间，他猛地把烟头狠狠地掐灭了。

"玫瑰！"他用冰冷到近乎死亡的语气，喊出了这个名字。

上海，香山路十号公寓。

客房内，东方云和旭日相对而坐。

"你就不问我为什么会找到这里么？"旭日柔情似水地看着东方云，轻轻地问道。

东方云笑了一下，说道："你有你的门路，我有我的渠道。你想说，我不问你也会说，你不说，我问了也是白问！只是，我没想到，你居然是共产党！"

"你都知道了？"旭日发出一声悠然的叹息，低下头沉默了片刻，才忽然抬起了头，一字一句地说道："东方云，我现在谨代表中国共产党上海地下站，邀请你的加入！"

说完，她粗重地呼吸着，一脸紧张地看着东方云那张英俊而有些清瘦的脸庞。

东方云笑了笑，说道："和一个国民党军统的将军说这些，你不觉得很可笑吗？"

"换了别人或许是，但换了你，就不是！"

"为什么？"

"因为你不爱国民党，不爱蒋介石，你爱的是这个国家和民族！"

东方云沉默了，他低着头，手指无意识地敲击着自己的膝盖，似乎正在进行剧烈的思想抗争。旭日连忙趁热打铁地说道："你应该知道，国民党这种独裁政权是不可能带领中国走向强大的。民主共和是历史的潮流，任何想要阻挡这个潮流的个人或者团体，都会被这潮流给压得粉碎。而且现在国民党贪污成风，腐败不断，人民苦不堪言，四大家族疯狂掠夺中国财富，民族资本根本就没有任何的生存空间，你真的觉得，这样一个为个人服务的政治团体，能带领中国走向光明和强大吗？"

东方云还是没有说话，甚至他的脸上都看不到任何的表情，就如旭日说的话他从来就没有听见过一般。

旭日又急切地说道："我知道你跟他们不一样，我也知道你对政治不感兴趣。但你要明白，在中国，在这片土地上，你想与政治无关地做点事情，那是不可能的！既然无法逃避，不如面对现实。国共之间，历史只能选择一个。现在，所有的迹象都在表明，我们共产党，才会成为历史选择的主流！至少在解放区，老百姓的生活要比国统区和敌占区的人民好上许多！他们能够拥有自己的土地，能够不再缴纳沉重的赋税，不用颠沛流离，卖儿卖女。国家也好，民族也好，始终是一个抽象的概念，落实到具体处，也不过是人民二字。所谓民为贵，社稷次之，君为轻，事实已经证明，我们能够让百姓过得更好，为什么你就不愿意加入我们光荣的事业呢？"

旭日说完了她所有的话语，说完了所有她能够想到的措辞，剩下的一切，都只能交给东方云来决断。

她也是在冒险，在一个国民党的高级干部面前明目张胆地进行"策反"工作是一件非常冒险的事情，但她相信东方云，她相信，就算他最终没有选择自己，也不会伤害自己。

只要自己抗日一天，东方云就不会伤害自己，因为他们都是在为这个国家和民族共同奋斗。

片刻之后，东方云终于开口了。他一字一句地说道："你说得对，我不爱国民党，也不爱蒋介石，但我不能不爱这个已经托付给了国民党的国家和民族。不管怎么说，国民政府依然是现在国际上所承认的中国唯一的合法政府。你们，还差了一点。"

"你的意思是，当有一天，这个国家和民族由我们来承担的时候，你就会为我们工作，是吗？"

东方云没有正面回答旭日的话，只是淡淡地说道："到时候再说吧！"

旭日点了点头，从沙发上站了起来。她知道自己已经没有必要再呆在这里了。她凝望着东方云的双眼，关切地说道："根据我们得到的消息，重庆方面有人想对你不利，你要多多小心！"

"嗯！"东方云毫无表情地点了点头。

旭日看着东方云，忽然冲上去，随后在东方云的脸上轻轻一吻。

犹如蜻蜓点水，犹如春风拂过。

仅仅是脸颊上的轻轻一吻，就已经能够表明很多很多。

随后，她夺门而出。

她的心中有一种预感，或者，这将是她和东方云最后一次见面了。

这种预感毫无来由，却又十分强烈。

她飞快地走下楼，走出公寓的门，随后拐入一条小巷。

小巷里，有一名女子在静静地等待。

玫瑰！

这个冷艳的女人，穿着一件黑色的风衣，在她的脚下，还躺着两具冰冷的尸体。

"易宁山的人？"旭日看了看尸体，有些厌恶地问道。

"嗯！"玫瑰冷冷地应了一声。

"走吧！"旭日轻轻一叹，就要往前走去。

"东方云，多半是死定了！"在她背后，玫瑰的机械般的声音再次响起。

旭日娇躯一颤，一颗清泪滑落。

她没有注意到，在她的背后，玫瑰，也在轻轻地颤抖。

这注定是一个悲哀的时代，注定是一个凄婉的夜晚。

南京，特务机关总部。

今天的天气显得异常的阴沉，昏暗的天空中阴霾浓厚。早上的天气很冷，来往的日军官兵们都是行色匆匆，没有人愿意在空旷的地带久留。

在特务机关总部的院子里，有一处红色的小房子，房子外还站着两名身躯提拔的卫兵。相比于从他们面前飞快跑过的袍泽们，他们站得如标枪一般笔直，冰冷的晨风从他们的身边吹过，他们却没有丝毫的动摇。因为他们知道，在他们身后房子里居住的，是一个十分特殊的人物。

就在这个时候，红房子的门缓缓打开了。

一个人影出现在了房子门口，他便是日军少将，即将官复原职的上海特务机关长藤田一郎。

这是三天来藤田一郎第一次走出这间房门。

三天，整整三天，藤田一郎一直把自己关在房间里。没有人知道他的老师苍井沅三到底和他说了些什么。自从那一次会谈结束以后，他就把自己关在了房间里，不吃不喝，也始终没有迈出房间一步。

"让厨房给我送些吃的，告诉老师，我要见他！"异常憔悴的藤田一郎对站在门口的卫兵挥挥手，有气无力地说道。

"是！"卫兵猛地一个立正，随后飞快地离开了。

片刻后，苍井沅三亲自来到了这座红房子前。

按照上下尊卑的区别，藤田一郎想见苍井沅三，应该亲自前往拜访。而且他本身对自己的老师也是十分的尊敬。然而现在，他却第一次逾越了，而苍井沅三对自己弟子的逾越非但没有任何的恼怒，相反，还显得有些兴奋。

他步履缓慢的走进藤田一郎的房间，一眼就看见藤田一郎正在慢条斯理地吃着早餐。这个心爱的弟子并没有穿自己的少将军服，而是穿着一身黑色的西装，整个人都躲在阳光的阴影中，看起来极为的阴郁和悲伤。

苍井沅三叹了一口气，转身关上门，来到藤田身边，自顾自地倒上一杯清酒，一饮而尽，随后缓缓说道："孩子，你终于想通了么？"

"老师，您的做法真的是对的么？"藤田一郎并没有正面回答自己老师的话。他的声音很慢，很轻，有些有气无力。

"世界上没有绝对的正确和错误，形势如此，变革已经是必然。千秋功过，自有后人评说！"苍井沅三的脸上波澜不惊，似乎完全对藤田悲伤的情绪熟视无睹。

藤田一郎点了点头，随后直接站起身来，走出了房间。

红房子外面，已经有一辆轿车在静静地等待，它将负责送藤田一郎去火车站。南京已经下达命令，藤田一郎官复原职，重新担任上海特务机关长一职，将于明日自行到上海宪兵司令部报道。他之所以要提前一天回上海，是因为他要去办一些事，见一些人。

苍井沅三看见藤田一郎登上汽车，消失在他的视野里，他的脸上，终究还是浮现出一丝不忍和忧伤。

"家主！"就在这时，他的秘书武藏天雄如幽灵一般出现在他身后。

"给我们的朋友发电，叫他们准时到火车站迎接藤田君！"

"是！"武藏天雄点点头，重新消失在了苍井沅三的身后。

苍井沅三有些失神地看着自己的对面，自己的弟子坐过的位子，默然地在那空杯子里倒上了一杯清酒。

只可惜，杯虽在，座已空！

上海，"蝮蛇"总部。

一名手下拿着两封电文，敲响了"蝮蛇"的房门。

"进来！""蝮蛇"的声音在里面响起，手下不禁打了个哆嗦，因为不管怎么听，他都始终觉得"蝮蛇"的声音里面，有一种阴森森的感觉。

"长官！"手下走进去，狠狠地一鞠躬，随后说道："总部和南京方面来电。"

"念吧！"

"是！"手下咽了一口唾沫，心有余悸地看了"蝮蛇"那冰冷的脸庞一眼，低声念道："总部来电，王德威已成弃子，准许尔等便宜行事！"

"意料之中！这件事情就你去办吧！""蝮蛇"毫无表情地说道。"下一封呢？"

"南京来电，藤田一郎已经南下上海，请准时前往火车站迎接！"

忽然间，"蝮蛇"的眼睛一亮，他的脸上浮现出得意的笑容，他挥挥手，示意手下退下，随后拿起电报，自言自语地说道："藤田君，我可是等了你很久了！"

随后，他飞快地站起身来，穿上衣服，带上手枪，在鼻梁上架上一幅墨镜，飞快地走出房门。

他真的走得很快，快得如一阵风一般。

春风得意马蹄疾啊！

与此同时，在一家有些奢华的酒楼的阳台上，"蝮蛇"眼中的心腹大患旭日，正坐在一张白色的大理石桌子旁，悠闲地喝着咖啡。

在她旁边，是一名和她同样悠闲却显得有些冷艳的女子——玫瑰！

"你为什么要帮我们？"旭日拿着银色的勺子，在咖啡中慢慢地搅动，轻轻地问道。

玫瑰的脸上依然没有任何的神采，她只是冷冷地回应道："帮你是我的自由，接不接受我的帮助，是你的自由。你要不愿意，我们随时可以终止合作！"

"那倒不用，我只是担心，你的组织那里，你不好交代！"

"没什么不好交代的，我有我自己的办法！"

"那好。既然你已经决定帮助我们，那事到如今，你还不肯告诉我们你属于哪个组织，"蝮蛇"到底是谁么？"

听了旭日的话，玫瑰的脸上终于露出了微笑，只是这笑容怎么看都显得有些嘲讽。她慢慢说道："每个人都有自己的底线。我虽然帮你们，但不见得我会完全地出卖组织。在该知道的时候，你们终究会知道的！我马上要回南京，我不在南京的情况不可能隐瞒得太久，如果我不回去，就有暴露的危险。你好自为之吧！"

说完，玫瑰站起身来，头也不回地往外走去。

就在这时，旭日的声音忽然响起。

"玫瑰，你爱东方云！"

玫瑰的身影微微一顿，随后以更快的速度走开了。

只剩下旭日一个人坐在椅子上，目光游离，思绪飘飞。

她知道玫瑰爱东方云，而且她相信玫瑰爱上东方云的理由和自己一样。东方云是这个昏暗的世界里一道明亮的光束，他的正直勇敢，足智多谋，和他对国家的一腔热血与赤忱都紧紧地吸引着她们。或许东方云太过理想主义，并不适合做特工这种阴暗的工作。然而正是因为这个行当太过阴暗，所以东方云的光明就显得越发强烈。

强烈到纵然明知是飞蛾扑火，她们也想试一下。

虽然这种念头，终究也只是在她们的脑海里面想一想而已。

毕竟她们不是一个人，她们的背后，还有着庞大的组织，紧密的团体，以及自己的信仰和人生。

所以，这一生，他们注定相逢，又注定擦肩而过。

上海，火车站。

穿着西装，提着皮箱的藤田一郎走下了火车。

在他身边，是同样行色匆匆的人群。

没有人能够想到，这个显得有些憔悴，有些苍老的中年男子，竟然就是权倾上海的日军高官。

虽然藤田一郎乔装改扮，低调万分地回到上海，但还是有人认出了他。一个年纪在二十七八上下的年轻人挤到了他的身边，用中文低声说道："先生，要买蛇吗？"

"你们都卖些什么蛇？"

"我们只卖"蝮蛇"！"说完，年轻人还打了一个极其隐蔽而又含义丰富的手势。

"前面带路！"藤田一郎挥了挥手，年轻人转身走在前面，他跟在年轻人身后，在人群里奋力穿梭，随后七转八拐，终于在一家茶楼面前停了下来。

"三号楼，紫云阁包厢！"

年轻人飞快地丢下一句话后，就消失在茫茫人海中。

藤田一郎探手入怀，打开了手枪保险，随后他走进茶楼，打发了前来迎接的伙计，直接走上三号楼，来到紫云阁包厢前。他轻轻地推了推门，门开了，里面却空无一人。

他走进包厢，顺手带上门，随后坐在椅子上，等待着客人的到来。

就在这时，从屏风背后猛地转出一个人来。

他就是"蝮蛇"！他在这里，已经等待很久了。

藤田一郎心里一紧，猛地拔出了自己的手枪。

就在这时，"蝮蛇"已经摘下了自己的墨镜和帽子。

"是你！"猛然间，藤田一郎身躯一震，手枪竟然掉到了地上。

"不错，是我！""蝮蛇"放下帽子，坐到椅子上，露出一个优雅的笑容。

在藤田一郎面前的，是一位故交，一位熟人，一个本该已经死去的人。

廖敬凯！

上海，七纵总部。

"你们都是饭桶！"总部办公室内，易宁山将手中的文件狠狠地摔在办公桌上，疯狂地咆哮道。

在他的面前，几名心腹手下都低着头，恭敬地迎接着易宁山的训斥。

"我们内部出了问题，自己查不出来，还要麻烦日本人！你们知不知道，今天我在松井司令官面前丢足了脸！养你们还不如养头猪！你们不如全都给我滚回老家去！我看你们能活得过几天！"说完，易宁山气哼哼地坐在椅子上，眼光环顾之处，无数汗珠滴下，可见易宁山之声威，在他手下的心中是何等的恐怖。

"长官，那，那接下来我们该怎么办？"一位手下左右看了看，小心翼翼地问道。

"怎么办，还不去把人给我抓起来！"

"是，是！"听到易宁山的命令，手下们如蒙大赦，一边点头一边就要往外走。

"回来，你们知道该怎么抓么？"

"这……"几个手下面面相觑，却没有一个人回答易宁山的问题。

"混蛋！"易宁山急了，拍案而起，抓起桌子上的茶杯就往前扔去，手下们根本不敢躲闪，就任茶杯在自己的脑袋上撞得粉碎，鲜血混合着茶水四处飞溅，迷蒙了他们的双眼。

扔完茶杯后的易宁山又恢复了冷静，他坐回椅子上一字一句地说道："这次行动一定要秘密，你们直接去他家里，把他的老婆和孩子控制起来，等他回家以后，立刻进行抓捕！记住，一切小心为上，绝对不能走漏消息！"

"是！"几名手下狠狠地点了点头。

"这里是一百块大洋，拿去看下医生，完事以后我另有重赏！"易宁山说完，从桌子下面抽出一张一百块大洋的钱票，扔在了几个手下的面前。

"谢长官！"手下们再次整齐划一地鞠躬，然后才弯腰捡起钱票，鱼贯而出。

易宁山拉开抽屉，拿出自己的火机，点上一支香烟，想了想，随后拿起电话，拨通了一个号码。

"喂，立刻派人持我的请柬去香山路十号公寓，有请王忠林先生，就说我晚上请他到府邸赴宴，一定要亲手将请柬交到他手上！"

说完，易宁山挂掉了电话，陶醉在了袅袅的烟雾当中。

唯有他锐利的眼神，就如一把锋利的刺刀一般，刺穿这层层烟雾，一直刺向一个未知的方向。

就在易宁山在心里面打着算盘的时候，藤田一郎已经从最初的震惊之中恢复过来。

狡兔有三窟，廖敬凯有几个替身是很正常的事情，他只是没想到廖敬凯居然会是国民党方面的人。

好一个谍战高手，好一个双面间谍。

"我不明白，既然你和东方云都是国民党方面的干员，那么为什么你还一次次地给我们提供东方云的消息，至他于死地？"

听了藤田一郎的话，廖敬凯露出了一个笑容，说道："东方云是个人才，可惜他不是我们需要的人，他的存在，只不过是为了吸引别人的注意而已。当然，在他的利用价值消失以前，我们是不会让他轻易死掉的。"

说完，廖敬凯还禁不住惋惜地叹了一声。

"你们中国人就喜欢内斗！"藤田一郎有些不屑地说道。

"你们不也一样么？日本的战败已经是定局，这个时候总有人坐不住要跳出来搞点事情。你们帮我们找到东西，我们帮你们完成计划，各取所需而已。我想你们的老师也已经告诉你，上海宪兵司令部的松井司令官，也是你们组织的一员吧！"

藤田一郎拳头捏了起来，廖敬凯的话刺中了他的痛楚，也刺中了一个他不想面对的现实。

廖敬凯有些玩味地看着藤田一郎的脸色变幻不定，他知道，藤田一郎肯定知道自己该怎么做的。

果然，一番挣扎之后，藤田一郎还是冷静下来，说道："我既然参与了计划，就肯定会和你们合作。说吧，你们到底要我干什么。"

"现在已经可以肯定，东西或者东西的线索就在你们司令部里面。准确地说，他是在一个人的遗物里面！"

"高桥？"

"嗯！"

"高桥不是你们的人么？怎么没把东西给你们？"

廖敬凯苦笑了一声，说道："说来惭愧，马忠国也好，高桥也好，都是共产党的人！"

"嗯！"藤田一郎点了点头，脸上虽然是波澜不惊，但心里，却着实为共产党的能力赞叹了一把。

"这些都不是重点。重点是虽然高桥的一部分遗物已经被你们焚毁，但我想应该有人在暗中截留了一些东西。要知道，这种事情是很常见的。"

"那是在你们的军队里面。大日本皇军是最优秀的军队，高桥的所有东西都被收入档案室，里面都是要上报南京的机密材料，由南京陆战司令部派遣专人直接保管，无论是松井司令官还是我的老师都无权动用，只能定期焚毁！"

"你们日本人的军队是不是优秀的军队世人有目共睹。如果能够动用松井司令官和你老师的关系，也就不用来找你。高桥的遗物，是不是由玉川少佐负责清理的？"

"嗯。"藤田一郎不情愿地应了一声。他知道自己已经走上了一条凶险的道路，他不想再把玉川牵扯进来。何况玉川，恐怕就是死也不会加入他们吧。

因为他们要推翻裕仁天皇，拥立新帝。

这件事情，不仅仅牵扯到南京，还牵扯到东京和整个日本帝国上层的一些高官和大臣们。甚至在这背后，还有一些皇室成员的影子。

所以山本义夫的死亡近乎无人追究，也就不足为奇了。

廖敬凯说得很对，明眼人都看得出来，日本的战败已成定局，只是一个时间问题。而那个时候，必须要有人站出来承担日本的战争罪名。仅仅是依靠那些大臣和将军是远远不够的。征服世界的计划是裕仁亲自命令制定的，盟国极有可能以此为借口废除天皇制度，将日本彻底地变为他们的殖民地。

这对于日本而言是不可想象的。为了保存皇国正统，就必须将裕仁作为替罪羊奉献给盟军，以此来平息盟军的怒火，保存日本的血脉。

虽然这个想法多少有些一厢情愿，但日本现在还有再战之力，还有和盟国谈判的筹码。倘若依旧按照如今的路线走下去，那么日本就只能灭亡。

所以和中国的合作势在必行，有心人都知道，二战结束以后，中国的国际地位必将得到质的提升。因为它拖住了上百万日军的步伐。仅仅是几十万日军就在南太平洋和美军血战不断，让美军每前进一步都要付出惨痛的代价，倘若这上百万日军从中国战场抽出身来，再武装几百万皇协军一起投入南亚战场，那么结局对盟国而言将是灾难性的。

所以，有了中国的支持，那么无论是在日后的谈判上，还是现阶段的资源供给上，都有了足够的保障。

条件是，他们必须要找到东西，送给国民政府。

而要找到东西，就必须要将玉川，这个忠心耿耿的帝国军人给拖下水来。

悲剧，已经开始，谁也无力阻挡。

"好吧，明天回去以后，我会找玉川的！如果那个东西没在他手上呢？"

"没有把握的事情，我们是不会做的！"说完，廖敬凯戴上帽子和墨镜，站起身来，离开了房间。

只剩下藤田一郎一个人在包厢里，感受着内心的痛楚，一点一点地将自己吞噬。

上海，易宁山公寓。

易宁山站在公寓门口，亲自迎接着东方云的到来。

他的脸上始终挂着淡淡的微笑，今天他的心情非常不错，因为等一下，他要东方云大吃一惊。

远远的，一辆轿车开了过来，在易宁山面前停下，随后穿着黑色西服的东方云走下车来，易宁山也慢慢地迎了上去。

"易先生，让你久等了。"

"哎，忠林兄说的哪里话，快，里面请！"

"请！"

东方云跟随着易宁山走进公寓，这是他第一次来到易宁山的家，也是在这里，司徒婉度过了人生中最为美好的青春时光，也深陷其中难以自拔。

就在东方云四处打量的时候，易宁山已经开口说道："现在时候还早，我想请忠林兄到后院看看，我为你准备了一份礼物。"

"哦？什么礼物？"

"到了就知道了！"易宁山微笑不答，东方云却有些心惊肉跳。

这是一种很不好的感觉。

很快，东方云就和易宁山来到了后院，他终于知道易宁山说的礼物是什么了。

在后院的柱子上，绑着一个血肉模糊、面目全非的男人。

但东方云还是认出了他的身份。

军统高级暗线，上海市政府副市长——王德威！

第十六章　滴血的玫瑰

短暂的震惊过后，东方云立刻恢复了常态。

他抬起头，看着易宁山脸上那儒雅却阴森的微笑，一字一句地说道："易先生，您这么做，是什么意思？"

"什么意思？忠林兄乃人中俊杰，什么意思还看不出来吗？"

"易先生，您虽然位高权重，可是我的兄长可是上海市的副市长，您这么做，过分了吧？"

"哈哈哈哈！"易宁山仰天狂笑起来，在他看来，东方云死到临头的挣扎非但不会引起他的愤怒，反而让他的心情更加愉悦。他很享受这种感觉，这种将对手玩弄于股掌之间，看着他们在自己的掌心中扭曲，咆哮，最终跪地求饶的感觉。

"忠林兄，我们明人不说暗话，实话告诉你吧，王德威在酷刑之下，已经招供了。"

"什么意思？"

"他是军统特工，而你是军统的高级领导！"话音未落，一道白光闪过，易宁山的手中刹那间就多出了一把银白色的勃朗宁手枪，闪烁着点点寒芒的枪口正对着东方云的脑袋虎视眈眈。

接着，易宁山慢慢地退后两步，拉开了一点距离，然后他微微一偏头，拔枪在手的特务们已经从四面八方围了过来。

东方云，插翅难逃！

然而，让人感到意外的是，东方云只是镇定地站在原地，既没有反抗，也没有逃跑。

易宁山不相信东方云是那种束手待毙的人，所以他更加地小心，他又往后退了一点，接着说道："忠林兄，难道你就这么投降了么？"

东方云露出一个嘲讽的微笑，问道："那你想我怎么办？拔枪反抗？还是承认我是军统特工？我只是一个普通的商人。我不知道你说我的兄长是特务有什么证据，但至少，我不是。就算你把我带到你的七纵严刑拷打，我依旧不是！"

"是么？"易宁山笑了笑，忽然手腕一转，将手枪向东方云扔了过去。

他这一招看似十分的大胆，因为东方云接到枪，很有可能第一个就打死他。

但他有足够的自信，他相信东方云不会开枪，因为他知道东方云还有更加重要的任务，不会将自己的生命浪费在这里。

不然他也就没有必要如此处心积虑，用心良苦地接近自己了。

"忠林兄，你是个人才，我一直十分的欣赏你。我说过，要领你进七纵，但是做我们这行的人，手上不沾点血腥是不行的。现在正好，你的对面，就有一个军统特务。逮捕令是松井司令官亲自签署的，杀了他，打死他，以此证明你的清白！"

"如果我不呢？"

"那你就只有和这个世界说再见了！"易宁山话音刚落，两名特务就已经挡在了他的身前。

"既然如此，那就恭敬不如从命了！"东方云说完，猛地拉动了枪栓。

也就是在这时候，他的心沉了下来。

他原本以为这只是易宁山对他的试探之举，现在看来，他错了。因为从他感受到的质感来看，枪里面分明压满了子弹！

易宁山竟然真的要他亲手处决自己的袍泽！

东方云将枪口对准了王德威，随后缓缓将手靠在了扳机上。

在这短暂的瞬间，他也在拼命地思考。

"怎么办？是打死王德威，还是拼命一搏？"

王德威的距离离他有近十米，还被绳子给五花大绑起来，而他的周围却布满了汪伪特务，只要他稍有异动，恐怕就会立毙当场。

就算他能够击败周围的特务们，他也不会有足够的时间来完成解救王德威的行动，更不可能冲杀出这防守严密的公寓。

易宁山根本就没有给他任何的选择。

他闭上了眼睛，脑袋里又浮现出他当年在德国受训的场景。

那是一场别开生面的课程，因为上课的老师只对他们说了一句话。

"你们要记住，最优秀的军人，是没有感情的。因为有感情就有弱点，有弱点就等于死亡！"

最优秀的军人，是没有感情的！

东方云猛地睁开了自己的眼睛。

同时，他也看见了王德威的眼神。

那是一种有着浓浓的悲哀却又无比坚定的眼神。同时，还有着淡淡的喜悦。

这是何等复杂的眼神啊，但东方云却看懂了王德威眼神中的含义。

"开枪吧，我无愧国家，无愧民族，此生无悔！"

此生无悔，这是他们共同的誓言。

"一路走好！"东方云在心中默然一叹。

随后他毫不犹豫地扣动了扳机。

"嘭！"一声枪响，王德威的身上立刻绽放出一朵血花。

"嘭！"第二声枪响，又一朵血花飞溅。

"嘭嘭嘭嘭！"东方云不断地扣动着扳机，一枚又一枚的子弹没入了王德威的身体。他已经失去了意识的身躯就在这飞舞的金线中不断地抽搐，直到东方云打光最后一枚子弹，垂下了还在冒着淡淡青烟的枪口。

他的表情依然平静，但他的心，却在慢慢地流血。

"啪啪啪啪！"见东方云真的开枪打死了王德威，易宁山轻轻地鼓起掌来，他微笑着说道："好！很好！忠林兄的枪法不错，以前练过？"

"身逢乱世，若无一技防身，又怎敢走南闯北！"东方云淡淡地说道。

"非常不错，既然如此，那我还有第二件礼物送上！"

"第二件礼物？"东方云猛地转过头。

"不错，第二件礼物！"说完，易宁山露出了一个魔鬼般的笑容。

阳光闪烁下，他的眼神，却如寒冬一般冰冷。

南京，德国驻华领事馆。

威廉·杰伦上校正在领事馆的二楼房间里，透过玻璃窗户窥视着楼下的一举一动。

他是一个年纪在四十岁上下的军人，继承了日耳曼军队的光荣传统，身躯如山一般挺拔，如尺一般笔直，整洁的军服一尘不染，一头卷曲的金发也被他侍弄得一丝不苟。在他高高耸起的鼻子上面，有一双如鹰一般锐利的眼睛。

他在等待着一个特殊客人的到来。

几分钟后，一辆黑色的轿车开到了领事馆门前，门口的哨兵检查证件后，挥挥手，将轿车放了进去。接着抬出路障，阻断了进出的道路。

威廉·杰伦上校放下了窗帘，他伸手摸了摸自己的胡子，随后回到了自己的座位上。

很快，门外就响起了脚步声，接着，一名神秘的男子闪了进来。

他就是南京特务机关长苍井沅三的心腹秘书——武藏天雄。

不过这个时候，他已经没有了面对苍井沅三时的谦卑和胆怯，而是透露着一股强烈的自信与骄傲，整个人就如脱胎换骨一般。

不过威廉·杰伦上校可对这些事情没多少兴趣，他站起身来，伸出手，说道："欢迎您，武藏天雄先生！"

"谢谢，上校！"武藏天雄走上去握了握威廉·杰伦有力的大手，笑了笑，说道："上校的日语说得很地道啊。如果不是您长着一幅德国人的面孔，我还会以为您是日本人！"

"日本是远东最有影响力的国家之一。作为长年在远东地区工作的情报主官，如果不懂日语，那是我工作的失职！"说完，威廉·杰伦来到酒柜前，拿出一瓶红酒和两个杯子，开始倒酒。

鲜红的液体慢慢流入威廉·杰伦流入洁白的玻璃杯中，将整个世界都染成了一片红色。

武藏天雄接过威廉·杰伦上校递过来的酒杯，随后说道："上校今天的心情似乎格外地愉快？"

"这也是托了您的洪福，我们终于掌握了东西所在的确切线索。"

"那还请上校到时候不要忘记我们的约定！"

"哪里，虽然有线索，但真的要将东西搞到手，还需要您的多多帮助才是！我觉得，今天您的心情也不错啊！难道是准备动手了？"

武藏天雄笑了笑，说道："明天，南京城，将会一片鲜血！"

说完，他将口中的葡萄酒一饮而尽。

接着，他倒转杯子，里面残留的一丝液体顺着杯沿慢慢滑落。

空气中，弥漫着一股红色的味道。

血的味道！

上海，易宁山公寓。

在易宁山狰狞的笑容中，东方云终于知道了他所说的第二份礼物是什么东西。

一个衣衫破碎的妇人，一个惊讶惶恐的女孩，这就是易宁山送给东方云的第二份礼物。

王德威的妻子，王德威的女儿。

当李燕看见被绑在柱子上，已经失去了生命的王德威的时候，她整个人都为之崩溃了。她发疯般地哭喊着，嘶嚎着，想要冲到王德威的身边。两名特务死死地抓着她的胳膊，任她怎样撕咬，依然不动分毫。

王德威的女儿还小，大概也就三四岁。虽然还不太明白到底发生了什么事情，但也被眼前的场景给吓了一跳。她边哭边喊，美丽的脸蛋已经满是泪水，见者伤心，闻者落泪。

"易先生，您这是什么意思？"东方云紧了紧自己的拳头，咬牙切齿般地问道。

易宁山笑了笑，淡淡地说道："斩草不除根，春风吹又生。忠林兄你身为王德威的兄弟，却开枪将他打死，这传出去似乎不大好听呀！所以我给忠林兄一个机会，你看，王德威的老婆孩子都在那里！开枪，打死他们！你就是我七纵的侦缉科主任！"

东方云扔掉了自己的手枪，开口说道："我是人，不是禽兽！"

"忠林兄，你可要想好。他们可是敌人的家属，如果你不开枪，那你也是军统特工！到时候，就别怪我易某不客气了！"

"那易先生就请便吧！"说完，东方云高高地仰起了自己的头颅。

他不是冲动的人，其实他也是在赌。他知道自己已经失败了，但他在赌易宁山想要从自己的身上获得更大的秘密，而不会轻易地置自己于死地。

倘若易宁山真的想要干掉他，那也不过是个同归于尽的下场而已。

他的手中虽然已经没有枪，但在他的袖子里，还有两把小巧的飞刀。

有了这两把飞刀，他有足够的自信在易宁山开枪之前取下他的性命。

易宁山收起了自己的笑容，一动不动地看着东方云。周围的特务们也紧张起来，他们的枪口死死地对准着东方云的头颅，只要易宁山点一点头，就要东方云脑袋开花。

忽然间，易宁山又笑了起来。

虽然他长得很英俊，笑得很儒雅，但现在已经没有人会喜欢他的笑容。因为他的笑容里，有着无法掩饰的阴森与残忍！

"好，忠林兄乃是正人君子，那我也就不勉强了！让我来代劳吧！"说完，易宁山从身旁特务的手上接过手枪，向李燕走去。

"不要！"东方云情不自禁地喊了一声，易宁山却没有停下自己的脚步。他走到李燕身前，没有丝毫的停顿，也没有多余的废话，他直接举起枪，对准李燕的脑袋扣动了扳机。

"嘭！"李燕的脑袋往后猛地一仰，鲜红的血和白色的脑浆四处飞溅，把她身边的女儿也染得通红。

小女孩已经彻底地吓傻了，她幼小的身躯颤抖着，呆呆地说不出一句话来。

看着这一幕，东方云心如刀绞。他想哭，想喊，想冲上去和易宁山拼命。但理智告诉他，他不能这样做。

所以，他只能这么直直地站在原地，他的双脚好像注满了铁，注满了铅，不管他在心里面怎样嘶吼，就是迈不出一步。

这个小女孩，曾经也叫过他伯伯啊！

虽然只是一种必要的身份掩护，但他也无法看着这个孩子惨死在他面前而无动于衷。

然而，他却不能采取任何的行动。

就在这时，那个小女孩忽然向东方云这边跑了过来。

她一边跑，一边哭喊着："伯伯救我！伯伯救我！"

晶莹的泪珠从他的眼角滑落，在空中飞洒，好似那美丽的水晶。

这一刻，东方云的心，彻底地碎了。

他不顾一切地就要跑过去。

就在这时，枪又响了。

子弹射穿了孩子的身躯，强劲的冲力带动着她的身体往前飞出好远，才落到了地上。

鲜红而滚烫的血，从她的身躯流出，她的眼睛睁得大大的，似乎是在质问，质问东方云，质问易宁山，质问这个残酷的世界。

东方云的双手在微微地颤抖，他抬起头，看见对面的易宁山，正在向他微笑。

这笑容是如此的嘲讽，又是如此的挑衅。

他冷冷地，饱含着愤怒和绝望地说出了一句话。

一句在这样的场合下绝对不该说出的话。

"易先生，该开饭了吧！"

易宁山愣了一下，随后伸出手，做了一个请的手势。

他们都没有注意到，在楼上，有一个人将这一切都看在了眼里。

那就是司徒婉！

当易宁山将子弹射进小女孩身躯的那一刻，司徒婉的精神世界也为之崩溃了。

她飞快地回到了自己的房间里，锁上门，随后扑在床上痛苦嚎啕。

泪水，如滚滚黄河，无法收歇。

她恨，恨自己，恨东方云，恨易宁山，也恨这个世界。

虽然她一直都知道，易宁山是一个铁杆的汉奸，冷血的魔王。但她一直都心怀幻想，她认为，不管怎么样，易宁山至少是个男人，是个自己爱而爱自己的男人。

至少，他还是一个人。

然而现在，易宁山却亲手将司徒婉内心的幻想给击得粉碎。

他不是人，是禽兽，是魔鬼，是疯子！在他英俊儒雅、风度翩翩的外表下藏着一颗变态到极点的心灵！他在司徒婉心目中的形象已经变的扭曲，变得支离破碎，变得再也没人能够认得出来。

就在司徒婉痛哭的时候，她的胃里忽然翻江倒海，随后一阵无法抑制的呕吐感涌上了她的咽喉。

司徒婉无奈地摸了摸自己的小腹。

她，已经怀上了易宁山的孩子！

和易宁山结婚几年，她一直在暗中采取避孕措施。忙于工作的易宁山也无暇顾及，何况司徒婉也曾经说过，她不想太早地要孩子。

司徒婉就是易宁山心中的一切，她说的话，易宁山自然不会违背。

然而，或许是天意，或许是嘲弄，她，竟然还是怀上了易宁山的孩子。

在她的肚子里，有着她和易宁山所共同孕育的生命！

司徒婉只感觉到一阵强烈的眩晕感传来，她几乎要为之昏厥。

就在这时，门外响起了下人的呼喊声。

"太太，老爷叫您下去吃饭了！"

"告诉老爷，我很快就来！"

司徒婉从床上站了起来，她的脸上，浮现出了从未有过的坚决。

她走到梳窗台前，拉开了抽屉，打开了里面的一个暗格。

里面藏着一把小巧的女式手枪。

这种手枪只能打两发子弹，是女式用来防身的武器。

她仔细地检查了一下手枪，随后将手枪藏进了怀里。

接着，她开始打扮。

她的动作很慢，很庄重，因为她知道，这是她最后一次打扮了。

她和易宁山，是一场缘，一场孽缘。

而今，她要亲手将这孽缘结束！

上海，日本宪兵司令部。

司令起居室内，场景诡异。

上海宪兵司令松井次郎中将，此时正赤裸着上身跪坐在地上，在他面前，是一幅鲜艳的日本国旗，而在他的手中，是一把锋利的日本战刀。

他正在进行着一个日本武士最为隆重的仪式——切腹。

在他身旁，站着一名英俊而刚毅的军官，他手里的武士长刀正在闪烁着骇人的光芒。

只见那名军官说道："松井司令官，你虽然身犯滔天大罪，但鉴于你曾经对帝国的贡献，天皇陛下，特钦准你自裁！"

"谢天皇陛下恩典！"松井次郎猛地一低头，有些言不由衷地说道。

"我曾经蒙松井司令官照顾，如今愿亲自为司令官举行介错仪式，还望司令官不要拒绝！"

"如此，有劳了！"

"很好，时辰已到，司令官就请上路吧！"

松井次郎露出最后一个沧桑而哀怨的笑容，随后闷哼一声，将手中的战刀刺进了自己的小腹。

就在他将战刀横移的时候，在他身后，那名英俊军官也挥动了自己的武士长刀。

一道寒芒闪耀，一抹鲜血横飞，一颗头颅滚落。

两秒钟后，松井次郎那已经没有了头颅的尸体才慢慢倒下。

军官从怀中掏出一块丝巾，慢慢地擦拭自己长刀上的鲜血，就如一切都不曾发生过一般。

"报告！"就在这时，一名少佐军官出现在了门口。

"进来！"

"大佐阁下，南京电，藤田一郎将于明日前来宪兵司令部报道！南京行动已经准备就绪，上海由大佐阁下负责，不能有失！"

"很好！特工队呢？"

"情绪安稳，玉川少佐已经前往车站，准备乘晚上的火车前往南京报道。特工队群龙无首，已经被我控制！"

"玉川的车什么时候到？"

"最快明天正午！"

"电告南京，请求他们做好准备！"

"是！"少佐点了点头，退了下去。

"藤田君，好久不见啊！"悠悠的，一声长叹响起，在弥漫着血腥味的房间里轻轻回荡。

当司徒婉走下楼的时候，易宁山和东方云都忍不住发出一声赞叹。

她穿着一身淡蓝色的旗袍，微施粉黛，看上去是那样的清雅脱俗而不可侵犯。这与平常的她近乎判若两人。纵然易宁山和她数年间同窗共枕，纵然东方云此时还心痛如割，但也不得不为司徒婉的美丽感到由衷的迷醉和倾倒。

这似乎是一个良好的开始。

至少在周围伺候的下人和特务们的眼中，这一幕是温馨而友好的。

晚餐并不丰盛，但很精致，席位上，虽然大家都没有说话，但也还算彬彬有礼。易宁山偶尔还会和东方云交谈两句，而司徒婉则一直是笑语盈盈，烛光闪烁，在她的身上洒上了一层金色的光辉，炫目不已。

将近一个小时后，晚餐就在这样友好而恬静的气氛中结束了。

东方云站起身来，示意自己要离去。

易宁山也站了起来，随后转头对司徒婉说道："小婉，你送王先生出去吧！"

司徒婉犹豫了一下，还是点了点头。

东方云非常优雅地一鞠躬，做了一个请的手势，司徒婉站起身来，走到东方云身边，随后两人一起走出了房门。

在他们背后，易宁山看着两人的背影，五味杂陈。

这时，一名心腹手下来到易宁山身边，低下头，轻声说道："长官，我们为什么不抓住他？"

"有用么？把他抓起来干嘛？枪毙他？拷打他？枪毙他是浪费，拷打更不会有任何的作用，一个王德威都不愿意招供，何况是他！"

"那我们该怎么办？"

"严密监视，静观其变吧！"易宁山慢慢地说道，随后转身往楼上走去。

脚步声声，走在客厅外的石板路上，东方云明显地感觉到，今天的司徒婉，有些异常。

但他无法询问，因为在他们的旁边，始终有着易宁山手下的特务在监视。

很快，他们就走到了大门口。司机把东方云的车开了过来，东方云伸出手，握住了司徒婉的纤纤玉手。

"司徒小姐，来日方长，多多保重！"这是东方云唯一能够向司徒婉发出忠告的方式，随后他钻进汽车，离开了易宁山的公寓。

司徒婉自然知道东方云的意思，可惜她已经无法忍受这种煎熬，她已经决定，要亲手将这不该发生的一切给终结。

"再见了！"望着无边的夜色，司徒婉在心中默默地说道。

她伸出手，摸了摸自己的胸口，那里，藏着她的女士防身手枪。

当她再次转过身的时候，她的脸上已经恢复了平静，唯有眼神里，透露出无尽的凄凉。

她迈着倾倒终生的步伐，走进了客厅。

她看见，易宁山刚刚从楼梯上走下来。

"小婉！"看见司徒婉回来，易宁山伸出手，想要拥抱司徒婉。

司徒婉凄然一笑，轻轻地说了一句："宁山，对不起！"

随后，她从怀里掏出手枪，带着悲哀，带着决然，带着惨烈和心痛，扣动了扳机。

"嘭！"一身闷响，易宁山的身躯猛地一顿，胸口处出现了一个破洞。

同时，司徒婉将手枪对准了自己的脑袋。

枪里只有两发子弹，一发给了易宁山，另一发，她要留给自己。

就在她要扣动扳机的时候，破空声起，一枚大洋稳稳地打在她的手腕上，只听咔嚓一声，她的右手手骨竟然就此折断了！

她的脸上浮现出痛苦的神色，她抬起头，不由得愣住了。

出手的人是易宁山，已经中枪的易宁山！

他没有倒下，没有死亡，甚至没有流血，他依然好好地站在原地，未伤分毫。

司徒婉看见，易宁山那衣服的破洞里面，露出一点黑色。

防弹衣！司徒婉立刻明白过来，易宁山身上穿着防弹衣！

怪不得她进门的时候看见易宁山从楼上走下来，原来他就是上楼穿那件沉重的防弹背心的！

司徒婉露出一个苦笑，随后左手闪电般抽出自己的发钗，狠狠地刺向自己的咽喉。

事到如今，除死以外，她没有更多的选择。

只可惜，她的动作快，易宁山的动作更快。又是一枚大洋飞来，打断了司徒婉的手骨。

平时间，易宁山舍不得伤司徒婉分毫，而现在，他却接连用两枚大洋，将司徒婉的手腕通通打断。

"你向我开枪！你居然向我开枪！"易宁山一步一步地向司徒婉走去，他双目空洞无神，仿佛他所有的动作都是出自最原始的本能。他不断地念叨着这几个字，走到了司徒婉的跟前。

司徒婉没有再反抗，因为她知道，在易宁山这种高手面前，所有反抗都是徒劳的。

易宁山伸出手，抚摸着司徒婉美艳的脸庞，他的双目里滚动着晶莹的泪花，他的手在颤抖，他的脸在抽动，他轻轻地，用带着哀求一般的语气问道："为什么？你为什么要杀我？为什么？"

司徒婉望着已经有些失态的易宁山，眼神中闪过一丝不忍。她没有说话，因为她已经无话可说。

她能说什么？难道说自己从一开始就是心怀目的地接近他？还是说自己和他这种

汉奸魔鬼势不两立？这些话，司徒婉说不出口，也不想说出口。

她只能淡淡地，带着些许哀怨地说道："你杀了我吧！"

"你，你真的爱过我么？"易宁山颤抖着说道。他忽然觉得很傻，真的很傻。都什么时候了，自己居然还会问这么幼稚的问题。无论司徒婉是否爱过他，她已经向他开了枪，一切都已经无法挽回。

然而易宁山就是想知道，他很想知道。虽然明知道这么问很愚蠢，但他还是难以自拔。

他不甘心，真的很不甘心。

"或许吧！"司徒婉长叹一声，带着千年的叹息，带着晚年的悲情，闭上了自己美丽的双眼。

她等待着生命最后时刻的到来。

然而，让她感到惊讶的是，想象中的死亡并没有如期而至。

她睁开眼睛，看见眼前的易宁山已经恢复了冷静。

"把小姐带到楼上去，好生伺候。今天晚上的事情，谁也不许透露出去，违令者死！"

"是！"

周围的下人特务们连忙惶恐地应答道。易宁山的恐怖和威望在他们心中早已埋下了深深的阴影。两名特务连忙走了上来，一左一右地架起司徒婉，向楼上走去。

司徒婉就任他们挟持着自己的身体。她很累，很累，能做的，该做的，她都已经做了，接下来，易宁山想要怎样对待她，她已经无所谓了。

易宁山挥挥手，示意周围的人退下，然后他一个人坐在了沙发上，用手死死地捂着自己的脸，一言不发。

只有他自己才听得清楚，他那轻轻的，轻轻的哭泣声。

他就这么在沙发上坐了一夜。

等他再次站起来的时候，天空中，已经是泛起了鱼肚白。

新的一天已经到来，而他的爱情，却已不在！

上海，日本宪兵司令部。

藤田一郎坐着汽车，缓缓驶进了宪兵司令部的大门。

他透过车窗望去，忽然感觉到一种前所未有的陌生。他并没有离开多久，然而不知道为什么，他总觉得，这宪兵司令部内，似乎隐藏着某种他不知道的东西。

隐隐的，他的内心深处升起一丝极为不好的预感。

很快，他的预感就得到了证实。

因为他刚刚下车，一堆荷枪实弹的宪兵就将他的车子给团团围住。

"你们要干什么！"穿着少将军服的藤田一郎走下车来，他紧握着自己的指挥刀，愤然问道。

"藤田君，好久不见！"人群里忽然响起一个声音，随后一队日军军官分开人群走了过来，领头的人，赫然就是那个为松井次郎实行介错的大佐军官。

"是你！加藤君！"藤田一郎猛地愣住了。

站在他面前的，就是他在帝国陆军大学特勤班上学时的同学，加藤明川！

"你，你不是在东京警视厅工作么？"

"是啊！我是在东京工作。所以我要感谢你，你们这些乱臣贼子，给了我来中国的机会！"

"你胡说八道些什么？"藤田一郎心中猛地一紧，厉声喝道。

加藤明川冷哼了一声，说道："行了，藤田君，你不用再装了。你们密谋发动政变，篡权夺位的计划早已被我们掌握！天皇陛下何等英明，岂会被你们这些宵小所蒙蔽！东京警视厅早有准备，就等着你们自投罗网！松井次郎已奉天皇陛下圣谕自裁，藤田君，你还是束手就擒吧！"

"你，你们…"

"给我拿下！"加藤明川不等藤田一郎把话说话，直接一挥手，周围的日军士兵一拥而上，手脚麻利地将藤田一郎绑了起来，顺手还在他嘴里塞了一块破布。

藤田一郎万念俱灰，只得低下了头。

加藤明川头一偏，命令手下把藤田一郎给带下去，随后扭头对一名心腹军官说道："立刻给南京发电，藤田一郎已经擒获，上海大局已获控制，南京方面可以行动！"

"是！"

就在这时，一名军官跑了过来，"啪"的一个立正说道："大佐，南京急电！"

"哦？"加藤明川皱了皱眉头，英俊的脸上浮现出一丝忧色，这个时候南京来电，难道是起了什么变故？

他接过电报看了看，随后露出一个释然的笑容，转头说道："带上一个宪兵大队，挑几名熟悉情况的军官，跟我走！我们去会会上海的易先生！"

"去干什么？"一名上尉军官下意识地问道。

加藤明川看了他一眼，随后淡淡地说出一句话："去抓他老婆！"

"是！"上尉猛地立正敬礼。

几分钟后，宪兵司令部内，响起了刺耳的哨声。

上海，香山路十号公寓。

东方云在自己的房间里不停地抽烟。

他的脚下已经扔了一地的烟头，袅袅的烟雾几乎将他的全身都笼罩起来，他却丝毫没有停下的意思。

因为他失败了，非常彻底地失败了。

接近易宁山，本身就是一个非常冒险的计划。他也知道，易宁山从一开始就没有相信过自己，这一次的行动，怀有太多的侥幸。

但他已经没有别的选择，在目前的条件下，这是他能够作出的唯一的可行性计划。

计划失败了，或许还在他的意料之中。但他无法理解的是，王德威为什么会暴露。

作为军统的高级暗线，王德威自身的安全措施是做得非常到位的。为了实行这一次计划，东方云更是精心地准备好了每一个细节，扼断了所有有可能暴露王德威身份的线索，然而仅仅几天时间，易宁山居然就掌握了确切的资料，致使王德威一家命丧黄泉。

他不由得想起了旭日对他说的话："重庆那边有人要对付你，你要多小心！"

难道，真的是重庆方面有人在暗中操纵着这一切？

这并不是不可能的事情。相反，这样的迹象正在逐渐地清晰。因为东方云越来越觉得，自从他踏入上海的那一刻，他就已经掉进了一个局里。

而操纵着这个局的人，一直躲在暗处，用冰冷的眼神注视着他的一举一动！

纵然他有天大的本事，也是无力回天！

隐隐地，东方云感受到一种前所未有的失落和无力。

就在这时，只听"嘭"的一声，东方云二楼房间的窗户被什么东西给砸了个粉碎。

几乎同时，东方云就地一滚，已经滚到了桌子下面。顺手掏出手枪，打开了保险。

"袭击？"一个词闪电般地划过东方云的脑海。

但预想中的猛烈爆炸或者激烈扫射并没有出现，静静等待了几分钟后，直到外面响起了下人们的敲门声和呼喊声，东方云才从桌子下面钻了出来。

他一眼就看见了那个砸坏自己玻璃的东西，那是一块小石头。

石头上面，还绑着一张纸。

东方云从抽屉里面拿出手套，戴上之后走到石头旁，取下上面的纸张，打开一看，脸色立刻变了。

只见上面写着："*司徒婉已有危险，速往营救！*"

落款：*雨中故友。*

东方云只微微一愣，就明白了"雨中故友"是什么意思，那是玫瑰！

在那所公园里，在那幕雨帘中，一个撑着雨伞的女子，是一片美丽之中的朦胧。

东方云打开房门，在下人们惊讶的眼光中飞快地冲出公寓，启动汽车，向易宁山的公寓驶去。

已经来不及再召集别的人手了。他的车开得飞快，他相信玫瑰说的话，虽然没有任何的证据，但他就是相信。

这是一种说不清道不明的感觉，但它却又是如此的强烈。

就在东方云驾车飞驰的时候，易宁山正在慢条斯理地吃着午餐。

他的动作缓慢而机械，显示出他的心思，根本就不在这精致的菜肴上。

周围的手下们恭敬地矗立在一旁，不敢发出任何的声响。仅仅一夜，易宁山就变了很多，变得更加的阴森，变得更加的冷酷。

就在这时，一名心腹手下急匆匆地走了进来，易宁山猛地抬起头，眼睛中露出野兽般骇人的光芒。

手下愣了一下，但还是硬着头皮走了上去，随后他俯下身，在易宁山的耳边迅速地说着什么。

忽然间，易宁山的手一颤，手里的筷子掉在了地上。

易宁山虽然是铁杆的汉奸，但这并不代表他对日本人没有防备。在他控制上海的数年时光中，他花费重金，在日军宪兵司令部内打造了一条极端隐秘的渠道。

他对日军的机密并不感兴趣，他只是希望留一个后手，免得有一天不明不白地死掉。

也正是因为他的目的是出于自保，所以才有人愿意和他合作。

而今，数年间没有启动的渠道终于传来了消息。

而这个消息又是如此的震撼。

东京来人，松井次郎自杀，藤田一郎被捕，日军正准备逮捕他的妻子——司徒婉！

虽然司徒婉伤透了他的心，但易宁山实在无法想象，如果司徒婉落入日军的手中，会是怎样的一幕场景。

易宁山的脑袋高速运转起来，仅仅几秒钟，他就作出了决定。

他爱司徒婉，哪怕司徒婉对他开枪，但在他内心深处，他依然爱着司徒婉。

他自己都舍不得伤害司徒婉分毫，又怎能让她落入日军的手中？

如果易宁山并没有提前得到消息，那么最好的选择，就是易宁山亲自将司徒婉打死。凭借他的威望和实力，日军还并不能够因为他处决一个军统特工而把他怎么样。

但现在不一样了，他提前得到了消息，那么事情就还有回旋的余地。

他拉过那名心腹手下，在他的耳边低语了几句，挥了挥手，示意所有的人退下，随后他飞快地走上楼，来到了司徒婉的房间。

他掏出只有他才有的钥匙，打开了房间的锁。他走了进去，一眼就看见被绑在床上，一脸哀怨的爱人。

他几步走上去，开始解司徒婉的绳子。

他一边解一边说道："日本人来了，他们要抓你。你马上从后门走，阿忠已经准备好了车子。走得远一点，离开上海，永远别再回来。"

他的声音很轻，很快，很淡然。

似乎他所说的一切，和他自己毫无关系。

但他的声音，分明在微微地颤抖。

说完话，易宁山抬起头，却看见司徒婉的眼睛中，已经流出滚烫的泪花。

这一刻，易宁山觉得自己心痛得快要窒息。

命运弄人，为什么他们深深相爱，却又各为其主？

没有时间再儿女情长了，易宁山猛地伸出手，狠狠地抱了抱司徒婉，随后头也不回地走了出去。

紧接着，公寓前的院子里，立刻响起了刺耳的哨声。上百名特务集合在前院，路障搬了出来，机枪驾了起来，一副如临大敌的模样。

刚刚做完这一切，满载着日军士兵的军车就已经出现在了易宁山的眼帘中。

同时，跑得上气不接下气的东方云也躲进了某处能将整个公寓都收入眼底的角落里。

东方云并没有直接将汽车开过来。一辆风驰电掣般的汽车实在是太过扎眼，易宁山的公寓是一个敏感地带，目标太大容易引起怀疑。

因而他在三条街外就停下了汽车，随后一路狂奔。

但他还是来迟了，如果说面对毫无防备的易宁山，他还有可能潜入公寓给司徒婉报信的话，那么面对着如临大敌的汪伪特务和数百名全副武装的日军士兵，他所能做的，只能是默默地祈祷。

玫瑰的消息来得太迟了，但这也怪不了她，没人知道，加藤明川竟然会突然接到命令，逮捕军统高级特工司徒婉！

加藤明川自己更不会想到，抓捕行动居然会受到阻碍。

当他走下汽车的时候，他看见自己的士兵们正在和易宁山手下的特务们对峙。

双方都是剑拔弩张，阳光下，日军的刺刀寒芒闪烁，汽车上的机枪手全神贯注地盯着前方。易宁山手下的特务们则是长枪短炮不一而同，制高点上还有神枪手在拿着步枪静静瞄准。

这是对大日本帝国的挑衅！

加藤明川紧了紧自己的战刀，分开众人，用中文厉声喝道："我是新任的上海特务机关长加藤明川大佐！叫易宁山出来见我！"

易宁山在人群后面听见了加藤明川的声音，他估算着司徒婉应该已经从后门离开，他分开自己的手下，走上前去说道："我就是易宁山。大佐先生，我记得上海特务机关长，应该是藤田一郎少将才对？"

"藤田一郎阴谋叛国，已被逮捕。本官奉命执行公务，逮捕军统特工司徒婉！这是上海宪兵司令部出示的证明，谁敢阻扰，视同叛国！"

易宁山望着加藤明川杀气腾腾的脸，微笑着接过证明看了看，缓缓说道："不好意思，大佐阁下。最近军统特工活跃猖獗，我们也只是略作防备，我们这就让路！"

说完，易宁山挥挥手，特务们开始撤掉岗哨，他们的动作很慢，很拖沓。加藤明川再也无法忍受，他直接带着一队士兵就冲了进去。

"大佐，你看！"忽然，他手下的一名士兵用日语喊道。他的手指向了易宁山公寓的楼顶。

易宁山也是懂日语的，所以他和加藤明川一起抬起了头。

随后，他的心，猛地缩紧了。

因为他看见，他的女人，他最爱的女人，司徒婉，正站在高高的楼顶上，对他微笑。

"小婉，不要！"只在一瞬间，易宁山就已经知道司徒婉要做什么，他发疯般地往客厅冲去。

晚了，司徒婉对着他露出一个凄然的笑容。

是如此的风华绝代，如此的倾国倾城。

这是她人生中最后的微笑。

随后，她从那高楼上一跃而下。

风，吹拂着她的发，吹拂着她的旗袍，在空中不断地飞舞。

呆住了，所有人都呆住了，无论是特务、日军，还是易宁山、东方云，抑或加藤明川。

他们就这么呆呆地看着，看着司徒婉在空中旋转，飞舞，如一只美丽的蝴蝶，在用绚丽的舞姿，宣告着她人生的终结。

这是何等的美丽绝伦，又是何等的悲壮惨烈。

身躯落地，鲜血溅起。

"小婉啊！"易宁山一头跪在地上，痛哭嚎啕。他的眼角猛然裂开，一串串血红色的泪珠滚滚而下。

只可惜，他的小婉，再也看不到，听不到了。

在角落里，目睹了这一切的东方云，默默地在胸口划上了一个十字。

他摘下了自己的帽子。

同时，加藤明川也摘下了自己的军帽，他还是第一次看见，中国，也有如此刚烈的女子。

在他的带动下，周围的日军、特务们纷纷摘下帽子，随着加藤明川的身躯，微微鞠躬。

唯有易宁山，跪在地上，死死地抱着司徒婉的尸体，发出撕心裂肺般的嚎叫。

司徒婉死了，她用她的死，终结了她和易宁山之间的孽缘，也完成了她对国家的承诺。

她的嘴角，还浮现着一丝满足的微笑。

司徒婉的生命结束了，而这残酷的战争，才刚刚开始。

上海，廖敬凯总部。

廖敬凯轻轻地打开了自己的茶杯，一股清香扑面而来。

"好茶！"他不由得赞叹了一声，满脸陶醉神色。

在他面前，刚从南京回来的杨建恭敬地说道："这是上好的龙井茶，是松井次郎司令官派专人送来的。"

"茶虽好茶，只可惜松井次郎太过大意了。此非常时刻，居然为了一点茶叶而与我们联系，我看他是安稳的日子过得太久，有些得意忘形了！"

说完，廖敬凯放下茶杯，站了起来，在房间中来回走了几步，才开口说道："'飞鹰'，你知道吗，最近我一直在想一件事情。"

"还请长官训示！"

"我在想，既然马忠国和高桥都是共党的暗线，那么为什么他们不直接将东西交给共党呢？"

"属下也是不甚明白，难道这其中有什么变故？"

廖敬凯笑了笑，说道："我想来想去，只有一可能，那就是高桥不是共产党！"

"啊？"

"马忠国依托党国在德国布置多年的暗线取得了东西的资料，但他生性谨慎，肯定是事先留好了备份，为的就是以防万一。但是这备份交给谁也是个重大问题，思来想去，他能够交的只有一个人，那就是高桥！"

杨建想了想，沉声说道："高桥是马忠国亲自发展的内线，又是日军军官，要以隐蔽而言，确实非高桥莫属。"

"不错！"廖敬凯赞赏地点了点头，接着说道："但高桥毕竟是日本军官，有着一半的日本血统。以马忠国谨慎多疑的性格，不太可能完全信任他，让他加入共党。更不可能直接告诉他东西的真实情况。最有可能的，便是他只是让高桥保管东西，除此之外，再没有做别的吩咐。这样一来，倘若他有个三长两短，只要留下东西的线索，那么共党就还有找到东西的希望！"

"党国一直命令我们第四分站暗中监视总站情况，想来马忠国不敢轻易与共党接头，交付东西，就是为此！"

廖敬凯听了杨建的话，摇了摇头，拍了拍杨建的肩膀，说道："其实监视计划你们并不成功，马忠国还是发现了你们的踪迹。然而正因如此，才最终成功遏制了东西落入共党的手中，塞翁失马，焉知非福，世事弄人莫过于此啊！紧接着总站出了叛徒，藤田一郎率众突袭总站，马忠国被迫自杀，东西的线索就此中断。唯有一份高桥自己都不知道具体情况的备份资料藏在他那里，由此在上海滩引发了一场风暴！一切看似巧合，殊不知冥冥之中，自有安排而已。"

"但长官英明，如今东西即将落入我们手中，长官大功于党国，必将青史留名！"

听了杨建的马屁，廖敬凯只是微微一笑，并没有多说，他忽然问道："你此次去南京，可有什么收获？"

杨建自然知道廖敬凯所谓的收获是什么意思，他一字一句地说道："南京一切正常！没有特别情况。"

"嗯！"廖敬凯正要点头，一名手下忽然慌慌张张地闯了进来，说道："长官，南京急电！"

廖敬凯接过电报，飞快地看了看，脸色刷地一下变了。

接着，他一耳光狠狠地挥在杨建的脸上。

"一切正常，一切正常个屁！南京出大事了！"

是的，南京出大事了。

一场血腥的清洗，正在整个南京城展开。

南京，特务机关总部。

苍井沅三正在自己的房间里练字，忽然间，门外想起了杂乱的脚步声。

苍井沅三皱了皱眉头，脸上浮现出厌恶的神情，要知道，他写字的时候，最不能容忍的就是别人的打扰的。

就在他准备张口喝斥的时候，一队日军已经狠狠地撞开了他的房门，冲了进来。

人群之中有一个人在苍井沅三的眼中异常地显眼，他便是自己的心腹秘书——武藏天雄。

"武藏君，你这是干什么？"苍井沅三放下毛笔，有些诧异地问道。

武藏天雄露出一个残忍的微笑，忽然从怀里摸出一张纸，朗声念道："苍井沅三，阴谋叛国，图谋不轨，经天皇陛下圣裁，就地正法，不得有误！"

"准备！"带队的一名少尉军官高呼一声，最前面的日军士兵齐刷刷地举起了自己的三八式步枪。

苍井沅三自知大势已去，无奈地闭上了自己的双眼。

"射击！"一声令下，一排子弹飞出，苍井沅三的身上立刻多出好几个血洞，随后一头倒了下去。

千秋功名梦，转头已成空。

武藏天雄冷哼一声，从怀里掏出一份名单，递给身旁的一名军官说道："立刻封锁司令部，按照名单抓人，反抗者，格杀勿论！"

"是！"军官猛地一低头，带着手下们走了出去。

很快，房间里就只剩下武藏天雄一个人。

他一步步地走到苍井沅三的尸体旁，伸出手合上苍井沅三那睁得大大的双眼，自言自语地说道："家主啊家主，为什么，您就要背叛伟大的天皇陛下呢？难道您不知道，走这条路的人，都不会有好下场么？"

说完，他闭上眼睛，猛地吸了一口气。

他似乎闻到了，鲜血的味道。

房间外，枪声大作！

武藏天雄走到酒柜旁，拿出一瓶清酒，随后一屁股坐在榻榻米上，自斟自饮起来，似乎门外那刺耳的枪声，惨叫声，呼喝声，都与他毫无关联。

虽然这是一场血腥到极点的清洗，但他却始终无动于衷。

清洗行动，并不仅仅是宪兵司令部一地。早有准备的日军，在约定好的时间内一起动手，他们封锁了整个南京城，随后按照武藏天雄事先提供的名单，一个部门接着一个部门，一个单位接着一个单位地疯狂屠杀。

所有参加了苍井沅三组织的人，无论年龄大小，无论官位高低，全部被捕，反抗者，一律就地处死。鲜红的血，染红了南京的每一条街道。

当日军最终暂时性地收起屠刀的时候，已经是日上三竿之时。

一名军官走进了武藏天雄的房间，"啪"的一个立正说道："属下无能，还望长官责罚！"

"嗯？"武藏天雄冷哼了一声，抬起头问道："什么事情？"

"报告长官，有一名叫阿部林介的高级参谋漏网，他昨天晚上就没有回来，其余叛逆已经全部伏法！"

"封锁南京城，出动部队，一定要把他抓回来！"

"是！"军官猛地一鞠躬，退了出去。

武藏天雄又开始做起了自己的事情。

他虽然下达了封城抓人的命令，但此次行动已经抓捕了所有的大鱼，他不认为一两个漏网的小鱼小虾，会掀起什么风浪。

他绝对想不到的是，就是因为自己的这么一个失误，而改变了整个故事的结局。

南京，日军军用火车站。

一名少佐军官带着一百多名宪兵在这里静静等待。

他们的任务是抓捕玉川少佐。

之所以会选择在南京诱捕玉川，一是因为上海方面害怕在没有控制藤田麾下的特工队之前擅自抓捕玉川会带来不必要的变故。二是因为抓捕以后也要把玉川送来南京，不如在南京诱捕还要省事一些。

正是因为如此，所以少佐才会早早地带着自己的心腹手下们在火车站等待。

远远地，火车拉着汽笛驶进了车站。

"准备！"少佐挥了挥手，手下的士兵们立刻进入了戒备状态。

片刻后，火车停住，车门打开，一些军官和士兵走下车来。

他们对火车站如临大敌的情况感到有些惊讶，面面相觑，随后飞快地离开。

当然，他们在出战的时候，会被友好地召集到一起，等候新的安排。

但这其中，并没有玉川的身影。

少佐的神情凝重起来，他一挥手，手下们如狼似虎地冲入了火车。

少佐走在最后面，他的士兵们飞快地占领了攻击位置，随后向玉川的包厢移动。

几分钟后，他们已经把包厢围了个水泄不通。

"玉川，出来！"少佐军官向里面喊话道。

无人应答。

少佐又喊了两声，还是无人应答，他一偏头，一名拿着"百人"式冲锋枪的军曹一脚踢开了包厢门，冲了进去。

随后，他一声惊叫。

少佐连忙带人冲入，紧接着，所有人都愣住了，他们瞠目结舌地站在原地，不知道该说些什么。

玉川的包厢，空空如也。

玉川，失踪了！

第十七章 真 相

上海，廖敬凯总部。

廖敬凯烦躁不安地在办公室里来回踱步。

他的心情很不好，精心布置的局面因为东京的横插一杠而毁于一旦，如今原本胜券在握的局面成了危机四伏，变数繁多的难测之局，他又怎能心平气和？

就在这时，他的心腹手下杨建急匆匆地走了进来。

"有什么消息？"廖敬凯猛地一转头，厉声问道。

廖敬凯的凶相着实吓了杨建一跳，他顿了顿，方才说道："内线传来消息，南京方面，日军发动了大清洗，我们朋友的组织近乎全部被毁，上海方面，藤田一郎已经被逮捕，即日押赴南京受审。"

"玉川呢？"廖敬凯急切地问道，这才是目前他最为关心的问题。

"日军已经对玉川的房间进行了搜查，没有找到特别的东西。东西应该还在玉川的身上。他在东京动手之前接到通知去南京报道，但根据我们在南京的内线回报，玉川并没有被逮捕，他失踪了？"

"失踪了？"

"嗯！玉川乘坐的火车包厢是空的！"

廖敬凯长舒了一口气，缓缓说道："不管怎么样，只要东西没有落进日本人的手里，就是一大幸事。这次东京方面的行动非常的隐秘，连我们都没有事先察觉，玉川也不可能提前知晓。也就是说，他肯定是在中途发生了什么变故，不管怎么样，我们留在上海，是没有任何作用的。立刻给南京去电，告诉他们，我们明天就去南京！"

"是！"

"对了，共党方面有什么异动？"

"内线和监视的兄弟都有回报，一切正常。"

"不可能！"廖敬凯摇了摇头，斩钉截铁地说道："太安静了！在这种关键时刻，越正常的事情就越不正常！加大监视力度，绝对不能让共党脱离我们监视范围！"

"是！"

"司徒婉死了，出了这档子事情，东方云想要接近易宁山的计划肯定泡汤了。接下来他有什么动作，非常重要。派人和白雕接触，让他严密监视东方云，有情况随时回报！"

"是！"

"下去收拾吧！还有，和我们的内线联系，想办法把藤田一郎给捞出来。他毕竟是苍井沅三的弟子。与玉川的关系也是情同父子，行动成功以后，带他来南京，或许会有些别的收获！"说完，廖敬凯挥了挥手，杨建连忙退了下去。

廖敬凯拉开自己的窗帘，看着窗外的车水马龙，人来人往，忽然感觉到一种前所未有的虚幻。

他知道，这一次的变故，多多少少还是有些影响他的心情。

"武藏天雄，这次算我输了，在南京，我们再好好较量！"廖敬凯自言自语，又咬牙切齿般地说道。

南京，德国驻华大使馆。

"干杯！"愉快的话语声中，两只晶莹剔透的高脚杯碰到了一起，发出了悦耳的声响。

"武藏先生，此次你剿灭叛党，立下赫赫战功，高升指日可待啊！"威廉·杰伦上校习惯性地摸了摸自己的八字胡，微笑着说道。

"哪里。剿灭叛党，只不过是意料之中的事情，真正的功劳还是能够得到东西，到时候日德两国必然更加亲近，上校您也能荣升将军之列啊！"

"武藏先生放心，我们黄金眼一定会努力地配合先生的行动，来，为了我们的成功，干杯！"

"干杯！"

两人再次碰杯，随后将杯中的红酒一饮而尽。

武藏天雄看着威廉·杰伦那有些严肃的脸，忽然笑了笑，从怀里掏出一张纸，递给了威廉·杰伦，说道："上校，我这里有份东西，请上校看一看。"

威廉·杰伦接过纸张看了又看，随后将纸张还给武藏天雄，脸色也变得更加的凝重。

武藏天雄露出一个得意的笑容说道："上校先生，上次在下冒昧地询问有关东西的问题，被上校先生拒绝。如今东京方面委我以全权，上校应该告诉我了吧？"

"武藏先生的好奇心似乎特别的强烈，既然如此，您为什么不直接询问东京方面呢？"

"双方合作，关键是要有诚意。这正是上校先生表现自己诚意的大好方式啊！"

威廉·杰伦上校昂了昂自己的头颅，借此动作来表示了一下自己的不屑，随后开口说道："既然如此，那我就直说了。东西，其实是一份机密材料！"

"什么材料？"

"生化武器！"

"生化武器？"

"不错！这是我们战无不胜的党卫军在元首阁下的亲自关照下研究出来的伟大成果。它的威力你绝对无法想象。而且无色无味，根本就无迹可寻。相比之下，武藏先生，你们731细菌部队所作出的研究，简直就如空气一般！"

虽然对方如此贬低自己国家力量的行为让武藏天雄感到有些不满，但德国的军事科技一直居于世界前列，确实是日本所无法比拟的，当下也只能忍气吞声地说道："既然如此，那贵国为何不尽快使用呢？要知道，现在欧洲战场的局势，可不容乐观呀！"

"哼！如果能够使用，我们又岂会等到现在！研究成果刚刚出来，我们正在制造样品的时候，就因为叛徒的出卖，遭受到盟特种部队的猛烈袭击。为了不让宝贵的资料落入盟军手中，党卫军的勇士们引爆了研究基地，和敌人同归于尽了！不得不说，这是继我们在挪威的重水厂被盟军特种部队袭击之后的又一惨痛损失。"

"向那些勇士们致敬！"武藏天雄放下了杯子，微微一鞠躬，以此表示了一下自己的敬意。

威廉·杰伦并没有因为武藏天雄的致敬而表达出任何的动容，他依然不紧不慢地说道："当时谁也没想到会有这件事情发生。以至于竟没有留下任何的备份材料。说起来，也是元首阁下太过自信了，以至于党卫军上下都成了骄兵悍将，竟然忘了骄兵必败的道理！若非如此，盟军又怎可如此轻易地登陆诺曼底，开辟第二战场！"

武藏天雄笑了笑，选择性地将威廉·杰伦这番涉及第三帝国高层的不满言论给过滤掉，只听威廉·杰伦又接着说道："我们原本以为多年的心血就这样毁于一旦，谁想到，中国人却帮了我们的大忙！"

"哦？此话怎讲？"

"武藏先生，你也知道，国民政府曾经派遣大批人员到德国学习。其中有一个叫马忠国的军官，在德国滞留多年，其实是一个高级间谍。他依靠各种手段建立了一张谍报网，在盟军袭击我们研究所的前夕，窃取了我们的资料，然而却也帮我们留下了备份。我们得知这件事后，立刻组织黄金眼特工赶赴中国，想要将资料夺回，然而却晚了一步，贵方的藤田一郎大佐袭击了中国人的军统总站，马忠国自杀，线索就此中断。后面的事情，你都已经知道了。"

"其实，如果贵方早一点和我们合作的话，也就不会这么麻烦了！"武藏天雄微笑着说道。只是不管怎么看，他的笑容都显得无比的嘲讽。

威廉·杰伦冷哼了一声，没有回答武藏天雄的话。其实他的心里也十分的恼火。原本这件事情根本就不应该有日本人的插手，德国苦心研究的资料只能德国独自拥有，但因为党卫军和国防军，特别是和重权在握的德国军官团的尖锐矛盾致使黄金眼只能绕开德国政府单独行动。以至于到现在后继无力，不得不和日本人共同追寻东西的下落，这也是让威廉·杰伦最为恼火的事情。

眼见威廉·杰伦面色不善，武藏天雄也就不再多留，他微微鞠躬，随后转身离开了房间。

他在出门的时候忽然扭过头说道："支那人是十分狡猾的。上校先生虽然在支那人内部埋藏有一条高级暗线，但还是要多多小心为妙啊！"说完，他径直走了出去。

威廉·杰伦厌恶地往他离开的方向看了一眼，坐回了椅子上。他的眼前，忽然浮现出一个朦胧而美丽的身影。

一个东方神秘女性的身影！

上海，军统总站。

在目睹司徒婉如飞蛾扑火般的壮烈以后，东方云没有再回到自己的公寓，而是重新回到了总站里面。

接近易宁山的计划毫无疑问地失败了。他的公寓已经落入了易宁山乃至日本人的监视中，再回去已经是毫无必要的事情。

现在他要担心的，是如何肃清自己的内部。

随着时间的推移，东方云越来越觉得，自己所面对的局势，比自己所看见的，还要凶险百倍。

军统内部有叛徒，这是毋庸置疑的事情。东方云无时无刻地思考着该如何把这个叛徒给抓住。但是他越来越感到，叛徒或许不止一个，甚至不一定就是隐藏在自己的军统总站里。

他们有可能还隐藏在其他的分站，甚至是重庆总部里。

东方云越发清晰地感觉到，自己掉入了别人精心布置的一个局里，而自己只是其中的一枚棋子，就如一个提线木偶一般，一举一动都身不由己地受到别人的牵制。

重庆方面有人要对付自己，如果说一开始东方云还只是认为这些人只是重庆方面的部分奸细的话，他现在则意识到，要对付自己的人，极有可能就是重庆当局。

或许，他们早已在暗中埋伏了第二套人马来寻找东西的下落，而自己，只不过是他们用来吸引敌人火力的挡箭牌而已。

很有可能，自己和旭日的接触也早在他们的意料之中，他到上海来遭遇的所有的一切，都只不过是重庆总部的预先安排。

如果这些猜测都属实的话，那么自己的处境就是非常危险的。因为那不再是一两个叛徒的问题，而是自己所有的手下，自己身边所有的兄弟，都是叛徒！

或者说，在那些军统特工们的眼里，他才是真正的叛徒！

这是多么可怕的场景，试想一下，倘若你身边所有的人，你所有可以依仗利用的力量，都在暗中窥视着你，防备着你，随时准备对你发起致命一击，那么就算你有天大的本事，也不过是瓮中之鳖，束手无策！

每当思及此处，东方云就感到毛骨悚然，不寒而栗。

他实在无法面对这个残酷的事实。自己为军统出生入死那么多年，到头来自己却只不过是一个随时都有可能被抛弃的棋子，而且还受到总部的猜忌和防备，这让他如何不心惊胆战？现时他是失望透顶。

东方云觉得，眼下最好的出路，就是他立刻收拾东西，离开总站，脱离军统的控制范围，从此浪迹天涯，不再过问这些是是非非。

不然等他利用价值丧失殆尽的时候，等待他的，极有可能就是鸟尽弓藏的结局。

但他做不到，真的做不到。因为他无法面对日寇的嚣张气焰而无动于衷，更加无法面对那些因为自己的命令而战死沙场的忠烈亡魂。

他到上海以后，主持了一系列的行动，牺牲了上百名的军统特工。这些特工都是因为他或错误或正确的命令而浴血疆场，直到最后倒在这片洒满鲜血的土地上。

他实在无法忍受，自己就这么擅自离开的结局。在东方云的眼里，这比杀了他还要难受。

所以他不会离开，但他更不会坐以待毙。

他手里还有一张牌，他不是毫无办法。他要反击，反击！

他毫不犹豫地走到自己的办公桌旁，按响了呼唤手下的铃声。

片刻后，楚超走了进来。

东方云看着楚超的脸庞，没有说一句话，他忽然觉得，这张脸，是如此的熟悉而又陌生。

不仅仅是楚超，包括他身边的所有人，他都觉得他们的身影已经在自己的脑海中变得模糊起来，变得是如此的虚幻，如此的不可琢磨。

但他还是下达了命令，他的声音很冷，冷得有些机械。

他慢慢地说道："你去挑选一些足够可靠的兄弟，收拾一下，我们明天去南京！"

听了东方云的话，楚超明显地愣了一下，随后点了点头，低声说道："是！"

接着，他转身离开。

在他身后，东方云的目光扑朔迷离，意味深长。

上海，廖敬凯总部。

廖敬凯正在聆听杨建的报告。

营救藤田一郎的报告。

他明天就要去南京了，在此之前，他必须要把这件事情给处理干净。

他是一个控制欲旺盛的人，可以说，只要有他在的地方，他就容不得别人做主。

在他们面前，是一张详细的日军宪兵司令部的地图，上面明确地标注着司令部内的所有建筑，兵力和武器配置，以及可以利用的防守漏洞。

"根据我们内线传回的情报，加藤明川在原有的基础上进一步加强了宪兵司令部的防御力量。他抽调了一个联队的海军陆战队进驻到司令部内，并封锁了所有的交通要道，不管是谁，都许进不许出。无论是强攻还是伪装潜入，我们都没有什么机会！"

杨建抬起头，看了看廖敬凯那凝重的脸色，又继续说道："但加藤明川毕竟是初来乍到，对许多情况还不熟悉。海军陆战队接管司令部的防务以后，也难免会出现漏洞。更加重要的是，松井次郎在司令部内经营多年，这些力量不是短时间之内就能够拔除的。"

"你打算怎么做？"廖敬凯不动声色地问道。

"司令部内下水道纵横交错，其中有一条下水道直通关押藤田一郎的牢房，这是我们潜入的最佳途径。下水道的图纸已经被我们的内线暗中销毁。加藤明川是不可能知道有这条暗道的。属下个人觉得，应该立刻和我们的内线联系，派遣人手伪装成日军，经下水道潜入司令部的牢房内，救出藤田一郎！"

"嗯！那你去布置吧！今天晚上开始行动！"廖敬凯满意地点了点头，沉声说道。杨建连忙一鞠躬，退了下去。

上海，日本宪兵司令部。

就在杨建和廖敬凯商讨怎样营救藤田一郎的时候，加藤明川也在和手下们商量着第二天的押运计划。

"明天我们就将押送藤田一郎回南京受审。在此途中，极有可能出现重大变故。为了以防万一，我决定派遣三支车队同时出发！一支开往机场，一支开往车站，一支开往码头，以此迷惑敌人！"加藤明川说完，环顾了一下四周，见自己的手下们都在恭敬的聆听着自己的训示，不由得露出一个得意的微笑，他接着说道："等三支车队出发以后，我们再派遣一支车队经公路前往南京。这样，就算我们的敌人还留有一手，也必被我们这支车队所吸引，到时候，我将亲自看押藤田一郎，乘坐德国领事馆的汽车，从上海出发，前往南京！诸君还有何异议？"

"大佐，属下不明白，像这样的乱臣贼子，我们大可就地正法，何必如此大费周折？"

"总部的命令自有总部的考虑，我们认真执行就是了！如果没有意见的话，就都下去吧！"加藤明川挥了挥手，手下们齐刷刷地立正敬礼，随后相继退下。

"小野上尉！"加藤明川忽然叫住了一个人。

年轻的小野连忙转过身来，立正应道："属下在！"

"藤田一郎现在怎么样？"

"一切正常，我们有专人二十四小时看管，绝对没有问题！"

"嗯，很好！传令下去，今天晚上宪兵司令部进入一级战备，不得有误！"

"是！"

"还有！藤田君好歹是个将军，老是关在牢房里也不妥当。这样，你马上把他提出来，就转移到我的房间里来吧，我亲自看管！"

"是！"小野猛一点头，退了下去。

只剩下加藤明川在办公室里站着，他忽然转过身，从背后的刀架上抽出一把战刀。

寒光耀眼，杀意森然！

上海，日本宪兵司令部。

太阳快要落山了。

小野抬起头，看了看西边绯红色的晚霞，忽然感到一丝莫名的惆怅。

松井司令官切腹了，藤田一郎少将被捕了，整个宪兵司令部内是风声鹤唳，人心惶惶，小野上尉越来越觉得，这个世界已经不是他所熟悉的世界了。

他摇摇头，将自己有些多愁善感的想法抛在了脑后，走进了宪兵司令部的监狱。

他还有更重要的事情要做，可没有多余的时间发表什么诗情画意般的感慨。

他左手拿着通行证，右手提着一个食盒，经过层层盘查，才进入了监狱里面。监狱里很昏暗，很潮湿，显得非常的阴冷。这里已经被加藤明川调来的海军陆战队所接管，他们都用警惕而凌厉的眼神注视着小野，雪亮的刺刀在昏暗的灯光下闪烁着冰冷的死亡光泽。

小野对这样的气氛感到非常的不舒服，又或许是他的心里装着某件见不得人的事情，他没来由地感觉到一阵胆怯，连忙加快了自己的脚步。

片刻后，他来到了关押藤田一郎的房间。

经过门口卫兵详细的检查后，他终于走了进去，看见了这个曾经权倾上海滩的特务机关长。

藤田一郎正坐在床上闭目养神。他还是穿着那件笔挺的军服，只是军衔已经被取掉。他的脸上没有任何的表情，看起来波澜不惊，没有人知道，此时此刻，面对着人生的重大挫折，他的心里到底在想些什么。

或者，他根本就没有了别的想法，只求一死而已。

小野将食盒放在藤田面前，敬了一个军礼说道："长官，请慢用！"

不知道为什么，他特意地将那个"慢"字咬得重了一点。

藤田一郎猛地睁开了眼，他看见的只是小野上尉转身离去的背影。

随后，小野的声音在门外响了起来："加藤大佐有令，他用完饭后即刻押解到大佐的房间，由大佐阁下亲自看管！"

听了小野的话，藤田从床上跳下来，打开了食盒。

忽然间，他露出了一个会心的微笑。

夜幕，很快就降临了。

杨建在房间里检阅着自己的手下。

二十名穿着日军军服的精壮汉子正笔挺地站在他的面前。这是他精挑细选的人马，全部都是精通枪械搏击的高手，而且熟悉日语，能够最大限度地保证行动的成功。

穿着日军上尉军服的杨建满意地点了点头，一挥手，带领手下们走出了房间。

他们迅速地离开了公寓，登上汽车，向外面驶去。

廖敬凯站在二楼，看着装载着自己手下的汽车逐渐驶离他的视线，冷峻的脸上看不到任何的表情。

上海，日本宪兵司令部。

"如果我是敌人，我一定会选择从这里突袭！"加藤明川指着地图，斩钉截铁地说道。

他的手指所指的地方，正好是杨建想要用来突袭的管道。

"我们已将司令部的防卫调整到最高级别。敌人想要通过常规手段进来劫人，是不可能的事情。他们唯一能够利用的，就是这些下水管道。他们认为，我们刚刚接管司令部，总会百密一疏。而下水管道错综复杂，更能够直达我司令部的核心地带，必然是突袭的最佳途径。要在平时也确实如此，只可惜，本人早有准备，就等他们前来，为他们送上一份大礼！"话音刚落，加藤明川就抬起了头，他的双目中，正闪烁着浓烈的杀意。

"诸君，今晚就是我们将乱党彻底铲除之时，拜托了！"说完，加藤明川非常郑重地向自己的手下们行鞠躬礼。

"天皇万岁，大日本帝国万岁！"手下们纷纷还礼，同时齐声高呼，士气高涨。

"下去准备吧，我们要让敌人的血，染红我们的战旗！"

"是！"军官们再次鞠躬，随后纷纷退了下去。

这时，一名少尉军官走了进来，说道："大佐，藤田一郎已经带到！"

"带到我的房间去，严加看管！"

"是！"

加藤明川作完最后的布置，往前走了几步，透过窗户看了看外面的天色。

天，已经快黑了。

天很黑，血很浓。

这是一处如修罗场般的地方，冷冷的月光下，洁白的雪地里，红色的血，显得异常的刺眼，异常的触目惊心。

在这白色的世界里，横七竖八地倒着不少的尸体。

江雪乔就站在这恐怖的场景里，她的手里，还拿着一把匕首，匕首上，还有着点点血迹。

在她面前，躺着一个和她长得十分相似的女孩，看起来要比她大几岁。她的双腿已经受了重伤，身下的雪地，已经被染成了红色。

"妹妹！动手！"女孩虽然受了伤，却没有叫喊哭泣，她只是眉头紧锁，对着江雪乔厉声喝道。

"姐姐，你是我的姐姐啊！"江雪乔扔掉匕首，跪在地上哭喊道。

"你忘了那些人说的话吗？我们所有人里面，只能活下来一个。三百七十多人，我们两姐妹杀了那么多人才活到今天，现在，该是最后了断的时候了！"

"不要，姐姐不要！我不要杀你。只剩我们两个了，我去求他们，我去求他们放过我们。只是多活下来一个人而已，他们会答应的，他们肯定会答应的！"江雪乔神色惶恐地诉说着，她的精神已经快要崩溃了。

女孩露出一个凄凉的笑容，惨笑道："不会的！他们不会的，他们只需要一个人！那个人说的很清楚了。妹妹，姐姐走了，你要好好地活下去！"

说完，女孩义无反顾地举起了手中的匕首，狠狠刺入了自己的胸膛！

"不！不要！"江雪乔发疯般地奔向自己的姐姐，紧紧地搂着姐姐的尸体。她疯狂的呼喊着，嘶叫着，而自己的姐姐，却只是静静地躺在自己的怀中，毫无反应。

唯有嘴角的那一丝微笑，仿佛在诉说着什么。是解脱？是欣慰？无人知晓。

脚步声起，军用皮靴踩在雪地的咔嚓声在令人不寒而栗的环境里显得异常的刺耳。一名穿着上校军服的中年军人走了过来。他，就是廖敬凯。他的手里，拿着一根烧得通红的烙铁。

"不错！三百七十个孤儿，你是唯一活下来的人。党国需要的，就是你这种人才！"廖敬凯的声音如魔咒一般在江雪乔的耳边响起，江雪乔只是呆呆地跪在雪地上，没有任何的反应。

廖敬凯微微一笑，猛的伸出了自己的手。

"刷"的一声，江雪乔厚实的衣服竟然被他硬生生地撕下一块，露出了女孩美丽而伤痕累累的后背。

随后，廖敬凯手一伸，将手里的烙铁死死地按在了她的背上。

"啊！"江雪乔发出一声撕心裂肺的惨叫，一头晕了过去。

"啊！"玫瑰尖叫着，满头大汗从床上坐了起来。

"是个梦！"玫瑰看清楚周围的环境以后，终于反应过来。她擦了擦自己的汗水，随后闭上了自己的眼睛。

虽然这是一个梦，但梦里的事情，却曾无比真实地发生在她身上过。

"记住了！从此以后，你没有名字，只有代号。你的代号就是——玫瑰！"悠悠的，当年廖敬凯对她说过的话，似乎又回荡在她耳边。

"玫瑰！"她冷冷地吐出这个熟悉而陌生的名字或者代号，随后她的手，摸向了自己的后背。

那里，有一朵玫瑰的印记。

就在这时，她的房门被敲响了。

"谁！"玫瑰警惕地问道。

"小姐，上海传来消息，先生明天中午来南京！我们要做好准备！"

"知道了！"玫瑰应了一声，从床头摸出一盒烟，吸了起来。

她的脑海里又响起了刚才的话。

"先生明天中午来南京！"

玫瑰忽然觉得，是到了自己做点什么的时候了。

"快！再快！"阴暗的下水道里，杨建带领着自己的手下们正在发足狂奔。

下水道里的空气很污浊，特工们大口地喘息着，奔跑着，手电的光亮在这黑漆漆的环境里不断地晃动，远远望去，好似一团团漂浮的鬼火。

脚步轰鸣，泥水飞溅，也不知道跑了多久，他们终于在一处井盖下停了下来。

"快，地图！"杨建呼喝了一声，身后的一名手下连忙取出一张地图，随后借着手电微弱的光亮，杨建一头扎进地图里，细细观看起来。

接着他抬起头，拿出了指南针，看了看，又观察了一下周围的环境，说道："就是这里！准备出击！"

立刻，在这诡异的气氛里响起了一连串的咔嚓声。特工们手脚麻利地检查着自己的武器，杨建则埋着头，在地图上仔细观察着什么。

"第一组，上！"准备完毕以后，杨建一声令下，一名伸手矫捷的特工敏捷地往上面爬去。

上海，日本宪兵司令部。

藤田一郎的牢房内，海军陆战队的士兵们刀出鞘，箭上弦，他们全都隐蔽在暗处，一动不动地盯着下水道的井盖。

制高点上，狙击手和机枪手们压抑着自己的呼吸，静静等待着鱼饵的上勾。

而此时，杨建手下那名打头阵的特工，已经小心翼翼地推开井盖，钻了出去。

杨建在下面紧张地等待着，好一会儿，上面才传来安全的呼喊声。

随后，特工们一个接着一个往上爬去。

杨建是最后一个爬出下水道的人，此时他的手下们已经占领了各个攻击地点。正在等待他的命令！

"上！"杨建一声令下，特工们行动起来，如一群幽灵一般，迅速地没入了黑暗中。

"哒，哒，哒，哒。"

司令办公室内，加藤明川正埋着脑袋，一遍又一遍地来回踱步。

这是他独特的思考方式，据说这个方法最先诞生于美国的西点军校。当时军校惩罚调皮捣蛋的学生，就是让他们在一条直线上不停地来回踱步。而后美军中的大部分优秀将领，都养成了这个习惯。

也就是说，绝大部分后来声名显赫的将领，在那个时候，都是老师们眼中令人头痛的调皮学生。

这个社会就是这样子。太过老实的人或许会勤勤恳恳地博取一番家业，但想要一飞冲天，大起大落，那是绝对不可能的。

在残酷的社会竞争里，能够脱颖而出的人，都是异于常人的人。

也正因为如此，所以成功的人，才会感受到孤独。所谓高处不胜寒，就是这个道理。

而加藤明川，就是一个孤独的人。

而且这种孤独感，在这个时刻，达到了前所未有的顶峰。

松井次郎切腹，藤田一郎被捕。如今的上海滩，最有权势的人就是他加藤明川。虽然他还挂着大佐的军衔，但东京赋予他在上海的权利，不亚于一个将军。

至少在东京方面派人来接管上海的时候，他是名副其实的上海王。

所谓东方明珠，这一刻，在他手中，形同玩物。

然而越是如此，加藤明川的孤独感就越是强烈。他是一个嗜血的人，只有沸腾的血、闪亮的刀，和顶尖的敌人，才会让他寂寞的心感到些许的安慰。

所以他强烈地期待，今天晚上，会有敌人袭击他的司令部，让他再一次尝尝鲜血的滋味。

只可惜，直到现在他寄予厚望的敌人们都还没有任何的动静。

难道那些敌人都死光了么？还是自己真的，就那么轻易地把乱党给一网打尽？

忽然间，加藤明川的眼光里闪过一丝迷茫。

就在这时，他的房门被"嘭"的一声撞开了。

一名军官上气不接下气的出现在了门口，急切地说道："大，大佐！藤田一郎，藤田一郎出事了！"

"出事了？"加藤明川猛地抬起头，目光如电，把报告的军官都吓得往后退了两步。

"走！"加藤明川闻到了一丝阴谋的味道，他二话不说，直接向自己的住宅走去。

远远的，他就听见藤田一郎杀猪般的嚎叫声！

他不由得加快了脚步，走进房间，他看见脸色腊黄、满头大汗的藤田一郎正在满地打滚。豆大的汗珠从他的脸上不断地滑落，竟然将他的衣服都湿透了。

在他旁边，一名上尉医官正在努力地替他检查。

"怎么回事？"加藤明川疑惑地问道。

"初步诊断是急性阑尾炎。必须马上送医院！"

"不行！"加藤明川断然拒绝了医官的提议。

"大佐！如果不送医院进行手术，他会活活痛死的！"医官急切地说道。

加藤明川皱起了眉头。他感到事态有些严重。藤田一郎肯定不能死。他是南京总部点名要押送南京受审的重犯。这个时候，他出了任何事情，加藤明川都难逃罪责！

可是他的阑尾炎，发作得未免也太巧合了一点吧？

一时之间，加藤明川竟有些进退两难。

"能不能把大夫请来，在这里进行手术？"

"大佐！阑尾手术虽然不是什么大手术，但必须在无菌手术室里进行，不然会造成严重感染，到时候情况更加危急！"

加藤明川看着医官凝重的表情，牙关紧咬，脸上的神色变幻无常。

他很恨，很恼火。

原本，像这样的宪兵司令部，是应该拥有自己的无菌手术室的。但由于上海长期处于敌后，承平日久，一些应该拥有的设施都已经荒废或者难以马上启用，不然又怎需冒着风险将藤田一郎送医院？想到此处，加藤明川就觉得恨意滔天，杀机狂涌！

这时，藤田一郎叫得更大声了。凄厉的惨叫传出好远，在宪兵司令部的上空不停地回荡，让人觉得阴冷而恐怖。

"大佐，再不送医院，一旦出现什么意外，属下可担待不起！"医官已经有些急了，口气里也缺少了一些恭敬。不过加藤明川也无暇顾及他的失礼。医官说得很对，他付不起责任。可是自己更付不起！

"把他抬起来，送医院！"

加藤明川狠狠地一挥手，转身走了出去。

片刻后，一支防范严密的车队从宪兵司令部内开出。

加藤明川已经十分肯定这是敌人的圈套。但敌人的圈套实在是太高明了，一把就捏住了他的软肋，让他不得不捏着鼻子跳进这个圈套里。但这并不代表他就会轻易地认输，他也是做好了充足的防范的。

整整一个大队的日军出发了。车队的首尾两端都是日军的装甲车。两边是满载着日军士兵的军用车辆，而加藤明川的轿车就被这么紧紧地护卫在中间。车队的周围还有十几辆日军的军用摩托在游弋，充当斥侯的角色。

这么一支防御严密的车队，加藤明川有信心将所有的来犯之敌统统歼灭。

他也想过借用这个机会引诱敌人出来，但时间太过仓促，他已经来不及作出完善的布置，自然不敢冒这个危险。

车队在冷清的上海街道上快速行进着，十几分钟后，就停在了日军军用医院的大门前。

早已经接到通知的医院已经做好了准备。车队停稳后，军车上的日军士兵立刻跳下车来。他们迅速占领了防御位置，随后加藤明川的轿车驶进了医院的大门。在轿车后面，装甲车和路障组成的防御工事已经将大门彻底封锁。

"快快！"汽车刚刚停稳，一群护士和医生就涌了上来。他们七手八脚地将已经有气无力的藤田一郎放在担架上，挂上吊瓶，随后就往手术室狂奔。

"你立刻去布置防御，封锁医院的后门和侧门！将大楼也给我封锁起来，不能出任何的纰漏！"加藤明川也走下车来，他一边走一边吩咐，身旁的军官则不断地点头。

布置完毕后，加藤明川径直走向手术室，却被两个护士挡在了外面。

"八嘎！你们干什么！"加藤明川怒吼道。

一旁的医官把加藤明川拉到了一旁，说道："大佐，手术期间，除医务人员外任何人不得进入。这是医院的规定！"

"狗屁规定，我一定要去盯着！"

"大佐，要进入医务室必须进行无菌处理，非常麻烦的。再说您进去盯着，万一外面出了什么事情，谁来指挥？再说如此严密的防御，是不可能出什么岔子的！"

加藤明川想了想，也觉得医官说得有理。但是他还是有些不放心，他转过头吼道："小野上尉！"

"属下在！"小野连忙走了上来。

"你立刻去进行无菌处理，然后进手术室给我盯着，有什么情况立刻回报！"

"是！"小野应了一声，拉过一个护士，让她带着往前走去。

随后，加藤明川一屁股坐在手术室旁的凳子上，静静地等待着。

时间，在一分一秒地过去。

一个小时过去了，两个小时过去了。

而手术室的警示灯，却依然在亮着，长久不息。

"不对啊！切除阑尾不可能要那么久啊！"在他身旁，医官疑惑地说道。

加藤明川的眼睛猛地睁大了。

"八嘎！"他从座位上跳起来，狠狠地给了医官一耳光。

随后他掏出手枪，猛地冲到手术室门口，飞起一脚，踢开了手术室的大门。

他看见，手术室里，除了昏过去的小野上尉和几个护士以外，已经空空如也。

那几个先后进入手术室的主刀医生和医务人员，以及原本应该躺在手术台上的藤田一郎，已经不翼而飞了。

在手术室的墙上，一扇外窗被打开了，透明的窗户正孤零零地在夜风中吱吱作响。

加藤明川只觉得头晕目眩，随后一头昏倒在地上。

上海，廖敬凯总部。

"藤田将军，辛苦你了！"房间里，杨建将一杯热气腾腾的龙井茶放在藤田一郎的面前，轻轻地说道。

藤田一郎披着一件大衣，脸上露着苦涩的微笑，他用中文说道："败军之将，岂敢言勇。将军之称，还是免了吧。还要多谢先生相助。"

杨建点了点头，虽然表面上不动声色，但内心深处还是有些许得意的。他并没有真的想从下水道直接向司令部发动进攻。而是在同内线接头以后将行动地点改在了日军的医院内。他带着人马从下水道潜入医院，很快占据了撤退路线上的要害据点。而他则亲自带领几名心腹手下，伪装成日军军医，在手术室里将藤田一郎给救了下来。

整个行动布局精致，动作迅速，干净利落，不留痕迹，是一次教科书般的完美突袭。

但他并没有得意太久，因为还有更重要的事情在等着他。

当下，他收拾心情，郑重地说道："那好，那我就冒昧了。藤田先生，眼下的局势相信您已经非常明了。廖先生已经先一步去南京了，最迟后天，我们就会想办法将藤田先生送往南京。我想问一下，藤田先生，您可知道玉川少佐的下落？"

藤田一郎歉意地笑了笑，说道："实不相瞒，这一切发生得实在是太过突然，我也不知道玉川现在到底在哪里。"

听了藤田一郎的话，杨建叹了口气，没有再说话。

两人就这么沉默相对，其实他们的脑海里，都在思量着同一个问题。

"玉川，你到底去了哪里？"

而此时，万众牵挂的玉川少佐，正在旷野里艰苦地跋涉。

他的脸上，手上，都有着刮伤的痕迹。原本整齐的军服也有些破烂，但他的眼神依然坚定。握着战刀的手，依然没有颤抖。

他一边缓慢地行进着，一边回想着自己的往事。

他原本应该是在温暖的火车包厢里面，而不是这凄冷的旷野中。

他清楚地记得，自己上火车以后，第一眼看见的，不是那些无所事事的袍泽，而是几名德国军官。

看他们的样子，应该是德国领事馆的武官。

虽然不太明白为什么德国领事馆的武官会乘坐日军的军用火车。但日德两国本是同盟，因而玉川也没有更多的思考，径直走进了自己的包厢里。

火车启动，玉川在包厢里睡得很安稳，很舒适。

本来旅程就应该是这样，顺利、安全。然而这宁静的氛围，在玉川上厕所的时候为止终结。

因为他在上厕所的时候，那几名德国武官尾随在他后面，对他发动了袭击。

袭击异常的短促而有力，最终，逼不得已之下，玉川跃出了厕所的窗户，跳下了火车。

逃出生天以后，玉川并没有直接与铁路沿线的日军取得联系，因为他已经产生了怀疑。

那几名德国军官是正大光明地登上日军军列的，那么就无法担保，他们对自己发动的袭击，没有日军内部成员的参与。

玉川不是傻子。自从山本义夫死亡而无人追究以后，他就已经知道，局势正在变得无比复杂和不可琢磨。因而他也倍加小心，眼下，除了自己的恩师藤田一郎以外，他不敢相信任何人。

此时的他，自然也不知道，在南京和上海到底发生了什么。他只是依靠自己的双腿，艰难地朝南京城进发。中途他在一些平民的家里找了一些吃喝的东西，却没有找到合适的交通工具，因而暂时他还只能依靠自己。

他还以为藤田一郎在南京。而这个时候，自己的老师，是他唯一能够相信的人。

风，在猛烈地刮着，玉川禁不住打了一个寒颤。他伸出手，摸了摸自己的胸口。

在那里，他从高桥的遗物里截留的《孙子兵法》，正在静静地安睡。

玉川一直把这本书带在身边。他上厕所的时候，本来想再看看，他有这个习惯。谁知道却发生如此重大的变故，结果他带着这本书一起跳下了火车。

远远的，有几声狗吠传来。

玉川侧着耳朵听了一下，立刻皱了眉头。

因为他听见了枪声。

枪声不是很密集，声音也很小。但他毕竟是经过了艰苦训练的职业特工，他还是分辨出来，这是日军军官的南部造手枪的声音。

他立刻加快了自己的脚步。同时掏出了自己的手枪。他感觉，前面一定有什么事情发生。

枪声，脚步声，呼喝声，狗吠声，交杂在一起，向玉川不断逼来，越来越近，越来越近。

夜风中，已经能够依稀看见手电的光亮在不断地闪烁。

玉川四处看了看，发现旁边有一个大坑，他连忙冲进大坑里，趴了下来，握紧手枪，静静地等待着。

片刻后，一群人追逐着冲了过来。

冲在最前面的，是一名日军军官，他已经受了伤，正在一面跑一面用手枪还击。在他后面，追着七八名穿着便衣的特工，他们都说着日语。其中有一名特工手里还牵着一只狼犬，对方明显是想捉活的，虽然不时还击上两枪，但都没有射往目标的要害。只是在那名逃跑的军官四周溅起点点尘土。

"阿部林介？"随着距离的不断拉近，玉川终于看清楚了那名日本军官的脸庞，不由得皱起了眉头。

玉川没有看错，逃跑的这名日本军官，就是南京特务机关总部内唯一一个逃出生天的高级参谋，武藏天雄要求全城缉拿的阿部林介。

他在日军发动清洗的前一晚离开了总部，也因此躲过了一劫。日军发动清洗后，他费尽九牛二虎之力才逃出了南京城，但还是被武藏天雄手下的特工队给盯上，一路追逐杀戮不断，他已经到了油尽灯枯的境地。

但无论是他还是正在拼命追击他的特工队员们，都不知道，在这个庞大的棋盘里，最关键的一枚棋子玉川，正在暗中窥视。

玉川曾经随藤田一郎到南京特务机关总部报道过。他知道阿部林介是南京特务机关总部的高级参谋。在他的眼中，这个男人虽然身居要职，却有些玩世不恭，脸上总是挂着邻家大男孩般的亲切微笑，很容易让人产生好感。而且为人豁达爽快，仅仅几天就和自己打得火热，后来虽然分隔两地，长年不见，但玉川还是对他产生了深刻的印象。

虽然玉川不知道原本应该好好的呆在南京总部的阿部林介为什么会出现在这里，也不知道他为什么会遭受到追杀，但秉着朋友的敌人就是自己的敌人的原则，玉川决定出手相助。

至少阿部林介身上还穿着少佐军服，是一名日军军官。而追他的几个人，虽然也说着日语，但鬼才知道他们是什么身份。

玉川挪动手枪，开始向阿部林介身后的追兵瞄准。

他并没有擅自开枪，南部手枪的威力不大，一旦距离太远就发挥不了什么作用。何况对方的人数还多于自己。

忍耐，是特工的第一原则。

玉川闭住呼吸，他眼睁睁地看着阿部林介从自己的身边跑过，又看着那群人向自己这里跑来。

双方还在不停地交火，就在这时，阿部林介闷哼一声，一头倒在了地上。

而那些全神贯注的追兵，也来到了玉川藏身的大坑旁。

就是现在！

玉川猛地扣动了扳机。

"啪啪啪啪！"一颗又一颗子弹飞出，一个又一个敌人倒下。

寒光耀眼，玉川扔掉手枪，刷的一声抽出了自己的战刀。如此近的距离，刀锋比子弹更有效。

鲜血腾起，黑夜中，似有几颗头颅滚落。

玉川干净利落地解决掉了追兵，他英俊而清秀的脸庞，已经被喷出的鲜血染得通红，在黑夜之中，就如厉鬼一般恐怖。

他伸出手，使劲地在自己的脸上擦了擦，随后飞快地跑到阿部林介的身边，将他扶了起来。

阿部林介的胸口上有一个黑洞，鲜血正不停地从里面冒出，看来是救不活了。

"玉，玉川！"阿部林介艰难地睁开自己的眼睛，一眼就看清了自己眼前的男人。

他猛地伸出手，抓住玉川的胳膊，吃力地说道："南京，变故，高桥，高桥的东西！"他没有说完自己想说的话，头一歪，已经咽气了。

作为政变集团的核心分子，阿部林介在和藤田一郎的接触中已经知道，东西极有可能就在高桥的遗物里。

他很想告诉玉川发生了什么事情，但他再也没有机会了。

不过玉川已经有所领悟，他放下阿部林介的尸体，随后从怀里掏出了那本《孙子兵法》。

书上，还有着他淡淡的体温。

随后他将书重新揣进怀里，走到尸堆旁，拉出了那只狼犬的尸体。

他在第一轮攻击的时候，就已经用手枪子弹，将狼犬送入了地狱。

随后他用战刀割开狼犬的咽喉，将嘴凑上去，贪婪地吸吮起来。

黑暗中，只有他如野兽般的嘶嚎，伴随着凄冷的风，传出好远，好远。

第十八章　复　仇

南京，德国大使馆。

威廉·杰伦上校拉开自己的窗帘，看了看正在逐渐高升的朝阳。

今天的天气很好，是一个非常清爽的日子。

他转过头，看了看自己身后一脸肃然的手下们。

他缓慢而郑重地说道："上一次，我们击毙日军军官中田和几名中国特工，是在惩戒那些胆敢和我们作对的敌人。其实那种行动，可有可无，但你们做得很漂亮，我很欣慰！"

说完，威廉·杰伦环视四周，看了看自己手下们的脸色，随后加重了语气："但是！袭击玉川少佐，是我们早已制定的计划。这与我们是否能够寻回资料密切相关，而你们竟然失败了，你们如何负责！"

"用我们的鲜血和生命，来捍卫德意志的荣耀！"房间内，军官们挺直自己的身躯，用尽全身力气狂吼道。

"哼！德意志的荣耀，不是用嘴来捍卫的！现在，我再给你们一次机会！我们最重要的竞争对手，廖敬凯，已经带领他的手下们来到了南京。我们已经掌握了完整的情报。现在，你们给我去，逮住他，消灭他，撕碎他！干掉他！用我们的子弹，我们的刺刀去告诉我们的敌人，资料，是伟大的德意志的，谁敢妄动，必死无疑！"

话音刚落，威廉·杰伦猛地立正，伸出了自己的右臂。

"元首万岁！"

"元首万岁！"

南京，火车站。

伴随着长长的汽笛声，一列民用列车拖着老迈的身躯缓缓停在了站内。

如今这战火纷飞、朝不保夕的年代，还有心思坐火车的人，除了一些达官贵人、富商小姐外，实在是不多了。

因而火车虽长，从里面走下来的人，却十分的稀少。

所以黄金眼布置在火车周围的观察哨们，很快就认出了廖敬凯。

他穿着一身灰色的西装，身后跟着四名手下。他们混在人群中，慢慢地走出了火车站，接着登上两辆前来迎接的汽车，消失在了观察哨们的视线中。

随后，一通电话打到了德国大使馆的办公室。

"目标出现，准备行动。"

威廉·杰伦上校是一名出色的军人，一名优秀的特工。他知道，自己要对付的人是一个难得的高手，因而他并没有选择在火车站进行攻击。

因为火车站相对密集的人群和复杂的地理环境能给廖敬凯等人提供很好的掩护。而且南京对于廖敬凯而言毕竟还是一个比较危险的地方。他的警惕心始终会保持在高度戒备的状态。这个时候动手，是不太明智的行为。

所以威廉·杰伦上校将行动的地点选择在了离廖敬凯的总部不远的地方。

廖敬凯的总部在哪里威廉·杰伦并不知道。但根据给他传递情报的那名美丽的东方女人所言，他所选择的伏击地点，离总部已经很近了。

这个时候，往往就是人防御最松懈的时候。

也是动手的最佳时机。

想到这里，上校的眼前不由得又浮现出那美丽的身影。

他的嘴角，浮现出一丝欣赏而暧昧的微笑。

就在威廉·杰伦有些自我陶醉般幻想的时候，冯·施耐德上尉正趴在一座建筑物的二楼窗户旁，紧张地注视着街道上的动静。

这里，就是威廉·杰伦上校在那名美丽女子的帮助下选择的伏击地点。

远远的，两辆黑色的轿车已经开了过来。

冯·施耐德上尉拿起了望远镜。这个有着贵族血统的英俊小伙是一个谨慎而认真的军人。他继承了祖先们的优良传统，有着高超的技艺和炽热的忠诚。不然一向严肃无比的威廉·杰伦上校也不会让他来担任这次行动的指挥官。

他透过望远镜，一眼就看见了汽车后座上那名穿着灰色西装的男子。他见过廖敬凯的照片。但此时他的目标正用帽子盖着自己的脸庞，看上去似乎已经睡着了。不过从身形上来看，应该是廖敬凯无疑。

看来这两辆汽车，就是自己要斩获的猎物。

"准备！"他拿起无线电，轻轻的命令道。

眨眼间，汽车就开进了他的伏击圈。

"开火！"

天地变色。

只听见"哗"的一声，汽车两旁的建筑物里，忽然喷出四条长长的火舌，成千上万的子弹如暴雨一般铺天盖地挥洒到汽车上。

MG42型通用机枪。德国军队的骄傲，盟军部队的噩梦。

这种机枪是世界上第一款大规模采用冲压金属软件作为枪身结构的武器。重量轻、保养易、射速快、威力大、精度高。总之你把能够想到的所有的赞美之词加注在它身上都毫不为过。而且它还能够通用轻重机枪子弹和98K步枪子弹，其射击之时，凶猛的火力甚至能够洞穿轻型装甲车的防弹钢板，是独一无二的杀人利器。

1942 年秋，德军在突尼斯卡塞林山口同美军的一场恶战中，约 2400 名美国士兵在 MG42 威力的震慑下举起了双手。

它由此赢得一个非常恐怖的绰号——除草机。

乱世人名贱如草。在它的凶名之下，不知道有多少累累尸骨，血海汪洋。

整整四挺 MG42 型机枪的交叉射击，能让一个连的敌人在几秒钟内变成支离破碎的尸体。

事实也是如此，在遭受如此猛烈的袭击之后，两辆汽车径直变成了火海。

飞舞的子弹打爆了汽车的油箱，爆炸声中，汽车腾空而起，化为碎片，带着残存的火焰，如流星一般飞舞在南京古城的上空。

整个伏击过程，不到五秒钟便已完美结束。

"撤退！"施耐德上尉满意地看了看自己的战果，下达了命令。

大街之上，只剩下一地的汽车碎片和残缺不全的尸首，还在熊熊燃烧。

遍地血迹里，廖敬凯那顶灰色的帽子竟然奇迹般地保存下来，孤独地矗立在这人间地狱般的环境中，显得异常的扎眼。

上海，易宁山公寓。

地下室里，易宁山静静地站在原地，凝望着自己眼前的事物。

他的眼前，有一具水晶棺材。而棺材里，赫然就是司徒婉的尸体。

司徒婉死了，但易宁山却没有让她就此从自己的眼前消失。他请来了能够请到的最好的医生，将司徒婉的尸体给保存下来。

司徒婉很狠心，真的很狠心。当易宁山看见鲜血从司徒婉两腿之间流出来的时候，易宁山就已经知道，司徒婉不仅带走了他的爱情，还带走了他的孩子。

这更加让易宁山肝肠寸断，痛不欲生。

同时，他心中的仇恨之火，燃烧得也更加剧烈。

易宁山呆呆地看着水晶棺里司徒婉那绝色的容颜。司徒婉毕竟是个女人，她很爱美，因而她从高楼之上一跃而下的时候很有技巧。她避开了自己的脑袋，也避开了脑浆四溅的结局。

如今她经过特殊处理后的身体，就这么安静地躺在天鹅绒中，就如同睡着了一般。

只可惜，无论多么英俊的王子，都无法唤醒这个沉睡的美人。

她永远地去了，再也不会回来了。

她给易宁山留下的，只是那痛苦而虚无的怀念。

易宁山伸出自己的手，隔着厚厚的水晶玻璃，抚摸着司徒婉的脸庞。

"小婉，我就要去南京了！汪先生说，南京会有大动作。我可以为你报仇了，小婉！你放心，我一定会让那些害你的人，全都下来陪你！我要让他们跪在你的面前，永世不得超生。"易宁山泪流满面，但他所说出的话语，却是杀机重重。

随后，他咬破自己的手指，将自己手上的鲜血，隔着棺材玻璃，轻轻地涂抹在司徒婉的嘴上。

鲜血，并没有如他所愿一般驻留在司徒婉的嘴唇之上，而是顺着冰冷的棺盖，缓缓流下。

是那样的触目惊心，那样的血色嫣红。

易宁山闭上双眼，长叹一声，随后擦干自己的泪水，转身离去。

这一刻，他又重新恢复了自己的本色，一个铁腕的枭雄，一个杀人的魔王，一个在上海滩人人谈之色变的易先生！

"去机场！"易宁山走出公寓，钻进汽车，冷冷地说道。

司机发动汽车，离开了公寓。

夕阳西下，残阳似血。

上海，日本宪兵司令部。

"给我搜！拼命地搜！就算掘地三尺，也要把藤田一郎给我找出来！"办公室里，血红着双眼的加藤明川大佐发疯般用自己的拳头锤击着昂贵的大理石桌，由于用力过猛，他的手上已经有了丝丝血痕，他却毫无察觉。

他的怒火是无法想象的。居然让藤田一郎从自己的眼皮子底下逃走，这对他而言是一个巨大的耻辱。他已经下令封锁了上海，对进出的车辆人员严加盘查，然而整整一个晚上过去了，藤田一郎还是了无音讯。加藤明川认为，既然藤田一郎没有消息，那么他肯定就还在上海，只要他在上海，自己就一定要把他找到！

"是！"眼见自己的上司已经快要怒发冲冠，在场的十几名军官连忙点头应是，他们全都低着脑袋，生怕长官的怒火会在下一刻降临到自己的头上。

"我命令，从现在起，封锁上海！无论是谁，都不许离开！"加藤明川杀气腾腾地吼道。

"大佐，今天下午易先生要从军用机场登机去南京，是南京总部亲自安排的，您看…"

"易宁山？"加藤明川默念了一声，他的眼前，又浮现出了那个从高楼之上一跃而下的绝色女子。

忽然间，他竟然感到有些许的迷失。

但他立刻清醒过来，问道："飞机什么时候起飞？"

"四点！"

加藤明川低头看了看手表，刚好是三点三十分。

"立刻给机场去电话，让他们延迟起飞时间，没有我的命令，绝对不能起飞！备车，我们去机场！"

"是！"手下们点点头，飞快地走了出去。

"易宁山？"加藤明川又念叨了几遍这个名字。随后拿起军帽，走出了房间。

南京，下关。

街道上，一名男子正在飞快地行走着。

他穿着一件黑色的西装，帽子压得很低，脸上还戴着一副墨镜。他一只手揣在衣兜里，一只手拿着一个小镜子，不时地举起来看一下。

他是一名训练有素的特工。

他在下关的街道上穿梭着，有时候同一条街道他要走上好几遍。直到他确定没有人跟踪以后，他才钻进了一家旅店里。

他直接上了二楼，来到一处房间前，随后伸出手敲了敲门。

他敲得很有节奏，这是事先约好的暗号。

紧接着，房门裂开了一条小缝，他左右看了看，一闪身，已经进入了房间。

房间里，一个中年男人正坐在椅子上漫不经心地削着水果，小小的水果刀，在他的手上就如有生命一般，正在跳着欢快的舞蹈。

死亡的舞蹈。

这个男人，就是廖敬凯！

廖敬凯确实在火车站上了轿车，但在中途，趁着一度甩开了德国人的跟踪车辆的机会，他又悄悄地走下车来。

临走前，他还和一名身形相似的手下换了衣服，并吩咐他扮成自己的样子，手下不明就里，结果成了他的替死鬼。

"有消息了么？"廖敬凯慢条斯理地将一块水果塞进自己的嘴里。他的声音很淡，很平稳，似乎看上去他完全不在意自己被袭击的事情。只有熟悉他的人才知道，在关键的时刻，他越是平稳，他的杀机就越是浓烈。

手下连忙取下自己的帽子和墨镜，恭敬地说道："有消息了，刺客用的全部是德制武器，我们预先安排的钉子也看见是外国人。想来，应该是德国人无疑。"

"德国人？"廖敬凯削水果的动作稍稍地停了一下，随后招了招手，说道："你过来！"

手下连忙上前几步，将耳朵凑了上去。

廖敬凯的身子往前移了移，在他的耳边一阵耳语。

"是！"吩咐完毕，手下连忙点点头，转身离开了房间。

只剩下廖敬凯继续在凳子上削着他的水果。

忽然间，廖敬凯的手一颤，冰凉的刀锋掠过他的皮肤，一丝鲜血立刻渗透出来。

廖敬凯叹了口气，他放下手里的刀子和水果，悠悠地喊出一个让他觉得有些心痛的名字。

"玫瑰！"

上海，日军军用机场。

"什么，飞机延迟起飞？"机场里，一队日军士兵荷枪实弹地守在飞机前，面对着易宁山心腹秘书的质问不理不睬。

"算了！回来吧！"易宁山从车里探出头，轻轻地说了一句。

他的心腹秘书生气地回到车上，重重地带上了车门。

"易先生，他们太过分了！我……"

"行了，让我安静一下。"易宁山挥了挥手，随后闭上了自己的眼睛。

秘书也无奈地停止了自己的抱怨。他点燃一支烟，狠狠地吸了一口，他转过头，看了看自己这个曾经熟悉无比的上司，忽然觉得，这个风云上海的易先生，他跟随多年的老板，在这一刻，是如此的陌生。

易宁山就这么静静地闭着眼睛，似乎周围的一切都与他毫无关联。十分钟过去了，二十分钟过去了。也不知道到底过了多久，就在他的秘书等得实在是不耐烦准备再次爆发的时候，加藤明川的车队终于驶进了机场。

车队停稳，加藤明川走下车来，易宁山也睁开了自己的眼睛。

"易先生，真是不好意思，让易先生久等了！"加藤明川走到易宁山的车子旁，敬了一个军礼，微笑着说道。

易宁山却没有下车的意思，也没有还礼，他只是不愠不火地说道："加藤大佐。让我到南京，是汪主席和武藏天雄长官亲自下达的命令。您这又是什么意思？"

加藤明川依旧面带微笑地听完了易宁山的质问。他知道，对于司徒婉的死，易宁山至今都还耿耿于怀。哪怕是加藤明川自己，也是惋惜不已。所以他并没有和易宁山较劲的意思，他只是淡淡地说道："不好意思，易先生，我们要执行重要公务，必须检查您的汽车，还忘您海涵！"

"请便！"易宁山冷冷地回应道，随后又重新闭上了眼睛。

"打开后备箱！"加藤明川下达了自己的命令。

司机看了易宁山一眼，见易宁山没有任何的表示，于是打开了汽车的后备箱。

里面空空如也。

加藤明川走上前去，用手仔细地抚摸着后备箱。因为如果这里面装过人的话，肯定会留下些许的痕迹。

但他没有找到任何的线索。他又四处看了看，忽然指着前面的一架飞机说道："易先生就是要上这架飞机么？"

"我不知道，不要问我！"易宁山淡淡地回答道。

"把负责人叫过来！"

片刻后，一名少佐军官跑了过来。

"易先生今天坐哪架飞机？"加藤明川向少佐问道。

"长官，就是前面那架！"少佐往前面指了指。

"搜！"加藤明川一扬手，一队宪兵跑了过去。

一番搜查，还是一无所获。

"把你们的飞行员叫过来！"还不死心的加藤明川下达了最后的命令。

很快，两名飞行员就出现在了加藤明川的面前。

加藤明川仔细地检查了一下飞行员，确定没有问题后，才转过头说道："易先生，得罪了，请登机吧！"

易宁山面无表情地走下车来，向飞机走去。他的秘书紧跟在他身后，所以加藤明川没有看到，易宁山的手，其实在轻轻地颤抖。

仇恨的颤抖。

易宁山登上飞机，飞机驶向跑道，随后升上蓝天，加藤明川将这所有过程都看完以后，他才登上汽车，离开了机场。

但不知道为什么，他心里面总有种怪怪的感觉，挥之不去。

当太阳快要落山的时候，载着易宁山的军用飞机降落在了南京的日军机场。

易宁山走下飞机，和前来接机的人寒暄几句后，登上汽车，向南京城驶去。

片刻后，在他身后的飞机上，一块活动舱板打开，露出一个小小的暗格。

里面有一个身体缩成一团，穿着飞行服装，戴着飞行头盔的男子。

他从暗格里钻出来，活动了下手脚，随后等待了一会儿，趁着一个间隙跳下了飞机，混在机场的人群中，钻入了飞机不远处的一辆汽车。

汽车缓缓发动，他摘下头盔，长舒了一口气。

一张熟悉的脸暴露在空气中。

藤田一郎！

"欢迎您来南京，藤田先生！"驾驶座上，司机微笑着问候道。

南京，又迎来了一位新的客人。

南京，火车站。

天空中，下着蒙蒙的雨。

这雨来得实在是太过突然，以至于所有人都毫无准备。火车停住以后，打扮光鲜的先生小姐们纷纷从火车里小跑而出，躲雨的躲雨，叫车的叫车，偌大的车站，立刻显得混乱起来。

东方云和楚超就是在这样的环境里走下车来。

他们身后还跟着十几名精锐特工，但没有和他们走在一起，而是分成了几个小组，彼此遥相呼应。毕竟一群穿着西装的男子浩浩荡荡地在街上行走，实在是太过惹眼了一些。

这一次来南京，东方云其实犯了一个忌讳。那便是不加请示地进行跨区作战。他只是上海站的领导，军统南京站有自己的谍报网络和行动计划，而东方云却没有支会他们，也没有汇报重庆，就擅自进入了一个并不属于他的范围。

不过就算东方云想和南京站的军统特工们接头，也不是一件容易的事情。随着武藏天雄在南京的血腥清洗，军统南京站也偃旗息鼓，暂时停止了所有行动。毕竟在这种时刻，去触日军的霉头可不是一件值得骄傲的事情。

雨，已经下得有些大了。东方云礼帽的帽檐已经开始滴水，他不由得加快了自己的脚步。楚超和手下们紧紧跟在他身后，向火车站外面走去。

直到走出好远，他们才找到了几辆刚刚空闲下来的黄包车。东方云带领手下们登上车，分批向着预定的酒店出发。

雨幕重重，那阴霾的天空就如东方云的内心一般沉重。

能否摆脱内奸对自己的控制，揭开真相的面纱，就在这一回南京之行了。

他要和一个人接头，一个在同样的雨帘中，撑着一把小伞，美得让人心醉的女子。

玫瑰！

南京，军统南京站总部。

玫瑰走进客厅，收起了还在滴水的雨伞。

这里是廖敬凯在南京行动的落脚点。他持着重庆方面的密令，命玫瑰先行一步，接管了军统南京站的所有事物。

"小姐！"伺候在周围特工见玫瑰回来，连忙鞠躬行礼。

连日里，这个女子的美丽，冷酷，和偶尔流露出的狠辣坚决，都给他们留下了极为深刻的印象。

玫瑰只是冷冷地点了点头，随后朝楼上走去。

由于周围的特工们都埋着头，因而玫瑰并没有注意到，他们的眼睛里，不约而同地闪烁着复杂莫名的光芒。

玫瑰径直走上楼，推开了自己的房间，她猛地愣住了。

她看见了一个男人，一个她熟悉无比，畏惧无比，却又痛恨无比的男人。

廖敬凯！

听见身后的响动，廖敬凯并没有转过身，他只是淡淡地说道："你回来了？那进来吧！"

玫瑰还在犹豫，脚步声起，几名手持冲锋枪的特工已经幽灵般地出现在了她的身后。

上天无路，入地无门。

玫瑰露出一个凄然的笑容，随后义无反顾地走进了房间。

房门，在她身后慢慢合拢，阻挡住了她身后特工们的视线，也阻断了她与这尘世最后的纠葛。

　　直到此时，廖敬凯方才转过身来，他淡淡地说道："玫瑰，我不明白，你为什么要背叛我？"

　　"我不明白先生说这句话是什么意思！"

　　廖敬凯的眼中闪过一丝惋惜，他慢慢地说道："你不要再装了，如果没有确凿的证据，你觉得我还会出现在这里吗？"

　　听了廖敬凯的话，玫瑰已经知道事情再也没有挽回的余地，她反而轻松下来，她昂起了自己美丽而骄傲的头颅，一动不动地看着自己眼前这个优秀而阴森的男人。

　　"你知道吗，玫瑰。我是那么的爱你，你是我一手训练出来的，你美丽，你优秀，你出色无比！你是那样的完美。你简直，你简直就是一件艺术品！你是我廖敬凯这辈子最得意的杰作！"廖敬凯望着玫瑰，自顾自地说着，他的双目中流露着迷醉的光芒，但是在下一瞬间，这光芒立刻变为了浓浓的杀机。

　　"但是！但是你为什么要背叛我！我是你的主人！是我造就了你，是我塑造了你，是我把你一手训练成了谍战界的明星！玫瑰，你为什么要背叛我？！为什么！"一声低低的咆哮从廖敬凯的喉咙里发出，他的表情忽然间变得无比的扭曲，就如一只择人而噬的凶兽。

　　"我不叫玫瑰，我叫江雪乔！"玫瑰依然冷静，只是她的声音中，多了些许的颤抖。

　　江雪乔，这三个字如雷电一般击中了廖敬凯的身躯，击中了他的心灵，让他半天说不出一句话来。

　　他的脑海里，忽然间浮现出了十年前的一幕。

　　洁白的雪地，红色的鲜血，满地的尸体，还有一个哭泣的女孩。

　　"从此以后，你没有名字，只有代号，你的代号，就是玫瑰！"

　　玫瑰，这是他亲自给眼前的女子取的名字，也是自己亲自在她身上留下了那个玫瑰花的烙印。

　　而今，时光匆匆，转瞬十年，自己最心疼的弟子，自己一手锻造的艺术品，居然还记得她本来的名字——江雪乔！

　　悠悠的，只有玫瑰的声音在他的耳边轻轻地回响。

　　"三百七十多名孤儿，你惨无人道地训练我们，惩罚我们，鞭打我们。我们都认了。因为是你们把我们从街头捡回来的。是你给了我们吃的，穿的。我和我姐姐，还有我身边的伙伴们，那时候，我们还在商量，我们该如何报答你。可是，你居然要我们自相残杀，只允许我们活下一个！你害死了我的伙伴，害死了我的姐姐。这十年来，我无时无刻不在想要杀掉你，要报复你，要让你为当年所做的一切付出代价！"

　　自始至终，玫瑰的音调都没有一丝的变化，似乎她完全没有因为自己话语的内容而感到愤怒。

除了她的脸。

她的脸上，已经是泪流成河。

廖敬凯闭上双眼，长叹了一声，问道："1941 年的时候，我们的血兰花行动，是你泄露出去的？"

"是！"

"1942 年的时候，我们在德国的谍报网被德国人一网打尽，也是你做的？"

"是！"

已经不再需要更多的言语，廖敬凯拍了拍手，门被推开了，一名手下捧着两把武士长刀走了进来。

他走得很慢，慢得足以让任何人有充分的机会向他展开攻击。然而当他走过玫瑰身边的时候，这个敢爱敢恨的奇女子却没有任何的反应。

她已经心存死志！

廖敬凯接过手下呈上来的战刀，挥手示意手下退出后，缓缓说道："当年我送你到日本留学，你对日本的军事不屑一顾，执意要去德国。如今，我就看看你在德国到底学到了些什么。"说完，他将一把刀抛给了玫瑰，随后缓缓抽出了自己的长刀。

刀锋森冷，寒气逼人。

寒光耀眼，廖敬凯拔刀在手，向玫瑰狠狠冲去。

与此同时，玫瑰怒喝一声，毫无畏惧地迎了上来。

金铁交鸣，两人错身而过。

鲜红的血，顺着洁白的手臂，一点一点滴落到地板上。

一招，仅仅一招，廖敬凯就划伤了玫瑰的手臂。

"玫瑰，你是我一手调教出来的，你的弱点，我又怎会不知道呢？收手吧，我可以原谅你所做的一切。只要你肯回来，你还是我最得意的弟子！"

听了廖敬凯的话，玫瑰笑了，笑得很决然，笑得很凄婉，笑得，也很美丽。

随后她提高了自己的音量，这是她在房间里第一次拔高自己的声音。

她一字一句地说道："你给我记住，我不叫玫瑰，我叫江雪乔。"

战刀横抹，白皙的玉颈之上，划出一缕艳丽的绯红。

廖敬凯无奈中带着痛苦，他嘴角轻轻抽动着，再一次闭上了自己的眼睛。

玫瑰倒下了，当她倒下的时候，她的眼前，忽然浮现出那一场雨，那雨中的公园，还有那个英俊潇洒，而心纯如水的男人。

随后，眼前的一切，都化为了自己姐姐那温馨的笑脸。

"姐姐！"玫瑰低吟一声，任无尽的黑暗将她的意识吞没。

玫瑰，凋零了！

廖敬凯坐在玫瑰的房间里，怅然若失。

地板上的血迹已经处理干净，玫瑰的尸体也被特工们拖出了房间，为了不让血腥味影响到自己长官的情绪，他们还在墙角处放了一盆香草，但这一切，都没有让廖敬凯的心情好起来。

玫瑰死了，他一手铸造的艺术品碎了，除了心痛之外，廖敬凯更加感觉到的，是一种深入骨髓的孤独。

孤独，仿佛千年的沧桑，晚年的寂寞。当廖敬凯闭着眼睛的时候，他甚至能够感觉到时间就这么慢慢地从自己的指尖流过，然而无论时光如何延续，却没有人能够读懂他内心的孤寂。

或许，只有东方云这种级别的对手，才能让他感觉到一丝安慰吧。

只可惜，东方云从一开始就掉进了他设的局里，处于绝对的下风。因而直到如今，他们都还没有公平交手的机会。

如果事情按照目前的情况发展，这样的机会，将来也不会再有了。

就在廖敬凯独自思考的时候，已经赶到南京的杨建，拿着一封情报急匆匆地走了进来。

"长官，白雕来信，东方云带人来南京了！"

廖敬凯猛地睁开了自己的眼睛。随后闪电般地伸出手，已经夺过了情报。

"白雕有危险了！"廖敬凯看完情报，冷冷地说道。

"长官，这……"

"我早就应该想到的。既然玫瑰背叛，那么她很有可能泄露了我们的情报。现在别说东方云，我看就算是共党，恐怕都已经掺和进这趟浑水里面来了。"

"那我们应该怎么办？"

"事到如今，东方云已经没有什么利用价值了。找人给日军宪兵司令部打电话，告诉他们东方云的确切地址，让东方云和日本人斗去吧！"

"那要不要转告白雕，让他先行躲避？"

廖敬凯看了杨建一眼，说道："'飞鹰'，你要记住，东方云，是人中豪杰！或许这段时间，你看东方云连连失败，觉得他有勇无谋。那我告诉你，他不是无谋，只是因为完全被我们所控制，有谋无处发而已。但他不是傻子。从白雕现在才给我们传信就可以看出，东方云已经在怀疑他了。不然早在上海的时候他就已经给我们提供情报了！东方云是把刀，很锋利的刀！现在这把刀已经看出了我们的局，他已经想要脱离我们的控制。所以我们必须要把这个苗头扼杀掉！不然，困龙升天，再想遏制，就是难上加难了。你下去办吧，至于白雕那里，我想他应该有给党国献身的觉悟，倘若他大难不死，我会好好回报他的！"

"是！"

"还有，玫瑰手下的人，送他们上路吧，宁可错杀一千，不要放过一个！"

"属下明白！"听完廖敬凯充满杀意的命令，杨建的身子弯得更低了。他恭敬地应了一声，离开了房间。

只剩下廖敬凯，孤独地躲避在房间的阴暗角落里，似乎要与那黑暗融为一体。

南京，共党地下情报站。

旭日穿着一身黑色的劲装，站在一张桌子前。

桌子上，密密麻麻地放着一堆武器的零件。

旭日手脚麻利地组装着手里的枪支，房间里还有其他的特工在作着战斗准备。不算广阔的空间里，不断响起拉动枪栓和子弹上膛的声音。

就在这时，门外响起了敲门声。

一名特工抽出手枪，贴着门板仔细听了一下，随后拉开门，将来客放了进来。

来客是一名中年男子，他径直走到旭日身边，在旭日的耳旁低声说了些什么。

旭日点了点头，转头说道："五分钟内准备完毕，立刻出发！"

而此时，还不知道自己已经身陷险境的东方云，正在给自己的手下们布置任务。

他到南京来，是来寻找东西的。而要找到东西，就必须要寻找到玉川少佐，否则一切免谈。

离开了上海，没有了根本，又不支会南京站而单独行动，包括楚超在内的特工们，都不明白，东方云到底靠什么来找到玉川少佐。

他们根本就没想到，东方云压根就没有想过要寻找玉川。

因为东方云知道，就算他不找，别的势力也会找。而且那些势力在南京所拥有的能量比他大得多，他只需要通过一些渠道在暗中静静地窥视，然后在恰当的时机插上一手。

相比之下，他更加在乎的，是如何揪出隐藏在内部的叛徒。

这也是他执意要来南京的原因。离开了上海，在离开他根基的同时，他也最大限度地削弱了重庆对自己的影响，让他有足够的时间和空间来展开自己的计划。

如果叛徒只是某一个人，那么在解决叛徒以后，他依然会鞠躬尽瘁地为重庆政府寻找东西的下落。

但如果真的是重庆政府一开始就对他利用，防范，猜忌，甚至是暗算，那么，他就必须作出一些别的选择了。

就在他摊开地图，准备说些什么的时候，他留在旅店周围的观察哨已经跌跌撞撞地闯了进来。

"长官，我们被包围了！"

"抄家伙！"东方云没有任何的惊讶，似乎一切都在他的预料之中。

特工们手脚麻利地将床掀翻，抵住了窗户，随后打开箱子，开始分派武器。

美制冲锋枪，手榴弹，烟雾弹，凝固汽油弹。东方云等人带来的皮箱里装满了军火，还都是顶尖的先进武器。

东方云手里拿着一支改装后的汤姆逊冲锋枪。这种枪虽然在扫射时准确度不是很高，但胜在威力大射速快，而且改装了弹匣以后，能够携带八十发子弹的弹鼓，攻击之时如狂风暴雨，所以它又有另外一个称号——芝加哥打字机。

东方云"哗"的一声推上子弹，冷冷地说了句："卧倒。"

下一刻，无数的子弹射入了他们所在的房间。

楼下，上百名日军已经将这里包围，七八挺机枪喷射着火舌，发疯般地向二楼目标处倾泻着自己的火力。东方云的房间内，木屑横飞，玻璃粉碎，就连床铺上的鹅毛杯子也被打得稀烂，白色的鹅毛在空中不断地飞舞，就如下起了一场美丽的雪。

"哒哒哒！"不需要更多的言语，特工们抄起自己手中的武器就开始猛烈地射击。日军的机枪手成为了他们首先照顾的对象。这批特工都是东方云精挑细选出来的高手，枪枪要命，弹弹咬肉，仅一瞬间，日军的机枪就哑火了。

没有了机枪的掩护，只有单发步枪的日军士兵们在美式冲锋枪的交叉火力下寸步难行。

"楚超，带两个人去守住楼梯口！"

"是！"楚超应了一声，带着两名手下匍匐着爬出了房间。他有些紧张，因为他不明白，为什么会突然出现如此多的日军士兵。

但东方云的沉稳帮助了他，他努力地平复下了自己的心境，随后占据了楼梯口的角落。

此时日军的攻击已经在酒店里引起了动乱。无数的人尖叫着，来回奔跑着，东方云的楼层在二楼，一些先生小姐们已经冲出了房间，向楼梯口涌来。

楚超毫不犹豫地开火了。

他射击的对象不是这些平民，而是冲上来的一队日军士兵。他们是从后门冲进来的。东方云的房间是正门临街的位置，无法阻挡日军从后门的涌入。

但狭窄的楼梯口也成为了日军地狱。

狭窄的地势限制了日军的人数优势，而武器方面日军更是处于绝对的下风。一个小队的日军刚刚出现在特工们的视线中，就被凶猛的火力打成了碎片。

枪声也震慑了那些想要逃命的人，在楚超的呼喝下，他们战战兢兢地回到了自己的房间，趴在床底下，祈祷着战斗快点结束。

一时之间，日军的进攻部队和东方云等人形成了僵持的局面。

东方云依然沉稳地趴在地上，透过破碎的窗户间隙观察着外面的情况。

他在等待，等待援兵的到来。

他的援兵没到，日本人的援兵倒是到了。

履带声响，远远的，两辆装甲突袭车，已经出现在了战场上。

第十九章　最后一战

"火箭筒！"眼见日军的装甲车开了过来，东方云连忙呼喝道。

日军的速度确实够快，步兵的进攻刚刚受挫，装甲车立刻支援上来。好在自己已经有所准备，当下，一名特工连滚带爬地冲到墙角，打开一个大号旅行箱，一支收缩式火箭筒出现在了他的眼前。

他打开另外一个箱子，从里面取出一发火箭弹。

"帮下我！"他就地一滚，已经滚到了窗户边，将手一伸，就将火箭弹递给了自己的同伴。同时他顺势立起了身子，这种美国产的单兵式火箭筒虽然携带方便，但因为是后装式发射，因而必须要两个人协同合作才能使用。当下拿着火箭弹的特工猛地将弹药塞进炮管里，拉动炮拴，拍了拍同伴的脑袋。

"嗖！"火箭弹呼啸而出，尾巴拖着长长的白烟从楼上直冲而下，狠狠地撞在一辆装甲车的正面装甲上。只听"轰"的一声，装甲车猛地一震，已经化为了一团火球。

下一刻，无数的机枪子弹蜂拥而至，那名举着火箭筒的特工立刻全身冒血地倒了下去。

"射击，准备手雷！"眼见装甲车不断逼近，东方云怒吼一声，捞起一枚手雷，扯掉了引信。

手雷在冒着白烟，东方云却没有马上将手雷扔出去。他等了等之后，才大喝一声："投掷！"

刷的一声，五名特工齐刷刷地探出身子，将手雷投了出去。

手雷的目标，是跟在装甲车后面的日军步兵。

"轰！"由于延迟了投掷时间，手雷在半空中就爆炸了，一部分弹片和钢珠被装甲车挡下，但更多的杀人利器则呼啸着飞入了日军的步兵群中，顿时炸得日军士兵哭爹喊娘，有些身上插着十几块单片的士兵已经成了血人。更多的，则是捂着自己身上的某一块部位满地打滚。

身后的步兵没有了，装甲车也不可能自己冲进旅店里去。脱离了步兵的跟随，它只能成为敌人的靶子。当下，它一面倒退着，一面用机枪对准楼上猛烈扫射，想掩护第二波日军发起新的冲击。然而装甲车的驾驶员却没想到，在他们后面还有几个一息尚存的日军士兵，于是，在刺耳的嚎叫声中，铁质的履带毫不留情地压过他们的身躯，辗碎他们的血肉，鲜血不断地从履带下喷涌而出，仿若人间地狱。

"掩护我！把火箭弹拿过来！"东方云吼了一声，就地一滚，重新将火箭筒抄在了手上。

"给我上弹！"

"长官！"身后的一名特工拼命地嘶吼着，想要阻止东方云的行动。要知道，在这个时候探出身子发射火箭弹，被击中的可能性在百分之九十以上。

"给我上弹！"东方云已经杀红了眼，他知道，必须解决掉敌人的装甲车。不然就算援兵到了，也会遭受惨痛无比的损失。

"是！"手下发疯般地嚎叫一声，猛地把弹药推进炮筒，拉上炮栓。

眼见东方云要亲身涉险，周围的特工们也急了，他们转移火力，开始对装甲车进行拼命的扫射，虽然此举毫无用处，却也成功地吸引了装甲车的机枪火力，给东方云赢得了机会。

东方云猛地立起身子，对着装甲车扣动了扳机。

"咔！"预想中的震动并没有出现，火箭弹也没有嘶鸣着奔向自己的目标，在这关键时刻，火箭弹居然卡壳了！

此时，装甲车的机枪已经向着东方云调转过来。

"闪开！"在东方云身后，替他上弹的那名特工猛地将东方云推开，随后他的眼前一花，留在人世中最后的映像，就是那装甲车上吐出的长长的火舌。

一瞬之间，他的身上就多出了无数的窟窿，一声不吭地倒了下去。

此时，东方云再次直起身子，扣动扳机。

"嗖！"火箭弹发射出去了，带着他的仇恨，他的愤怒，他的鲜血与泪水，向装甲车狠狠撞去。

"不！"日军之中传来一声撕心裂肺的惨叫，紧接着，刚刚还耀武扬威的装甲车，已经变成了熊熊燃烧的火炬。

"啊！"一名幸存的日军驾驶员嚎叫着，从熊熊燃烧的装甲车里钻了出来，他全身上下都在冒着火焰，一名特工正想向他射击，却被东方云给拦住了。特工转过头，不解地看着自己的长官。

"让他活活地烧死！"东方云的声音比冬天还要寒冷，充满了死亡的气息。

楼下，那名全身是火的驾驶员还在嚎叫着，他满地打滚，想要扑灭自己的火焰，却毫无用处，无奈之下，他身边的一名士兵举起步枪，解除了他的痛苦。

"去两个人，支援楚超！"东方云对自己一手炮制的惨案无动于衷，冷静地吩咐道。

失去了装甲车，日军的步兵是很难突破汤姆逊冲锋枪所组成的火力网的。当下的关键，是要增加兵力去把楼梯给守住。

只要守住了楼梯，他们就能处于不败之地，等到援兵的到来。

愿望虽然美好，但事实往往残酷。

因为就在这时，一台杀人机器已经驶过了街道拐角，慢腾腾地向这里开了过来。

"坦克，坦克！"一名特工惊慌失措地叫道。

日军的坦克，虽然只是轻型，但对东方云等人而言，已经算得上是噩梦。

"火箭弹，火箭弹！"东方云发疯般地嘶吼道。

"长官，火箭弹没有了！"

"妈的！"东方云张嘴就想骂娘，但他看见，坦克的炮塔已经向着他们的方向旋转过来。

"快跑！"东方云一声嘶嚎，手脚并用的往房间外跑去。

"轰！"他们刚刚跑出房间，空气中就响起了剧烈的嘶鸣声，随后坦克的炮管处喷出一股白烟，紧接着东方云所在房间的临窗墙壁就整个地垮掉了。

好在轻型坦克的威力不是很大，要是换了德国的虎式坦克这种级别的霸王，一炮就可以将整个二楼都给轰掉！

这也是日军和西方军事强国的巨大差距。

"投掷烟雾弹！"命令声中，东方云带人往楼下投出几枚烟雾弹，股股白烟从地上冒了起来，阻断了彼此的视线。

其实这一招并没有多大的用处，因为坦克完全可以进行无差别的攻击。

在日军眼中，中国人的生命，只不过是蝼蚁而已。

果然，白烟刚刚弥散开来，二楼的另一边，就有人惨叫着，混合着无数的沙石飞了过去。

这一炮坦克打偏了，但若任它这么持续轰击下去，迟早把东方云他们轰得毫无立足之地。

何况，坦克还在不断地逼近。

就在这时，一名特工忽然冲进房间，捞起几枚凝固汽油弹，往前狂奔。

"你干什么！"东方云大惊失色，想要拦住他，已经晚了。他已经从墙壁缺口处直接跳了下去。

东方云冒着被再次炮击的危险冲到缺口处，但弥漫的白烟阻挡了他的视线，他只有聆听着激烈的枪声和日军慌张的呼喝声，没有任何办法。

不时还有流弹从他头上飞过，他死死地趴在地上，紧张地注视着楼下，虽然除了满目白烟以外，他也看不见什么。

就在这时，白烟深处，传来一声惊天的巨响。

巨大的气浪冲散了烟雾弹的白烟，东方云终于看清，那辆耀武扬威的坦克，已经在猛烈地燃烧。

而那名军统特工，则整个的消失不见了。

凝固汽油弹的威力，固然不足以击破坦克的防弹装甲，更不可能直接将坦克引爆。

但它却能让坦克整个的燃烧起来，不可阻挡地燃烧。

迅速蔓延的火苗最终引爆了坦克的油箱，将它送上了黄泉。

凝固汽油弹的火势一旦蔓延开来，是任何东西都无法阻挡的，这种纳粹德国发明的武器简直可以用惨无人道来形容。因为只要沾上哪怕一点点飞溅的火油，立刻就会借助空气的力量变成一片火海，直到被烧成灰烬为止。

但在这里，它却帮了东方云的大忙。

飞溅的火油不但溅在了坦克上，也溅在了周围的日军士兵身上，结果他们全都变成了人形火炬，正在楼下跳着惨烈的舞蹈。

惨叫声不绝于耳，空气中飘浮着一股烤肉的肉香味，让人作呕。

就在这时，三辆汽车已经飞驰着冲入战场。条条火舌就如蛇信一般从车窗内喷出，铺天盖地的子弹组成的死亡风暴席卷了楼下的每一寸空间。

"援兵来了！"东方云心中一喜，随后拉过一名手下叫道："去叫楚超撤回来，快！"

随后，他带着剩下的手下，直接跳了下去。

落地，翻滚，开火。东方云和三名特工在地上做着复杂的战术动作，向日军猛烈地攻击，前后夹击之下，日军丢盔弃甲，四散奔逃。

"快，上车！"旭日从车窗内探出脑袋吼叫道。

"跟我来！"东方云虎吼一声，加快脚步向旭日冲去。

就在这时，一串子弹从东方云身边掠过，几声惨叫在身后响起。

东方云猛地回转身，竟然出现了一瞬间的呆滞。

因为他看见了楚超，自己的心腹，自己的兄弟，楚超，正拿着冲锋枪对准自己所在的方位开火。

楚超赤裸着上身，额角被子弹擦破，鲜血正无法阻挡地流下来。他依旧是如此的悍勇，但他的眼神已经没有了以往的清澈，取而代之的是前所未有的凶狠。

他端着冲锋枪，向着往日的兄弟，昔日的袍泽，曾经的长官，发射着死亡的子弹。

楚超就是白雕。他就是廖敬凯和重庆政府隐藏在东方云身边的暗线。他自然知道旭日就是共党，所以当他看见旭日探出脑袋要东方云上车的时候，他就已经明白了。

他已经能够猜到，日军的突然出现，是廖敬凯布下的一个圈套，东方云已经没有了利用价值，要将他清除掉。

而东方云则将计就计地布下了一个局，其实东方云早就算计到了这一切。他是在以身试险，如今，他既验证了关于自己对内奸的推测，又能够借助旭日的力量来逃脱重庆政府对自己的控制。

如果东方云登上汽车，那么就宣告他和共产党已经结盟，和党国已经彻底决裂。至少，他会摆脱廖敬凯的控制，重新掌握这场棋局的主动权。

这一切，是楚超，或者说白雕绝对不能忍受的。

所以他扣动了扳机。

呼啸的子弹，没有击中东方云，却击中了东方云身后的军统特工们。

他们惨叫着摔倒在地，他们没有倒在日军的枪口下，却倒在了自己人的子弹上。

东方云的心碎了，他的猜测证实了，他却没有丝毫的兴奋。

他拿起武器，扣动了扳机。

"哒哒哒！"一串子弹飞出，楚超一头就倒在了地上。

随后东方云发足狂奔，旭日同时打开车门，他猛的一扑，已经钻进了车里。

旭日发动汽车，三辆汽车如离弦之箭一般飞快地驶离了战场。

仅仅一分钟以后，大批日军就赶到了旅店。但除了满地尸体和装甲武器的残骸外，他们一无所获。

困龙，升天了！

南京，特务机关总部。

"你们全都是饭桶！"新任的南京驻华特务机关总长武藏天雄中将，面对着一屋子的高级军官，咬牙切齿地说道。

三名少将，五六名大佐，十几名少佐和中佐军官，全都低垂着脑袋，没有人敢站出来为自己辩护。对于这个东京方面的全权特使，潜伏在苍井沅三身边十几年而没有被发现的谍战高手，他们有一种发自内心的恐惧。

"上百名精锐士兵，还有装甲部队的掩护，居然付出了这么大的代价才消灭敌人，可就是如此，还是跑掉了一个关键人物！难道几年没打仗，你们的战斗本领就全部退化了吗？啊？我已经命令封锁南京城，冲锋枪火箭筒，那么多美式装备，他们是如何运进来的，说！"

"将军，我们已经审讯了一个被捕的俘虏，俘虏交代，那个，那个旅店一直就是敌人的据点，那些武器，是事先存放在那里的！"

"混账！你们以前怎么没发现，现在再说有个屁用！阿部林介没找到，玉川到现在还了无音讯，再这样下去，你们全部准备切腹以谢天皇陛下吧！"

"嘿！"满堂将官再次低下了他们的头颅。

望着这一屋子的手下，武藏天雄忽然有一种哭笑不得的感觉。他所主持的大清洗行动成功地清洗掉了苍井沅三在南京的政变集团，但也清洗掉了大部分有实战经验的优秀军官。毕竟这些军官都是苍井沅三一手提拔起来的得意门生，就算他们没有实质性的谋逆，仅是一个连带责任就不可能让他们再待在原来的位置上了。

政治斗争，往往比实际的战争更加残酷。

而由此带来的结果，却是日军特战部队的战斗力急剧下降。兵熊熊一个，将熊熊一窝，事已至此，就算武藏天雄有通天之能，短期之内，也是无力回天。

他所能做的，只是挥挥手，命令手下们退下，随后无力地坐到自己的椅子上。

他休息了一会儿，忽然拿起桌子上的电话，拨通了号码。

"喂，我是武藏天雄，立刻给我接上海宪兵司令部，我要找加藤明川大佐！"武藏天雄拿着电话等了一会儿，在里面传出加藤明川的声音之后，他立刻说道："加藤君，我命令你乘坐今天晚上的飞机到南京报到，不得耽误。上海事宜，我会派专人另行接手。"随后，他又在电话里勉励了加藤明川两句，结束了他们之间的通话。

他刚刚挂掉电话，一名军官就走进来，敬了一个军礼说道："长官，易先生来访。"

"易先生，哪个易先生？"

"就是刚刚就任南京特务处长的易宁山，是您和汪先生亲自点名要他来南京报到的。"

"哦！"武藏天雄点了点头，懊恼地拍了拍自己的脑袋。最近事情太多，他已经快忙昏了。他连忙说道："快请！"

"是！"军官应了一声，转身走了出去。武藏天雄则略微地整理了一下自己的仪容，他想让自己看起来更加正式一些，以此来表达他对易宁山的重视。

两分钟后，穿着黑色西服的易宁山走了进来。他的脸上没有任何的表情，机械般地走到武藏天雄的面前，深深鞠躬，用日语说道："将军阁下，南京特务处长易宁山奉命前来报到。"

"易先生快快免礼。俗话说入乡随俗，既然这里是中国，我们还是用中文交谈吧！"说完，武藏天雄仔细地打量了一下易宁山。他以前只见过易宁山的照片，现在看来，易宁山显得比照片上更加英俊，也更加的沉稳。只是他的表情显得太过阴森，让人不由得产生一丝寒意。

"久闻易先生大名，近日一见，果然名不虚传啊！"武藏天雄真诚地赞叹道。这一次，他说的是中文。

"谢将军赞赏，不知将军召唤卑职前来，有什么指示？"

武藏天雄笑了笑，说道："易先生刚刚荣获高升，不知可还习惯？"

易宁山皱了皱眉头，慢慢说道："属下不知将军何意，还请将军训示。"

"我的意思是，如果要易先生现在就将部下投入战斗，能有多大成效？"

"属下刚刚接手工作，还不太熟悉。但属下可以保证，效率至少不会比前任差，或许还要高出一些。"

听了易宁山的回答，武藏天雄满意地点了点头，他说道："不错。易先生果然是我们大日本帝国的好朋友。你的友情，帝国一定会铭记于心的。对了，不知道易先生是否认识这个人。"

说完，武藏天雄递过去一张照片。

"玉川少佐？"

"对！就是玉川！他的身上有一份绝密材料。但在我们逮捕他的时候，他离奇失踪了。我们推测，他极有可能在南京或者南京周边地区出现。所以我需要易先生发动手下的所有力量，配合我们，暗中查访玉川的下落。你也知道，这里毕竟是中国。易先生是中国人，又是汪先生器重的人才，对南京的熟悉和了解要远胜于我们，这件事情，就拜托易先生了！"说完，武藏天雄非常郑重地向易宁山鞠了一躬。

"不敢，属下肯定鞠躬尽瘁，死而后已。"易宁山连忙还礼。

"那好，我已经准备了酒菜，今晚我们不醉无归，请！"

"将军请！"

随后，武藏天雄和易宁山结伴一起，走出了办公室。

但不知道为什么，在这还算不错的天气里，武藏天雄却总在易宁山的身上感受到丝丝的寒冷。

这种感觉虽然细微，但却无法阻挡。它似乎能够渗透你的肌肤，渗透你的血脉，渗透你的骨骼，一直钻进你的骨髓里去。

武藏天雄不由得偏过头看了看易宁山那张英俊的脸。

他依然在这张脸上，看不到任何的表情。

唯有易宁山的眼睛里，有着一闪而过的哀伤。

哀莫大于心死，痛莫过去情伤。

武藏天雄忽然觉得，自己找易宁山来做这件事情，或许是一个错误吧。

上海，中共南京站总部。

东方云一动不动地站在公寓的阳台上，沐浴着夕阳余晖的洗礼。

在他的周围还有几名共党特工，他们都远远地看着这个不速之客，脸上挂着复杂的表情。毕竟一个国名党军统的少将出现在共产党的核心情报站里，确实是一件很别扭的事情。

虽然要在那个军衔的前面挂上"曾经"两个字。

"你在想些什么？"这时，旭日走了上来。她已经换回了女装，似乎还刻意地做了一些淡淡的修饰，显得异常的美丽。就连她的身体，也在散发着令人心醉的幽香。

"没什么，我就想自己待会儿。"东方云轻轻地说道，此刻的他，显得异常的落寞，眼睛里，有一种难以言喻的沧桑和孤独。

"我能问个问题吗？"

"说吧！"

"那么多美式装备，你是怎么运进南京的？"

"那家旅店，本身就是我们的情报站。它的前身是上海站驻在南京的办事处，只负责和站长联系。我接手上海站以后，对那里进行了一些改变。至于那些武器，我把它们拆成零件，再分批次运进南京。本来只是为了做个以防万一的准备，没想到还真的派上用场。"

"也幸好你提前做了准备。不然我们的行动还不会那么容易。日军也够狠，我们一直有人盯着他们，一见他们的部队出营就立刻赶来救你，没想到路上还是遇到了些麻烦。这一次，可真是侥幸啊！东方云，现在你和国民党已经彻底决裂了，你打算怎么办？"旭日看似漫不经心地问了一句，其实她的手，都因为紧张和激动而在微微地抖动。

东方云苦笑了一声，说道："还能怎么办？我东方云十年艰苦，如今却是有心杀贼，无力回天。空有满腔热血，却报国无门。苍天何其不公也！"

"那你考虑一下我的提议，加入我们，怎么样？"

东方云沉默了。旭日目光炯炯地盯着东方云，她不想在这关键的时刻看到东方云退缩。她是多么希望东方云能够点头，能都答应。

于公，东方云是难得的人才，曾任军统高官，对军统内部异常熟悉，有了他，对组织而言是一个巨大的收获。

于私，东方云一旦加入共产党，她就能正大光明地和东方云在一起。

不然，各为其主，有情难聚，易宁山和司徒婉的悲剧，就是前车之鉴。

东方云依旧沉默着，良久良久之后，他才慢慢地，叹息着，摇了摇头。

"为什么！"旭日猛地拔高了声音，她实在无法接受这个结局。她急切地说道："你曾经说过，你不爱国民党，你是为了这个国家和民族而奋斗的。可是现在事实已经摆在了你的面前。重庆从来没有相信过你，他们只是在利用你。你怎么就这么冥顽不化呢？难道你还奢望重庆会更改自己的作为么？那好，我实话告诉你，所谓东西，其实就是一份生化武器的资料。国民党寻找这份资料，就是为了研究出自己的生化武器，然后投入到内战战场，来毒害我们中国人！领头的人，就是廖敬凯，他根本就没死，他是国民党的双面间谍！就连玫瑰，就连玫瑰都被他杀了！"

想到玫瑰，旭日心头一酸，眼睛中已有泪花闪动。

"玫瑰！"东方云的心中又浮现出那靓丽的身影，他忽然觉得有一种发自肺腑的苦涩感回绕在自己的周围，让他感到呼吸不顺，让他感到内心沉重，让他感到能够感受到的一切的不适和难受。他慢慢地问道："这些事情，你是从何得知的？"

旭日失落地说道："我们有一名高级暗线潜伏在廖敬凯身边。我不知道他是谁，也不知道他长什么样子，甚至不知道他到底是男是女。他偶尔会和我们联系，他就是为了生化武器的资料而存在的。资料不出，他就会一直潜伏。东方云，我们党，我们组织，为了遏制这重大的灾难作出了如此多的牺牲，你依然不为所动，难道国民党反动政府，还有什么值得你怀念的地方吗？"

忽然，旭日顿住了，她往后退了两步，难以置信地说道："难道，你是舍不得你将军的权位，舍不得你的大好前程？不，不可能，我不相信，你不是这样的人！"

当听到旭日误解的话语出口的时候，东方云的心中涌起一阵剧烈的绞痛。他沉重地呼吸了几下，缓缓说道："富贵如浮云，钱财如粪土。如花官道，似锦前程，只不过是过眼云烟。好男儿生于世间，当顶天立地，不求生的轰烈，但求死得其所。旭日，你要记住，无论我东方云在哪里，做什么事情，我这一腔热血，七尺身躯，只为国家而生，为民族而存。只要国家需要，我东方云就是千刀万剐，也绝不退缩！"

"那你为什么不肯加入我们呢，难道你不知道，我……"说到这里，旭日再也说不出别的话了。她只是脉脉含情地看着东方云，她知道，此刻，也不再需要别的话语。

东方云的脸上闪过一丝不忍，但他还是无比坚定地说道："我是一个军人，我只是一个军人。军人，不应该过问政治。你们和国民党，谁对谁错，我不想理会。既然内战不可避免，无论怎样都是一个自相残杀之局，我，不想看见自己人的血。"

旭日听了东方云的话，默然无语。她只能静静的，承受着内心的失望与痛楚。

东方云歉疚地说道："人非草木，孰能无情。你对我的情意，我自然明了。然而你我理念不同，倘若勉强相处，只会伤得更深。我会留下来，帮助你们得到东西的资料，尽我的一切阻止日本人和国民党获得此物，免其残害我中华儿女。随后我会用我的实际行动，来证明我生于国家，死于民族的誓言。"说完，东方云转过头，看着旭日绝色的容颜，一字一句地说道："至于你的情意，东方云今世无福消受，倘若真有来世，就是做牛做马，我也必当还你的一番深情。"

说完，东方云转身离开了阳台。

在他身后，落日的余晖中，血红的晚霞里，只有旭日，那脆弱而孤独的背影。

"以后你不要叫我旭日了。这只是我的代号，我的名字，叫做宋柔佳，如果你不介意，就叫我佳儿吧。"旭日的声音，忽然在东方云的身后响起。

东方云的身躯顿了一下，他犹豫了片刻，随后还是悠悠地叫道："佳儿。"

一声简单而深情的呼唤过后，美丽的玉人，已经是泪落如雨。

南京，军统总站。

"'飞鹰'，我失算了！"房间内，廖敬凯背负着双手，望着窗外美丽的朝霞，淡淡的说道。

杨建并没有开口，他知道，这一刻，自己的长官需要的是聆听，而不是安慰。

果然，只见廖敬凯继续自顾自地说道："玫瑰的背叛，给我们带来的损失是难以估计的。我们不但折损了众多好手，而且共党已经彻底脱离了我们的控制范围。再加上一个东方云，困龙升天，我们再想制住，就非常困难了。当初我给山本义夫透露司徒婉的消息，然后又让重庆命令东方云暗杀易宁山，那是为了增加我这个毒蛇在山本义夫心中的分量。不然以他的性格，在没有见到好处以前是不会与我接头见面的。可惜啊，早知如此，当初我就不应该让重庆命令东方云取消行动，本来当时是还想让他再发挥一点作用，没想到如今却成了作茧自缚，现在已是后悔莫及。但是，这些都不是我最在意的事情，你知道我最在意的是什么吗？"

"属下不知，还请长官训示！"

廖敬凯转过头，望着杨建挂着无限谦恭的脸庞，一字一句地说道："我最在意的，便是事到如今，我已经不知道到底该相信谁了！"

杨建把身子躬得更低了，廖敬凯这句话实在是太过诛心，他接也不是，不接也不是。或许是注意到了他脸上那一闪而过的惶恐，廖敬凯拍了拍他的肩膀，语重心长地说道："'飞鹰'，你已经是党国的老人了。虽然直到我到上海以后，你才归入我的麾下，但我知道，你以前就为党国立下过无数汗马功劳。不知道有多少共党丧命在你的手上。别的不说，单是你的第四站成功地盯死了马忠国，让他没有办法把资料及时传到共党手中就是大功一件。虽然当时你们第四站有重庆来的特使坐镇，你只是副手，但如果没有你平时的精心准备和刻苦训练，第四站又怎能发挥如此巨大的威力？现在，我唯一能够相信的人，就是你了啊！"

"属下惶恐，长官有何吩咐，属下就是肝脑涂地，也绝无二言！"

"很好！但你要记住，你效忠的对象不是我，而是党国，是领袖！"

"是！"

廖敬凯的脸上浮现出欣慰的笑容，他慢慢地点燃一支烟，想了想，开口说道："眼下我们最重要的事情，就是全力寻找到玉川。我有种预感，玉川是肯定要到南京来的。马上让我们的人马动起来，必须在敌人之前找到玉川。我们有一个优势，那便是藤田一郎，他是一张很关键的牌。他对玉川的影响是无法估计的。武藏天雄太自信了，他以为自己在苍井沅三身边卧底了十几年，就能掌握苍井沅三的所有力量，简直是可笑之极。苍井沅三何等人也，在我们这个圈子里摸爬滚打了一辈子的人物，他呼风唤雨的时候武藏天雄还没生出来呢！他又怎么可能真的把自己掌握的力量全都告诉武藏天雄？天网恢恢，百密一疏，就算武藏天雄布下天罗地网，想要把反对势力一网打尽，还差那么一点啊！"

"长官的意思是，这剩下的一部分力量，已经掌握在了藤田将军的手中？"

"那是当然。不然你的营救计划怎么那么顺利，藤田一郎又怎么能来南京呢？"

"属下惭愧。原来长官早就高瞻远瞩，掌控一切，长官之于党国，就如唐时魏征也！"

"你错了，'飞鹰'！"廖敬凯笑了笑，说道："我不是魏征，你们也不是，谁都不是。魏征是名臣，是直臣，而我们，只是幽灵。除了死，我们这辈子，不会有出现阳光下的机会，你知道吗？"

"是，属下明白！"

就在这时，一名手下小心翼翼地走了进来，轻声说道："长官，藤田将军要见您！"

"有请！"

"是！"

廖敬凯挥挥手，示意杨建退出去，随后他整了整自己的衣服，坐到了位子上。

接着，穿着西服的藤田一郎便走了进来。

"藤田先生，一路辛苦！"廖敬凯站起身来，伸出手友好地说道。

"哪里，若非廖先生全力相救，我藤田一郎早已成了冢中枯骨。救命之恩，他日自当回报。"

"藤田先生客气了，这一切都要仰仗苍井沉三将军高瞻远瞩，早有布置。只可惜将军被奸人所害，中日两国的和平大业不得不暂时搁浅。但我们中国人民，是绝对不会忘记苍井沉三将军以及牺牲的义士们的友谊的。还望藤田先生早日振作起来，继承先师遗志，为中日两国的和平，为世界的和平，努力奋斗。"

藤田一郎露出了一个苦涩的笑容，说道："廖先生，我们的集团遭此重创，您觉得还有东山再起的可能吗？"

"只要能够及时寻找到资料，东山再起绝对不是什么难事。我已经做好了完全的布置，藤田先生尽管放心。"

"如此，就多谢廖先生了。"

"对了，我听说藤田先生，曾经到德国留学？"

"留学谈不上，在那里待过一段时间。"

"如此甚好，能有先生相助，我们的计划又多了一份保障。"

"哦？不知道廖先生有何计划？"

廖敬凯笑了笑，一字一句地说道："来而不往非礼也，我要给德国人，送上一份大礼！"

就在廖敬凯杀气腾腾地和藤田一郎商量着如何对付德国人的时候，被各方势力亲切惦记的玉川少佐，则出现在了离日军司令部不远的街道上。

他已经换了一身便服，那把沾满敌人鲜血的军刀也不知道扔哪里去了。他用帽子压着脸，慢悠悠地走在街上，警惕地注视着周围的举动。

玉川在遇到阿部林介的时候就已经闻到了阴谋的味道。他趁着天黑闯进了一家平民家里，取了一些衣服和钱物，乔装改扮一番后，就往南京城进发。

当然，出于谨慎，那家百姓的一家三口，已经成为他的刀下亡魂。

但他没有感到丝毫的内疚，因为他的生命，只为日本而存在。

一路走来，玉川越来越觉得事情的复杂远超自己的想象。当他临近南京的时候，这种感觉越来越强烈。虽然武藏天雄已经解除了封城的命令，但南京的防御明显加强，到处都是日军的巡逻队，还有不少汉奸和伪军在四处散发他的画像。他一路风餐露宿，昼伏夜出，好不容易才混入了他曾经熟悉无比而今陌生无限的南京城。

他想找到藤田一郎，想搞明白南京到底发生了什么事情。

但他不敢直接去司令部询问，因而他只能在司令部外徘徊，期待着自己的运气够好，能够在藤田一郎外出的时候找到他，或者能遇见一两个自己能够稍微信任的熟人。

但他的运气确实很差，因为他已经被人给盯上了。

盯上他的，就是指挥手下伏击廖敬凯的冯·施耐德上尉。

作为黄金眼的资深特工，施耐德上尉有着过人的灵敏和嗅觉。他本来是到日本人的宪兵司令部谈些事情的，却在无意中发现了徘徊在司令部外的玉川。

虽然玉川的乔装很成功，但是一个破绽还是泄露了他的身份。

那便是在他的脚上，穿着一双皮靴。

对于一双皮靴，还是一双被裤子遮去了大半的皮靴，普通人是看不出什么问题来的。然而经验丰富的施耐德上尉，却一眼就看出，那是日本军官才有的军靴。

这也怨不得玉川，毕竟仓促之间想要寻找到一双适合自己的鞋子实在是太过困难。或许对普通人而言，一双鞋子稍微不合适一点也无伤大雅，但对特工不一样，特工身上的每一件东西都是他们的亲人、朋友，他们熟悉其中的每一个细节，如果没有合适的替代品，他们是绝对不会擅自更改的。

因为在关键的时刻，一点点不合时宜的更改就会要了他们的命。

何况玉川就算想换也是做不到了。长时间的徒步跋涉，他的脚上已经磨出了大量的血泡，血泡在人为爆裂后流出的鲜血和脓水已经和靴子紧紧地粘在一起，他想脱掉靴子，就必然要扯下自己的一层皮来。

到时候，他就会彻底地丧失行动能力。

所以他留下了这个破绽，而施耐德上尉，则对玉川的破绽起了疑心。

但在日军司令部的门口动手无疑是很愚蠢的事情，所以施耐德上尉带着两名手下远远地跟在玉川身后。他们每隔一段路就换一个盯梢的人，这用行话来说叫做"换眼睛"。其余两人则只负责远远地跟着"眼睛"行动，这样做，是为了尽量隐蔽，不引起目标的警觉。

但玉川毕竟是受过严格训练的特工，还是藤田一郎的得意门徒，所以他终究发现了德国人的把戏。

他不动声色地往前走着，和德国人保持着一段距离。

就在又走过一个拐角的时候，他闪电般地拔出了自己的南部造手枪，转身扣动了扳机。

此时盯梢的"眼睛"刚刚转过拐角，子弹迎面飞来，直接在他的脑袋上开了一个血洞。

图穷匕见，施耐德上尉和剩余的一名手下立刻拔出手枪，双方展开了激烈的枪战。

枪声刺耳，在大街上不断回荡。原本还安静流动的人流一石激起千层浪，无数的人开始尖叫，嘶吼，狂奔，场面顿时变得极为混乱。

玉川就这么混在人流中，且战且走，就在他以为自己要逃出生天的时候，他被包围了。

包围他的是中国人，确切地说，是易宁山手下的汪伪特务们。

他们人数众多，训练有素。更关键的是，他们比日本人更加熟悉这里，更加会利用这里，他们通过三教九流各类帮派建起了庞大而高效的谍战网络，他们的势力密布南京的每一寸空间，几乎无孔不入。所以枪战一发生，他们就立刻赶到了现场。

结果当玉川再次冲过一个街道的时候，迎接他的，是好几把乌黑发亮的手枪。

他想还击，但他的手枪里已经没有了子弹。他想拼命，但特务们没给他这个机会。

因为楼上有人直接扔下来一张渔网。

很简陋，很有力的武器。这种渔网是特质的，一旦沾到人的身上，你就别想再挣脱出来。

特务们一拥而上，在玉川绝望吼叫声中将他打倒在地，捆了起来，并在他的嘴上勒紧了一根绳子，防止他咬舌自尽。

片刻后，大批日军蜂拥而至。

而施耐德上尉，只能带着无限的愤恨惋惜和恼怒，飞快地撤离了现场。

玉川，被捕了！

南京，军统总站。

房间内，廖敬凯和藤田一郎正在下着围棋。

黑白相间的棋子死死地纠葛在一起，双方杀得难分难解，黑与白的光泽在他们的眼前闪烁着，牢牢地占据了他们的视线，似乎已经组成了一个独特的世界。

"廖先生，玉川少佐被捕，你似乎一点都不担心啊！"

廖敬凯抬起头看了藤田一郎一眼，微笑着说道："藤田先生不也一样么？"

"不一样。现在我藤田一郎几乎成了光杆司令，方方面面都要仰仗廖先生的帮助，不过我想，廖先生的心中，应该早有定计才对。"

廖敬凯摇了摇头，略带苦涩地说道"哪有那么容易。其实玉川被捕是在我意料之外。要说不生气，那是骗人的。说实话，当得知这个消息的时候，我的心情，简直可以用万念俱灰来形容。"

"但是！"廖敬凯"啪"的一声放下一枚棋子，语气忽然变得坚决无比，他一字一句地说道："我知道，不管我怎样懊恼沮丧，都于事无补。当务之急，是调整策略，寻求突破。藤田先生，你要知道，这是我廖敬凯布下的局，不管它怎样变化，最核心的眼，还是掌握在我廖敬凯的手上。就像这样！"说完，廖敬凯在藤田一郎走棋之后再次轻轻的落下了一子。

整个棋盘的局势，立刻因为这一枚棋子的落下而发生了翻天覆地的变化。

廖敬凯的白棋，已经占据了绝对的主动。

"我输了！"再战无益，藤田一郎非常干净利落地弃子投降。

廖敬凯拿起身边的茶杯慢慢地品起茶来，一副儒雅风范，和刚才咬牙切齿、杀气腾腾的样子简直判若两人。

"那廖先生接下来，准备怎么做？"藤田一郎向前倾了倾身子，轻声问道。

廖敬凯放下茶杯，站起身来，背负着双手站到窗户前，冷冷地回答道："想要抢

300

夺资料的人，实在是太多了一点。虽然我早已有了布置，但局势依然万分凶险。成大事者，要擅于利用一切可以利用的力量为自己造势。势的改变，会引起局面的变化，此消彼长之下，掌握住势的人，必然会取得最后的胜利。我们如今要做的，就是消弱敌人的势，增加我们自己的势，然后再一步步地实行我们自己的计划。"

"廖先生的目标，还是德国人？"

"有朋自远方来不亦乐乎，德国人远道是客，也是到了我尽一点地主之谊的时候了！"说完，廖敬凯的嘴角，浮现出一丝残忍的笑容。

杀人的笑容。

南京，德国大使馆。

威廉·杰伦上校的汽车缓缓停在了大使馆的门口。

他阴沉着脸走下车来，他的心情很不好。本来冯·施耐德上尉能够给他一个惊喜，谁知道却在最后关头功亏一篑。要知道，给一个人巨大的希望再破灭掉，比不给他希望还要残忍。

而且此事过后，他不得不意识到一个严峻的问题，那便是黄金眼在南京的势力，和日本人以及中国的本土势力相比，还是太过薄弱了。

但客观的局势不是他能改变的，党卫军和国防军的尖锐矛盾也不是他能够调和的。所以他不得不接受这个残酷的事实，这才真的是哑巴吃黄连，有苦说不出。

微风袭来，吹起了上校头上已经有些花白的头发，这个从一战开始就纵横谍战舞台的老手，如今却显得异常的落寞和沧桑。

就在这时，一个穿着红色衣服的小女孩蹦蹦跳跳地跑了过来，她手里还拿着一封信。

"哗啦"一声，见小女孩跑过来，上校身边的卫兵们立刻拉动了MP40冲锋枪的枪栓。

小女孩猛地一顿，吓得眼泪珠子立刻就滚落下来。

威廉·杰伦上校摆摆手，示意士兵们把枪口垂下，随后他走到小女孩跟前，用熟练的中文说道："小姑娘，不要怕，你有什么事情吗？"说完，他还从口袋里掏出手绢，给小女孩温柔地擦拭泪水。

过往的行人纷纷投来好奇的目光。在他们看来，这么好的洋鬼子似乎还是第一次见到。

不过威廉·杰伦上校对这些异样的目光毫无知觉，他依然轻柔地给小女孩擦拭着泪水，他的脸上挂着慈祥的笑容，因为这一刻，他想起了他的女儿。

作为黄金眼长期驻扎在远东地区的情报主官，他离开家已经有四年了，他的女儿，也该有十岁了吧。

"你们，你们谁是最大的官？"威廉·杰伦的慈祥和温柔让小女孩停止了哭泣，她睁着微红的大眼睛，天真地问道。

威廉·杰伦爱怜地摸了摸小女孩的脑袋，说道："我就是这里最大的官，你找我有事吗？"

小女孩把手里的信递了过去，说道："有一个漂亮的大姐姐，让我把这个给你！"

漂亮的大姐姐？一时间，威廉·杰伦若有所悟，他微笑着点点头，把信揣进口袋里，随后摸出一块大洋塞进小女孩手里说道："拿去买点好吃的，下次注意点，去吧！"

说完，他站起身来，脸上洋溢着久违的笑容。

周围的士兵们对长官的突然转变还有些不适，威廉·杰伦就已经大踏步地走进了使馆。他径直走上楼，走进房间，关上门，随后迫不及待地拆开了信件。

信件里是一张白纸。他从办公桌长抽出一支笔，打开一瓶墨水，随后用笔将墨水涂抹在了纸上。

一行罗马文字出现在了他的眼前。在正文的右下方，还有三朵玫瑰花的印记。

威廉·杰伦立刻拉开抽屉，拿出一个小本子，开始逐字逐字地翻译。片刻后，他长长地舒了一口气。

他拿起纸张，靠近自己的鼻子，使劲地闻了一下。

他似乎闻到了，那玫瑰花的香味。

随后他拿起电话，拨通号码说道："让施耐德上尉马上到我办公室来！"

南京，日军特务机关总部。

身上还沾有些许血迹的加藤明川急匆匆地走进了武藏天雄的房间。

"怎么样？"加藤明川刚刚进门，武藏天雄就急切地问道。

"该上的刑都上过了，他还是没有招。再这么下去，我怕打死他！"加藤明川有些担忧地说道。他不明白，藤田一郎这些乱臣贼子，到底有什么魅力，让玉川能够这么死心塌地地跟随他，受尽酷刑也不愿吐露东西的下落。

"八嘎！"武藏天雄愤恨地骂了一声，吼道："难道你没告诉他，藤田一郎是谋逆之贼吗？"

"属下说了，但玉川根本不相信，还，还…"

"还什么？"

"他还说我们陷害忠良，毁坏帝国大业，是乱臣贼子！"

"简直是冥顽不化！走，我去看看！"武藏天雄气冲冲地走出了房门。加藤明川连忙跟在他身后，两人一路急行，几乎是小跑着钻进了关押玉川的审讯室里。

房间里弥漫着浓浓的血腥味。曾经英俊潇洒的玉川少佐，如今已成了一个血人，有气无力地低垂着脑袋。周围有几名负责刑讯的军官正在擦汗，见武藏天雄走进来，连忙立正行礼。

"一群废物！"武藏天雄冷哼了一声，竟然自己从水缸里提起一桶水，随后狠狠泼在了玉川的身上。

"玉川，我知道你对帝国忠心一片。你是被藤田一郎他们利用，才会误入歧途。如今我给你一个机会，让你表达对帝国最大的忠心！交出高桥的东西，你就是帝国的英雄！"

饱受酷刑的玉川已经无法大声说话了，他低沉着声音，有气无力地说道："你们这些乱臣贼子，陷害忠良，我就是死，也不会告诉你们的！"

"你不相信？那好，我有证据！铁证如山！"

玉川痛苦地抽动着自己脸上的肌肉，极力地露出一个轻蔑的笑容，他缓缓说道："藤田将军，对帝国忠心耿耿，立下那么多功劳。不管你们编造出什么证据，我，我都不会相信你们的！"

"你……八嘎！加藤大佐，有没有给他注射迷幻剂？"

"一开始就注射了，结果他直接拿脑袋撞墙壁。将军，他的神经，真的是强悍得可怕啊！"

武藏天雄无力地摆了摆手，他知道，面对玉川这种有着狂热信仰的人，单一的用刑是没有什么效果的。他只能慢慢说道："既然东西不在他身上，那么就肯定被他藏在某个地方。立刻找医生给他医治，绝对不能让他死了！"说完，武藏天雄走出了这个让他感到极度郁闷的房间。

"上海那边有没有藤田的消息？"

"暂时还没有，我已经反复催促他们彻查，但进展甚微。"

"不用查了。藤田也是高手，如果他还活着，肯定知道玉川在我们手上。现在，玉川就是一个饵，我要用他，钓上一串的鱼！"

"将军英明！"加藤明川紧低着头说道。

武藏天雄转过身，拍了拍加藤明川的肩膀，说道："加藤君，不要沮丧，要打起精神！要知道，这一出好戏，还远远没到落幕的时候。"

这又是一个下雨的天气。

瘦弱的车夫在街道上奋力地奔跑着，木质的车轮在泥水里艰难行进，溅起水花朵朵，仿若一片水晶。

江南确实不愧"水乡"之称，不但地上多水，就连天上，也时常是阴雨绵绵。

威廉·杰伦上校就坐在黄包车里，他换了一身便服，鹰一样的目光刺透这潇潇雨帘，注视着大街上的来往众生。

他是要去接头，和那个以玫瑰为代号的传奇女子接头。

其实他很想一个人去的。虽然德国人素以严谨著称，但西方人的浪漫因子一样在他的血脉里流淌。当然，这并不代表他会做什么事情，但稍稍地满足一下心里的渴望，也是非常惬意的事情。

可惜现实不容他这样做，所以他的背后还有一辆黄包车，车上坐着的，是他极为器重的贵族军官冯·施耐德上尉。

这个有着良好家世的年轻人深得他的赏识和喜欢，因而在第一次和玫瑰接头的时候，就带上了他作为陪伴。毕竟单独去和一个陌生人接头，怎么看都是一件非常危险的事情。

哪怕对方是一个美丽的女人。

他带上了施耐德，施耐德也是整个大使馆内，唯一知道他和玫瑰关系细节的人。由此也可以看出，他对这个英俊的年轻人抱有多大的期望。

等寻回资料以后，他就会要求回国。而远东这块地盘，他则准备推荐施耐德上尉来负责。虽然施耐德还稍微年轻了一点，但他能力出众，家世良好，而且和那些顽固的军官团头头们有着非常友好的关系，由他来担任这里的情报主官，实在是众望所归。

思量间，他们离接头的地方已经越来越近。

"停车！"威廉·杰伦上校说了一声，车夫连忙靠边把车停住，他走下车来，紧了紧身上的衣服，随后付了车钱，向前走去。

身后的施耐德上尉连忙跟了上来，两人并排着往前走。他们的位置站得很有讲究，互相弥补了对方的不足和空隙。长期的间谍生涯，已经让他们所接受的残酷训练成为了原始本能。

他们一边走一边打量着周围的地形，不时互相换个眼色，片刻后，他们拐入一条小巷，来到一处陈旧的公寓前。

这座公寓的陈旧程度显然已经到了门可罗雀的地步，似乎已经是一处无人居住的废宅。

战争时期，总有很多人会选择背井离乡。连命都保不住的时候，一处房子自然不会放在众人的眼里。

何况在日军的统治区域内，还时常会有平民百姓的"意外伤亡"。

但这也让威廉·杰伦上校比较满意，一处僻静的接头地点正是他所需要的

"就是这里！"威廉·杰伦轻轻地说了一声，施耐德点了点头，随后两人一起将手揣进了裤兜里，打开了手枪的保险。

"我先上，你在我后面，注意安全！"威廉·杰伦拍了拍施耐德的肩膀，慢慢朝楼上走去。

施耐德跟在他身后，他们走到三楼，来到了第四个房间。

就如暗号中说的一样，房间的门上画有一朵玫瑰，威廉·杰伦推开门，走了进去。

"她还没来，我们先等会儿，轮流警戒！"威廉·杰伦一面观察房间的陈设，一面吩咐道。

令他疑惑的是，他并没有听见施耐德的回应声。

他不由得回转身，却惊讶地发现施耐德正在给手枪上消音器。

"你干什么？"威廉·杰伦一惊，手已经闪电般地伸了出来。

晚了，施耐德上尉毫不废话地举起手枪，扣动了扳机。

一声低沉的闷响，威廉·杰伦上校的眉心处猛地多出一个黑洞，一股血雾从脑后

冲出，他直直地倒了下去。

这个为了德意志帝国鞠躬尽瘁的军人，再也见不到他的祖国，他的元首，还有他的女儿了。

"啪，啪，啪，啪！"轻柔的掌声慢慢地响了起来。随后门外走进来一个男人。

廖敬凯！

"做得不错，施耐德上尉，中国政府会记住你的友谊的！"

"谢谢，但我对你们的友谊不感兴趣，我只希望你们能兑现自己的承诺！"施耐德慢条斯理地取下消音器，冷冷地说道。

"那是当然，我早就说过，您的一切要求我们都会满足。"说完，廖敬凯走到威廉·杰伦上校的尸体旁，用脚轻轻地踢了踢他的身体，问道："他死了，你有信心掌握黄金眼在中国的力量么？"

"要完全掌握不可能。不过掌握南京站的力量是足够了。不是每一个人都像他一样愿意为了一个没有前途的帝国而牺牲的。何况希特勒那个出身低贱的小矮子，根本就不配领导我们这些高贵的普鲁士贵族。有他在，纯粹是我们日耳曼民族的耻辱！"施耐德上尉的音调依然没有任何的变化，只是脸上多出了很多不屑。

"那就一切仰仗施耐德上尉了，就这样吧，对了，回去的时候别忘了给自己挂点彩！"

"我知道，不用你教！"施耐德说完，毫不犹豫地举起手枪，对着自己的胳膊来了一枪。

"嘭！"一声清脆的枪响，他的胳膊上立刻绽放出一朵血花。

他咬了咬牙，取起手枪对着天花板又是一阵狂射。

金黄的弹壳不断从他的枪膛里跳出，枪口闪烁的火花映衬着他英俊而冰冷的脸庞显得异常的扭曲。直到打光所有子弹后，他收起枪，捂着自己的伤口，转身出门。

他在离开的时候，还不忘记给廖敬凯说了一声："再见！"

廖敬凯也飞快地离开了公寓，他的嘴角挂着得意的微笑。他很欣赏施耐德这个年轻人。不但才华出众，还有着足够的坚决和狠辣，确实是干这行的好手。

他几乎都能想到今天晚报的标题——《南京某公寓发生枪战，德国大使遇害身亡》。

但他更加得意自己的谋略，他早就在黄金眼的内部物色了这么一个暗线。玫瑰和德国人的接触他都了如指掌。随着德军在前线的连连失败，希特勒这个本身就和德国上层贵族们格格不入的穷小子越加显得有心无力众叛亲离。这种情况下，许多人选择自谋前程，更有甚者，已经在暗中处心积虑，准备将这个一心要带着德国走入地狱的疯子彻底铲除。

日耳曼人的务实风格世界闻名。这种务实有时候是残酷的。当一战结束，德国皇帝不能带领他们走向胜利的时候，他们毫不犹豫地抛弃了德皇。而今，也是他们准备抛弃希特勒的时候了。

或许，自己的这个合作伙伴，也是那些人中的一份子吧，廖敬凯不无恶意地想到。

上海，中共地下总站。

"你说什么，我们根本不用营救玉川？"旭日睁大着眼睛望着东方云问道。她有些不敢相信，因为她想不明白，如果不把玉川少佐掌握在自己的手中，该如何寻找到资料的线索。

"旭日……"

"叫我佳儿！"

东方云顿了顿，方才说道："佳儿，你要知道，日军司令部的防御现在已经到了一个前所未有的高度。武藏天雄就等着我们自投罗网。贸然进入司令部救人，纯粹就是飞蛾扑火。再说，你觉得，就算我们能够潜入司令部，玉川又会跟着我们离开么？"

旭日张了张嘴，却无言以对。

东方云深吸一口气，看着她以及她身后的特工们说道："玉川是一个纯粹的日本军人。他对天皇，对日本的忠心是难以想象的。所以就算我们救下他，他也不会把资料交给我们！"

"那我们该怎么办？"一名特工小心翼翼地问道。

"等！我们唯一能够做的就是等！我们不动手，自然会有人动手。廖敬凯的实力是非常强悍的，而且就算他不进入司令部抢人，武藏天雄也会把玉川给带出司令部，制造机会，诱惑他去抢。你们的内线不是说玉川还没有交代资料的下落么？那么留着玉川暂时也没有什么作用。不如把玉川做成一个饵，吸引大家上钩，然后一网打尽！所以我们不能动，这个时候，谁先动谁吃亏，我们只需要紧盯着玉川的下落，就不愁没有资料的线索！"

"要是廖敬凯不想先动手怎么办？"旭日担忧地问道。

"不会的！廖敬凯知道我们没有先动手的实力。何况他精心布置了这么一个局，他是不会把主动权交给别人的。所以他一定会想办法把玉川给抢出来！而我们要做的，就是螳螂捕蝉，黄雀在后！"

说完，东方云拿起茶杯喝了一口，方才补充了一句："何况，我们还有一张牌。"

他说的是廖敬凯身边的高级暗线，这件事情知者寥寥，所以除开旭日以外，其他人也只有面面相觑，不知所云。

旭日点了点头，说道："我命令，从现在开始，没有我的准许，任何人不得离开，违者格杀勿论！"

"是！"

南京，军统总站。

"我们要先动手，肯定要先动手！我们绝对不能把主动权拱手让给我们敌人，特别是共党和东方云！"总站内，廖敬凯面对着他的心腹手下们，咬牙切齿地说道。

"廖先生，司令部防备得如此严密，武藏天雄的特务机关总部更是处于司令部的核心地带，我们怎么进去？"一旁，藤田一郎疑惑地问道。

廖敬凯笑了笑，说道："我们根本不用进去。你以为武藏天雄这种高度戒备的状态能持续多久？一天，两天？一个月，两个月？南京是重镇，禁不起他这么折腾！何况攘外必先安内，武藏天雄迟迟没能寻找到您的下落，那么就代表您的集团还尚有余力。对这种事情，东京是不可能坐视不管的。所以我们等得起，而他等不起！他必须要用玉川把我们引出来，这样，我们就有了下手的机会！"

说完，廖敬凯从桌子上直起了身子，慢慢说道，"我已经布置好了所有的棋子，重庆方面的秘密装备也马上要抵达南京了。这台戏，该是落幕的时候了。这段时间，没有我的吩咐，大家就不要离开了，养精蓄锐，准备最后的大战！"

"是！"满屋子的特工们杀气腾腾地吼道。

"藤田先生，我知道您的手上还有一把好牌，接下来，有些事情，该您出马了。"

"没有问题！"藤田一郎点了点头，微笑着说道，"既然戏将落幕，那也该是我和廖先生，好好地唱上一段的时候了！"

南京，特务机关总部。

武藏天雄烦躁地在办公室里来回踱步。

他手里拿着一支烟，地上已经是一地的烟头，这支烟也快燃到尽头，都快烧到他的手指，他都毫无察觉。

就在这时，加藤明川拿着一封电报走了进来，低声说道："长官，东京密电！"

武藏天雄拿起电报看了看，猛地把电报扔到了地上，怒吼道："催催催！他们就知道催！难道他们不知道寻找到资料比抓到藤田一郎更重要吗？"

面对着武藏天雄的怒火，加藤明川也不知道该怎么劝解。他只能小心翼翼地说道："长官，东京方面已经越来越急，再这么下去，恐怕……"

武藏天雄扔掉烟头，重新点燃一支香烟，他在房间里越走越快，越走越快，就在加藤明川都觉得有些晕眩的时候，他猛地把烟一扔，说道："不行，我们不能再这么等下去了。"

加藤明川也挺直了自己的身躯，等待长官的吩咐。

"加藤君，你立刻去发布告，就说明天，不，后天，后天正午，我们在郊区刑场，枪毙玉川！"

"长官，这……"

武藏天雄摆摆手，说道："现在玉川打死不肯交代，留着也没有用处。藤田一郎，还有国民党、共产党，等等，他们肯定在暗中窥视。司令部防范得很严密，他们进不来也不敢进来，既然如此，那我们就走出去！"

"他们会相信吗？"

"他们根本就没有选择，因为这是他们动手的唯一机会！他们不敢冒险，更经不起这个诱惑！而我们要做的，就是秘密调遣部队，一路设伏，只要他们敢动手，就把他们一网打尽！"

"是！"加藤明川应了一声，转身要往外走，又被武藏天雄给叫住。

"做戏要做足。后天，敌人一定会在司令部周围设置观察哨，以查看玉川是否真的被我们带了出来。既然他们想看，我们就让他们看个够，让他们看得无法自拔，不能自己，只能飞蛾扑火般的来救人！从今天开始，把我们在外围的岗哨都撤回来！"

"可是长官，万一敌人借助这些建筑对我们发动袭击怎么办？"

武藏天雄笑了笑，说道："加藤君，这些建筑在司令部的门口。而司令部里面驻扎着一个联队的士兵，还有装甲部队，你觉得他们会那么傻吗？他们真那么傻，我还求之不得！"

"是，属下惭愧！"

"嗯，你下去后，打个电话给易宁山，叫他带上精锐人马，参加我们后天的行动。我们绝对不能出一点的差错！我会派专人看押玉川，如果真的有什么变故，那就先把玉川给打死，我们得不到的东西，谁也别想得到！"

"嘿，长官英明！"

"你下去吧！"武藏天雄挥挥手，示意加藤明川退下去，他刚刚坐到椅子上，一名军官就走进来说道："将军，德国大使馆的冯·施耐德上尉求见！"

"哦？"武藏天雄点了点头，这个敏感时刻，德国人忽然求见自己可不是什么好事。

"快请！"武藏天雄虽然不是很满意施耐德上尉的突然到访，但德国毕竟是重要盟国，他没有理由把别人拒之门外。

很快，脸色憔悴，手上缠着绷带的施耐德上尉就走了进来。

"上尉，你这是怎么了？"武藏天雄用德语疑惑地问道。

"回将军，今天早上，我和威廉·杰伦上校遭受到一群中国人的袭击，上校先生，已经殉国了！"

"什么？"武藏天雄惊讶地站了起来，这个节骨眼上，居然有一个德国的高级情报官在自己的地盘上被打死，这还真是屋漏偏逢连夜雨啊！

武藏天雄已经能够想象到东京方面对此事是何等的震怒。

"将军，鉴于这几天连续发生对我德国使馆成员的袭击事件，我请求能够带队进入贵国的司令部，寻求保护。我国大使也是这么认为，并已经取得我国政府的同意，也支会了东京方面。还请将军安排，相信东京的命令很快就会到达！"

"好，好，可以，可以！我马上叫人安排！"见对方并没有提起玉川和资料的事情，武藏天雄也松了一口气，德国人想来司令部，他还求之不得。到时候，他就能把这群人彻底地掌握起来，让他们耍不出任何的花样。

"那多谢将军了,我这就回去准备!"施耐德上尉敬了一个军礼,随后转身离开。

在他转身的时候,他的嘴角浮现出一丝阴冷的笑容。

武藏天雄则无力地叹了口气,他知道,自己给加藤明川说的话已经错了,这出戏的大幕,快落了。

两天的时间,转瞬即逝。

两天里,在平淡的气氛下暗流汹涌,各方势力都已经完成了自己最后的准备。

而在这其中,最为处心积虑的就是武藏天雄,为了完成从司令部到刑场的整条路段的全面设伏,他将驻扎在南京城外的野战部队偷偷地调入城中。

为了实行这个举措,他是煞费苦心。他先分批将野战部队调入南京城,随后命令驻扎在南京舰队上的海军陆战队伪装成野战军进驻到军营里,再对外宣称驻扎在南京的舰队将外出演习,极尽欺骗之能事,终于极其隐秘地完成了自己的计划。

一个庞大的包围圈已经准备完毕,就等着他的敌人们自己钻进来。

南京,军统总站。

"武藏天雄可惜了!"总站里,廖敬凯静静地站在窗户前,有些惋惜地说道。

杨建站在廖敬凯身旁,并没有答话,他始终忠实地履行着一名下属应该履行的义务。这也是廖敬凯极为赏识他的一个原因。

"武藏天雄是个人才。还掀翻了苍井沅三这只老狐狸,也算是不俗了。只可惜,我说过,做这行,关键是要掌握足够的势!而今我们的势比他们强,他已经完全落入了我们的掌握,不管他走哪步棋,始终脱离不了我们的手心!就如当初的东方云一般,就算有通天之能,也只能成为我们的提线木偶!"飞鹰",将来你若有机会独当一面,一定要善加体会这些教训啊!"

"是,属下明白!"杨建恭敬地说道。

"嗯,我们的装备和人马都到位了么?"

"长官放心,我们借助藤田掌握的渠道,已经将重庆来的装备和人手全部准备完毕,随时可以发动!"

"很好!现在我最期待的,是东方云会采取怎样的措施。如果我没有料错的话,他一定会和共党在暗中窥视我们,想来个螳螂捕蝉黄雀在后。窥视得好啊,到时候,我会好好给他们上一课的!"

南京,共党总站。

东方云站在阳台上,观看着满天星辰。

今夜星光灿烂,预示着明天,会是一个难得的好天气。

"都准备好了么?"他忽然张嘴问道。

在他背后,旭日将手搭在他的肩膀上说道:"都好了。我不明白,你为什么那么肯定廖敬凯会在那里动手?"

"我了解他！除了那里，他也没有更多的机会。其实廖敬凯和武藏天雄都给对方设了一个套，一个看得见摸得着却不得不跳进去的套！只看他们谁先套住谁了。"

"不管怎么样，明天就是一场生死大战了，抱抱我好么？"

听见旭日悠悠的呼唤，东方云无奈而忧伤地转过身，将旭日抱在了怀里。

两人就这么轻轻地拥抱在一起，任时光飞逝，任岁月如梭。

一夜的光阴，无论它多么的美好，终究还是十分的短暂。

当旭日东升，温暖的阳光洒向大地的时候，许许多多的人都闻到了，那空气中淡淡的血腥味。

而且在不久以后，这血腥味会变得异常的浓烈。

南京，日军司令部。

在司令部的一个房间内，易宁山正坐在椅子上，深情地凝视着司徒婉的照片。

门外已经响起了喧闹的杂音，日军的哨子声、集合声、呼喝声、脚步声响成一片。但这些声音完全没有影响到易宁山，他依然如一尊石像般坐在位置上凝视着爱人的照片。他眼中的深情如水，却又如炽热的火焰，似乎要将整个世界所融化。

良久良久之后，他的眼睛里，流出了滚烫的泪花。

他一手抚摸着相片上司徒婉那绝色的容颜，一面自言自语地说道："小婉，你在下面还过得好么？我知道，你肯定不好，你肯定很孤单，很寂寞。没事，你不要担心，今天，就是今天，就会有很多很多人，下来陪你！"

说完，他再也控制不住自己的悲伤，趴在桌子上轻轻地抽泣。

就在这时，门外响起了敲门声。

"长官，时候到了，该出发了！"一名心腹手下在门外轻轻地呼喊道。

易宁山抬起头来，他掏出手帕擦干了脸上的泪痕，随后走过去打开了门。

他的脸色，又恢复了一如以往般的淡定和坚决。

门外，一队队的日军如临大敌，远远的还可以看见司令部的大门外，一支由装甲车、运输车和摩托车组成的车队已经整装待发。

"易先生，休息得怎么样？"见易宁山走出门来，武藏天雄连忙迎上去说道。

"多谢将军挂怀，我休息得很好！"

"既然如此，那我们就出发吧！"武藏天雄微笑着说道。他极力地想掩饰自己内心的紧张，话音刚落，镣铐的声音就响了起来。易宁山回头一看，只见一队日军士兵"保护"着一个囚犯走了过来。

那个囚犯，就是玉川少佐！

他的身上缠满了绷带，上面还渗出丝丝的血迹。手上、脚上全都是沉重的铁镣，加藤明川大佐亲自陪在他身边，警惕地注视着他的举动。

"走吧，易先生，我们出去，让那些想窥视的人好好地窥视一番。"

310

说完，武藏天雄在士兵们的簇拥下向前走去。

易宁山带着自己手下的特务们跟在武藏天雄的身后，片刻后，他们走出了司令部的大门。

就在这时，异变突生，只听"嗖"的一声，随后对面的楼顶上两枚火箭弹呼啸而下。

正要说话的武藏天雄惊呆了，彻底地惊呆了，他没想到加藤明川的预言变成了现实，他的对手竟然真的如此疯狂，选在司令部的门口动手！

"轰！"两声巨响，车队前后的两辆装甲车猛烈地震动起来，随后被滚滚火焰所吞噬。

"哒哒哒哒！"紧接着，无数的火舌从窗口处喷出，子弹如暴风雨一般席卷着日军的车队，猝不及防之下，周围的日军士兵们一片又一片倒在了血泊中。

"卧倒！拉警报，全员出动！"武藏天雄猛地趴在了地上，他的脸庞因为兴奋而变得无比扭曲，司令部内有着上千名士兵，在周围还布置有大量的伏击队伍。敌人居然如此大胆，那就是送上门来的大礼，不要白不要！

武藏天雄似乎已经看见，藤田一郎跪在自己眼前求饶的一幕。

就在这时，几声剧烈的爆炸声响起。

起初武藏天雄还以为是对面又射来火箭弹，正想命令司令部内的炮兵还击，但他立刻发现自己错了，因为爆炸声竟然是来自自己的身后！

他回转头，悲哀地看见，司令部内正在产生沉闷的爆炸。随后一股又一股黄色的烟雾腾空而起，迅速弥漫了司令部的上空。

"毒气？"一个恐怖的名词划入武藏天雄的脑海，他全身上下都开始感到颤抖。

"毒气，毒气！快跑啊！"并不仅仅是他自己有这样的想法。当黄色烟雾腾起的那一刻，对毒气战有着特殊爱好的日本士兵们立刻意识到了自己的处境，他们开始慌乱的奔跑起来，整个司令部内顿时乱作一团。

一些军官抽出了自己的军刀，大声呼喝着，想要制止士兵们的慌乱，但立刻，他们就被高楼上的狙击手夺去了生命。

同时，在日军士兵们惊恐的呼喊声中，只见数十枚的手榴弹已经飞到了车队中间。武藏天雄之所以敢让出司令部周围的建筑，就是知道来劫狱的人不可能采用手雷这样的高爆武器，因为这样极有可能误伤到玉川少佐，玉川如果身死，他们的行动就毫无意义。

他是正确的，廖敬凯确实没有用手雷，他用的是毒气弹。

一股股黄色的烟雾从手雷中冒出，立刻将车队团团笼罩。士兵们开始剧烈地咳嗽，不少人已经开始满地打滚，痛苦呻吟。

随后，戴着防毒面具，举着冲锋枪的军统特工们已经冲了出来。

战斗没有悬念了。

已经吸入了少量毒气的武藏天雄只感觉到头晕目眩，他知道自己输了，他发疯般地大吼道："加藤，干掉玉川，快！"

但他的加藤君却毫无反应，只是呆呆地看着他的身后。

武藏天雄正想开口喝斥，一支手枪已经顶住了他的脑袋。

在他身后，易宁山阴沉的声音响了起来："武藏先生，我代表我妻子向你问候！"

一声枪响，武藏天雄的脑袋直接碎掉了。

此时加藤明川才反应过来，大吼一声，举枪就要射击。

"嘭！"易宁山和加藤明川几乎是同时开枪，但易宁山的枪法显然要胜上一筹，加藤明川的脑袋猛地一仰，已经栽倒在地。

而易宁山的胸口，也是血如涌泉。

下一秒钟，在他周围尚有余力的日军士兵们，纷纷扣动了武器的扳机。

弹如飞蝗，易宁山的身上掀起了层层血浪，他慢慢地倒了下去，在他倒下的时候，他似乎听见了司徒婉的歌声，那首让人心碎的《天涯歌女》：

"郎呀，咱们俩是一条心……"

他似乎看见，自己的妻子，正在向他微笑。

"小婉，我给你报仇了，我们，永远都不用分开了。"

悠悠的呼唤声中，易宁山满足地闭上了自己的双眼。

随后，训练有素的军统特工们已经冲进了日军的阵线。

"走吧，这一仗我们输了！"远方，目睹了这一切的东方云淡淡地说道。

他没有听见回答，转身一看，才发现旭日在轻轻地颤抖。

"太过分了，太过分了！毒气，廖敬凯居然使用毒气！他疯了么！"

东方云拍了拍旭日的肩膀，安慰性地说道："那只是神经麻醉剂，让人很快失去抵抗力，他不会那么疯狂的！他赢了，接下来，只能看你的那张牌了！"

无论战斗持续多久，总有结束的时候。

当玉川睁开自己眼睛之时，他看见的，是藤田一郎那张苍老了不少的脸庞。

"将军！"玉川欢喜地叫了一声，就要从床上坐起来。

"玉川，辛苦你了！"藤田一郎拍了拍玉川的肩膀，怜惜地说道。

"将军，这到底是怎么回事？"玉川连忙急切地问道。

藤田一郎叹了口气，一脸悲愤地说道："玉川，武藏天雄等人阴谋叛国，他们陷害忠良，蒙蔽天皇，结党作乱，不但杀害了我的恩师，还清洗了大批对帝国忠心耿耿的军官。幸好，幸好我的手上还掌握着小野上尉这样的义士，否则后果不堪设想！"

玉川沉重地点了点头。他在毒气中昏迷的最后映像，就是陪在他身边的小野如变戏法一般掏出个防毒面具，随后和敌人激战的场景。

"小野上尉怎么样了？我不是中了毒气吗？"

"为了掩护你，小野上尉牺牲了。我们使用的是神经麻醉剂，不会造成严重伤亡。

不管怎么说，那些士兵们都是无辜的，只是被武藏天雄蒙蔽了而已。玉川，我问你，高桥是不是有什么东西在你那里？"

"嗯，是一本《孙子兵法》！"

"那你把书藏在哪里？"

"我把它藏在一处废弃码头的仓库里，将军，难道这本书有什么用处？"

藤田一郎大出了一口长气，他说道："这本书里，有帝国急需的重要资料，我们必须把它拿到手！玉川，你先吃点东西，然后我们去码头，有了这些，就能证明我们的清白扭转战争的局势！帝国万岁，天皇万岁！"

"帝国万岁，天皇万岁！"一提起帝国和天皇，玉川的眼睛里一如既往的散发着由衷的狂热。

藤田一郎满意地点了点头，将一些食物放在玉川的床头，走了出去。

在他转身的时候，他却没看到，玉川眼里闪烁的复杂光芒。

两个小时以后，藤田一郎亲自开着一辆汽车，带着玉川少佐往码头方向开去。

远远的，廖敬凯的汽车也暗中跟了上来。

由于日军司令部刚刚遭受一场袭击，因而沿途都是日军岗哨，盘查得异常严密。但藤田一郎不知道从哪里弄来了一张特别通行证，一路畅通无阻。

有这张证件的，不仅仅是他，还有他身后的廖敬凯等人。

也不知道过了多久，在玉川的指点下，激动无比的藤田一郎终于将车开到了自己的目的地，一处废弃的码头。

杂草丛生，油污遍地，看来这里已经荒废很长时间了。

玉川在藤田一郎的搀扶下走下车来，艰难地挪动到一处仓库里。

"就是那里！"玉川指了指一处墙角，藤田一郎连忙把玉川搀扶过去，随后玉川用手摸了摸墙壁，再猛地一按。

墙壁上竟然出现了一个破洞。

"我来的时候，这里就已经松动了。我觉得是个藏东西的好地方，就把书藏在了这里！"

说完，玉川把手伸进去，掏出了那本《孙子兵法》。

藤田一郎一把抢过书，他的手都因为激动而抑制不住地抖动。

就在这时，脚步声起，一个男人走了进来。

"廖敬凯！你，你没死！你怎么会在这里！"看见廖敬凯走进来，玉川的眼睛猛地睁大了。

"我当然没死，作为藤田将军的亲密合作伙伴，我怎么会不在这里呢？"

玉川稍一错愕，就全都明白了。他颤抖着问道："将军，难道，你真的叛国？"

藤田一郎愧疚地扭过头，他不知道该怎么面对自己这个优秀而悲哀的弟子，他只能慢慢说道："玉川，对不起，我没有叛国，我只是，不想让日本被天皇带入地狱！"

"背叛天皇陛下就是叛国！"玉川发疯般地叫喊起来，因为这一刻，他的信仰，他的怀念，他的感情，全都化为了碎片。

自己最尊敬的师长，帝国最优秀的军人，竟然真的背叛了帝国，背叛了他由衷热爱的天皇陛下。自己在监狱里受尽酷刑的时候都没有相信他是个叛徒，而今，这一切竟然会是事实。

崩塌了，他的世界崩塌了。玉川不是藤田一郎，如果说藤田一郎除了他的帝国情怀以外还拥有更多的理智的话，那么玉川和东方云一样，是一个理想主义者。

帝国、天皇，就是他的生命的寄托！

"将军！"玉川发出一声撕心裂肺的哭喊，他猛地从地上一跃而起，向着藤田一郎狠狠扑来。

"嘭！"枪响了，玉川的身躯一震，倒在了地上。

"玉川！"藤田一郎发出一声悲鸣，一把扔掉书扑倒在地，把玉川抱在了怀里。

廖敬凯得意地笑着，他走过去捡起《孙子兵法》，快速地翻开。

他猛地愣住了，因为他发现，兵法的中间竟然缺了几页！

"妈的，说，那几页在哪里！"廖敬凯发疯般推开藤田一郎，抓着玉川问道。

玉川的脸上露出一个欣慰的笑容，鲜血不断从他的胸口涌出，染红了廖敬凯的双手。

他偏过头，望着双目空洞的藤田一郎，吃力地说道："将军，你，你要我多学中文。所以，我，我看穿了里面的问题。我，我把它藏在了别的，别的地方。我本来想试探一下，你，没想到，你，你真的叛国！"随后，他转过头，看着脸庞扭曲的廖敬凯，露出一笑容，慢慢说道："资料，你们，你们谁也得不到了。帝国，是，是不可战胜的！"说完，他头一歪，停止了呼吸。

玉川死了，这个日本的军人，年轻的武士，在这残酷的世界里，结束了他悲情而罪恶的生命。

"不可能！这怎么可能？这怎么可能！"资料的消失对廖敬凯的打击是无法想象的，让他半天回不过神来。

就在这时，码头外面响起了激烈的枪声。

"共党来了！"藤田一郎猛地从地上站了起来。

廖敬凯也恢复了常态，他冷笑着说道"来得正好！我早就等着他们了。资料没有了，我就用共党的血，来浇灭我心头的火焰！杨建！"

"属下在！"杨建从门外走了进来。

"发信号，命令埋伏的兄弟们动手！"

廖敬凯杀气腾腾地命令道。

但杨建却没有遵循命令。相反，他掏出手枪，对准了廖敬凯。

"你干什么！"廖敬凯吃惊地问道。

"廖先生，你输了，投降吧！"杨建的脸上已经没有了往日的谦恭，取而代之的，是无比的骄傲。

"你是共党？不可能！你杀了那么多共党，怎么可能还为共党卖命！"

"廖先生，我们党为了民族和国家的付出，是你们想象不到的！"

"好，好！"廖敬凯不怒反笑，他忽然仰头大笑起来，就在杨建感到疑惑的时候，他猛地一腿踢在了藤田一郎的身上。

毫无防备的藤田一郎直接被廖敬凯踢飞起来，正好挡在了杨建的枪口前。

"嘭！"杨建毫不犹豫地开枪了。

子弹射穿了藤田的身躯，在他身上开出一个血洞，却没有伤到廖敬凯。因为廖敬凯在藤田飞出的时候就已经就地一滚，随后拔出了自己的手枪。

"嘭！"廖敬凯的枪响了，杨建的胸口血花绽放，一头倒了下去。

随后，廖敬凯冲出了仓库大门。

危地不宜久留，埋伏的人马是杨建一手布置的，现在已经起不到任何的作用了。

他刚刚冲出门，一名共党特工就冲入他的眼帘。

"嘭！"廖敬凯抬手一枪，正中他的眉心，他一头栽倒在地。随后第二名特工已经冲了上来。

"哒哒哒哒哒！"子弹暴雨般射来，廖敬凯在地上连连翻滚。此时他的实力才真正展现出来，他一面躲避着攻击，一面连连开枪，几乎是枪枪要命，不断有共党特工倒在地上。

旭日急了，就要冲上去拼命，东方云一把把她拉了回来。

"你去仓库，我去追廖敬凯！"东方云吩咐了一句，随后拔枪追了上去。

此时廖敬凯已经冲过了仓库的拐角，往码头边狂奔。

东方云带着两名特工在后面穷追不舍，但廖敬凯跑得实在是太快了，眨眼间就冲到了江边，随后他直接跳下江去。

与此同时，东方云的枪响了。

廖敬凯的身躯在空中猛地一顿，接着落进滚滚江水之中。

东方云冲到江边，他看见的，只是波涛滚滚，和江水上的一丝嫣红。

"走吧！"东方云一声长叹，转身回到了仓库。

在那里，旭日正跪在杨建的尸体旁发呆。

"廖敬凯跳江了，我打中了他。"东方云轻轻地说了句，见旭日毫无反应，他指了指杨建的尸体问道："他就是你们的卧底？"

"嗯！他的背上有暗号，我已经看过了。我进来的时候，他还没断气，他告诉我，玉川留了一手，资料，已经被他带进地下了，谁也得不到了。"

"那你打算怎么办？"

"资料没有了，我也该去延安复命了。国民党倒行逆施，总有一天会露出他们的真实面目，胜利一定属于人民！倒是你，打算怎么办？"

东方云知道旭日的用意，他只是淡淡地笑了笑。

这大概是他一生中最后一个笑容。

"去我该去的地方！"说完这句话，他无比坚定地转身离开。

旭日没有阻拦，她知道，任何的阻拦都是毫无用处的。

她只是用手捂住自己的脸，轻轻地哭泣着。

南京，日军司令部。

夕阳如血。

司令部外，一排排哨兵笔直地站立着，警惕地注视着自己的前方。

就在这时，一个穿着风衣的男子走入了他们的视野。

这个时候，可不是穿风衣的季节。

哨兵们警惕起来，纷纷拉动自己的枪栓。

晚了！只见男子猛地加速，随后将风衣一掀，两把汤姆森冲锋枪已经出现在他的手中。

这个男人，就是东方云。

属于他的舞台已经结束了。他就如司徒婉一般一直生活在矛盾中，他既无法面对国人自相残杀的局面，又不想看见日寇嚣张无比的气焰。

于是他只能死，只能用自己的生命，见证自己的誓言。

他或许不是英雄，因为他在最为关键的时刻，选择了逃避。

他的耳边，似乎又响起了他对旭日说过的话。

"我会用我的实际行动，来见证我生于国家，死于民族的诺言！"

"别了，我的女孩。"一声叹息之后，他微笑着，扣动了扳机。

天空中，似乎响起了旭日那轻轻的吟唱。

弹如雨，泪纷飞，江山流尽英雄血，残魂入梦叩深闺。

狼烟起，战鼓擂，马革裹尸埋骨处，断笛悠悠唤郎回。

枪声，在激烈地响着，随后逐渐地归于平静。

当远方的最后一声枪响的回应渐渐消散的时候，已经踏上了北上行程的旭日，泪落如雨。

她知道属于东方云的舞台已经结束，但还有更多的舞台，在静静地等待着他们的开始……